中国文言小说诗化特征史叙论

侯桂运◎著

中国社会科学出版社

图书在版编目(CIP)数据

中国文言小说诗化特征史叙论/侯桂运著. —北京：中国社会科学出版社，2015.12
ISBN 978-7-5161-6898-1

Ⅰ.①中… Ⅱ.①侯… Ⅲ.①古典小说—文言小说—小说研究—中国 Ⅳ.①I207.41

中国版本图书馆 CIP 数据核字(2015)第 220525 号

出 版 人	赵剑英
责任编辑	陈肖静
责任校对	张依婧
责任印制	戴 宽

出　　版	中国社会科学出版社
社　　址	北京鼓楼西大街甲 158 号
邮　　编	100720
网　　址	http://www.csspw.cn
发 行 部	010 - 84083685
门 市 部	010 - 84029450
经　　销	新华书店及其他书店

印　　刷	北京君升印刷有限公司
装　　订	廊坊市广阳区广增装订厂
版　　次	2015 年 12 月第 1 版
印　　次	2015 年 12 月第 1 次印刷

开　　本	710×1000　1/16
印　　张	20
插　　页	2
字　　数	309 千字
定　　价	78.00 元

目　录

引　子

闻一多在《文学的历史动向》中说：

> 诗似乎也没有在第二个国度里，像它在这里发挥过的那样大的社会功能。在我们这里，一出世，它就是宗教，是政治，是教育，是社交，它是全面的生活。维系封建精神的是礼乐，阐发礼乐意义的是诗，所以诗支持了那整个封建时代的文化。①

蔡镇楚在《唐诗文化学》中也说：

> 中国是诗的国度，中国文化就是诗文化。诗，就是一切，就是社会生活方式，就是文人生活，诗渗透到了中国人社会生活与家庭生活的每一个角落。②

确实，诗歌对中国文化有着巨大的影响——它的影响程度，深到烙在了中国古人的灵魂之中，广到体现在了中国文化的所有方面。小说作为中国文化的重要组成部分，也不可避免地受到了诗歌的影响。小说与诗歌同为语言艺术，在中国小说特别是文言小说中，我们常常看到诗歌的质素，感受到诗歌的魅力。这种文言小说的诗化特征，前人早已有所注意。例如，浦

---

① 王运熙：《中国文论选·现代卷》（下），江苏文艺出版社 1996 年版，第 46 页。
② 蔡镇楚：《唐诗文化学》，海南出版社 2001 年版，第 10 页。

江清就指出"唐人传奇是高度的诗的创造"①，李剑国认为沈亚之的小说是"情绪小说、诗化小说、抒情小说或曰意境小说"②，周先慎也说"中国古典小说，尤其是文言小说，有创造意境的传统"③，林辰则认为小说诗词是"中国古代小说独有的传统的民族形式"④。但我们对文言小说诗化特征的研究还是不够系统，不够深入。对文言小说诗化特征研究的不足，已经影响了现在的文学研究。例如，在现代小说研究中，诗化特征研究是热门，但很多研究者忽略了中国古代小说对现代小说诗化特征的影响，而把外国小说当作了现代小说诗化特征的渊源。因而系统地梳理出文言小说的历史流变，不仅能够更好地欣赏、理解、研究文言小说，能够深切地体现出诗歌对中国文化的深刻影响，而且有益于当前的其他学术研究。

---

① 浦江清：《无涯集》，百花文艺出版社 2005 年版，第 104 页。
② 李剑国：《唐五代志怪传奇序录》，南开大学出版社 1993 年版，第 92 页。
③ 周先慎：《论〈聊斋志异〉的意境创造》，《蒲松龄研究》1995 年第 Z1 期。
④ 林辰：《古代小说概论》，春风文艺出版社 2006 年版，第 290 页。

第一章 文言小说诗化特征探源

"牵一发而动全身"，这里的"发"如果是指中国的先秦典籍，这里的"身"如果是指中国文化，那么这论断是能够成立的。这些中国早期的典籍作为中国文化的元典和基石，它们奠定下了整个中国文化的基调。具体来说，它们不仅承载着中国小说诗化特征的涓涓源泉，而且决定了中国小说诗化特征的基本面貌。

第一节 《诗经》和《楚辞》：中国抒情传统的确立

《诗经》是中国最早的诗歌总集，是中国诗歌的源头，而《楚辞》中收录了伟大诗人屈原的作品，它们对中国文学的影响是十分巨大的，中国文言小说的诗化特征也受到了中国抒情诗的影响从而具有了诗歌的特点。那么中国诗歌的特点是怎样的呢？这种特点又是怎样形成的呢？追根溯源，中国诗歌的抒情方法、抒情精神基本上是由《诗经》《楚辞》确定下来的，而《诗经》《楚辞》的叙事性特征也为后世小说情节、人物、环境的诗化描写提供了一些成功的模板。

一 中国式的抒情方法："赋、比、兴"和象征

文言小说的诗化特征之所以能够形成，要归因于那些独具中国特色的抒情方法。而最有中国特色的抒情方法，就是在《诗经》中被广泛运用的"赋、比、兴"以及在《楚辞》中被充分运用的象征。

"赋、比、兴"作为《诗经》的表现手法，挟《诗经》之威，对后世

文学产生了深远影响。早在《周礼》与《毛诗序》中，"赋、比、兴"和"风、雅、颂"就并列出现，统称为"六诗"或"六义"。唐代孔颖达说"赋、比、兴是《诗》之所用，风、雅、颂是《诗》之成形。用彼三事，成此三事"①，明确指出了"赋、比、兴"是《诗经》的表现手法。第一个给"赋、比、兴"下定义的是朱熹，他的定义是：

> 赋者，敷也，敷陈其事而直言之者也。②

> 比者，以彼物比此物也。③

> 兴者，先言他物以引起所咏之词也。④

朱熹的定义虽然被后世广泛认可，但是在具体解释上仍然存在争议。例如，对于"赋、比、兴"中最常见的"比"，朱熹说"比者以彼物比此物也"，于是很多学者认为"比"就是比喻、比拟，可是对于《卫风·硕人》中的"手如柔荑，肤如凝脂，领如蝤蛴"这一在今人看来最为典型的比喻，朱熹却注曰"赋也"，也就是在朱熹看来它不是"比"。可见我们对"赋、比、兴"的理解与朱熹已有差异。而朱熹的"赋、比、兴"定义是否符合《毛诗》《周礼》的原意就更不得而知了。现在的学者们对于"赋、比、兴"是否都是抒情手法也存在争议，例如有人就把"比"和"兴"作为抒情的手法，把"赋"作为叙事的手法，然后以朱熹所界定的"比""兴"和"赋"的比例的不同，来论证其中抒情成分和叙事成分的不同。⑤

叶嘉莹先生参照东西方的文学理论，对"赋、比、兴"进行了深入研究，认为三者都是抒情方法。她在《中国古典诗歌中形象与情意之关系例说——从形象与情意之关系看"赋、比、兴"说》一文中，对"赋""比"

---

① (清) 阮元校刻：《十三经注疏》(上)，中华书局1980年版，第271页。
② (宋) 朱熹：《诗集传》，中华书局1958年版，第3页。
③ 同上书，第4页。
④ 同上书，第1页。
⑤ 徐定懿：《荷马史诗与〈诗经〉叙事诗之比较》，重庆师范大学硕士论文，2008年，第6页。

"兴"进行了明确限定：

> "六经"或"六义"中之所谓"赋""比""兴"，其所代表的是诗
> 歌创作时感发作用之由来与性质的基本区分，这种区分本来至为原
> 始，至为简单，要而言之，则中国诗歌原是以抒写情志为主的，情志
> 之感动，由来有二，一者由于自然界之感发，一者由于人事界之感
> 发。至于表现此种感发之方式则有三，一为直接抒写（即物在心），
> 二为借物为喻（心在物先），三为因物起兴（物在心先），三者皆重形
> 象之表达，皆以形象触引读者之感发，惟第一种多用人事界之事象，
> 第三种多用自然界之物象，第二种则既可为人事界之事象，亦可为自
> 然界之物象，更可能为假想之喻象。我想这很可能是中国古代对诗歌
> 中感发作用及性质的一种最早的认识。①

叶嘉莹认为"直接抒写（即物在心）"即"赋"，"借物为喻（心在物先）"
即比，"因物起兴（物在心先）"即"兴"，而且这里的"物"不仅包括一
般学者所谓的自然界之物象，还包括人事界之事象以及假想之喻象。叶嘉
莹这一论点的得出参照了东西方各种文学理论，也充分考虑到了文学的客
观情况，确实是"表明了诗歌中情意与形象之间互相引发、互相结合的几
种最基本的关系和作用"②。这一论述不仅使得"赋、比、兴"三者在概念
上的地位相当，而且使得三者分开来看区别明显，合起来看又能够圆融一
体；相比来说，其他学说就未免有厚此薄彼或者割裂了三者之间的关系之
弊。因而叶朗在《中国美学史大纲》中对叶嘉莹的学说颇为赞赏。③本书
也认同叶嘉莹的学说，把"赋、比、兴"作为三种抒情手法来展开下文的
论述。

因为朱熹《诗集传》中认为"赋者，敷也，敷陈其事而直言之者也"，
有人就认为"赋"是指直接的叙事，是不借助形象的。叶先生对这种观点

---

① 叶嘉莹：《迦陵论诗丛稿》，中华书局 2007 年版，第 341—342 页。
② 同上书，第 324—325 页。
③ 叶朗：《中国小说美学》，北京大学出版社 1982 年版，第 85—90 页。

进行了批评，她认为"一般人之所以认为只有'比'和'兴'才是形象的表达，主要是因为在一般人的观念中，常误以为只有目所能见的具体的外物，才是所谓'形象'，这种看法其实是非常狭隘的"，"事实上所谓'形象'之含义，则是相当广泛的，无论其为真、为幻，无论其为古、为今，也无论其为视觉、为听觉、或为任何感官之所能感受者，总之，凡是可以使人在感觉中产生一种真切鲜明之感受者，便都可视之为一种'形象'之表达"，① 因而"赋"也是借助形象以直接抒情的方法。例如《郑风·将仲子》，开篇写道，"将仲子兮，无逾我里，无折我树杞"，完全是直呼其名，直接告诫；接着是"岂敢爱之，畏我父母"，是对前面告诫的解释；然后以"仲可怀也"表达了自己的爱意，可是马上就是"父母之言，亦可畏也"的退缩。这一章就事写事，不假外物，纯然"赋"法，但男子的热情急切，女子虽然爱恋却有所顾虑的情态都跃然纸上。再如著名的抒情诗《王风·黍离》，开篇就写故都苍凉之景——"彼黍离离，彼稷之苗"，然后直接表达自己的悲伤——"行迈靡靡，中心摇摇。知我者谓我心忧，不知我者谓我何求"，直抒胸臆，感人至深，"黍离"也成为后世亡国之痛的代名词。由此可见，"赋"法不仅是抒情方法，而且是一种基本的常用的抒情方法。

对于"比"，朱熹认为"以彼物比此物也"，叶嘉莹认为"比"为借物为喻，其特征为"心在物先"。她认为西方文论中所谓的"明喻""隐喻""转喻""象征""拟人""举隅""寓托""外应物象"等，"就感发之性质而言，它们却实在都是属于先有了情意，然后才选用其中的一些技巧或模式来完成形象之表达的"，它们都"仅是属于'比'的范畴，而未曾及于'赋'和'兴'的范畴"。② 可见"比"这一手法是东西方在进行形象表达时最普遍使用的手法，而它在《诗经》中也应用广泛。例如，《硕鼠》以"硕鼠硕鼠，无食我黍"开篇，但从下文的"三岁贯女，莫我肯顾。逝将去女，适彼乐土"来看，这里的"硕鼠"显然不是一只真的大老鼠，它只是用来比喻贪得无厌的剥削者；《豳风·鸱鸮》以"鸱鸮鸱鸮"开头，但

---

① 叶嘉莹：《迦陵论诗丛稿》，中华书局 2007 年版，第 335—336 页。
② 同上书，第 348—349 页。

从后面的"既取我子，无毁我室"中可见，这是一首动物寓言诗，这里夺走"我子"的"鸱鸮"，是恶势力的象征，它是作者先在心中预设好的比喻对象，然后发而为文，因而这里的形象与情意的关系是"由心及物"，是"比"。

关于"兴"，朱熹认为"先言他物以引起所咏之词也"，叶嘉莹认为其实《诗经》中有不少"先言他物以引起所咏之词"的诗是"比"而非"兴"（如《硕鼠》），因为"兴"的主要特征是"因物起兴"，必须是"物在心先"，也就是要"'物'的触引在先，而'心'的情意之感发在后"，①这恰与"比"的"心在物先"相反。例如《诗经》第一篇《关雎》就是"兴"的例子：诗歌开篇就是"关关雎鸠，在河之洲"，作者是先看到了河边的鸟，然后引发了他对淑女的思念——"窈窕淑女，君子好逑"，这是"由物及心"，是"兴"；再如《周南·桃夭》，开篇是"桃之夭夭，灼灼其华"，这是物，后面马上转到了对刚出嫁的女孩子的赞美——"之子于归，宜其室家"，这也是"兴"。

叶嘉莹也指出"六诗"中的"赋、比、兴"并非泛指一篇作品之中任何一句或任何一部分的表达方法，而是特别重在一首诗歌开端之处的表达方法②，但在后世诗论中，往往把赋、比、兴当作一篇作品中任何一句或任何一部分的表达方法，如认为赋是一种直接铺写方法，比则是比喻、隐喻、拟人等方法，兴则成为感兴、寄托，经常把"比兴"并用，如刘勰在《文心雕龙》中就专设"比兴"篇，指出比、兴虽然有异，其关系则是"比显而兴隐"，本质上是相同的。钟嵘在《诗品序》中也比兴并用："若专用比兴，患在意深。"到了唐代，陈子昂说"齐梁间诗，彩丽竞繁，而兴寄都绝"，这里的"兴"成了"兴寄"，也就是要寄托政治思想。而寄托又往往通过比喻来实现，所以往往"比兴"连用，而且经常和"风雅"联系在一起，如白居易就说"风雅比兴外，未尝著空文"。"赋、比、兴"在后世的含义虽然有所变化，但跟"比兴"的本义还是有密切联系的。

---

① 叶嘉莹：《迦陵论诗丛稿》，中华书局 2007 年版，第 325 页。
② 同上书，第 339 页。

李健在《比兴思维研究：对中国古代一种艺术思维方式的美学考察》中考察了比兴研究的历史后，不仅得出了"在两千多年的发展中，比兴已经成为内涵极其丰富的艺术思维方式，在中国古典文学的创作中起着巨大的、不可替代的作用"，而且提出了"比兴思维"的概念：

> 比兴作为一种艺术思维方式，我们可以称之为比兴思维。它是一种受某一（类）事物的启发或借助于某一（类）事物，综合运用联想、想像、象征、隐喻等手法，表现另一（类）事物的美的形象、展示其美的内涵的艺术思维方式。①

李健提出"比兴思维"这一概念很有见地。实际上，"比兴"在中国文化中的大量运用，深刻影响了中国人的思维模式，使得中国人思维方式与西方有了很大的不同。从上面"比兴思维"的定义可以看出，"比兴思维"实际上就是一种诗性思维：这里所用的"联想、想像、象征、隐喻"等手法就是诗歌中最常用的手法，用一事物来表现另一事物，也就是借用其他形象来表现作者的真实情意，这也就是叶嘉莹所说的"比兴"的共同点。

而比兴思维既然成为一种民族的思维模式，它就在中国人的各种生活中普遍存在着，使得哲学上的禅宗在中国大行其道，中国的诗论、文论中所用的方法多是比喻、象征等诗性手法。中国美学史上独有的意象、意境这两个概念的提出，也与比兴思维大有关系。

"意象"是"意"和"象"的结合，是带有"意"的"象"，也就是王弼所说的"立象以尽意"中那个用来"尽意"而"立"的"象"。选择合适的"象"来表达"意"，也就是选择合适的形象来表达情意的过程，是一个"窥意象而运斤"②的过程，是一个"联想、想像、象征、隐喻的过程，也就是比兴思维艺术加工的过程"。③

---

① 李健：《比兴思维研究：对中国古代一种艺术思维方式的美学考察》，安徽教育出版社2003年版，第37页。着重号为原文所有。

② 见《文心雕龙·神思》。

③ 李健：《比兴思维研究：对中国古代一种艺术思维方式的美学考察》，安徽教育出版社2003年版，第244页。

意境也是中国美学体系中一个重要范畴，而"比兴思维作为一种创造性的艺术思维方式是创造意境的重要手段，在情景交融、虚实相生、咀嚼不尽的境界创设中都扮演着极其重要的角色。比兴思维能够完美地弥缝情与景、虚与实之间的关系，最大限度地展示其固有的诗性品格"①。

"赋、比、兴"是"诗学之正源，法度之准则"，②"赋、比、兴"相结合的抒情手法是我国诗歌独有的民族文化传统。比兴的运用，意象、意境的创造，形成了我国古代诗歌含蓄、蕴藉、韵味无穷的特点。

"赋、比、兴"是《诗经》的主要创作手法，象征则是《离骚》的主要创作手法。

象征手法古已有之，但象征手法大量、自觉、系统地应用于文学创作中，是从《离骚》开始的。《离骚》虽然综合运用了多种艺术手法，但以象征手法最为重要。早在汉代，王逸就在《楚辞章句·离骚序》中指出了《离骚》的象征手法："《离骚》之文，依《诗》取兴，引类譬喻，故善鸟香草，以配忠贞；恶禽臭物，以比谗佞；灵修美人，以媲于君；宓妃佚女，以譬贤臣；虬龙鸾凤，以托君子；飘风云霓，以为小人。"章培恒、骆玉明《中国文学史新著》中指出《离骚》"主要采用象征手法。……只有采用象征的手法，才能把实际生活中的相当复杂的过程寓多于一地加以表现，从而把感情突出与强化；也才能创造出种种在实际生活中根本难以存在的过程，用以寄托其感情并使之深刻而鲜明"③。殷光熹在《〈离骚〉中的象征手法和象征系统》中把《离骚》的象征归纳为三大系统——自然类（植物、动物）象征系统、人物类象征系统、器物符号类象征系统，而这三大系统组成了一个完整的象征体系。④

《诗经》所确定的"赋、比、兴"抒情传统和《楚辞》所确定的象征抒情传统被后世的诗歌所继承，也是文言小说中用来抒情的重要手法。可

---

① 李健：《比兴思维研究：对中国古代一种艺术思维方式的美学考察》，安徽教育出版社2003年版，第232页。

② 同上书，第727页。

③ 章培恒、骆玉明：《中国文学史新著》，复旦大学出版社2007年版，第117页。

④ 殷光熹：《〈离骚〉中的象征手法和象征系统》，《云南大学学报》（社会科学版）2005年第5期。

以说，没有《诗经》的"赋、比、兴"和《离骚》的象征，就没有中国特色的抒情化的特征。

二 中国式的抒情精神："诗言志"与"发愤以抒情"

小说是用以客观叙事的文学形式，与它相对的是诗歌，诗歌是用来主观抒情言志的。但中国古代的小说作者们很少仅仅把小说当作一种客观叙事的工具，他们的主观意志、情感经常在小说的开头、结尾、中间明目张胆地不断涌现出来，从而把叙事的小说当作了发表议论、抒发感情甚至进行教化的载体。这样一种特点，是由"诗言志"和"诗缘情"的文学传统所决定的。

"诗言志"的观点在《尚书·尧典》中就已提出，但它能够对后世文学评论和文学创作产生巨大影响，主要还是因为《诗经》的存在：《诗经》的具体诗篇中已有表达"诗言志"的诗句，而《诗大序》对"诗言志"的强调以及小序中对这一原则的贯彻，使得"诗言志"随着《诗三百》的经化而对中国文学、中国文化产生了深远影响，于是"诗言志"就"不仅是中国传统诗学之渊薮，也是中国传统之主潮"① 了。

"诗言志"中的"志"是指人们的思想感情，应是意和情的结合。《诗大序》中的具体论述如下：

> 诗者，志之所之也，在心为志，发言为诗。情动于中，而形于言；言之不足，故嗟叹之；嗟叹之不足，故永歌之；永歌之不足，不知手之舞之，足之蹈之也。

单纯从这段引文来看，这里的"在心为志，发言为诗"与"情动于中，而形于言"同时出现，可见这里的"志"至少是包含着"情"的，而且"嗟叹""永歌""手之舞之""足之蹈之"也都是在抒发感情，而不是在讲道理。

---

① 洪树华：《近百年来"诗言志"阐释的回顾与展望》，《社会科学辑刊》2002 年第 5 期。

《诗大序》还用了更多的文字来论述诗的社会作用。诗的作用是"经夫妇，成孝敬，厚人伦，美教化，移风俗"，而《诗经》的风、雅、颂也都是用来进行社会教化的："上以风化下，下以风刺上"，这是风；而雅是用来"言王政之所由废兴也"，颂是"美盛德之形容，以其成功告于神明者也"。虽然诗的社会作用与诗歌要表现的性情并不矛盾，不过情要有所节制，也就是要做到"发乎情，止乎礼义"。这种思想与《礼记·经解》中的"温柔敦厚，诗教也"是一致的。

毛亨在具体解诗时，也努力阐述诗歌"经夫妇，成孝敬，厚人伦，美教化，移风俗"的社会功用。例如《关雎》在今天被认为是爱情诗，诗中的"窈窕淑女，君子好逑"就是明证，但毛氏却说："《关雎》，后妃之德也。风之始也。所以风天下而正夫妇也。"其他如"《葛覃》，后妃之本也""《卷耳》，后妃之志也""《樛木》，后妃逮下也"等，都是把具体的诗歌内容跟"后妃"联系起来，使得诗歌具有了教化功能。

值得注意的是，诗歌表达感情的功能和美刺功能并不仅仅体现在毛氏对《诗经》的解释之中，在《诗经》中，也有一些具体的诗句在表明这样的观点。例如"君子作歌，维以告哀"（《小雅·四月》）、"心之忧矣，我歌且谣"（《魏风·园有桃》），都是诗人说他们在用诗歌来表达自己的哀伤；"夫也不良，歌以讯之"（《陈风·墓门》）、"王欲玉女，是以大谏"（《大雅·民劳》），是诗人有意用诗歌来进行讽谏；"吉甫作诵，穆如清风。仲山甫永怀，以慰其心"（《大雅·烝民》），这里是用诗来进行颂美。

诗歌的抒情性虽然在《诗大序》中有明确论述，但由于《诗大序》对诗歌的政治、社会功用的过分强调，以及诗小序解诗时着力挖掘诗歌的美刺功能，使得后世的"诗言志"说也偏向了诗歌的社会功用，而弱化了它的抒情特征。但诗歌作为一种抒情性文体，它的抒情性特征是不可能被弱化和忽略的，于是"诗缘情"就应运而生了。

尽管陆机早在《文赋》中就提出"诗缘情而绮靡"这一命题，但开辟了"由'情'的激化而导致逐渐偏离'言志'传统的道路"的是楚骚。①

---

① 陈伯海：《中国诗学之现代观》，上海古籍出版社 2006 年版，第 51 页。

屈原在《惜诵》中明确说"发愤以抒情",而他实际上也是这样做的,与《诗经》相比,屈原作品的抒情性也确实更强烈。《诗经》的抒情特点,基本上就像孔子评价《关雎》所言,是"乐而不淫,哀而不伤"(《论语·八佾》)的,也就是有所节制的;但屈原则不然,他的感情炽烈,一泄无余:"亦余心之所善兮,虽九死其犹未悔",他执着于自己的追求,死而不悔;"宁溘死以流亡兮,余不忍为此态也",他宁肯流亡,也不愿同流合污;"虽体解吾犹未变兮,岂余心之可惩",即使被肢解而死,他也不改变自己清白正直的操守。屈原这种"发愤以抒情"的精神显然不同于"温柔敦厚"的诗教精神,而这一精神在个性觉醒的魏晋时期,就被陆机概括成"诗缘情而绮靡"了。

"缘情说"注重情感的表达,这一学说能够抓住诗歌这一文体的抒情特点,也能够体现文学的主体性,因而颇受当代学者的偏爱;但抒发感情的诗人个体毕竟生活于社会之中,个人情感的体验和抒发不能不受到社会的影响。"缘情说"抒发个人感情,偏重于感性;"言志说"注重社会功用,偏重于理性;但每个人都是感性与理性的结合体,所以诗歌还是应该以"抒情言志"作为基本功能。但由于中国传统文化的特色是重视群体轻视个体,重视理性而轻视感情,这就导致了"言志说"的过度泛滥,有时使得诗歌失去了文学性,而成为教化的工具。

诗歌如此,其他的文学体裁也是如此。《金瓶梅》是古代有名的淫秽小说,但作者在第一回中竟然先论述了一番"财色"皆空的道理,而欣欣子在《金瓶梅》的序中,则直接说《金瓶梅》是"明人伦,戒淫奔,分淑慝,化善恶"之作;《红楼梦》第一回中,空空道人批评书中没有"大贤大忠理朝廷治风俗的善政",但后来觉得书中"及至君仁臣良父慈子孝,凡伦常所关之处,皆是称功颂德",才把这书从头至尾抄录回来。白话小说如此,文言小说也不例外。高珩为《聊斋志异》作序,辩解说"《诸皋》《夷坚》,亦可与六经同功",唐梦赉的序中直接说《聊斋志异》"书中论断大义,皆本于赏善罚淫与安义命之旨",而蒲松龄也确实不负二公所言,不仅在小说行文中颇多说教之语,而且在小说结束后常来个"异史氏曰",自己直接跳出来发表见解,可见"诗言志"观念对他的巨大影响。郑开禧为《阅微草堂笔记》作序，也说该书"大旨悉归劝惩，殆所谓是非不谬于圣人者与！"①

　　小说作者不仅在小说中"言志"，而且也在小说中抒情。陈平原在《中国小说叙事模式的转变》中论及"新小说"家在驱逐小说中泛滥成灾的诗词的同时，"把唐传奇开创的，而后由《儒林外史》《红楼梦》《聊斋志异》等古典名作继承发展的小说的抒情气氛也给放逐了"。②"写入残编总断肠"（《儒林外史》卷末词）的《儒林外史》、"悲金悼玉"的《红楼梦》是抒情之作，《聊斋志异》也是如此——蒲松龄在《聊斋自志》中以屈原、李贺自喻，自言"永托旷怀，痴且不讳""浮白载笔，仅成孤愤之书"，明白指出了《聊斋志异》的抒情性特征。

　　小说也用来言志、抒情，这是小说继承了由《诗经》《楚辞》所开创的诗歌言志、抒情的传统。王瑶指出鲁迅的小说深受中国古代抒情诗的影响，而废名则直言："就表现手法而言，我分明地受到了中国诗词的影响，我写小说与唐人写绝句一样。"③可见中国的很多小说家确实是把小说当作诗歌来写的，不管是白话小说还是文言小说，也不管是古代小说还是现代小说。

三　《诗经》《楚辞》的诗化叙事

　　诗歌虽然是用来抒情的文体，但是诗人所抒之情多是因事而发，于是在抒"情"的诗歌中就出现了不少"事"。但这些"事"在诗歌中出现时，并不遵循一般的叙事原则，而是因为抒情的需要，它们的情节、人物、环境都有了不同程度的变异。

　　（一）诗化的故事情节

　　正常的叙事要求连贯具体，要交代清楚何人、何事、何时、何地、原因、过程（即 Who，What，When，Where，Why，How，也就是 5W 加 1H）；叙事文学要求叙述重点突出，但突出的程度要根据它跟事件的关联

---

① （清）纪昀：《阅微草堂笔记》，上海古籍出版社 1980 年版，第 568 页。
② 陈平原：《中国小说叙事模式的转变》，北京大学出版社 2003 年版，第 225 页。
③ 沙铁华、月华：《废名作品精选》，长江文艺出版社 2003 年版，第 2 页。

程度以及它本身的复杂程度来确定。而抒情文学不要求叙事的清楚具体，也不以事件本身的重点为重点，而以能够刺激情感的细节为重点。它在叙述时只需要写出能够触动情感的情节即可，而这情节也没有必要交代清楚事件的人物、时间、地点、事件、原因、过程，只需要写出与这事件相关的一个片段甚至这事件中的一个具体意象即可，令人能够窥一斑而知全豹，从而达到片鳞只爪、尽得风流的效果；作者也可以对事件本身只字不提，而只写出一个或数个提示或者暗示，这些提示或者暗示往往是一个或数个与这事件类似的比喻、象征、典故，从而达到不著一字，亦得风流的效果。叙事在抒情文学中的这种变异，显然是叙事的虚化，也可以称为叙事的诗化。抒情文学的这一叙事特征在《诗经》《楚辞》中就充分表现出来了。

例如，《诗经》第一篇《关雎》，开始两句是"关关雎鸠，在河之洲"，这里的"关关"一般认为是鸟叫声。但这一描写仅仅是特征性的或者片段性、选择性的：这八个字中，"在河之洲"是交代地点，"雎鸠"是鸟名，指事件的承担者，"关关"指事件发生的过程，这样五个 W 只交代了三个。而"关关"作为象声词，虽然使得整个画面有了声音，使得读者面前出现了雎鸠振羽而鸣的活泼画面，但这一"关关"是形象的、片段的，对情节的介绍是不确切的，甚至我们连是一只还是两只雎鸠都不能确定，尽管这里的雎鸠是一只还是两只的含义是很不相同的：如果是一只鸟，那么它可能象征着后文中那位被追求的"淑女"；如果是两只鸟，那么它们就象征着夫妻和谐。但作者无意把这些要点交代清楚，他在后文中马上就把"关关雎鸠，在河之洲"置之不顾了，因为这八个字的作用用后世《诗经》研究者的行话来说，仅仅是"起兴"而已，作者的兴趣点接着就已经跳跃到"窈窕淑女，君子好逑"了。

不过在第二章中，作者又暂且把"窈窕淑女，君子好逑"放在了一边，先说的是"参差荇菜，左右流之"。这八个字的描写较为细致，"荇菜"之"参差"，"流之"之"左右"都写了出来，但它只是用来作比而已，作者的写作目的是引出"窈窕淑女，寤寐求之"。接下来的描写更为细致，"求之不得，寤寐思服。悠哉悠哉，辗转反侧"，这里的"寤寐思服"是概述,"辗转反侧"是细述,但这些情节的叙事性都被"悠哉悠哉"的出现而抒情化了。

《关雎》后两章中的"参差荇菜,左右采之。窈窕淑女,琴瑟友之"和"参差荇菜,左右芼之。窈窕淑女,钟鼓乐之",其句式与第二章"参差荇菜,左右流之。窈窕淑女,寤寐求之"完全相同,而其内容也很相似,因而它们从形式到内容都是一种诗歌式的重复。而在这重复中,作者显然是在反复强调一种情绪,而诗歌的叙事性则在这重复中被弱化了,用来叙事的情节也越来越被抽象化了:以"参差荇菜,左右流之""参差荇菜,左右采之""参差荇菜,左右芼之"为例,这里只是第七个字"流""采""芼"有所变化而已,而这三个字又是近义词,所以在第一遍出现时还有新鲜感,第二遍出现时叙事性就很弱了,第三遍出现时已经基本没有了叙事性,而只是一种强调和象征了。"窈窕淑女,琴瑟友之"和"窈窕淑女,钟鼓乐之"也是相同的效果。

《关雎》中的叙事是如此,《诗经》大多数篇章的叙事也具有上述的模糊性、片段性、跳跃性;而在《诗经》中像上述这样重复的章法结构又是普遍现象,于是《诗经》中的情节也就具有了重复性。当然《诗经》中情节的这些特点,是由其抒情性所决定的。例如,《卷耳》中的"采采卷耳,不盈顷筐"是情节,但这一情节的出现是为了表现"嗟我怀人,寘彼周行"的怀人之情;此诗后面的"陟彼崔嵬,我马虺隤,我姑酌彼金罍"也是情节,在这情节中,地点、人物、动作都出现了,甚至连"我马虺隤"都交代清楚了,可是后面出现了一句"维以不永怀",于是前面所有的这些叙事要素就都成了抒情的背景;而这样的叙事、抒情格式又以"陟彼高冈,我马玄黄,我姑酌彼兕觥,维以不永伤"重复了一遍。这种内容大致相同的重复在以反复咏叹为特征的诗歌之中出现很正常,但在散文性的小说中是不应该出现的。

《氓》在《诗经》中是特别的,它没有采用《诗经》中大多数诗歌复沓的结构模式,而是基本上按照人物的命运完整地讲述了一个弃妇故事:从少女时代的两情相悦、淇水送别,再到垝垣盼望、快乐出嫁,又到被弃回家、被嘲反思,其故事之完整,情节之跌宕起伏,堪称中国早期叙事诗的典范，所以钱钟书称它"工于叙事"①，很多学者把它当作中国最早的叙事诗。但正如褚斌杰所言，这首诗"融叙事、抒情和议论为一体"②，诗歌中强烈的抒情性使得其叙事性发生了明显变异。

这首以第一人称口吻写成的诗分为六章，前两章叙述井然：第一章是氓以"抱布贸丝"的名义来跟她相会，商谈婚事，但因为没有良媒，氓不高兴地走了，但他们相约秋天来迎娶；第二章是姑娘天天盼着氓的到来，氓没来时"泣涕涟涟"，氓来了后"载笑载言"，然后就是高高兴兴地出嫁了。按照叙事的叙述，接下来的第三章应该先是她跟氓的幸福生活，然后才闹别扭，被弃回家，但是诗歌的第三章突然以"桑之未落，其叶沃若，于嗟鸠兮，无食桑葚"作比，抒发了一番"于嗟女兮，无与士耽。士之耽兮，犹可说也。女之耽兮，不可说也"的感慨；而第四章则先以"桑之落矣，其黄而陨"来比喻自己的凄凉处境，以"自我徂尔，三岁食贫"来交代自己嫁给氓之后的贫苦生活，之后情节就跳跃到被弃回家时的"淇水汤汤，渐车帷裳"了，然后才交代被弃的原因是"女也不爽，士贰其行"，并进一步痛斥了"士也罔极，二三其德"；第五章仍然是反思和抱怨，第六章是回忆和懊悔。所以这首诗虽然开始两章具有叙事诗的节奏，后面四章则一任自己的感情爆发，于是这个故事后半部的情节就只能通过在磅礴而发的感情洪流中出现的那些片段性的跳跃性的叙述而显现出来了。所以《氓》具有强烈的抒情性，它只是以"某一种感情或情绪为线索，选择一些典型化情节或细节作纵向或横向的铺叙，借事抒情，以情挟事，而对事情本身的发展脉络重视不够"，它"终篇被弃妇的悔恨、怨艾的情绪笼罩着，诗中写那负心男子的前来挑逗，她的随他而去，婚后勤俭持家，都是为了写出自己无辜被逐的怨愤，而怎样出嫁，怎样被逐等则不在叙述者的考虑范围之内"。③

《离骚》篇幅很长，其中有正直遭谗、女媭劝诫、重华陈词、灵氛占卜等情节，但这些情节也都是用来抒情的，所以《离骚》被陈平原称为

---

① 钱钟书：《管锥编》（第一册），中华书局1979年版，第93页。
② 褚斌杰：《诗经全注》，人民文学出版社1999年版，第65页。
③ 陈来生：《试论中国古代叙事诗的民族特色》，《中国文学研究》1991年第4期。

"搭有叙事构架的长篇抒情诗"①。为了满足抒情的需要，这些情节在《离骚》中都被虚化处理了。例如"扈江离与辟芷兮，纫秋兰以为佩"，从字面来看是动作、是情节，但它不是具体的事实，它只是被屈原用来比喻自己志行的高洁；"众女嫉余之蛾眉兮，谣诼谓余以善淫"是叙事性很强的句子，这里以"众女"来比喻小人，以"蛾眉"来比喻自己的高洁，"谣诼谓余以善淫"用来比喻众人对自己的诋毁，但这些小人到底是谁，他们又是在怎样的场合下怎样诋毁自己，这些在诗歌中都得不到明确答案；"荃不察余之中情兮，反信谗而齌怒。余固知謇謇之为患兮，忍而不能舍也"，这几句比较平直，但也没有出现进谗者的姓名，甚至那个在后文中被称为"灵修"的齌怒之人也不知道是谁，因而这段文字的重心是作者自己的感受，而不是叙述事实；诗歌中女媭的告诫、在重华面前的陈词以及灵氛的占卜，都是真切的情节，但因为"女媭""重华""灵氛"都不是现实中的真实姓名，因而这些情节的真实性也就不复存在了，于是这些情节也就具有了象征性和比喻性；文章最后的"何离心之可同兮，吾将远逝以自疏"也是情节，但"扬云霓之晻蔼兮，鸣玉鸾之啾啾""凤皇翼其承旂兮，高翱翔之翼翼""驾八龙之婉婉兮，载云旗之委蛇"等神异描述使得这些都成为作者的主观虚构。在《离骚》中，此类比喻性、象征性的叙事方式贯穿全篇，而这样的叙事方式完全是由《离骚》的抒情性特征所决定的。因为《离骚》的叙事部分多用了虚化的手法，以至于我们在诗歌中基本不能知道什么人在什么时间、什么地点发生了什么事，更不知道这些事是怎样发生的；但在这虚化的情节中，作者个人的感情却被真切充分地表达出来了。

《诗经》《离骚》的诗化情节对后世小说的影响，主要是在小说的叙事中夹杂着浓郁的感情，也就是把叙事抒情化了，从而形成了中国小说注重抒情的传统。这种抒情化在叙事情节上的具体表现，一是作者在讲故事时有意跳跃性地选择那些能够感染人的情节片段，二是在对这些具体情节进行叙述时常采用令人动情的诗性语言。例如在《燕丹子》中，作者就刻意

---

① 陈平原：《中国小说叙事模式的转变》，北京大学出版社 2003 年版，第 287 页。

渲染易水送别时的动人情节：在送别者全是白色衣冠的强烈视觉的冲击中，荆轲那"风萧萧兮易水寒，壮士一去兮不复还"的歌声，高渐离的筑声，宋意的和声，共同创造出了"为壮声则发怒冲冠，为哀声则士皆流涕"的效果；之后荆轲和武阳"皆升车，终已不顾也"，使得这种气氛多了一种决然之气；随后的"二子行过，夏扶当车前刎颈以送"更是以一种不可思议的行动完成了这一惊天地泣鬼神的情节。而作者叙述这一情节时所用的语言也是诗性的：荆轲的歌声是诗性语言，而"为壮声则发怒冲冠，为哀声则士皆流涕"也是一个具有夸张手法的对句。这种以诗性语言来叙述故事情节的方法是中国小说的一个传统，甚至还有专门以对偶文来进行小说创作的，例如《游仙窟》《燕山外史》。在《游仙窟》中，文章对张文成的"端仰一心，洁斋三日"一笔带过，但对在仙窟中那一夕的欢乐，却用了将近万言的文字来详述，而且对重要情节也着重用诗性语言进行描述，例如"十娘读诗，悚息而起。匣中取镜，箱里拈衣。袨服靓妆，当阶正履"就是如此，而文成和十娘"夜久更深，情急意密"时"花容满目，春风扑鼻，心去无人制，情来不自禁"的一长段诗性语言描写，更是有条不紊，不惜笔墨。

（二）诗化的人物形象

作为中国文学的源头，加上被经典化的原因，使得《诗经》中的任何一个元素在后世都有被无限放大的可能；屈原作为"骚体"诗的开创者，对后世文学同样产生了巨大影响。《诗经》《楚辞》中出现的众多人物形象对于后世的文学，当然也包括文言小说，在很多方面具有示范作用。中国文言小说中的人物形象多具有诗化特征，这种诗化特征可以在《诗经》《楚辞》中找到它的源头。

《诗经》《楚辞》中人物形象的诗化特征主要体现在以下几个方面：

第一，人物形象是感情的载体。

小说中不能没有人物形象，但中国古代小说中的人物形象往往是感情的载体，具有强烈的抒情性。这种具有强烈抒情性的人物形象，在《诗经》《楚辞》中就已经大量出现了。

例如，《王风·黍离》一篇，《诗序》中说："黍离，闵宗周也。周大夫行役，至于宗周，过故宗庙宫室，尽为禾黍。闵周室之颠覆，彷徨不忍去，而作是诗也。"后世学者虽对此说有异议，但这首诗中表现出来的对今昔沧桑的感伤之情，却是没有争议的。

这首诗分为三章，第一章开始的"彼黍离离，彼稷之苗"是眼前之景物。景物是客观的、无情的，却令主人公"行迈靡靡，中心摇摇"，可见眼前的荒凉令他想到了从前的繁华，这种巨大的变化令他震撼深思不已，所以他才心中忧伤，步履迟缓。但这种忧伤是很难被人理解的，虽然"知我者，谓我心忧"，但"不知我者"，却"谓我何求？"那么有没有"知我者"呢？没有，要不然，主人公何必去问那苍天："悠悠苍天，此何人哉？"——世间无人可以倾诉自己的忧愁，只能去问无际的苍天，这是一种何等的悲哀，而千古之下那些所有缺乏世间知音的智者、忧伤者，读到这首诗，也不能不为诗中的抒情主人公而悲愤不已，同时心中也能够产生共鸣。这首诗的后两章只是把第一章前四句中的"苗"换成了"穗""实"，"摇摇"换成了"如醉""如噎"，而后六句"知我者，谓我心忧；不知我者，谓我何求。悠悠苍天，此何人哉？"则完全相同，于是作者的感情就在这重复中被不断强化了，而每章最后的"悠悠苍天，此何人哉？"也就不断地回荡在那些后世不被世人所理解的忧伤者耳旁。

《诗经》中类似《黍离》这样的抒情诗有很多，它们所承载的感情也是多种多样的，如《郑风·野有蔓草》中"邂逅相遇，适我愿兮"的欢乐之情，《秦风·晨风》中的女子"未见君子，忧心钦钦"的担心之情，《桧风·匪风》中表现出的"中心怛兮"的思乡之情，《小雅·鹿鸣》中表现出的"和乐且湛"的好客之情……这多种多样的感情给后世小说作者们提供了充足的选择样本，而满载着这些感情的人物形象在后世小说中也经常可以见到。

《楚辞》中的人物形象也具有很强的感情。《离骚》是一首长达370多句近2500字的抒情长诗，而这样的一首诗完全是以第一人称贯穿全篇，使得整首诗成为诗歌主人公的抒情独白。后人对屈原的评价，往往说他是"中国文学史上第一个伟大的诗人"，其原因就是屈原在诗中充分表现出了自己的爱国之情、哀怨之情、愤恨之情，在诗中塑造了一个具有高洁情操的宁死不屈的诗人形象。作者在诗中放任自己澎湃的感情,而这种汪洋恣肆的感情也感染了后世的怀才不遇者、情操高洁者、爱国爱民者、宁死不屈者,他们也把屈原作为自己的精神榜样。

《九歌》中出现的人物形象也都具有抒情性。例如,《山鬼》篇中的山鬼是一个漂亮又多情的女鬼:她不仅"被薜荔兮带女罗",而且"既含睇兮又宜笑";这样美丽多情的山鬼生活在一个恶劣的"幽篁兮终不见天"的环境之中,令人心生怜惜之情;但她因为路途艰险,约会来迟,只好"表独立兮山之上,云容容兮而在下";她觉得她所思念的人必然被别人留住了,"留灵脩兮憺忘归",那么自己怎么办呢?"岁既晏兮孰华予?"自己年纪渐老,谁能让她永远像花一样美丽呢?诗歌在"雷填填兮雨冥冥,猿啾啾兮又夜鸣,风飒飒兮木萧萧,思公子兮徒离忧"中结束,在给人留下无尽的悲愁之时,也完成了对山鬼这个多情女鬼的塑造。《山鬼》人鬼之恋的题材为后世小说家所继承,如在蒲松龄笔下经常可以看到多情美丽的女鬼形象。

《楚辞》中出现了很多像山鬼这样具有抒情特征的主人公,如《云中君》中"极劳心兮忡忡"的云中君、《湘夫人》中"目眇眇兮愁予"的帝子、《少司命》中"悲莫悲兮生别离,乐莫乐兮心相知"的少司命等,都是情思婉转而又深挚的人物形象。

小说以塑造人物为中心,而在中国古代小说中出现的众多人物形象多具有抒情的特征,他们或者为爱情而悲泣,或者为国事而烦忧,这些可歌可泣的人物形象在《诗经》《楚辞》中多能找到其原型。

第二,用诗歌来表现人物的心理。

很多学者认为中国小说不擅长心理描写,并把它作为中国文学的一大缺点。确实,中国古代小说中很少出现大段大段的心理刻画,但这并不代表在中国小说中没有心理描写,只不过这种描写不是散文形式的,而是诗歌形式的。用诗歌来表达人物心理在中国小说中是很普遍的现象,而这一手法来源于《诗经》和《楚辞》。

《诗经》中不仅有很多诗句直接表现人物的心理,而且有些诗歌的全篇都是人物的心理活动,如《郑风·将仲子》和《豳风·东山》。

《将仲子》是一位恋爱少女的内心独白。诗歌开篇就是"将仲子兮，无逾我里，无折我树杞"，这是她内心深处对恋人的劝告，叫他不要翻越自己家的门里，不要折断自己家的杞树。这样的劝告是一种拒绝，未免让自己的恋人失望，于是她马上就解释说："岂敢爱之？畏我父母。仲可怀也，父母之言，亦可畏也。"她的解释就是：我不是爱惜自己家的杞树，而是怕自己的父母；你当然是叫我牵挂爱恋的，可是父母的责备我也很害怕。这里的心理描写可谓一波四折：劝告仲子"无逾我里，无折我树杞"，近似无情，但马上就是"岂敢爱之？"口气缓和下来，这是一折；"畏我父母"，口气又冷了下来，又是一折；"仲可怀也"，表达了自己对对方的爱恋，是第三折；"父母之言，亦可畏也"，再次强调父母的责备，这是第四折。在这四次转折之中，恋爱中的少女对恋人的爱恋、对父母的畏惧、对约会的期盼与担心，就曲折地、一层层地，虽然遮遮掩掩但还是非常充分地表现了出来。但这仅是诗歌的第一章，诗歌的第二章和第三章又以相同的节奏把这一过程重复了两遍，只不过是把"我里"分别换成"我墙""我园"，似乎对方越来越近；把"树杞"分别换成了"树桑""树檀"，担心被折断的树也越来越多；而"父母"也分别换成了"诸兄""人"，所畏惧的人也越来越多，于是前面的一波四折就被成倍放大了，而少女又爱又怕又盼又拒的心理也就在这样的重复之中被强调和深化了。

《东山》则是一位战罢归来的战士在归途之中的内心独白。诗中的战士在"零雨其濛"的归途中，先回顾了自己艰苦的战争生活，有"衔枚"行军，还有"敦彼独宿，亦在车下"，也就是睡觉都要睡在车底下；然后想到了家园的荒凉，"果臝之实，亦施于宇。伊威在室，蟏蛸在户"，就是结了瓜的果臝爬到了屋檐下，室内生满了土虫，蟏蛸在门上结网，但即使家中这样荒凉，归人还是说"不可畏也，伊可怀也"，也就是家中荒凉不可怕，仍然值得自己想念。其后开始怀人："鹳鸣于垤，妇叹于室。洒扫穹窒，我征聿至"，妻子虽然在家中伤叹，但还是在洒扫房舍等待我的归来。最后一章回想到了新婚之时的场景——"仓庚于飞，熠燿其羽。之子于归，皇驳其马。亲结其缡，九十其仪"，就是说新婚之时，黄莺飞翔，羽毛闪亮，迎亲的马匹很漂亮，美丽的新娘子跟我一起举行了隆重的婚礼；诗歌的最后一句是"其新孔嘉，其旧如之何"，表达了对于与妻子重逢的向往。

这首诗共四章，每一章都是一系列的画面，这些画面随着主人公的心理变化而不停转换，于是"道途之远、岁月之久、风雨之凌犯、饥渴之困顿、裳衣之以久而垢敝、室庐之以久而荒废、室家之以久而怨思"，这些"皆其心之所苦而不敢言者"① 的意象都跃然于纸上。周啸天说此诗"也许是国风中想象力最为丰富的一首诗，诗中有再现、追忆式的想象（如对新婚的回忆），也有幻想、推理式的想象（如对家园残破的想象）"②，这里的"想象"就是指其心理活动；而这首诗每章的开头都是"我徂东山，慆慆不归。我来自东，零雨其濛"，于是就把所有的"想象"都置于同一背景之下，使得所有的想象成为一个有机的整体。

《诗经》中表现人物心理活动的诗篇颇多，除了这两首，还有《召南·草虫》《召南·殷其雷》《召南·摽有梅》《召南·江有汜》《邶风·柏舟》《邶风·绿衣》《邶风·击鼓》《邶风·凯风》《邶风·匏有苦叶》《邶风·谷风》《邶风·旄丘》《邶风·二子乘舟》《鄘风·柏舟》《鄘风·桑中》《卫风·氓》《王风·黍离》《王风·采葛》《王风·大车》《王风·丘中有麻》《郑风·遵大路》《郑风·丰》《郑风·风雨》《郑风·子衿》《齐风·著》《齐风·南山》《齐风·甫田》《魏风·园有桃》《魏风·陟岵》《唐风·山有枢》《唐风·绸缪》《唐风·杕杜》《唐风·鸨羽》《唐风·有杕之杜》等很多篇。

除了《诗经》，《楚辞》中也有大量描写人物心理的诗歌。章培恒《中国文学史新著》中指出《离骚》的主要特色是"感情的强烈、想象的丰富、象征手法的成功运用和结构的宏伟"③，这里的"想象"就是作者心理活动，作者在《离骚》中记录了自己的一段漫长的心理历程：对过去的回顾自然是一种心理活动，而"反顾以游目""往观乎四荒"也是想象，所谓女嬃的指责，以及向灵氛、巫咸请教，大概都跟向重华陈词一样，只是

① （明）朱善：《诗解颐》卷一，台湾商务印书馆影印文渊阁四库全书本。
② 《先秦诗鉴赏词典》，上海辞书出版社1998年版，第307页。
③ 章培恒、骆玉明：《中国文学史新著》，复旦大学出版社2007年版，第117页。

作者心理假设而已。屈原是心理描写的高手，例如在《悲回风》长达七百多字的篇幅中，没有提到任何具体事实，全篇都是诗人的心理活动，而诗歌就在诗人的心理活动中开始、展开，并随着作者的心理活动的变化而变化。姜亮夫清楚地指出《悲回风》的这一特点，他说：

> 全篇皆以思理迥惑，不知所释为主；而最为萦惑者，则是非善恶，本不相容，而又实不能显别；因而心伤，作为伤心之诗。诗中描绘心思，出入内外远近不同之情，上下左右前后之态，而仍不知所止，悲感与思理相挟持，而遂思入眇茫，从彭咸之所居。既至天上，忽又感烟雨之终不可永久浮游上天，遂思追踪介子伯夷。既睹申徒之死无益，又自回惑不解！①

第三，用诗歌来表现人物的言行外貌。

《诗经》《楚辞》中人物形象的言行外貌都是用诗歌来表现，于是这些人物形象也具有了诗化特征。

《诗经》《楚辞》中有很多诗是以第一人称的形式出现，如《黍离》篇中的"行迈靡靡，中心摇摇。知我者，谓我心忧；不知我者，谓我何求"，《伯兮》中的"自伯之东，首如飞蓬。岂无膏沐，谁适为容"，《卫风·木瓜》中的"投我以木瓜，报之以琼琚。匪报也，永以为好也"，《大车》中的"谷则异室，死则同穴。谓予不信，有如皦日"，《东山》中的"我徂东山，慆慆不归。我来自东，零雨其濛。我东曰归，我心西悲"，这些感人至深的诗句都以第一人称的口吻出现，使得诗中的主人公俨然是诗人的化身，而《离骚》《悲回风》等更是以第一人称写作的名篇。

《诗经》中有些诗歌是对话体，如《齐风·鸡鸣》，开篇八字是女声"鸡既鸣矣，朝既盈矣"，然后是男子的应答之声"匪鸡则鸣，苍蝇之声"，其次又是女声"东方明矣，朝既昌矣"，紧接着是男声"匪东方则明，月出之光"，在这以诗句进行的男女对答中，女子以鸡已鸣叫、东方已明来

---

① 《姜亮夫全集》（六），云南人民出版社2002年版，第456页。

劝男子起床，但不愿起床的男子却把鸡鸣声说成是苍蝇声、把太阳的亮光狡辩成月光，于是女子的劝诫、男子的赖皮，就在诗人精心选择的对话中表现出来了。这种用诗歌进行对答的形式，在唐代小说《游仙窟》中就贯穿全篇，而在后世小说中才子佳人们以诗歌来传情达意，也是这种诗歌对话体的变异。

《楚辞》中出现的人物语言虽然不少，但《卜居》和《渔夫》这两篇对话体作品很值得关注。《卜居》主要是屈原和太卜郑詹尹的对话，文中既有"屈原既放，三年不得复见"这样的散句，也有"尺有所短，寸有所长；物有所不明，智有所不足"这样的骈句；既有以"骐骥"来象征贤才、以"驽马"来象征庸才的象征手法，又有"蝉翼为重，千钧为轻；黄钟毁弃，瓦釜雷鸣"这样的对比手法。《卜居》的抒情色彩非常浓厚，诗中的十八个"乎"字式问句，答案其实非常明确，没必要回答，因而作者的这一连串发问，只是用来强调自己志行的高洁以及他对现实的极大不满而已。这些问话多用韵语，象征手法和对比手法都应用娴熟。郑詹尹的回答也很有特点，他要说的话只不过是最后一句"龟策诚不能知事"，但在这一句之前还有"尺有所短，寸有所长；物有所不足，智有所不明；数有所不逮，神有所不通；用君之心，行君之意"这四个对句。这些对句不仅显示出他类比推理的诗性才能，而且其语言跟前面屈原的"蝉翼为重，千钧为轻；黄钟毁弃，瓦釜雷鸣"一样，都达到了高度的骈偶化。郑振铎说《游仙窟》是对偶体小说的祖先，那么这篇《卜居》和下篇《渔夫》则应是后世对偶体小说的先驱。

与《卜居》相比，《渔夫》更为优美，更有神韵，人物形象更为丰满，也更像小说，甚至它直接就可以算作一篇对话体小说。这篇文章开篇以"屈原既放，游于江潭，行吟泽畔，颜色憔悴，形容枯槁"交代了人物背景，之后就完全成为渔夫与屈原的问答式对话，而两人的问答也层层递进，逐渐深入，诗味十足：渔夫以"子非三闾大夫与？何故至于斯？"来询问屈原的身份、屈原落魄的原因，而屈原以"举世皆浊我独清，众人皆醉我独醒"来回答；之后渔夫又以"圣人不凝滞于物，而能与世推移"来劝解，并具体指出屈原在"举世皆浊""众人皆醉"的情况下应如何去做；

屈原则在渔夫劝解的基础上进一步表明了自己的决心，从而充分显示出了他人格的高洁；对于屈原的坚决反驳，渔夫的反应是"莞尔而笑，鼓枻而去"，而且是唱着"沧浪之水清兮，可以濯我缨；沧浪之水浊兮，可以濯我足"的歌离去的。文章中的对话大多在比喻中进行，双方以喻体进行层层交锋：屈原以"举世皆浊"来比喻世道的黑暗，自己要在这黑暗中保持清白，渔夫就劝他说"世人皆浊，何不淈其泥而扬其波？"屈原则以"安能以皓皓之白，而蒙世俗之尘埃乎？"拒绝了渔夫的建议。于是渔夫唱着"沧浪之水"的歌离去，而这首歌表示他仍坚持自己的意见。文章最后通过渔夫之口而出现的这首诗歌，使得文章韵味悠远，渔夫的形象也丰满而不俗。后世小说中有不少渔樵农耕的智者形象，他们超然世外、悠然自乐的特征与这里的渔夫是一致的。

《诗经》《楚辞》中的人物行动描写也具有诗性色彩，这种诗性色彩主要表现为行动描写的特征性和跳跃性（而不是全面性和连贯性），以及相似动作的重复出现和以行动来表现人物的感情。

在叙事文学中，为了叙事的清楚，对人物动作的描写应该是全面的和连贯的，但在诗歌中恰恰相反，由于诗性语言（简约）的限制和艺术追求（传神，言简意丰）的不同，对于诗中的人物行动，作者多是选择性地只交代他所关心的那些突出特征，而不是把整个行动过程细致入微地描述出来。这一点在前文"诗化的故事情节"中已经涉及，此处不再赘言；只是需要指出的是，这样的行动描写对于人物形象性格的表现，也是只能突出人物的主要特征，而不能表现人物性格的丰富性。例如，《诗经》中的《芣苢》，这首诗的主人公是采摘芣苢的妇女，而诗中也只是跳跃性地变换着出现了"采""有""掇""捋""袺""襭"这六个字，而这六个字已经表现出了采摘的全部过程。由于这六个字都是具体采摘的动作，它们属于同一类型，则它们能够表现出的人物形象的性格特征也是单一的。由于这首诗相似句型不断重复，于是这相似的性格特点就被渲染放大了，而其他性格特点则无以体现。这样的表现手法使得人物形象典型化有余而个性化不足。诗歌中人物形象塑造方面的这一特点，也被后世的中国小说所继承。

相似动作的重复性，如《卷耳》中女子的"采采卷耳，不盈顷筐"，这里的"采采"指动作的重复，表示时间之久，"不盈顷筐"则是动作的结果，于是时间之久与"不盈顷筐"的结果就形成了一对矛盾，而主人公因"嗟我怀人"而心神不宁的形象特征就在这矛盾中表现出来了。诗中的女主人公心神不宁，男主人公也是忧伤不已，他在以酒浇愁，"酌彼金罍"和"酌彼兕觥"这两个相似行为的重复，表达出了他心中的忧伤难以消除。这种人物类似动作的重复描写具有一唱三叹余音袅袅的艺术效果。《诗经》中这类用法很多，其中最为人称道的当是上面提到的《芣苢》。这首诗共三章十二句，基本句式就是"采采芣苢，薄言采之"，在后文中只有"采"字有变化。所以全诗就是同一个语调的重叠，但在这单调的重叠中，采芣苢之人的忙碌、快乐却跃然于纸上。杜贵晨指出中国小说中具有"三复情节"①"七复模式"②，而《诗经》中像《芣苢》这样的诗篇则是这种重复模式的最早模板。

虽然人物动作都能够表现人物的性格特征，但诗歌中的动作描写要表现的显然不是广义的人物性格，它们主要是用来表现人物的感情特点。例如，上文中的"采采卷耳，不盈顷筐"是用来表示相思之苦，"采采芣苢，薄言采之"则表示心中的欢乐。再如，《谷风》中的"行道迟迟"和《黍离》中的"行迈靡靡"一样，都是用行动的迟缓来表现人物心中的凄凉悲伤。

人物相貌服饰描写，或者是点染式，只需写出人物相貌的主要特征；或者是工笔式，要对人物相貌进行全面细致的描写。这两种方法在《诗经》《楚辞》中都出现了。前者在《诗经》里如《伯兮》中的"首如飞蓬"，这只是一个比喻性的描写，它只是写出了女子因为倦于梳妆而头发乱如飞蓬这样一个细节性特征，就已把女主人公因为丈夫出征在外而自己独自在家的慵懒无聊的心态表现出来了。《诗经》中类似的笔法还有不少，例如《采蘩》中的"被之僮僮"和"被之祁祁"、《柏舟》中的"髡彼两髦"、《羔裘》中的"羔裘如濡"、《有女同车》中的"颜如舜华"和"佩玉

---

① 杜贵晨：《数理批评与小说考论》，齐鲁书社 2006 年版，第 202 页。
② 同上书，第 138 页。

琼琚"、《丰》中的"衣锦褧衣，裳锦褧裳"、《出其东门》中的"缟衣綦巾"和"缟衣茹藘"、《齐风·甫田》中的"婉兮娈兮，总角丱兮"等。后者在《诗经》中的典型代表是《硕人》和《君子偕老》。《硕人》中赞美女主人公之美，一连用了六个比喻，依次赞美了她的手、皮肤、脖颈、牙齿、额头、眉毛："手如柔荑，肤如凝脂，领如蝤蛴，齿如瓠犀，螓首蛾眉"，然后又以画龙点睛式的"巧笑倩兮，美目盼兮"结尾。《君子偕老》中虽然也描写了美人的相貌，但却把描写的重点放在了她的衣饰上，在这段"玼兮玼兮，其之翟也。鬒发如云，不屑髢也。玉之瑱也，象之揥也，扬且之皙也。胡然而天也！胡然而帝也！"中，既有描写美人相貌的"鬒发如云""扬且之皙也"，也有描写她礼服之美的"玼兮玼兮，其之翟也"、描写她耳饰的"玉之瑱也"、描写她发钗的"象之揥也"，在以"胡然而天也！胡然而帝也！"收束了此章之后，在下一章中又有与此类似的大段描写："瑳兮瑳兮，其之展也。蒙彼绉絺，是绁袢也。子之清扬，扬且之颜也。展如之人兮，邦之媛也！"像《硕人》和《君子偕老》这样全方位地用诗性语言对一个人的形体进行集中描写，在《诗经》之后经常出现在小说或者戏剧中，也就是后世小说中经常出现的用大段的诗歌、骈文来对人物的外貌、衣着、行动进行详细描写的手法，都是《硕人》《君子偕老》这些描写的延续和发展。

《楚辞》中的人物相貌描写很少，只有几句像《渔夫》中的"颜色憔悴，形容枯槁"这样概括性的描写。相比来说，人物的衣饰描写要多一些，但这些描写多具有象征意义，这是它与《诗经》不同的地方。例如屈原在《离骚》中写自己"扈江离与辟芷兮，纫秋兰以为佩"，他身上佩戴的江离、秋兰等香草，是用来象征他人格之高洁的；而"高余冠之岌岌兮，长余佩之陆离"，也是象征了他自己要坚持操守的意愿。这些衣饰的象征意义，我们从"户服艾以盈要兮，谓幽兰之不可佩"和"苏粪壤以充帏兮，谓申椒其不芳"就可以得到确证：世人不可能都在腰间挂满了异味的艾草，而说幽兰不能佩戴，也不可能在自己的香袋中填满了粪土，却说芳香的申椒没有香气。所以诗中出现的他和世人所佩戴的香草、恶草们，都只是象征而已。《涉江》中有"余幼好此奇服兮，年既老而不衰。带长

铗之陆离兮，冠切云之崔嵬"之句，这里的长铗、高冠也应该是象征意义
上的。

（三）诗化的环境描写

《诗经》《楚辞》中环境描写的诗化成就很值得称道。《王风·君子于
役》中写思妇之情，开篇以"君子于役，不知其期，曷至哉？"点出主题
之后，就是一段环境描写："鸡栖于埘，日之夕矣，羊牛下来"，鸡回到了
窝里，太阳也快落山了，羊和牛也下山歇息了，也就是说连鸡、太阳、
羊、牛都回到自己的"家"了，那么远方服役的人呢？在此景的衬托之
下，思妇的思夫之情就自然流露而出："君子于役，如之何勿思？"真景真
情，朴素之至，感人至深，难怪许瑶光赞曰："鸡栖于桀下牛羊，饥渴萦
怀对夕阳。已启唐人闺怨句，最难消遣是昏黄。"①

章培恒在《中国文学史新著》中注意到了《诗经》中的环境描写，并
把它们从正面烘托和反面烘托两方面进行了分析：

> 从正面来烘托的，如《溱洧》的"溱与洧，方涣涣兮"，以春水
> 洋溢的景象来增强青春的欢乐；从反面来烘托的，如《郑风·风雨》
> 的"风雨凄凄，鸡鸣喈喈。既见君子，云胡不夷"，写风雨凄凉之日
> 见到了其所渴望的君子，就更显得心情的愉快。②

对《诗经》中的环境描写还应该从《诗经》的"比、兴"创作方法上
来分析。本章前面已经分析了"六诗"意义上的"赋、比、兴"，它们并
不是某一句诗的具体写作手法，而是指一篇诗歌的起笔写法，也就是说，
"赋、比、兴"是篇法，而不是句法，所以有些比喻句并不是"比"，例如
《硕人》中的"手如柔荑，肤如凝脂"那段著名的排比句，朱熹就说这段
描写是"赋"，因为这段是直接写庄姜之美，抒发作者对庄姜的赞美之情。
"比"和"兴"都不是直接抒情，所以朱熹说"比者以彼物比此物也""兴

---

① （清）许瑶光：《雪门诗钞》卷一《再读〈诗经〉四十二首》之第十四首，续修四库全
书本。

② 章培恒、骆玉明：《中国文学史新著》，复旦大学出版社 2007 年版，第 75 页。

者先言他物以引起所咏之词也",就是说"比"和"兴"都是要借助于"彼物""他物"的手法,而这里的"彼物""他物"往往就是故事发生的环境,当然这些环境可能是跟故事有直接联系的,也可能是没有直接联系的;不过即使没有直接联系,这些环境也能给故事创造气氛。例如,《关雎》中开始的"关关雎鸠,在河之洲。窈窕淑女,君子好逑",朱熹说这是"兴"也,也就是说此章的前两句"关关雎鸠,在河之洲"是"他物",而"窈窕淑女,君子好逑"则是作者的"所咏之词",是作者的写作目的所在,于是这里的"关关雎鸠,在河之洲"就成了故事发生的背景。再如《邶风·燕燕》,第一章是"燕燕于飞,差池其羽。之子于归,远送于野。瞻望不及,泣涕如雨",此处前两句写的是燕子舒展着翅膀在天上飞翔,这两句就成了后四句送别主题的背景,则前两句是用燕子的快乐自在来反衬送别的悲伤凄凉。这首诗之所以被推崇神韵的王士禛誉为"万古送别诗之祖"①,开篇的"燕燕于飞,差池其羽"当是一个重要的因素——试想,如果没有这两句诗,只有后面的"之子于归,远送于野。瞻望不及,泣涕如雨",则诗歌的立体感大减,厚度大失,意境也立即逊色许多。

"赋"法也能精妙地进行环境描写。例如,《秦风·蒹葭》开篇的"蒹葭苍苍,白露为霜",朱熹就说这是"赋也"。这一写河边景物的赋法给故事的发生设置了一个萧瑟的气氛背景,给整首诗歌奠定下了一个凄怨的基调,因为在后文中,这首诗不管怎样写,都没有离开这条河,"所谓伊人,在水一方",那个人就在河的那一边;"溯洄从之,道阻且长",就是逆着河水去找她,只是道路又艰险又漫长;"溯游从之,宛在水中央",顺着河水去找她,她又似乎在水中央。

《楚辞》中的环境描写也很优美,如《湘夫人》的前两句是"帝子降兮北渚,目眇眇兮愁予",一个忧伤的人物形象就出现在了我们面前;紧接着两句就是环境描写:"袅袅兮秋风,洞庭波兮木叶下",秋天的凉风轻袭,洞庭扬波,树叶落下,这凄清的环境与主人公的心境恰好对应,而这

_____

① (清)王士禛:《分甘馀话》,中华书局1989年版,第60页。

凄清的环境阔大无际，象征着主人公内心忧伤的无穷无尽。《怀沙》的环境描写一开始就出现了——"滔滔孟夏兮，草木莽莽"，初夏天气和暖，草木茂盛，可是在这样一个环境之下，诗人却"伤怀永哀兮，汩徂南土"，在不尽的哀伤中急急忙忙走向南方。《湘夫人》中是以哀景来写哀，是正面写法；《怀沙》中则是以乐景来写哀，是反衬写法。

《诗经》与《楚辞》的环境描写颇有不同，这主要表现在《诗经》中的起兴句较多，也就是一开始就交代环境，然后才出现人物，《关雎》和《蒹葭》都是如此。这相当于电影镜头的由远到近。《楚辞》中的诗篇多与此相反，往往在开篇第一句中人物形象就出现了，之后才交代环境，如《湘夫人》就是如此，而《怀沙》则是个例外。这相当于电影镜头中一开始就是人物的特写，然后才是他身后的背景。《诗经》中的诗歌，其抒情方式多是"比兴"，而"比兴"这两种抒情方式都要借助于外物来进行。当然《楚辞》不是不假借外物，只不过它在借助外物抒情时，多是直接把外物纳入自己的抒情系统，而《诗经》中用来"比兴"的外物则多是间接的，外物和抒情之间的关系往往给人遮遮掩掩、似有若无的印象。例如，《楚辞·悲回风》中第一句是"悲回风之摇蕙兮，心冤结而内伤"，这里的"回风之摇蕙"是眼前之景，这五个字前冠以"悲"字，于是眼前之景就直接成为主人公悲悯的对象，接着诗人还进一步解释他悲悯"回风摇蕙"的原因——"物有微而陨性兮，声有隐而先倡"，这样的解释使得"回风摇蕙"这一物象具有了象征意义，使这一意象成为了感情的承载体，从而把它彻底纳入了抒情的系统之中。这样的景物处理在《楚辞》中还有很多，在《悲回风》中还有"登石峦以远望兮，路眇眇之默默""冯崑崙以瞰雾兮，隐岷山以清江。惮涌湍之磕磕兮，听波声之汹汹""悲霜雪之俱下兮，听潮水之相击"等，另外《离骚》中的"朝饮木兰之坠露兮，夕餐秋菊之落英"、《抽思》中的"悲秋风之动容兮，何回极之浮浮"《远游》中的"微霜降而下沦兮，悼芳草之先零"，其中都有用来表示抒情主人公强烈参与的动词。而《诗经》中大多没有这一动词，像"悲霜雪之俱下兮，听潮水之相击""微霜降而下沦兮，悼芳草之先零"这样的句子，在《诗经》中一般就会成为"霜雪俱下，潮水相击""微霜下沦，芳草先零"

这样的纯景物描写，"蒹葭苍苍，白露为霜"和"关关雎鸠，在河之洲"正是这样的句式。

《楚辞》把客观的环境直接融入主观抒情之中的写作方法在《山鬼》和《九辩》中表现得非常突出。《山鬼》中出现了不少环境描写，例如"杳冥冥兮羌昼晦，东风飘兮神灵雨"是环境描写：虽然是白天，但是那黑暗却是幽深无边，而且风吹雨落，但这样一个幽凄的环境描写却是承接"表独立兮山之上，云容容兮而在下"而来，于是这两句环境描写也就跟"云容容兮"一同融入抒情之中了。《山鬼》的最后四句是"雷填填兮雨冥冥，猿啾啾兮又夜鸣。风飒飒兮木萧萧，思公子兮徒离忧"，前三句着重营造一种雷雨交加、风吹猿鸣的山林之夜的凄凉气氛，最后一句点出抒情主题，于是前面的凄凉气氛就与"离忧"的主题融为一体了。

宋玉《九辩》中的环境描写特别值得关注。这首诗以悲秋为主题，开篇就是"悲哉秋之为气也，萧瑟兮草木摇落而变衰"，"悲哉"之后就是景物描写，草木摇落，萧瑟变衰，自然节令的物候变化牵动了诗人的悲情，而后面诗人的悲情也一直与萧瑟的秋景互相激发，互相深化——"憭栗兮若在远行，登山临水兮送将归，泬寥兮天高而气清，寂寥兮收潦而水清，憯凄增欷兮薄寒之中人"，这几句诗中都既有人类凄凉的感情，又都有秋天凄栗寒清的景色；"燕翩翩其辞归兮，蝉寂漠而无声。雁雍雍而南游兮，鹍鸡啁哳而悲鸣"，这是多么悲凉的秋景描写，接着就是"独申旦而不寐兮，哀蟋蟀之宵征"，于是刚才的纯景物描写不仅立即披上了主观的伤感色彩，而且使得主人公的伤感色彩更为浓烈无边。在《九辩》后面的长文中，作者也时刻把秋天的凄凉景色和自己的伤感有机结合起来，如"皇天平分四时兮，窃独悲此廪秋。白露既下百草兮，奄离披此梧楸。去白日之昭昭兮，袭长夜之悠悠。离芳蔼之方壮兮，余萎约而悲愁……"再如"霜露惨凄而交下兮，心尚幸其弗济。霰雪雰糅其增加兮，乃知遭命之将至"，又如"靓杪秋之遥夜兮，心缭悷而有哀。春秋逴逴而日高兮，然惆怅而自悲"等，不一而足。如果说《诗经》和屈原的作品中这种情景交融还有些生涩，而且只是偶尔为之的话，那么宋玉《九辩》的情景交融就已经相当熟练，并且也频繁出现了。

第二节　先秦诸子散文的小说特征和诗化特征

胡应麟《少室山房笔丛·九流绪论》中说"小说，子书流也"，这话当然是不错的：中国小说最早在《汉书·艺文志》中就被编入了"诸子略"里，属于子书，只不过地位很低，"小说家"虽在"十家"之中，却在"九流"之外；之后一直到纪昀们撰写《四库全书总目》，小说依然是在子部之中。所以虽然小说概念的内涵和外延从《汉书》到《四库全书》都有所不同，但小说特别是文言小说一直属于子部却是不争的事实，而先秦诸子散文对于小说的影响也是很明显的，诸子散文的诗化特征对于小说诗化特征的影响也是巨大的。

先秦诸子散文较为复杂，大致可以分为说理性散文和叙事性散文。说理性散文是诸子散文的主体，但先秦诸子的说理议论之文与今天我们所写作的论文相比，在写作方法上大不相同：先秦诸子的论文主要是以比喻来论述自己的观点，在他们的论文写作中，类比推理和归纳推理这些或然性的思维方式占有主要地位；而在我们现在的论文写作中，起主要作用的是演绎推理。相比于演绎推理而言，类比推理和归纳推理是一种诗性的思维方式，而这种诗性的思维方式不仅贯穿于先秦诸子的论说文中，而且贯穿于整个中国文化之中，当然也在文言小说的诗化特征中占据着一席之地。先秦诸子的说理性散文中具有很强烈的叙事成分，其中包含典型的人物形象、精彩的故事情节，而这些人物形象和故事情节多是后人所追记或者直接为作者所虚构，所以我们即使视先秦诸子的很多说理性散文为哲理小说也未尝不可。至于诸子散文中为数不多的叙事性散文，其创作目的本为表现人物形象和故事情节，它们甚至符合今天最为严格的小说标准。而在这些叙事散文中，诗性思维依然是光芒四射。所以先秦诸子散文同时具有诗性和小说性两大特点，这决定了它对后世小说诗化特征的巨大影响。

要详细具体地说明先秦诸子散文对小说诗化特征的影响是一件很困难的事情，本文限于篇幅，只能在概括说明的基础上，再进行一些具体作品的分析，希望以此做到点面结合，能够在有限的篇幅内把这一问题阐释清楚。

一　先秦诸子散文的小说特征

先秦诸子散文之所以对后世的小说具有影响，首先是因为它们具有强烈的小说特征。

我们现在对古代小说的范围限定多采取了两重甚至多重标准，当然每一重标准都以不同的小说概念为依据。但小说的概念复杂多样，不仅有古代、现代之别，中国、外国之分，而且古代、现代和中国、外国内部的小说概念也并不相同。例如，王汝梅、张羽在《中国小说理论史》中就认为中国古代有史家小说观念和文家小说观念的区别，而史家小说观念又分为明理和记事两类，可见小说的概念确实是非常复杂也非常不同的。① 奇怪的是，既然这些不同的小说概念差别很大，那么用这些不同的小说概念来界定中国古代的小说，其外延应该是差别很大才是，可是实际上各家各派得到的结果却是差不多。究其原因，是因为各位学者虽然自称坚持各种不同的小说观念，但他们对于古代典籍中哪些作品是小说已经形成一个定式，这就导致他们的观念虽然差别很大，但在具体操作时不自觉地就向定式上靠拢，于是他们用来考量的作品范围，也几乎不超出前人已经确定为小说的范围。

为什么就不能用一个标准来考量古代的一切典籍，以确定它们是不是小说，而不是仅仅把范围限定于古代的小说目录之中的作品呢？具体到本节内容，那就是，如果我们用现代小说的标准来考量诸子散文，那么它们是不是小说呢？

当然这首先要选择一个现代小说的标准。北京大学的马振方是新时期最早研究小说艺术的专家之一，他在《小说艺术论》中给小说下的定义是："对于今人共识的小说，似乎可以作这样的表述：以散体文摹写虚拟人生幻象的自足的文字语言艺术。"他认为"这个定义包括小说内容、形式的基本要素构成的四种规定性：叙事性、虚构性、散文性和文字自足性"②。这个定

① 王汝梅、张羽：《中国小说理论史》，浙江古籍出版社 2001 年版，第 1—10 页。
② 马振方：《小说艺术论》，北京大学出版社 1999 年版，第 8 页。

义比较严格，他提出的这四种规定性使得我们在考量诸子散文时也有了一个现成的标准，那么我们下面就以这个严格的现代小说定义的四种规定性来衡量一下诸子散文的小说特征。

（一）叙事性

诸子散文的叙事性特征非常明显。例如，《晏子春秋》叙述了与晏子有关的言行，高亨说它塑造了晏婴这个"同情人民、反对暴政、效忠齐国、坚持正义、敬礼贤士、生活朴素、态度谦虚、智慧充溢、谈辩锋利的政治家形象"①，并认为它的"性质接近历史小说"②，而董治安说它是一部"接近历史小说的散文作品"③。《晏子春秋》确实与其他诸子散文不同，它的说理性很弱，而叙事性很强，以至于《四库全书总目》认为《晏子春秋》"虽无传记之名，实传记之祖也"，于是直接把它置于史部传记类中。

《论语》与《晏子春秋》类似，它记载的是孔子及其弟子的言行，孔门师弟的人物形象在《论语》中的塑造是很成功的。虽然《晏子春秋》和《论语》中记载的人物言论多于人物行动，但人物的言论是叙事文学的重要组成部分，《晏子春秋》和《论语》中的言论也多能表现人物的性格，而不仅仅是理论说教；而且既然后世普遍把记言体的《世说新语》当作小说，那么《晏子春秋》和《论语》怎么就不能是小说呢？

《庄子》中穿插了很多的故事，这些故事中的人物、情节和故事环境虽然多荒诞不经，但其中的人物形象没有一个不性格鲜明，其中的故事情节没有一个不精彩，如果把这些故事单独抽出来，它们都是精彩的短篇小说；当然如果这样的故事只是寥寥数个，或者这些故事只在《庄子》的文字中占有很小的比例，那么可以说《庄子》不是小说，可《庄子》一书中充斥着很多的故事，《庄子》"寓言十九"，书中的绝大多数文字是在讲这些精彩的故事，所以，《庄子》有强烈的叙事性，而庄子也被古人黄震、今人陆永品称为中国小说之祖。④

---

① 《高亨著作集林》（第九卷），清华大学出版社 2004 年版，第 310 页。
② 同上书，第 309 页。
③ 董治安：《说〈晏子春秋〉》，《山东大学学报》1959 年第 4 期。
④ 陆永品：《庄子是中国小说之祖》，《河北大学学报》1993 年第 3 期。

　　《韩非子》中虽有一些纯粹说理的文章，但韩非子更是叙事高手，公木认为《韩非子》中的寓言故事是先秦诸子中最多的，其中大大小小的寓言故事多达三百八十多个，去掉重复的仍约有三百四十则。① 例如，《说难》中的武公伐胡、智子疑邻、弥子色衰，这是用众多故事来说明一个道理；《十过》中论述十种过失，其中没有什么抽象思维的论述，而只是叙述了子反求饮、假道灭虢等十个故事，这是用十个故事来论述十种过失；《喻老》篇中出现了很多小故事，每个小故事都是用来解释《老子》的一句话；至于《说林上》《说林下》篇中则是直接列举了七十多个故事，把这两篇置于后世的短篇小说集中作为两卷也未尝不可；《难一》《难二》《难三》《难四》中则是先列举了一个个的小故事，然后以"或曰"展开论述，阐发其中的道理，这种体例，很像《聊斋志异》中的故事叙述以及其后的"异史氏曰"；至于《内储说上》《内储说下》《外储说左上》《外储说左下》《外储说右上》《外储说右下》这六篇文章中虽然都有少量的经文，但文章的绝大部分则是列举了一百八十多个故事的"说"，谭家健甚至直接说"《内外储说》即是一部寓言专著"，"开后世分类编辑故事之先声，对汉代刘向、南朝刘义庆都有所启发"。②

　　《墨子》说理性很强，但其中也有一些是优秀的叙事性文字，如《耕柱》《贵义》《公孟》《鲁问》《公输》等篇都是叙述人物言行，其中尤以《公输》最脍炙人口。《荀子》的说理性文章较多，但其中也夹杂叙述了一些人物的言行，如《宥坐》《子道》《法行》《哀公》《尧问》等篇就是以孔子等人的言行贯穿成文。

　　《管子》中也有一些历史传说和寓言故事，书中对齐桓公称霸的事迹写得较为具体，《大匡》篇几乎就是桓公本纪，《小称》篇中也有鲍叔劝桓公"勿忘在莒"，另外还有易牙作乱、桓公饿死等历史故事。

　　《吕氏春秋》是一部体例严谨的著作，但它仍然承继了诸子遗风，文章中出现了许多叙事性的文字。公木《先秦寓言概论》中说《吕氏春秋》中"记载着非常丰富的神话、传说、故事"，其中有寓言故事两百多则，

---

① 公木：《先秦寓言概论》，齐鲁书社 1984 年版，第 129 页。
② 谭家健：《先秦散文艺术新探》（增订本），齐鲁书社 2007 年版，第 162—163 页。

"它们大多都生动有趣，意味隽永，故事完整"，其叙事性特征非常突出。

《尹文子》中也是议论性文字与叙事性文字兼有，其中有名的故事如宣王好射、黄公好谦卑、楚人贩山雉、邻人献玉、盗与殴、周人怀璞等，虽叙事简明，但形象突出。

《老子》和《商君书》基本是议论性文字，《老子》甚至没有出现具体的人名，《商君书》中虽然也有晋文公明刑而断颠颉之脊的故事，但这些偶尔出现的叙事性文字在其数量众多的议论性文字中几乎可以忽略不计了。

《公孙龙子》《关尹子》基本是语言体形式，人物语言大多用来说理，多与叙事无关，不过《迹府》篇汇集了公孙龙的言行，应算作叙事性文字。

通过上面的分析可以看出，如果把先秦诸子散文以其叙事所占的比重来区分，大致可以分为三类：第一类基本是叙事体的，有《晏子春秋》《论语》《庄子》等；第二类是叙事与议论两者并重的，有《韩非子》《墨子》《荀子》《尹文子》《吕氏春秋》等；第三类基本是议论体裁的，有《老子》《商君书》《公孙龙子》《关尹子》等。就这三类来说，第一类基本上是纯叙事性文章的总集；第二类的叙事性特征也非常突出，仅《韩非子》和《吕氏春秋》中出现的寓言故事就有六百多个，而这两类著作在先秦诸子散文中占有很大的比重；第三类中，只有《老子》和《商君书》较为重要，但它们在今人论述先秦诸子散文的艺术成就时从来没有占有过重要的地位。

综上所述，先秦诸子散文的叙事性特征非常突出。这些散文中的叙事性文字所占的比重很大，这些叙事文也塑造了很多个性鲜明的形象，例如《论语》中孔子是一个知识渊博而又好学不厌的学者，既是一个因材施教、诲人不倦、风趣幽默、和蔼可亲的老师，又是一个心怀天下、明知其不可为而为之的政治家。其他如《晏子春秋》中晏婴的爱护百姓、幽默机智，《墨子》中墨翟的勤苦俭朴、有勇有谋，《庄子》中庄周的热爱生命、鄙夷世间荣禄，都能给人留下深刻的印象。因为它们是中国历史上最早出现的一批人物形象，因而这些形象对于中国后世的文学当然也包括后世的小说来说具有人物原型、人物坐标的重要意义，后世小说中的儒者形象、狂人形象、隐士形象、诗人形象、勇者形象、智者形象，甚至于小人形象、神仙形象等，都可以在先秦诸子散文中找到其原型，并且以这些原型为基础进行进一步加工塑造。

（二）虚构性

小说是否一定具有虚构性一直是争论不休的问题。马振方在《小说艺术论》中明确把它作为小说的一个特性，但他的同事北京大学的刘勇强在《中国古代小说史叙论·绪论》中则明确表达了对小说虚构性的质疑，认为："如果以虚构作为小说的基本特点，有些小说并没有虚构，或者说虚构不是其情节叙述的主导面，如魏晋的志人小说、明清之际的时事小说等，就难免被排除在小说之外。"① 学术界在界定中国古代的小说著作时，多是前松后紧，也就是宋以前的标准宽松一些，只要是符合当时小说观念的或者当时小说目录中著录的作品都算小说，哪怕以现在的小说观念来看它们不是小说；但对明清小说的界定则完全按照当代的小说观念来进行。本文则对前期小说的界定也采取严格的标准，也就是把"虚构"这一存在争议的小说标准也用于对先秦小说的界定之中，当然笔者所认可的虚构标准与刘勇强的有所不同。

到底怎样才算虚构呢？小说中的人物都是现实中所没有的才是虚构吗？如果答案是肯定的，那么《三国演义》的人物基本上是真实存在的，则《三国演义》就不是小说了。这一结论是当代学者们所不能接受的。那么人物可以是真的，情节必须都是虚构的，符合这一标准才是虚构吗？但《三国演义》的情节很多是真的，章学诚说《三国演义》"七分事实，三分虚构"（《章氏遗书外编·丙辰札记》），也就是《三国演义》中的情节大部分是真的，这一观点普遍为学术界所接受。不过具有当代小说观念的学者们虽然大多认为小说是虚构的，但他们在编写小说史时，几乎无一例外地把《世说新语》作为小说而编入其著作之中了，也有很多学者从小说虚构性的角度来说明《世说新语》具有一定的虚构性，但《世说新语》中的虚构性毕竟很少。如果以《世说新语》的虚构性作为标准，则先秦诸子的叙

---

① 刘勇强：《中国古代小说史叙论》，北京大学出版社 2007 年版，绪论第 7 页。

事性散文应该都是小说；即使以《三国演义》的"七实三虚"的标准来衡
量，则《晏子春秋》《韩非子》中大量的叙事文也应该是小说；即使以完
全虚构作为标准来衡量，那么《庄子》《列子》中的文章也是符合标准的，
它们的虚构性并不下于后世的《聊斋志异》。

　　《庄子》全书中都充斥着"谬悠之说，荒唐之言，无端崖之辞"，故事
皆为虚构之作。庄子思想迥异于俗，他也不屑于客观地叙述一件实事，所
以庄子就以他"超现实的虚构、神奇怪异的想象、荒唐无稽的言辞编造虚
妄荒诞的寓言故事"①。于是《逍遥游》中就有由几千里的鲲化成的水击三
千里的鹏，有姑射之山上不食五谷、吸风饮露、乘云气、御飞龙的神人，
《秋水》中就有河伯和北海若的对话，《至乐》中就有髑髅之语，这些构思
都是无中生有；而《盗跖》篇中的孔子见盗跖，《养生主》中的庖丁解牛，
虽都是人事，却是明显的杜撰。所以黄震说庄子"创为不必有之人，设为
不必有之物，造为天下必无之事"②，可谓中的之语；而刘熙载说"《庄子》
寓真于诞，寓实于玄"（《艺概·文概》），也是指出了《庄子》的虚构特
征。《聊斋志异》中的谈鬼说狐之作纯为虚构，但《聊斋》中也有纪实之
作，如《折狱》《地震》等，所以单纯就虚构而言，完全是虚构的《庄子》
显然要胜于还有纪实之作的《聊斋志异》。而且《聊斋志异》的作者一再
声明自己的小说出自何人，乃是何人所亲见，以证明小说的真实性，而庄
子在其文章中从不遮掩他的虚构性。后人往往以作者是否有意识地进行虚
构来鉴别一篇文章是否是小说，以至于干宝在《搜神记》中声明自己是在
实录，于是研究者就认为《搜神记》的小说性应大减；而唐人始有意为小
说，于是中国小说在唐代才成熟。但早在先秦，庄子就已经有意为小说，
甚至专意为小说了。

　　《晏子春秋》《论语》《墨子》《荀子》《韩非子》《吕氏春秋》中的叙事
之作也有虚构的成分。《论语》记载的是孔子及其弟子的言行，《汉书·艺
文志》说是"夫子既卒，门人相与辑而论纂"之作，而《文选·辨命论
注》引《傅子》之言，说是"昔仲尼既没，仲弓之徒追论夫子之言，谓之

_____

① 褚斌杰、谭家健：《先秦文学史》，人民文学出版社 2006 年版，第 282 页。
② 转引自陆永品《庄子是中国小说之祖》，《河北大学学报》1993 年第 3 期。

《论语》"。既然是"论纂"之作，"追论"之言，那么必然存在虚构。

对于先秦诸子文章的虚构性，谭家健在《先秦诸子散文中的小说因素》① 中有较为系统的论述。例如，他指出《孟子》中的"齐人乞墦"是"经过精心结撰"之作，而《滕文公下》中对"廉士"陈仲子的描写能够抓住最富典型的特殊语言和动作，运用了漫画式夸张和对比的写法；《墨子》中的《公输》是"出于有意创作"，其中所记墨子止楚攻宋于史多有不合，基本情节都靠不住，其虚构性无疑；《管子》中也有少量历史传说、寓言故事和逸事趣谈，当然也不乏虚构；《吕氏春秋·至忠》中的文挚为齐王治病那段叙事文字，其人物之荒诞和情节之荒唐，都是非常罕见的；《韩非子》中晋平公好音一段文字，杂有阴阳五行和神怪思想，所用的夸张手法也说明了它的虚构性。

但谭家健的论述只是以例证来说明先秦诸子散文的虚构性，用区区十多个故事来说明先秦诸子散文的小说性也不能够令人信服。其实先秦诸子散文中记载的故事很多，仅《韩非子》和《吕氏春秋》中就各有寓言故事、历史故事三百四十多个，《庄子》有寓言故事二百个左右，再加上其他诸子文章中的寓言故事，以及《晏子春秋》等叙事著作中的数百个故事，那么其故事总量当在一千数百个。这一千多个故事只用十多个例子来说明其小说性，说服力当然是不够的。

这一千多个故事都应该算作小说，因为这些故事或者是作者们虚构的神话故事、寓言故事，或者是改编的历史故事、追记的前贤言行；前者自然是虚构无疑，即使是后者，其虚构的程度也远高于《世说新语》。前者如《庄子》《列子》以及诸子中的动物寓言等，其虚构性自不必论；后者如《晏子春秋》《论语》《墨子》《管子》等书中记载的孔子、晏子、墨子、管子的言行，因为是后人所追记，那就会有不同程度的失真，甚至许多民间传说之类的故事也被收入其中了。《韩非子》基本是韩非的个人著作，但除了文章中韩非自己杜撰的寓言故事是纯粹的虚构之外，他所引用的历史故事恰如谭家健在《中国古代文学通论》中所言，这些历史故事实际上

---

① 谭家健：《先秦诸子散文中的小说因素》，《聊城师范学院学报》1993 年第 4 期。

也是寓言，"它们并非真实可靠的信史，而是经过艺术加工的文学创作"①。与先秦诸子散文相比，《世说新语》中所记人物多与作者的年代相差不远，而作者的写作目的也意在辑录当时名士的言语，就其虚构性来说，《世说新语》应大致与《论语》相当，而其真实性程度甚至低于先秦诸子散文中出现的大多数历史故事，更遑论诸子散文中的虚幻之作。

（三）散文性

先秦诸子散文中的叙事文都具有散文的特征，此点毋庸赘言。

（四）文字语言自足性

马振方特别指出小说的这一属性，是为了把小说跟剧本区别开来：剧本是用来拍电影或者演出的，需要依靠演出或者拍摄来完成；而小说不依赖任何别的手段。先秦诸子散文当然不是剧本，因而这一点无须解释。

由上面的分析可以看出，先秦诸子散文完全符合马振方设置的这四个苛刻的标准；如果这个标准松一些，也就是把虚构放宽一些，允许《世说新语》是小说，那么先秦诸子散文的小说性特征就非常明显了。

强调先秦诸子散文的小说性是很有必要的。鉴于先秦诸子散文在中国文化中的基石地位，它们的任何一个特征都可能被奉为圭臬而被继承发扬，那么它们的小说性越突出，它们对后世小说的影响也就越大，它们的诗化特征对后世文言小说的影响也就越显著。

二 先秦诸子散文的诗化特征

孔子说"言之无文，行之不远"（《左传·襄公二十五年》），荀子说"言语之美，穆穆皇皇"（《荀子·大略》），先秦诸子对于语言之美非常重视。诗性语言作为文学语言的极致，在先秦诸子散文中也有充分体现，而它们对后世文言小说也产生了深远影响。

据维柯《新科学》中的有关论述，诗性智慧是人类最初的智慧，它是原始人类特有的思维方式，而"诗的风格比散文的风格先起"②，也就是诗

---

① 赵敏俐、谭家健：《中国古代文学通论》（先秦两汉卷），辽宁人民出版社 2005 年版，第127 页。

② 维柯：《新科学》，人民文学出版社 2008 年版，第 205 页。

产生于散文之前，则早期散文必然深受诗的影响，从而具有了诗化特征。诸子散文摆脱了《尚书》艰涩古奥、"诘屈聱牙"的文风，具有通俗平易、明白晓畅、精粹洗练、典雅整饬的特点，成为后世文言文的典范。但它们距离诗性文化不远，还深受远古诗性文化的影响，从而导致了其文体特征中诗性色彩的特别突出。这些诗化特征在诗性思维的作用下，表现在多个方面，本文从抒情性、形象性、节奏和押韵这三个较为重要也对后世小说有较大影响的方面进行简要论述。

（一）抒情性

陈平原在《中国小说叙事模式的转变》中论述小说的诗化特征，对小说中的抒情性情有独钟。其实这一文学传统，在先秦诸子文章中就已出现了。

《论语》中多有抒情之句。孔子具有诗人气质，而后世诗人也多以孔子作为楷模。在《论语》的文本中，我们可以体会到孔子的欢乐和忧愁。例如，在"子在齐闻《韶》，三月不知肉味。曰：不图为乐之至于斯也"（《述而》）中，孔子对自己的欢乐毫不掩饰；而在"甚矣，吾衰也！久矣，吾不复梦见周公"（《述而》）中，孔子的哀叹又跃然纸上。孔子的感情不仅针对自己，有时他发现了别人的美德就会发自内心地赞美，如孔子对于南宫括就以"君子哉若人！尚德哉若人！"来称赞，对于自己的得意弟子颜渊，孔子更是经常赞叹不已：他用"贤哉回也！一箪食，一瓢饮，在陋巷，人不堪其忧，回也不改其乐。贤哉回也！"（《雍也》）来赞美颜渊安贫乐居的高尚道德，用"惜乎！吾见其进也，未见其止也"（《子罕》）来赞美颜渊的精进不止，而当颜渊去世后，他又以"噫！天丧予！天丧予！"（《先进》）来表达自己的哀恸；当从者劝他说"子恸矣"时，孔子反问道："有恸乎？非夫人之为恸而谁为？"（《先进》）孔子对尧舜禹大加赞叹："巍巍乎，舜禹之有天下也，而不与焉！""大哉尧之为君也！巍巍乎！唯天为大，唯尧则之。荡荡乎，民无能名焉。巍巍乎其有成功也。焕乎其有文章！"（《泰伯》）孔子是个哲人，也是个诗人，他的感情常常因物而发。例如，他站在河边看见流水，就感叹不已，说："逝者如斯夫，不舍昼夜！"孔子看见冬天万木凋零，而松柏苍翠依旧，也不觉深有感触，说："岁寒，然后知松柏之后凋也!"李贽评这两句话为"意在言外,无限感慨"(李贽《四书评》),正是着眼于其抒情性。

孟子的散文是以感情充沛而著称的。"夫天,未欲平治天下也,如欲平治天下,当今之世,舍我其谁也?"(《公孙丑下》)这几句话中透露出的自信、豪气和勇气,是孟子为文和为人的基础。但孟子在现实中总是碰壁,他也很痛苦,如在《公孙丑下》中,孟子是这样来对自己的"千里而见王"进行辩白的:

> 千里而见王,是予所欲也;不遇故去,岂予所欲哉?予不得已也。予三宿而出昼,于予心犹以为速。王庶几改之。王如改诸,则必反予。夫出昼而王不予追也,予然后浩然有归志。予虽然,岂舍王哉?王由足用为善。王如用予,则岂徒齐民安,天下之民举安。王庶几改之,予日望之。予岂若是小丈夫然哉?谏于其君而不受,则怒,悻悻然见于其面。去则穷日之力而后宿哉?

这段话曲折地表达了孟子的无奈之心、痛苦之心,"予所欲也""予不得已也""予日望之""予岂若是小丈夫然哉"等句子,从不同角度表达了孟子的感情。苏洵评价这段文字说:"怀行于辞意之表,整而不整,乱而不乱,缠绵悱恻,《离骚》似之。"[①]把孟子比之于屈原,正是就其感情之"缠绵悱恻"而言。

下面这段《梁惠王上》中的话则是充满了愤慨之情:

> 庖有肥肉,厩有肥马,民有饥色,野有饿莩,此率兽而食人也。兽相食,且人恶之。为民父母,行政不免于率兽而食人,恶在其为民父母也?仲尼曰:"始作俑者,其无后乎!"为其象人而用之也。如之何其使斯民饥而死也?

---

① (宋)苏洵批、(清)赵大浣增补:《苏批孟子》(增补),清刻本。

此处的"庖有肥肉，厩有肥马，民有饥色，野有饿莩"对比鲜明，是杜甫的名句"朱门酒肉臭，路有冻死骨"的来源；而"率兽而食人也""如之何其使斯民饥而死也"则明显表现出他对统治者的愤慨和谴责。

庄子虽然具有"齐物""达生"的思想，但他也是一个感情充沛甚至愤激之人。例如，《秋水》中他在濠上观鱼，与惠子辩论，何等从容；《列御寇》中痛斥曹商舐痔求荣，何等痛快。但庄子对待哀乐的态度与孔孟有所不同。例如生活多年的妻子去世了，这该是人生的一大痛苦之事，可庄子竟然鼓盆而歌，为她的死去而欣喜（《至乐篇》）。这样的境界，真不是儒家之人所能达到的。

庄子表达自己的感情多是借助于寓言，而不像孔子那样用"巍巍乎"这样的感叹词来直接表达。例如，《外物》篇中记载庄周家贫而向监河侯借粮，当监河侯说他在得到邑金之后才借给他三百金之后，庄子忿然作色曰：

> 周昨来，有中道而呼者。周顾视车辙中，有鲋鱼焉。周问之曰："鲋鱼来！子何为者耶？"对曰："我，东海之波臣也。君岂有斗升之水而活我哉？"周曰："诺，我且南游吴越之王，激西江之水而迎子，可乎？"鲋鱼忿然作色曰："吾失我常与，我无所处。我得斗升之水然活耳。君乃言此，曾不如早索我于枯鱼之肆！"

在庄子的话中，没有一句是直接指责监河侯的，但庄子的愤慨通过他杜撰的涸泽之鱼的故事还是充分表达出来了：在这个寓言故事中，庄子的身份等同于现实中监河侯的身份，那条鲋鱼则等同于现实中的庄子，于是那条鱼的愤激之词正是庄子的愤激之词。

荀子在文章中也颇有诗人情怀，《成相》篇以歌谣来宣扬自己的政治思想，赞美尧舜，从"世之殃，愚闇愚闇堕贤良！人主无贤，如瞽无相，何怅怅！"这样的诗句中就能体会他的感情的浓烈。再如《儒效》中的这段文字：

> 井井兮其有理也，严严兮其能敬己也，分分兮其有终始也，猒猒
> 兮其能长久也，乐乐兮其执道不殆也，炤炤兮其用知之明也，脩脩兮
> 其用统类之行也，绥绥兮其有文章也，熙熙兮其乐人之臧也，隐隐兮
> 其恐人之不当也。

这段文字用来赞美圣人，每句话的句中都有"兮"字，句末都有"也"字。"兮"字表停顿，把一句话自然地分为两部分；"也"字在句末，使句子获得了舒缓悠长的抒情效果。这样的十个句子构成了一个排比句群，就把他对圣人的赞颂充分表现出来了。

"韩非囚秦，《说难》《孤愤》"，韩非被司马迁认为是发愤著书的典型之一，而《韩非子》中的文章确实不乏饱含感情之作，因而张觉曾有以下议论：

> 读《孤愤》《和氏》等，就会感到有股怨愤之气萦绕在字里行间；
> 读《有度》《功名》等，就会感到有一股催人奋发、励精图治的激情
> 洋溢其间。①

理性的韩非也经常通过寓言来表达其褒贬。他用"郑人买履"讽刺了做事教条的人，用"郢书燕说"讽刺了望文生义之人，用"滥竽充数"嘲弄了没有真才实学只能装模作样的人。明人茅坤说"先秦之文，韩子其的彀焉。纤者、钜者、谲者、奇者、谐者、俳者、欷歔者、愤懑者，号呼而泣诉者，皆自其心之所欲为而笔之于书"，明确指出了韩非散文中的感情因素。

（二）形象性

在中国诗学中，"意象"虽是一个词，但"意"和"象"也可以拆开，成为两个词，如《易传》中说："子曰：书不尽言，言不尽意。然则圣人之意，其不可见乎？子曰：圣人立象以尽意。"这里的"立象以尽意"，就是指用外在之形象来表达作者的内在之心意；而作者的内在心意用外在的

---

① 张觉：《韩非子全译》，贵州人民出版社 1992 年版，前言第 25 页。

形象来表示，这就是一种诗化的手法。本文前面所提到的"赋、比、兴"的创作方法，按照叶嘉莹的解释，其实就是古代学者们所总结出来的《诗经》中用"象"来表达"意"的三种方法。先秦诸子虽然多是说理文，但充分运用了形象化的方法，因而季振淮先生说"诸子散文一般具有逻辑性和形象性综合的特点"，并认为"用譬喻说理，即语言形象化"。① 先秦诸子对于譬喻的运用是普遍的，也是自觉的，季先生在具体论述时引用了《说苑·善说篇》（卷十一）中的一个故事，可惜季先生的引文不全。兹将全文录之于下：

> 客谓梁王曰："惠子之言事也，善譬。王使无譬，则不能言矣。"王曰："喏！"明日见谓惠子曰："愿先生言事，则直言耳，无譬也。"惠子曰："今有人于此，而不知弹者，曰'弹之状何若？'应曰：'弹之状如弹。'则谕乎？"王曰："未谕也。"于是更应曰："'弹之状如弓，而以竹为弦。'则知乎？"王曰："可知矣。"惠子曰："夫说者，固以其所知，谕其所不知，而使人知之。今王曰'无譬'，则不可矣。"王曰："善！"

这里惠施用一个"譬"来说明不可"无譬"，在令梁王心服口服的同时，也把譬喻"以其所知，谕其所不知，而使人知之"的特点解释得清清楚楚。但季先生只引用了这段文字的后半部分，把前面"客谓梁王"的对话则省略了。其实客人说的"惠子之言事也，善譬。王使无譬，则不能言矣"非常值得重视，因为它充分指出了惠施言论的特点就是"善譬"，而且"无譬则不能言"的特征。后面惠子在谈论中虽然说服了梁王，但是他用"譬"来说服梁王的过程恰恰证明了那个"客"的正确性：惠子确实"善譬"，没有"譬"，惠子真的不能言。

"善譬"不仅是惠子的特点，也是先秦诸子的共同特点。这里的"譬"不仅是比喻，作为"比喻的高级形态"② 的寓言也包括在内。因为所谓的

---

① 季振淮：《略述诸子散文的艺术性》，《上海师范大学学报》1995 年第 1 期。
② 公木：《先秦寓言概论》，齐鲁书社 1984 年版，第 22 页。

寓言，都是在所叙之事中寓有哲理，这就使得诸子散文中的寓言故事与比喻中的喻体处于同一地位上，它们都是用来表达"意"的"象"，只不过寓言故事这个"象"比比喻中的"喻体"要复杂得多而已。

"譬"在《论语》中就已被大量运用了。例如，《论语》中，孔子要表达"为政以德"的思想，他就用了一个"譬"："为政以德，譬如北辰居其所而众星共之。"在今天，倘若让我们说明"德"在"为政"中的地位和作用，一般会采用论述题或论文的形式，但孔子形象地用"譬如北辰，居其所，而众星共之"就完成论述了。再如孔子要表达"人而无信，不知其可也"的观点，就用了"大车无輗，小车无軏，其何以行之哉"这样一个比喻；当宰予昼寝时，孔子生气地以"朽木不可雕也！粪土之墙不可圬也！"来进行批评；孔子到了武城，听到弦歌之声，不禁莞尔而笑，开口就说了一句"割鸡焉用牛刀"，也是完全以"象"来表达自己的看法；当认真的子游提出异议，孔子只好承认"前言戏之耳"——"戏之"二字，说明孔子对于"比"的运用已经到了随口而出的地步，而且几乎已是在下意识地运用了。

在孔子的熏陶下，孔门弟子们的形象思维也非常发达。善于言语的子贡在《论语》中经常与老师进行讨论，在讨论中经常运用"譬"法。例如：

> 子贡曰："有美玉于斯，韫椟而藏诸？求善贾而沽诸？"子曰："沽之哉，沽之哉！我待贾者也。"
>
> 子贡曰："诗云：如切如磋，如琢如磨。其斯之谓与？"子曰："赐也，始可与言诗已矣。告诸往而知来者。"

前一个对答是子贡以椟中美玉这一"象"来问孔子对于出世、入世的态度；后一个对答是用制玉来比喻学业德行的养成。从这两个例子中可以看到"譬"这样的形象思维在孔门师弟教学过程中的重要作用。

子贡对孔子评价极高，他对孔子的高度评价也是借助于形象思维来表现的。例如，他用宫墙来比喻自己和孔子的距离："譬之宫墙。赐之墙也及肩，窥见室家之好。夫子之墙数仞，不得其门而入，不见宗庙之美，百官之富。得其门者或寡矣。夫子之云，不亦宜乎？"再如他用天来比喻孔子的高不可及："夫子之不可及也，犹天之不可阶而升也。"他还用日月来比喻孔子的不可诋毁、不可逾越："仲尼，不可毁也。他人之贤者，丘陵也，犹可逾也。仲尼，日月也，无得而逾焉。人虽欲自绝，其何伤于日月乎？多见其不知量也。"子贡这三次作"比"所用的物象，一是墙高数仞一般人不得其门而入的宫室，二是不可阶而升的天，三是不得逾越的日月，这些都是高高在上的物象，它们共同体现出了孔子的伟大形象，也显示出了子贡对孔子的发自内心的敬仰。

曾子也很会用"譬"。曾子在病重时以"鸟之将死，其鸣也哀"来比喻"人之将死，其言也善"；他在去世前说的话是："启予足，启予手。诗云：'战战兢兢，如临深渊，如履薄冰。'而今而后，吾知免夫，小子。"一个在弥留之际的老人，竟然以《诗经》中的"战战兢兢，如临深渊，如履薄冰"来比喻他一生的谨慎恐惧，由此可见这种形象性的表现手法已经成为他最得心应手的表情达意的手法了。

先秦其他诸子散文也都"善譬"，但特点各有不同。

早在汉代，赵岐就指出"孟子长于比喻"，而比喻确实是"构成《孟子》散文形象性的极为重要的因素"。[①] 孟子中的比喻不但多，而且妙，浅近平易而又生动有趣，轻快灵便而又深刻贴切。例如，"欲见贤人而不以其道，犹欲其入而闭之门也"，这样的比喻都是人们身旁最常见的现象，与《庄子》《列子》式的神话是不相同的。

《庄子》中也有很多比喻，但庄子最有特色的是寓言。庄子是先秦诸子中最为杰出的善于运用形象思维来进行文学创作的大师。惠子"善譬"，但因为其著作佚失，我们只能从《说苑》中记载的那段文字中得窥其一斑，却不可能知其"无譬则不能言"的全豹了；但他的老友庄子却是真正的"无譬则不能言"：据张群《诸子时代与诸子文学》一书统计，《庄子》中出现了寓言故事二百五十五篇（其中重出三篇），分布于全部三十三篇

---

① 谭家健：《先秦散文艺术新探》（增订本），齐鲁书社 2007 年版，第 35 页。

文章的三十二篇之中①；即使在没有寓言的《刻意》篇中，也有"水之性，不杂则清，莫动则平"这样的比喻；而一般认为是庄子自著的内篇七章中，每篇中的寓言都不少于五篇，总共有寓言五十九则，真正达到了"无譬则不能言"的境界。一般来说，哲学家是以寓言来说理，寓言故事只占文章的一小部分，只是穿插于理论论述之中；而庄子不是，他的文章往往是理论论述只占文章的一小部分，给人的印象是理论论述部分穿插在寓言故事中，而且这些理论论述往往借助于寓言故事中的人物之口说出来。所以《庄子》文章的主体基本是寓言，而不是论述。

《庄子》中的寓言不仅数量多，而且质量高。庄子想象奇特，他的寓言没有时间、空间的限制，上古之世，当今之时，宏观微观，尽遣笔端；他的寓言形象丰富、丰满，神仙鸟兽，时哲前贤，甚至具有象征意义的混沌、鸿蒙、象罔、无为，无不个性鲜明，栩栩如生；这些寓言用来说理，也透彻明白，而且寓言和理论的结合毫无生硬之感，都是水乳交融，水到渠成，往往故事讲完了，他要表达的思想也已完整地表现出来了。例如，《逍遥游》的"北冥有鱼，其名为鲲，鲲之大，不知其几千里也"，这是以寓言开篇，而文章中间又充斥着蜩与学鸠对大鹏的嘲笑、列子御风、尧让天下于许由、藐姑射山上的神人、宋人资章甫适越、五石瓠、不龟手之药等故事，文章最后以惠子和庄子的问答结束，而他们的对答内容也是以大樗之用的寓言来比喻人生，所以文章是以寓言终篇。袁行霈本《中国文学史》在指出《逍遥游》"结束在至人游于无何有之乡的袅袅余音之中"后，说"内篇中的其他作品，也是在明确的内在主旨的统领之下，以各种各样的寓言，从不同角度、不同层面，加以形象的展示，最后完全避开逻辑推理下判断，而以抒情诗般的寓言作结"，并且得出"《庄子》内篇，可以说是哲理抒情散文"的结论。②

荀子对"譬"也很重视，他说"谈说之术"要"譬称以喻之"（《荀子·非相》）。《荀子》中的"譬"最为突出的特点是博喻。其他诸子的比喻往往以一个比喻来说明一个道理，但荀子经常以多个比喻来论述同一

---

① 张群：《诸子时代与诸子文学》，齐鲁书社 2008 年版，第 182—187 页。
② 袁行霈：《中国文学史》（第一卷），高等教育出版社 1999 年版，第 115 页。

个道理，于是在他的散文中，比喻经常一串一串地出现。例如，在最为人传诵的《劝学》中，就出现了四十多个比喻。文章在开头点明"学不可以已"之后，马上是一连四个肯定句的比喻——"青取之于蓝，而青于蓝；冰水为之，而寒于水。木直中绳，𫐓以为轮，其曲中规，虽有槁暴，不复挺者，𫐓使之然也。故木受绳则直，金就砺则利"，肯定句的比喻之后是两个否定句比喻——"故不登高山，不知天之高也；不临深溪，不知地之厚也"，这两组比喻之后是"不闻先王之遗言，不知学问之大也"，这两组比喻之间只间隔着"君子博学而日参省乎己，则知明而行无过矣"两句话而已。仔细分析这两组比喻，会发现"青取之于蓝，而青于蓝；冰水为之，而寒于水"这两个比喻一同用来喻"博学"之用，而"木受绳则直，金就砺则利"则是一同用来喻"参省"之功，两个否定句的比喻则是用来喻"先王之遗言"的"学问之大"。在《劝学》的后文中荀子也是妙喻频频，特别是"积土成山，风雨兴焉；积水成渊，蛟龙生焉"一段，比喻层出不穷，各种形象性的喻体令人赏心悦目，叹服不已。

《韩非子》中的"譬"也以寓言著称，但《韩非子》中的寓言具有自己的特点，特别是与《庄子》中的寓言大不相同："《韩非子》的寓言故事主要取材于历史事迹和现实，很少拟人化的动物故事和神话幻想故事，没有超越现实的虚幻境界和人物。和《庄子》中奇幻玄虚、怪诞神奇的寓言故事，风格截然不同。"① 公木在《先秦寓言概论》中对《韩非子》中的寓言进行了统计，他说"在《韩非子》340篇寓言故事中，属于继承神话传统的共有5则，其中纯引神话的1则，动物题材的4则，约占总数的2%弱；改造加工历史故事成为寓言的260则，约占总数的76%；引述民间故事和把谚语、格言故事化的75则，约占22%"。尽管对公木先生的统计或有异议，但即使略有偏差，也仍然可以看出韩非寓言的现实性特征。谭家健对韩非的寓言故事有精确的概括，他说：

> 韩非把寓言故事与神话分离开来，使之植根于现实的土壤，使寓

---

① 袁行霈：《中国文学史》（第一卷），高等教育出版社1999年版，第120页。

言不再到神话中去寻找寄托，而是面向人生，主要取材于社会生活，直接干预生活、参加政治论争，冷静地总结活生生的经验教训，深入地剖析世态人情，尖刻地暴露曲衷隐私，成为韩非寓言的主要特色。①

确实，现实性、深刻性是《韩非子》寓言的主要特色。例如，自相矛盾，这个简明平实、来自现实生活的故事，却能做到"以极简短的文字，突入事物荒谬之处的中心"②。这个故事概括力极强，到今天，已没有人卖矛、盾了，可是在我们身边甚至我们身上仍然会出现自相矛盾的事。"自相矛盾"作为违反矛盾律所犯的逻辑错误，揭示出了人类思维的基本规律，这正是韩非子的深刻之处。其他如守株待兔、郑人买履、三人成虎、滥竽充数、老马识途、秦伯嫁女、买椟还珠、子罕不受玉等故事，也都是在平实的故事中寓有最深刻的人生哲理，它们至今仍活跃在我们的口中笔下。

《吕氏春秋》中也汇集大量的先秦寓言。作为"兼儒墨，合名法"（《汉书·艺文志》）的杂家代表作，《吕氏春秋》在"总晚周诸子之精英，采先秦百家之眇义"（《文史通义》卷二《言公》上）的同时，其寓言虽以现实性为主要特色，但也风格多样，能够做到"总晚周诸子之精英"，具有"杂"的特点。《吕氏春秋》中的两百多个寓言故事，既有刻舟求剑、智子疑邻这样平实的具有生活气息的小故事，有祁黄羊举贤、晋师三豕涉河这样的历史故实，也有黎丘之鬼、文挚为齐王医疾这样的非现实主义的虚构之作。而在对这些寓言的具体运用上，《吕氏春秋》也很有特点。如果说荀子经常用多个比喻来表达同一思想，《吕氏春秋》则是用多个寓言故事来表达同一思想，如《忠廉》篇中以要离刺庆忌、弘演杀身徇君来共同表达忠的思想。当然这一特点是由《吕氏春秋》的文体特点所决定的：《吕氏春秋》每一篇的题目就是该篇的中心思想，而该篇下的所有事例都是来论证这一中心思想的，所以《吕氏春秋》中的寓言具有按类编排的特点。

"譬"指"以其所知，谕其所不知"，就是比喻之义，先秦诸子文章中也经常是"譬犹""譬之若"连用；寓言则是比喻的高级形式，它们都是

---

① 谭家健：《先秦散文艺术新探》（增订本），齐鲁书社 2007 年版，第 166 页。

② 章培恒、骆玉明：《中国文学史新著》，复旦大学出版社 2007 年版，第 101 页。

以彼物来比此物，喻体与本体是不同的两个对象；但先秦诸子散文的形象性不限于"譬"，它还表现在把概括性的事物具体化，或者是把整体的事物细节化，而这些变化只是在同一个事物内部的叙述方式的变化，而不是两个事物之间的比喻。例如，孔子说："饭疏食，饮水，曲肱而枕之，乐亦在其中矣"，这里就以具体的形象的细节性的"饭疏食，饮水，曲肱而枕之"来表示朴素清苦的生活；孔子评价颜回说："贤哉回也！一箪食，一瓢饮，在陋巷，人不堪其忧，回也不改其乐。贤哉回也！"（《雍也》）"一箪食，一瓢饮，在陋巷"，多么具体的描写，但这样"人不堪其忧"的艰苦生活，颜回却能"不改其乐"，这正是颜回之"贤"的具体表现。再如《庄子·外物》中写任公子钓大鱼，如果仅仅写他"为大钩巨缁"，显然不能给人以深刻印象；但若写这鱼钩是"五十犗以为饵"，也就是用五十头牛作鱼饵，则其鱼钩之大可想而知；再写任公子"蹲乎会稽，投竿东海"，其"缁"之"巨"也就跃然纸上了；大鱼之大也是不容易写出来的，但若有了大鱼上钩后"牵巨钩䧟，没而下，骛扬而奋鬐，白波若山，海水震荡，声侔鬼神，惮赫千里"的描写，就令人在这形声俱备、对人的心理具有巨大震撼力的语言描写中确切地领会到该鱼之大了。

诸子也很重视用形容词、副词来增加语言的形象性，如《孟子·梁惠王上》中的"天油然作云，沛然下雨，则苗浡然兴之矣"，这里的"油然""沛然""浡然"就分别生动地写出了云生、雨下、苗兴的过程，使得整个场景盎然于眼前；而如果去掉这六个字，这段文字则顿然失色。

诸子寓言中以细节来描述整体、以形象来表现抽象的写作方法，能够向读者展现一幅幅具体化的形象化的场景，这就是描写的方法。这种描写在语言精练的《论语》中还只是简单的传神的勾勒，在随后的诸子散文中就逐渐舒展开来，而在后世的小说中就被普遍运用了。

（三）节奏和押韵

朱光潜在《诗论》中说："诗早于散文……散文是由诗解放出来的，在初期，散文的形式和诗相差不远。"[①] 作为中国的早期散文，先秦诸子散

---

① 朱光潜：《诗论》，北京出版社 2005 年版，第 138 页。

文中有很多语句具有诗的节奏和韵律。下面选择《论语》和孟子、庄子、荀子、韩非子的作品进行论述。

《论语》语句的诗性特征主要表现在诗歌的穿插和节奏的鲜明两个方面。在散文中穿插诗歌是我国散体文学作品的重要特色。后世小说中穿插的诗歌，不外乎引用和创作，这两种形式在《论语》中都出现了。

《论语》引用了一些《诗经》的诗句。在《学而》篇中，子贡就引用了《诗经·卫风·淇奥》中的"如切如磋，如琢如磨"来比喻学问道德的提高，《八佾》篇中子夏就《诗经》中的"巧笑倩兮，美目盼兮，素以为绚兮"与孔子展开讨论，《子罕》篇中孔子对"唐棣之华，偏其反而。岂不尔思，是室远而"这几句诗进行了评价，《泰伯》篇中也记载曾子去世前引用了"战战兢兢，如临深渊，如履薄冰"这三句诗。孔子自己整理过《诗经》，他对《诗经》非常熟悉，他也要求他的弟子和儿子要重视并学习《诗经》，他甚至对孔鲤说过"不学诗，无以言"，因而在《论语》中出现《诗经》中的诗句是很正常的。

《论语》中出现的诗句，除了引用《诗经》之外，还有一首楚狂接舆在孔子面前唱的歌："凤兮凤兮，何德之衰。往者不可谏，来者犹可追。已而已而，今之从政者殆而。"（《微子》）这是一首完整的诗，应该是接舆自己创作的，表明了接舆对现实的失望和对孔子的劝告。

《论语》的语言节奏性很强。《论语》中的三字句、四字句甚至五字句经常以句群的形式出现，读起来朗朗上口；而且这些句子不仅在句型上因字数相同而自然成对，它们所表达的意义也往往具有相对性和连续性。例如，《里仁》篇中所说的"君子怀德，小人怀土；君子怀刑，小人怀惠"，这四个四字句同时出现，每个句子中都有"怀"字，读时四字一顿，具有诗歌的节奏；而且这里的"君子"和"小人"、"怀德"和"怀土"、"怀刑"和"怀惠"恰好相对，使得这组句子在意义上也形成了鲜明对比。再如《八佾》篇中出现的"居上不宽，为礼不敬，临丧不哀"，这三个四字句所表达的内容不是对立的，不像上面的那四句具有鲜明的对比性，但仍然具有诗歌的节奏性。语言形式跟其所表达的意义以及它背后的思维方式是密切相关的。就上面所举的例子来看，这七句话每句都是一个意义单元，但前四句四个意义单元形成了一个相似的意义群体，后三句的三个意义单元也构成了一个意义群体；前四句每句中都有一个"怀"字，那么这四句就在意义上都具有"怀"的特点；后三句每句中都有一个"不"字，则后三句在意义上就都具有否定的特点。这样在同一个意义群体之内，每一句所含意义的性质和密度都与其他句相同，因而这些句群的节奏性在语言形式和表达内容上具有一致性。这样的句群，如果对仗严格一些就成了对偶句，如果是意义相近则成为排比句。

这样的句群在《论语》中很多，它们的形式也多种多样，如"质胜文则野，文胜质则史""视其所以，观其所由，察其所安"这样的句群跟上面所举的例句相似，都是比较简单的；而颜渊赞美孔子的"仰之弥高，钻之弥坚；瞻之在前，忽焉在后"，虽然在大的句群上都是四字一句，内容也都是对孔子的赞美，但是前两句跟后两句则有所变化；再如"人而不仁，如礼何！人而不仁，如乐何！"这一句群则是前两句七个字和后两句的七个字在形式和内容上相对，它们的句式和内容都复杂了许多。

《孟子》文章中也有与《论语》相似的句群，如《尽心上》中的"天下有道，以道殉身；天下无道，以身殉道"，《公孙丑下》中的"古之君子，过则改之；今之君子，过则顺之"，都是如此。而《告子下》中的一段更是洋洋洒洒，三字句群、四字句群、多字句群纷纷涌现，读来给人"大珠小珠落玉盘"的享受：

> 孟子曰："舜发于畎亩之中，傅说举于版筑之间，胶鬲举于鱼盐之中，管夷吾举于士，孙叔敖举于海，百里奚举于市。故天将降大任于是人也，必先苦其心志，劳其筋骨，饿其体肤，空乏其身，行拂乱其所为，所以动心忍性，曾益其所不能。人恒过，然后能改；困于心，衡于虑，而后作；徵于色，发于声，而后喻。入则无法家拂士，出则无敌国外患者，国恒亡。然后知生于忧患而死于安乐也。"

庄子之文也很重视节奏性。据福建师范大学杨明明的硕士论文《〈庄子〉修辞研究》统计，《庄子》一书中出现的排比句多达253处，对偶句更是高达 659 处①。这九百多个排比句、对偶句散布在《庄子》全书中，使得庄子的散文读来很有气势，节奏鲜明。例如，《大宗师》中的一段：

> 狶韦氏得之，以挈天地；伏戏氏得之，以袭气母；维斗得之，终古不忒；日月得之，终古不息；勘坏得之，以袭昆仑；冯夷得之，以游大川；肩吾得之，以处大山；黄帝得之，以登云天；颛顼得之，以处玄宫；禺强得之，立乎北极；西王母得之，坐乎少广，莫知其始，莫知其终；彭祖得之，上及有虞，下及五伯；傅说得之，以相武丁，奄有天下，乘东维、骑箕尾而比于列星。

这个句群有十三个分句，每个分句中都有"得之"二字，使得这十三个分句构成一个大排比句；这十三个分句大致以四字句构成，但也根据具体情况稍有变动，最后更是以"乘东维、骑箕尾而比于列星"这个较长的句子结尾，使得这个大排比句结束得从容不迫；这十三个分句虽然以四字句为主，但"得之"的主语从三皇之前的狶韦氏到伏戏氏，从天上的日月星斗到地上的堪坏，从黄帝西王母到彭祖傅说，可谓天上人间无所不包，神仙众生无所不有，因而其句式虽然略显单一，但其内容却变换良多。

这样的想象力在《庄子》中比比皆是，逍遥之游、骷髅之语自不必说，只看他论述宝剑的一段文字，就可知道庄子的心胸是如何与众不同了：

> 天子之剑，以燕溪石城为锋，齐岱为锷，晋卫为脊，周宋为镡，韩魏为夹；包以四夷，裹以四时；绕以渤海，带以常山；制以五行，论以刑德；开以阴阳，持以春夏，行以秋冬。此剑，直之无前，举之无上，案之无下，运之无旁，上决浮云，下绝地纪。此剑一用，匡诸侯，天下服矣。此天子之剑也。

背着宝剑欲与勇士们比武的庄子，竟然开口说出这样一番慷慨激昂的话

---

① 杨明明：《〈庄子〉修辞研究》，福建师范大学硕士论文，2006 年，第 27、29 页。

来，把整个天下甚至天地都包含在一把宝剑之中了，真的是意落天外，令人拍案叫绝。这段话也是以四字句为主，节奏铿锵有力，又给人一泻千里之感；但句式略有变化，且多用虚词，又给人珠圆玉润之感。

之后庄子论述诸侯之剑的文字，其句式节奏与此段一般无二，于是这两段论剑之语也就有了节奏上的重复；但最后论述庶人之剑时，句式大变，语言也简陋了很多，在节奏上与论述天子之剑、诸侯之间的文字似乎很不相称；但这语言的简陋正与庄子对庶人之剑的鄙视相对应，而且这简陋之文也使得文章的节奏有所变化而不至于单调。

荀子语言的句式非常整饬且又变化多端。例如，《天论》中的这段"强本而节用，则天不能贫；养备而动时，则天不能病；脩道而不贰，则天不能祸。故水旱不能使之饥，寒暑不能使之疾，祅怪不能使之凶。本荒而用侈，则天不能使之富；养略而动罕，则天不能使之全；倍道而妄行，则天不能使之吉"，排比与对偶的出现体现出了荀子语言的气势和整齐。不过《王制》中的这段文字更有特点：

> 仁眇天下，义眇天下，威眇天下。仁眇天下，故天下莫不亲也；义眇天下，故天下莫不贵也；威眇天下，故天下莫敢敌也。以不敌之威，辅服人之道，故不战而胜，不攻而得，甲兵不劳而天下服，是知王道者也。知此三具者，欲王而王，欲霸而霸，欲强而强矣。

这段论述的开头提出总纲、中间进行论述、结尾进行总结，使得其章法非常清楚；而在句法上，这段文字以四字句始，似乎平淡无奇；但它中间的论述就以这三个四字句为纲而展开，使得文章环环相扣，逻辑性极强；最后又以三个四字分句结束，使得它在句法上也首尾呼应；同时在具体的论述时杂以五字句、七字句，使得文章在整饬之中又有所变化。

荀子也很注意在文章中使用韵语。《荀子》中有《赋篇》，以韵文对云、蚕、针、礼、智分别进行了描写，例如他对针的描写："有物于此，生于山阜，处于室堂。无知无巧，善治衣裳。不盗不窃，穿窬而行。日夜合离，以成文章。以能合从，又善连衡。下覆百姓，上饰帝王。功业甚博，不见贤良。时用则存，不用则亡。"还有《成相篇》，这篇文章被谭家健认为是长篇政治抒情诗①，它是以"请成相：世之殃，愚闇愚闇堕贤良！人主无贤，如瞽无相，何伥伥！"这种歌谣的形式写成的。除了这两篇韵文小集，荀子的散文中也经常出现韵语。例如，在《礼论》篇的散文中，就出现了"天地以合，日月以明，四时以序，星辰以行，江河以流，万物以昌，好恶以节，喜怒以当"这样一段类似诗经体的四言韵语；而在《乐论》中，又出现了"穷本极变，乐之情也；著诚去伪，礼之经也。墨子非之，几遇刑也。明王已没，莫之正也。愚者学之，危其身也。君子明乐，乃其德也。乱世恶善，不此听也。於乎哀哉！不得成也。弟子勉学，无所营也"这样一段字体的韵文。

韩非的文章虽然没有庄子文章的华丽，但他有些文章在节奏和押韵上远胜于庄孟诸子。他的文章在节奏上有过人之处，如《亡徵》篇中连用48个"可亡也"，就把所有的政治教训集合成一个有节奏的整体；而文章的结尾出现的一段"木之折也必通蠹，墙之坏也必通隙。然木虽蠹，无疾风不折；墙虽隙，无大雨不坏。万乘之主，有能服术行法以为亡徵之君风雨者，其兼天下不难矣"，更是深得荀子文章环环相扣之秘诀。

但韩非文章更为突出的贡献则是他的韵文，特别是他的《主道》和《扬榷》，全篇都是用韵文写成。对于它们的写作特点，谭家健是这样论述的：

> 韩非的《主道》、《扬榷》两篇文章，无论文字、句式、韵律、手法都超越他的前辈，俨然是独树一帜的韵文新体。……《主道》长达八百五十余字，全文打成一片，不再是只言片语，自首至尾皆有韵，多用古体，或每句押，或隔句押，或多句押，自由变韵，句子齐而不齐，三四五六七言交错使用，不流于板滞，而带有苍古的雅致。《扬榷》共一千三百余字，句子更整齐，绝大部分是四言，用韵更有规则，节奏感更强烈。②

---

① 谭家健：《先秦散文艺术新探》（增订本），齐鲁书社 2007 年版，第 454 页。
② 同上书，第 156—157 页。

韩非用诗性的语言来写长篇文章的手法为后人所继承，它"进而演化为训诫、箴铭、偈语。有些韵文如扬雄《解嘲》、阮籍《大人先生传》、韩愈《进学解》等，虽然不是直接来源于韩非，但其间也有一定姻缘关系"①。其实后世的《文心雕龙》以骈文来论文，不管从内容还是形式上，都是这类文体的延续；而骈文小说也是由这种文体演化而来的，只不过把内容由议论改成叙事而已。

韩非文章中也有不少是在散文中夹杂着韵文，如《解老》中的"天得之以高，地得之以藏，维斗得之以成其威，日月得之以恒其光，五常得之以常其位，列星得之以端其行，四时得之以御其变气，轩辕得之以擅四方，赤松得之与天地统，圣人得之以成文章。道与尧、舜俱智，与接舆俱狂，与桀、纣俱灭，与汤、武俱昌"，这段文字与《庄子·大宗师》中的"狶韦氏得之，以挈天地；伏戏氏得之，以袭气母"在意义上完全相似，但韩非的语言更为条理，而且是用韵文写出来的。

对于《韩非子》的用韵情况，张觉曾有如下概括：

> 《观行》一文，骈散交错，整齐优美，警策叠出。至如《主导》、《扬権》等韵文，宛若优美的哲理诗固不必详论，就是《备内》、《解老》等散文也常以韵语而读上去琅琅上口。值得一提的是，《八奸》对"八奸"的命名竟是非常道地的韵语：同床、在旁、父兄、养殃、民盟、流行、威强、四方。②

由此可见，韩非子的文章在用韵方面是非常突出的。

先秦之时本没有文体的概念，我们现在统称为先秦诸子的文章为"散文"，当然是以今绳古，至少荀子的《赋篇》《成相篇》和韩非子的《主道》《扬権》都是标准的韵文。清人章学诚在《文史通义·诗教上》中说"诸子争鸣，盖至战国而文章之变尽，至战国而著述之事专，至战国而后世之文体备"，这里的第一句未免有些武断，但就《荀子》《韩非子》来

---

① 谭家健：《先秦散文艺术新探》（增订本），齐鲁书社 2007 年版，第 157 页。
② 张觉：《韩非子全译》，贵州人民出版社 1992 年版，前言第 25 页。

说，后两句却非常确切：他们确实"著述之事专"，而且也"文体备"的。因而仅仅用后世散文的观点来看待荀、韩二子的作品，是不可能完全概括其特点的。

第三节　早期史传文学：中国诗化叙事传统的确立

一般认为，小说乃史之别流，在小说还未分流之前，历史和小说是一体的。历史和小说虽然都用来记事，但历史纪实，小说写虚，也是众人皆知之的常识。不过当时的人们没有历史和小说的概念，当然也就浑然不知二者之别。今天看来，当时的历史著作多有小说的成分，类似于今天的历史演义。即使到了汉代，司马迁的《史记》虽然删去了古代史书中一些怪诞不经的故事，但其中虚构的成分依然存在，因而常被一些史家所诟病。

若把历史跟诗歌对比，则历史是客观的，客观到只应是实事的记录，而不是一种文学体裁——文学体裁之中没有"历史"这一类；而诗歌则是主观的，是抒发个人情感的，与历史貌似势不两立。但中国古代的历史著作常带有强烈的主观性和抒情性，甚至被称作史书典范的二十四史之首的《史记》，在被誉为"史家之绝唱"的同时，又被赞美为"无韵之离骚"——把历史写成了抒情诗，这样的历史著作不仅没被当成"败笔"来苛责，反而被大加赞美，其中所表现出的中国人对待历史和诗歌的态度很值得再三玩味。

陈平原认为中国小说是史传传统和诗骚传统的产物①，他的理论基础是小说是叙事文学，而史传也是叙事文学，因而在叙事上小说深受史传文学影响，承继了史传文学的叙事技巧；但中国文学的主流是诗歌，所以小说又深受诗歌的影响。他这一理论的提出，是以现代文体学的观点为理论框架，并以小说的产生晚于史传文学和诗歌为前提的。但是我国魏晋之前的古人并没有文体概念，而且小说的起源就一定晚于史传吗？再退一步说，即使小说的起源晚于史传，但因为诗歌是散文的母体，所以史传的起

---

① 陈平原：《中国小说叙事模式的转变》，北京大学出版社 2003 年版，第 208 页。

源也晚于诗歌，那么史传也深受诗歌的影响，已经具有了诗化特征。即使小说晚起，那么它的诗化特征也不是完全来自诗骚，而应有相当一部分继承了历史散文本身的诗化特征。

因而完全可以说，中国早期的史传文学基本确立了中国叙事文的诗化特征。陈平原在论述小说的诗骚传统时，主要强调的是作品中出现的骈语韵语等诗性语言以及抒情性，那么下文也从这两个方面来考察一下中国早期的史传作品。

一 《尚书》《逸周书》的诗化特征

《尚书》是我国上古时期最早的历史文献汇编。作为"五经"之一，《尚书》对后世的中国文学产生了巨大影响。《尚书》虽是散文，但其中杂有不少韵文，扬州大学吕胜男的硕士论文《今文〈尚书〉用韵研究》就专门研究了《尚书》的用韵情况。例如，文章对《洪范》中下面这段文字的用韵进行了分析，并标出了它的韵脚所在的韵部：

> 无偏无陂（歌），遵王之义（歌）；无有作好（幽），遵王之道（幽）；无有作恶（铎），遵王之路（铎）。无偏无党（阳），王道荡荡（阳）；无党无偏（真），王道平平（耕）；无反无侧（职），王道正直（职）。

这段 12 句的文字，文章认为它是两组排比句，"每个分句中的小句句末押韵，两个大句句末押韵，上句句末和下句首句句末押韵"[①]，可见这段文字的押韵情况是作者精心雕琢的结果。

另外《尧典》中的"明试以功，车服以庸""刚而无虐，简而无傲"，《皋陶谟》中的"鸟兽跄跄，《箫韶》九成"，《甘誓》中的"大战于甘，乃招六卿"等很多句子，都是有韵之句；《大诰》中的"天休于宁王，兴我小邦周。宁王惟卜用，克绥受兹命。今天其相民，矧亦惟卜用"也是一段

---

① 吕胜男：《今文〈尚书〉用韵研究》，扬州大学硕士论文，2007 年，第 52 页。

较长的有韵文字。

除了押韵，《尚书》中还有对偶句，如《皋陶谟》中的"在知人，在安民""侯以明之，挞以记之"，《禹贡》中的"壶口、雷首至于太岳，厎柱、析城至于王屋"等，都是对偶句。《尚书》中为后世所熟知的《尧典》中的"诗言志，歌永言，声依永，律和声"，则是以排比形式出现的一组对偶文。

《尚书》中也有直接插入的诗歌，如《皋陶谟》中的这段文字：

> 帝庸作歌曰："敕天之命，惟时惟几。"乃歌曰："股肱喜哉！元首起哉！百工熙哉！"皋陶拜手稽首，扬言曰："念哉！率作兴事，慎乃宪，钦哉！屡省乃成，钦哉！"乃赓载歌曰："元首明哉！股肱良哉！庶事康哉！"又歌曰："元首丛脞哉！股肱惰哉！万事堕哉！"

故事的主人公赋诗言志，这是后世小说的惯用手法；而早在《尚书》中，大舜和他的大臣们就已经如此自然地以诗歌来互相唱和了。

上面这段引文的抒情特征也非常突出。舜帝作歌所唱的"股肱喜哉！元首起哉！百工熙哉！"是对大臣百工们的勉励和赞扬，而皋陶也趁机对大舜进行了赞美，唱出了"元首明哉"的歌，"股肱良哉！庶事康哉！"也是对政通人和的歌颂。这一段引文写出了君臣相得、百业俱盛的盛世情景；而如果联系到这段引文前面的"鸟兽跄跄，箫韶九成，凤皇来仪"和"击石拊石，百兽率舞，庶尹允谐"的描写，就更能体会到当时的欢乐气氛了。

《微子》篇则是通过微子之口抒发了悲愤苍凉之情。"今殷其沦丧，若涉大水，其无津涯。殷遂丧，越至于今！"自己的国家就要灭亡了，"若涉大水，其无津涯"，没有一点希望了，这样的话语中饱含了绝望与伤心；痛苦的微子无法做出选择，他只好去求助于父师、少师："我其发出狂？吾家耄逊于荒？今尔无指告，予颠隮，若之何其？"是出逃在外呢？还是在家直到年老而隐退荒野？你们快些指点我吧，殷商就要灭亡了，我该怎么去做呢？这里的徘徊、发问，这样的痛苦选择，极似《离骚》中的屈原。所以《书经大全》说："微子上陈祖烈，下述丧乱，哀怨痛切，言有尽而意无穷。数千载之下，犹使人伤感悲愤。"①

其他如《无逸》篇"凡七更端，周公皆以'呜呼'发之，深嗟永叹，其意深远矣。"②《秦誓》中秦穆公在兵败之后所说的话中充满了自责愧疚之情，若细加品味，也很令人感动。

由上面的分析可知，后世散文文学中出现的对偶与押韵，甚至是主人公吟诗作赋，以及大量抒发感情的文字，在中国最早的史书《尚书》中就已经存在并且相当发达了。

《逸周书》也是古代一部重要史书。它所记史事时间跨度大，上自西周文王、武王，下至东周灵王、景王。其题材也非常广泛，或是为政牧民之道，或类兵家之言，或为天文历法，当然也有记事、记言之文。书中对韵语的使用较多。据周玉秀的博士论文《〈逸周书〉的语言特点及其文献学价值》③统计，《逸周书》现存59篇文章中，33篇有韵语。这些文章按照其用韵情况又可以分为以下四种类型。

第一种类型是通篇用韵。这类文章有四言诗体的《武寤》《允文》《大明武》《小明武》，也有散文体的《周祝》《王子晋》。其中《武寤》篇是歌颂武王伐纣的，可以算作颂诗；而《允文》《大明武》《小明武》则都是兵书。谭家健先生着重分析了《周祝》篇。他认为《周祝》是"杂采各种谣谚的集锦。数句为一节，每节押韵，各节相对独立"。例如，"肥豕必烹，甘泉必竭，直木必伐"，读来朗朗上口，通俗易懂，含有哲理，这一谚语又见于《庄子》《墨子》等书；再如"故天有时人以为正，地出利而民是争，人出谋圣人是经，陈五刑，民乃敬。教之以礼民不争，被之以刑民始听，因其能，民乃静"，句式由七字句和三字句构成，既押韵，又很有节奏感。陈逢衡说此篇"通篇悉韵语，似铭似箴，直开老氏《道德》之先，匪特荀子《成相》之祖"，很恰切地道出了它的文体特点④。

第二种类型是韵散结合而一般是以韵语充当文章主体部分。这类文章

---

① （明）胡广：《书经大全》卷五，台湾商务印书馆影印文渊阁四库全书本。
② （明）胡广：《书经大全》卷八，台湾商务印书馆影印文渊阁四库全书本。
③ 周玉秀：《〈逸周书〉的语言特点及其文献学价值》，西北师范大学硕士论文，2004年。
④ 谭家健：《先秦散文艺术新探》（增订本），齐鲁书社2007年版，第217—218页。

中的韵语主要是政书中的法律条文或政令，无韵的散句为过渡性或解释性文字。这类文章较多，如《文酌》《大武》《酆保》《大开》《柔武》《大开武》《宝典》《文政》《成开》《时训》等都属于这一类。但其中的《时训》较为特殊，它的内容主要是二十四节气，其中写每一节气物候的都无韵，句子也参差不齐；写反物候所预示的灾异的，则全为韵语。

第三种类型是以散文为主，间有韵语，如《度训》《命训》《粂匡》《瘝儆》《常训》《和寤》《史记》等篇。其中如《和寤》中的"绵绵不绝，蔓蔓茗何？豪末不掇，将成斧柯"等句，很有诗的韵味，置之于《诗经》中也堪为佳作。

第四种类型是引用古诗古书之韵语，如《文传》中引用了《夏箴》中的"中不容利，民乃外次"、《开望》中的"土广无守，可袭伐；土狭无食，可围竭"等句。另外《太子晋》中也有引诗。

从这四种类型来看，《逸周书》中的韵语不仅数量大，而且类型多，很值得重视。就小说性而言，其中最值得关注的应该是《太子晋》。鲁迅在《中国小说史略》中就称这篇文章"记述颇多夸饰，类于传说"[1]。确实，这篇文章就情节、人物以及虚构性来说，已经具有了小说的基本特点。而其中韵语的使用尤其值得重视。例如，师旷见到太子之后的对话：

　　　　师旷见大子，称曰："吾闻王子之语，高于泰山，夜寝不寐，昼居不安，不远长道而求一言。"

　　　　王子应之曰："吾闻大师将来，甚喜而又惧，吾年甚少，见子而慑，尽忘吾度。"

　　　　师旷曰："吾闻王子古之君子，甚成不骄，自晋如周，行不知劳。"

　　　　王子应之曰："古之君子，其行至慎，委积施关，道路无限，百姓悦之，相将而远，远人来欢，视道如咫。"……

他们的对答就这样在韵语中继续着。师旷在这里是主动者，而太子的每次

----

① 《鲁迅全集》（第九卷），人民文学出版社1981年版，第20页。

回答都很得体，并且在对答中逐渐显示出与自己十五岁的年龄不相称的高明见解和渊博学识，令师旷赞赏不已。

《太子晋》中的引诗也很成功。身为音乐大家的师旷在与王子对话处于下风之后，一边弹瑟一边歌《无射》曰："国诚宁矣，远人来观。修义经矣，好乐无荒。"唱完之后，又把瑟递给王子。但王子丝毫不惧，一边弹瑟，一边唱《峤》回应："何自南极，至于北极，绝境越国，弗愁道远。"甘拜下风的师旷只好辞归了。但在临别之时，王子又针对师旷的不善御而引诗曰"马之刚矣，辔之柔矣。马亦不刚，辔亦不柔。志气麃麃，取予不疑"，引诗与情境契合无间，可见其反应之敏捷。孔子说"不学诗，无以言"，十五岁的太子晋以善诗而应对自如，恰好印证了孔子的话。

韵语与对偶往往不可分，《太子晋》中虽不注重对偶，但师旷说的"夜寝不寐，昼居不安"，太子说的"其大道仁，其小道惠"，都对仗工整。

《太子晋》中完全以用韵语来表现人物对话的方法，在小说中也经常可以看到。《中国古代文学通论·先秦两汉卷》中就说文章中"问对用韵，入席赋诗的写法很像《穆天子传》之会西王母"[①]，而《游仙窟》中张文成和十娘、五嫂的对答之词，几乎都是韵语。同时《游仙窟》中十娘和张文成用《诗经》中"关关雎鸠，在河之洲。窈窕淑女，君子好逑"和"南有樛木，不可休息。汉有游女，不可求思"来进行对话，也与《王子晋》中的引诗方法没有什么不同。

二　《左传》《国语》和《战国策》的诗化特征

《左传》被朱自清认为"不但是史学的权威，也是文学的权威"[②]，《左传》作为文学的样本，它的语言也很有诗化特征，对偶句、排比句、韵语都比较多。

何凌风在《〈左传〉对偶艺术之实证研究》中对《左传》中的对偶句

---

① 傅璇琮、蒋寅：《中国古代文学通论》（先秦两汉卷），辽宁人民出版社 2005 年版，第 98 页。
② 朱自清：《经典常谈》，生活·读书·新知三联书店 1980 年版，第 47 页。

进行了研究。据他统计，《左传》中共有对偶 1321 对，对偶用字为 8943 字①。这些对偶形式多样，其中二字对 339 个，三字对 383 个，四字对 914 个，五字对 222 个，其他六字对、七字对、八字对、九字对各有数十个，另外还有十字对、十一字对、十二字对、十三字对、十四字对、十六字对、十七字对。这些对偶根据其词句组合情况，可以分为：当句对，如"恤其患而补其阙，正其违而治其烦"；错综对，如"不心竞而力争，不务德而争善"；隔句对，如"射其中，越于车下。射其右，毙于车中"；重叠对，如"为六畜、五牲、三牺，以奉五味。为九文、六采、五章，以奉五色"。另外根据其语意组合情况，又可以分为正对、反对、串对、借对；根据其协律组合情况，可以分为工队、宽对、邻对；根据其形式组合上的特点，可以分为掉字对、引语对、书名对、半截对、总分对、寄生对、共生对；根据其辞格组合的特点，可以分为事类对、喻结对、接句对、转品对、排偶对、回文对、假性对等。数量如此巨大、种类如此多样的对偶句散落在《左传》各段文字中，使得《左传》行文整散有致、语音抑扬顿挫、感情鲜明浓郁、文字含蓄蕴藉。

《左传》中也有一些诗句出现，例如《郑伯克段于鄢》中庄公所赋的"大隧之中，其乐也融融"和姜氏所赋的"大隧之外，其乐也洩洩"，之后"君子曰"中引用的"孝子不匮，永锡尔类"等皆是诗句。庄公和姜氏所赋的诗是他们自己的创作，表达了母子和好的欢乐；而"孝子不匮，永锡尔类"则是引用了《诗经》的诗句。

《左传》中的人物有时也用自己创作的诗歌来表达自己的思想感情，上文中郑庄公和他母亲所赋之诗就是这一类。另如：

> 宋城，华元为植，巡功。城者讴曰："睅其目，皤其腹，弃甲而复。于思于思，弃甲复来。"使其骖乘谓之曰："牛则有皮，犀兕尚多，弃甲则那？"役人曰："从其有皮，丹漆若何？"（宣公二年）

---

① 何凌风：《〈左传〉对偶艺术之实证研究》，《长春工程学院学报》（社会科学版）2005 年第 4 期。

　　《左传》中这一类诗歌还有声伯梦中所唱的"济洹之水，赠我以琼瑰。归乎归乎，琼瑰盈吾怀乎！"（成公十七年）南蒯的乡人唱的"我有圃，生之杞乎！从我者子乎，去我者鄙乎，倍其邻者耻乎！已乎已乎！非吾党之士乎！"（昭公十二年）等。

　　据安徽师范大学孙敏的硕士论文《〈左传〉、〈国语〉赋诗、引诗研究》统计，《左传》中人物在言谈之中引诗、赋诗共有 119 处，另外以"君子曰""孔子曰"的方式引诗 48 处。[①] 这些引诗用途广泛，它们或者用来委婉地表达自己的感情或要求，或者用来进谏或规劝，或者用于外交场合中的折冲及斡旋，或者是用来嘲笑和讽刺。[②] 他们引用前人的诗歌来表达自己现在的思想感情，这种表达方式是含蓄的、委婉的、诗意的；而这种方式在当时被频繁利用，上至国君，下至士大夫，都能熟练运用；他们对这些诗句的利用往往偏离了诗歌的本义，多按照自己的意志采取断章取义的方式，但听者大多能明白对方的意图，可见当时他们处于一个诗性的文化氛围之内。我们从下面的这一段叙述中可以体会到这种氛围：

　　　　夏四月，郑六卿饯宣子于郊。宣子曰："二三君子请皆赋，起亦以知郑志。"子齹赋《野有蔓草》。宣子曰："孺子善哉，吾有望矣。"子产赋郑之《羔裘》。宣子曰："起不堪也。"子大叔赋《褰裳》。宣子曰："起在此，敢勤子至于他人乎？"子大叔拜。宣子曰："善哉，子之言是。不有是事，其能终乎？"子游赋《风雨》，子旗赋《有女同车》，子柳赋《萚兮》。宣子喜曰："郑其庶乎。二三君子以君命贶起，赋不出郑志，皆昵燕好也。二三君子数世之主也，可以无惧矣。"宣子皆献马焉，而赋《我将》。子产拜，使五卿皆拜，曰："吾子靖乱，敢不拜德？"（昭公十六年）

郑国的六个大臣给晋国的韩宣子送行，而这整个的送行过程就是一个赋诗言志的过程。郑国的六个大臣每个人都赋了一首郑国的诗歌，他们或者向

----

① 孙敏：《〈左传〉、〈国语〉赋诗、引诗研究》，安徽师范大学硕士论文，2007 年，第 2—3 页。
② 同上书，第 11—17 页。

宣子示好，或者赞美宣子，或者不卑不亢，而韩宣子都能心领神会，做出了适当的反应；而韩宣子也以诗表达了晋国保护郑国的愿望，使得郑国六卿一齐下拜。如此重要的外交活动，却以赋诗为主要内容，由此可见诗歌在当时社会中的巨大作用。

《左传》中也出现了一些童谣、俗谚等。例如，在昭公二十五年中就记载了一首童谣："鸲之鹆之，公出辱之。鸲鹆之羽，公在外野，往馈之马。鸲鹆跦跦，公在乾侯，徵褰与襦。鸲鹆之巢，远哉遥遥，稠父丧劳，宋父以骄。鸲鹆鸲鹆，往歌来哭。"

《左传》的抒情性也很出色。例如，郑庄公在对他的臣子说"尔有母遗，繄我独无"时，该是何等伤感；等到他跟母亲在"黄泉"见面，他在赋"大隧之中，其乐也融融"时，该是何等快乐；而姜氏所赋的"大隧之外，其乐也洩洩"，也表达出了她的欢乐之情。另如乡人对南蒯的感叹："恤恤乎，湫乎攸乎！深思而浅谋，迩身而远志，家臣而君图，有人矣哉！"（昭公十二年）但最能显示出《左传》抒情特色的应该是"君子曰"这种形式，《左传》作者往往利用这种形式直接抒情。例如，在《郑伯克段于鄢》中不仅引用了"孝子不匮，永锡尔类"对颍考叔进行了赞美，而且在这两句诗的前面还有"颍考叔，纯孝也"，后面有"其是之谓乎"，作者对颍考叔的赞美之情，也通过这里的"也""乎"这两个表达感情的语气词得到了更充分的体现。这种用来表达感情的"君子曰"在《左传》中多次出现，例如，在隐公三年中赞美宋宣公："宋宣公可谓知人矣！立穆公，其子飨之，命以义夫。商颂曰：'殷受命咸宜，百禄是荷。'其是之谓乎？"隐公四年中称赞石碏："石碏，纯臣也！恶州吁而厚与焉。大义灭亲，其是之谓乎！"这种"君子曰"的形式是《史记》中"太史公曰"、《聊斋志异》中"异史氏曰"的先声。

与《左传》相比，《战国策》中出现的诗歌很少。《战国策》中不仅引诗很少——据叶文举《〈战国策〉引诗论》统计，《战国策》中只有四人引诗八次①——而且人物自己所唱诗歌也很少。但在这少量的诗歌中，有两

---

① 叶文举：《〈战国策〉引诗论》，《滁州学院学报》2006 年第 2 期。

处非常有名。一处是冯谖在孟尝君府中弹剑而唱的"长铗归来乎！食无鱼！""长铗归来乎！出无车！""长铗归来乎！无以为家！"这几句诗歌句式一致，在句意上也层层递进，它们随着冯谖的故事而广泛流传；另一处更为有名，它就是荆轲在易水边上所唱的"风萧萧兮易水寒，壮士一去兮不复还！"这两句诗是在高渐离的击筑声和"士皆垂泪涕泣"时唱出的，而他唱完之后"士皆瞋目，发尽上指冠"，荆轲也"遂就车而去，终已不顾"。荆轲这两句诗两千年来一直在激励着中华民族的志士仁人，而它也确实配得上陈仁锡"志气悲壮，流涕万古"① 的评语。

《国语》中也有诗歌出现，如《晋语二》中优施起舞而歌"暇豫之吾吾，不如乌乌。人皆集于苑，己独集于枯"，这是人物吟诗；引诗则有《周语》中记载的富辰谏襄王时所引用的"兄弟谗阋，侮人百里"和"兄弟阋于墙，外御其侮"，单襄公谏襄王时引用的"兽恶其网，民恶其上"和"恺悌君子，求福不回"，甚至《晋语四》中的姜氏都能引"上帝临女，无贰尔心"来劝重耳。

除了诗歌语言，《国语》中的散体文也多有句式整饬、讲究对偶和押韵者。例如，《越语上》中文种所说的"夏则资皮，冬则资𫄨，旱则资舟，水则资车"都是四字句，而叙述勾践励精图治时的行为则是一串三字句——"葬死者，问伤者，养生者，吊有忧，贺有喜，送往者，迎来者"，这样的句子都是作者对诗性语言有意追求的结果。而在《越语下》中范蠡的话也很讲究节奏性，如"持盈者与天，定倾者与人，节事者与地"，都是五字句；"四封之内，百姓之事，蠡不如种也。四封之外，敌国之制，立断之事，种亦不如蠡也"，以四字句为主，但有所变化，又以"也"字自然分为两个层次，非常有节奏感；"时不至，不可强生；事不究，不可强成"，这四个句子自然分成两组，两组之间是对偶关系，但每组内部又是前三后四的句式。

而《越语下》中的韵语更是令人称奇。《越语下》以勾践和范蠡的交谈构成了文章的主体，而两人的对话多有韵语。例如，勾践说的"吾年既

---

①　谭家健：《先秦散文艺术新探》（增订本），齐鲁书社 2007 年版，第 359 页引文。

少，未有恒常，出则禽荒，入则酒荒"就是韵文，而范蠡的韵语更多，如"得时无怠，时不再来，天予不取，反为之灾"，纯为四字韵语；"圣人之功，时为之庸。得时不成，天有还形。天节不远，五年复反，小凶则近，大凶则远"也是纯四字韵语，但是中间换韵；"上帝不考，时反是守，强索者不祥。得时不成，反受其殃。失德灭名，流走死亡"，虽以四字句为主，但有所变化；再如"王其且驰骋弋猎，无至禽荒；宫中之乐，无至酒荒；肆与大夫觞饮，无忘国常。彼其上将薄其德，民将尽其力，又使之望而不得食，乃可以致天地之殛"，虽然这段话中四、五、六、七、八字句纷纷出现，但都是韵语，甚至在句意变化之时还能够换韵，使得句型、韵脚、句意三者和谐一致，变化自如；再如"天道皇皇，日月以为常，明者以为法，微者则是行。阳至而阴，阴至而阳；日困而还，月盈而匡。古之善用兵者，因天地之常，与之俱行。后则用阴，先则用阳；近则用柔，远则用刚"，这段话以四字句居多，又杂以四个五字句，再用"古之善用兵者"这一六字句把这段文字自然地分为两部分，但这两部分仍是一韵到底。

《战国策》最为突出的语言特点，一是排比和对偶，二是比喻和寓言。

战国策士们为了达到令人信服的效果，非常追求语言的铺张扬厉。而排比和对偶的句式、铿锵的节奏，给人以气势激昂、一泻千里的感觉。在《秦一》中，苏秦说秦惠王时所说的"大王之国，西有巴、蜀、汉中之利，北有胡、貉、代马之用，南有巫山、黔中之限，东有肴、函之固。田肥美，民殷富，战车万乘，奋击百万，沃野千里，蓄积饶多，地势形便，此所谓天府，天下之雄国也。以大王之贤，士民之众，车骑之用，兵法之教，可以并诸侯，吞天下，称帝而治"，就基本上是以排比和对偶构成的，显得很有气势。但这样的雄辩之词没打动秦王，秦王同样以"毛羽不丰满者不可以高飞，文章不成者不可以诛罚，道德不厚者不可以使民，政教不顺者不可以烦大臣"这样的一组排比句拒绝了苏秦。比起苏秦来，张仪的言辞更是经过了精心准备，他以"弗知而言为不智，知而不言为不忠"开始，引用了"以乱攻治者亡，以邪攻正者亡，以逆攻顺者亡"来加强自己的说服力，在强调"一可以胜十，十可以胜百，百可以胜千，千可以胜万，万可以胜天下"之后，也指出了"甲兵顿，士民病，蓄积索，田畴荒，困仓虚，四邻诸侯不服，伯王之名不成"的现状；之后他继续以排比对偶之文纵论古今，尽陈利弊，提出自己的见解，最后以"言所以举破天下之从，举赵亡韩，臣荆、魏，亲齐、燕，以成伯王之名，朝四邻诸侯之道。大王试听其说，一举而天下之从不破，赵不举，韩不亡，荆、魏不臣，齐、燕不亲，伯王之名不成，四邻诸侯不朝，大王斩臣以徇于国，以主为谋不忠者"结束了自己的长篇论述。

像苏秦、张仪这样节奏鲜明、铿锵有力、充满了排比和对偶的说辞在《战国策》中比比皆是，而比喻和寓言也是策士们常用的修辞手法。

例如在《齐策三》中，孟尝君执意入秦，"止者千数而弗听"，这时苏秦来劝他说：

> 今者臣来，过于淄上，有土偶人与桃梗相与语。桃梗谓土偶人曰："子，西岸之土也，挺子以为人，至岁八月，降雨下，淄水至，则汝残矣。"土偶曰："不然。吾西岸之土也，土则复西岸耳。今子，东国之桃梗也，刻削子以为人，降雨下，淄水至，流子而去，则子漂漂者将何如耳。"今秦四塞之国，譬若虎口，而君入之，则臣不知君所出矣。

苏秦在自己杜撰的寓言故事中指出土偶即使受到损坏，也还留在故土，但桃梗则只能流落他乡不知去处，以此来暗示孟尝君入秦的下场；然后以"今秦四塞之国，譬若虎口"这一触目惊心的比喻，使得孟尝君改变了主意。

吴楚材、吴调侯在《古文观止》中评论《庄辛论幸臣》篇时说"《国策》多以比喻动君"[①]，《战国策》中的寓言和比喻确实层出不穷，例如《齐策三》中鲁连以"猿狝猴错木据水，则不若鱼鳖；历险乘危，则骐骥不如狐狸"来比喻人各有所长，淳于髡"鸟同翼者而聚居，兽同足者而俱

---

① （清）吴楚材、吴调侯：《古文观止》，中华书局1959年版，第149页。

行"来说明"物以类聚，人以群分"的道理，并吹嘘说"王求士于髨，譬若挹水于河，而取火于燧也"；另如《楚策四》中庄辛论幸臣，层层设喻，由物到人，由小及大，令人信服。《战国策》中的寓言、比喻很多，我们熟知的鹬蚌相争、狐假虎威、骥见伯乐、画蛇添足、南辕北辙等故事都出自《战国策》。

三 《史记》的小说性和抒情性

《史记》上集先秦历史散文和诸子散文创作手法之大成，下为后世散文文学之典范，是在中国文学史上占有重要地位的巨著。历史尚实、尚真，文学尚情、尚虚，二者差距甚大，但鲁迅在称赞《史记》为"史家之绝唱"的同时又誉之为"无韵之离骚"。李长之则直接称司马迁是一个"抒情诗人"，说"《史记》在史书之外，乃是一部像近代所谓小说或者是抒情诗式的创作"①。确实，兼有小说特征和诗歌特征的《史记》对后世小说的诗化特征产生了直接而深刻的影响。

（一）小说性特征

《史记》的小说性非常突出，李长之对此有专门论述，他说司马迁可以"称为一个伟大的小说家"，他的"许多好的传记也等于好的小说"，甚至认为《史记》是先秦到汉代中国小说的"一个最高峰"。②《史记》的小说性，我们可以用马振方的四标准说来衡量它：就叙事性来说，《史记》无疑是合格的，它是中国传记体文学的鼻祖，它的故事情节曲折生动，人物形象个性鲜明，甚至环境描写也非常出色，以至于李长之先生所论述的《史记》的统一律、内外和谐律、对照律、对称律、上升律、奇兵律、减轻律等写作特点，竟然都跟情节和人物有关；就虚构性来说，《史记》中除了大量的神话传说、梦兆预言、灾异祯祥和奇闻逸事都是虚构之外，它里面的细节描写、人物对话，也多是出于想象或者改编；而它也符合语言的散文性和文字的自足性这两个标准。所以即使按照现代的小说观念来看，《史记》也可以是小说。

---

① 李长之：《司马迁之人格与风格》，生活·读书·新知三联书店 1984 年版，第 325 页。
② 同上书，第 302—303 页。

　　《史记》作为史书，应该记录影响历史进程的大事，但它往往注重小事细节。例如李广为将，与匈奴大小七十余战，可记之事甚多，但司马迁却写李广射石、射虎这样与战争无关的小事："广出猎，见草中石，以为虎而射之，中石没镞，视之石也。因复更射之，终不能复入石矣。广所居郡闻有虎，尝自射之。及居右北平射虎，虎腾伤广，广亦竟射杀之。"再如李斯为相，佐助秦始皇一统天下，其影响中国历史可谓大矣，该有多少大事可记，但《李斯列传》的开篇却写了一件与历史进程毫无关系的小事：

　　　　李斯者，楚上蔡人也。年少时，为郡小吏，见吏舍厕中鼠食不洁，近人犬，数惊恐之。斯入仓，观仓中鼠，食积粟，居大庑之下，不见人犬之忧。于是李斯乃叹曰："人之贤不肖譬如鼠矣，在所自处耳！"

　　这段"小事"与李斯被害时的"小事"遥相呼应：

　　　　斯出狱，与其中子俱执，顾谓其中子曰："吾欲与若复牵黄犬俱出上蔡东门逐狡兔，岂可得乎？"遂父子相哭。

　　作为史书，津津乐道于这些与历史进程无关的"小事"描写，显然是小说之笔。

　　纪传体史书以人物为中心，这与小说的人物传记相同；但作为史书，《史记》应该着重写这些人物在历史上的地位，他们对当时社会的影响。但《史记》的笔墨中心却是写这些人物的个性特征，而且着重挖掘这些人物的悲剧特征。例如，项羽是楚汉间最为叱咤风云的重要人物，可记之事甚多，司马迁也记录了一些重大战役，但他在写这些重大战役时往往注重那些与战役无关的细节。例如，巨鹿之战，对于这场对于秦楚双方最为重要的一场大战，司马迁对它的整个过程着墨不多，只用了"九战，绝其甬道，大破之，杀苏角，虏王离。涉间不降楚，自烧杀"二十余字就完成了，但在这二十字之后，却用七十多字的夸张之笔渲染了两个细节："诸侯军救巨鹿下者十余壁，莫敢纵兵。及楚击秦，诸将皆从壁上观。楚战士无不一以当十，楚兵呼声动天，诸侯军无不人人惴恐。于是已破秦军，项羽召见诸侯将，入辕门无不膝行而前，莫敢仰视。"连壁上观的诸侯军都"人人惴恐"，可见当时楚军之勇气与声威，而写楚军之勇是为了写项羽之勇，各诸侯国将领们在拜见项羽时竟然"膝行而前，莫敢仰视"，这样与正面战争无关的细节描写却最为传神地写出了项羽的威风凛凛。再如《李斯列传》写他看见厕中的老鼠和仓中的老鼠的不同而发出"人之贤不肖譬如鼠矣，在所自处耳！"的感慨，这样的细节描写也与历史事件无直接关系，但对于突出人物个性特征却作用巨大。轻人物的历史作用、重人物的个性特征的写法，正是小说的写法。

（二）抒情性特征

《史记》的抒情性特征也很突出。《史记》本来就是太史公的发愤之作。司马迁在《太史公自序》中说：

> 七年而太史公遭李陵之祸，幽于缧绁。乃喟然而叹曰："是余之罪也夫！是余之罪也夫！身毁不用矣。"退而深惟曰："夫《诗》《书》隐约者，欲遂其志之思也。昔西伯拘羑里，演《周易》；孔子厄陈蔡，作《春秋》；屈原放逐，著《离骚》；左丘失明，厥有《国语》；孙子膑脚，而论兵法；不韦迁蜀，世传《吕览》；韩非囚秦，《说难》《孤愤》；《诗》三百篇，大抵贤圣发愤之所为作也。此人皆意有所郁结，不得通其道也，故述往事，思来者。"于是卒述陶唐以来，至于麟止。

身遭李陵之祸的司马迁，认为他以前的各种名著多是"贤圣发愤之所为作也"，而他也把前贤们当作了自己的榜样，于是他的《史记》就"有他自己的情感作用，有他自己的肺腑和心肠"[①] 了。

司马迁是抒情高手，他用来抒情的方式和手法也多种多样。简略言之，其突出者有下述数端：

---

① 李长之：《司马迁之人格与风格》，上海三联书店 1984 年版，第 220 页。

第一，他选择的人物多具有可悲可叹的特点。生活中的司马迁身受宫刑，在这奇耻大辱的笼罩下，他对各类历史人物的悲剧性也特别敏感，所以不仅那些悲剧性人物被他充分利用，即使那些成功人士，也多被司马迁挖掘出了他们的悲剧性。例如，项羽兵败而死，可悲可叹，而作为胜利者的刘邦在歌唱"大风起兮云飞扬，威加海内兮归故乡，安得猛士兮守四方！"也是"慷慨伤怀，泣数行下"。

第二，他总是能够选择到那些最能表现人物可悲可叹的相关事例。例如前面提到的李斯在临行时对他儿子所说的"吾欲与若复牵黄犬俱出上蔡东门逐狡兔，岂可得乎？"就把人物身上的悲剧性揭示出来了。如果没有这两句，只写李斯受刑而死，当然于史实无碍，但文章的抒情性就荡然无存了。再如项羽被困垓下时所唱的"力拔山兮气盖世，时不利兮骓不逝。骓不逝兮可奈何，虞兮虞兮奈若何！"如果司马迁不写这首歌，而径写项羽率领八百人突围，也是于史实无碍的；但司马迁不仅写了这首歌，而且还让项羽"歌数阕"，又让"美人和之"，再令一代霸王"泣数行下"，最后又写"左右皆泣，莫能仰视"，可谓极尽渲染之能事；如果把这里的"莫能仰视"与巨鹿之战中的"膝行而前，莫敢仰视"联系起来，则人物命运的可悲可叹就格外突出了。

第三，他经常在文章中明白地表现自己的感情。有时他在正文中抒情，如在《游侠列传》中他就直接说"自秦以前，匹夫之侠，湮灭不见，余甚恨之"；而在《屈原贾生列传》中，司马迁更是直接用包含感情的语言来表示了对屈原的同情，如"信而见疑，忠而被谤，能无怨乎？"而在"其文约，其辞微，其志洁，其行廉。其称文小而其指极大，举类迩而见义远。其志洁，故其称物芳。其行廉，故死而不容。自疏濯淖污泥之中，蝉蜕于浊秽，以浮游尘埃之外，不获世之滋垢，皭然泥而不滓者也。推此志也，虽与日月争光可也"中，司马迁更是直接用诗一样的语言对屈原进行了由衷赞美，最后的"与日月争光可也"，更是对屈原的最高赞颂。

司马迁也经常在文章结尾表达对人物的感慨。例如，在《屈原贾生列传》的最后，他就说"余读《离骚》《天问》《招魂》《哀郢》，悲其志。适长沙，观屈原所自沉渊，未尝不垂涕，想见其为人"。在《孔子世家》的最后，司马迁说：

> 太史公曰：《诗》有之："高山仰止，景行行止。"虽不能至，然心乡往之。余读孔氏书，想见其为人。适鲁，观仲尼庙堂车服礼器，诸生以时习礼其家，余祗回留之不能去云。天下君王至于贤人众矣，当时则荣，没则已焉。孔子布衣，传十余世，学者宗之。自天子王侯，中国言《六艺》者折中于夫子，可谓至圣矣！

他在这里引用了"高山仰止，景行行止"表示了对孔子的尊崇，用"虽不能至，然心乡往之"，表达了他对孔子的仰慕，而后面的简单叙事和议论中也都包含感情，最后又以"可谓至圣矣！"表达了由衷的赞叹。

第四，他很重视文章结尾处的余韵。李长之先生对此有特别论述，他说司马迁"在一篇的末尾，善于留有一些余韵，令人读他的作品将毕时还要掩卷而思，或者有些咏叹似的"。李先生所举的例子有《项羽本纪》《高祖本纪》《封禅书》《史记无》，周亚夫在《绛侯周勃世家》《信陵君列传》《屈原贾生列传》《春申君列传》《刺客列传》和《李将军列传》。① 其实《史记》中还有很多篇也颇有余韵。例如，《留侯世家》在写张良"后八年卒，谥为文成侯。子不疑代侯"之后，似乎该结束了，但司马迁却继续写道：

> 子房始所见下邳圯上老父与《太公书》者，后十三年从高帝过济北，果见谷城山下黄石，取而葆祠之。留侯死，并葬黄石冢。每上冢伏腊，祠黄石。

这里出现的这块具有仙气的"黄石"，正与圯上老父给他兵书时所说的"读此则为王者师矣。后十年兴。十三年孺子见我济北，谷城山下黄石即我矣"呼应，而张良死后竟然跟这块仙石一起安葬；如果再联系到张良

---

① 李长之：《司马迁之人格与风格》，上海三联书店 1984 年版，第 268—270 页。

晚年的"乃学辟谷，道引轻身"，则这里的"每上冢伏腊，祠黄石"就意味悠然了。但司马迁笔力纵横，在后面的"太史公曰"中，进一步咏叹不已——他先是一顿，"学者多言无鬼神，然言有物。至如留侯所见老父予书，亦可怪矣"，之后一叹，"高祖离困者数矣，而留侯常有功力焉，岂可谓非天乎？"之后用刘邦的"夫运筹策帷帐之中，决胜千里外，吾不如子房"来作定语。之后忽然另起一笔：

> 余以为其人计魁梧奇伟，至见其图，状貌如妇人好女。盖孔子曰："以貌取人，失之子羽。"留侯亦云。

一篇写功高盖世、谋略无双的历史人物的文章，竟以"如妇人好女"的状貌描写结尾，既给读者留下了鲜明的印象，又令人味之不尽。这样的笔法，显然不是历史家的，而是小说家和诗家的。

综上所述，司马迁写《史记》不是简单记事，而是为了写人；他的写作重点也不是简单地写某个历史人物所做出的影响历史进程的大事，而是要突出这个历史人物的性格特征，所以他择取的往往是那些能够突出人物性格特点的小事；他写人物的性格和精神，也不是要简单地为这个历史人物立传，而是要通过这个历史人物来表达他自己的一腔悲愤，也就是他要借这些可歌可泣可悲可怜的人物来抒发他的诗人之情。鲁迅说《史记》是"无韵之离骚"，可谓千古定论。

而融小说性与诗性于一体的《史记》给后世小说提供了一个绝好的诗化模板。不管在诗性的写作方法还是写作精神上，后世中国小说无不打上了《史记》的烙印。

第二章　唐前文言小说的诗化特征

　　唐代之前的小说中虽然也有诗歌，但其作者们写作小说，其意或在记载历史故事（如《燕丹子》《吴越春秋》等杂史杂传），或在记载鬼怪异事（如《搜神记》《拾遗记》等志怪小说），或在记录名士隽言（如《世说新语》等志人小说），他们还无意以小说中的诗歌来炫才，因而唐前小说中的诗歌是根据行文的需要而出现的，具有后世那些刻意把诗歌嵌入作品的小说所难以企及的天籁之美。

第一节　唐前历史小说的诗化特征

　　鲁迅说唐代以前的小说是"搜奇志逸"之作（《中国小说史略·唐之传奇文（上）》）。"搜奇"可用以概括《搜神记》之类的志怪小说，"志逸"可用以概括《世说新语》之类的志人小说。鲁迅对这些小说颇有微词，称它们或者只是"粗陈梗概"，或者只是"断片的谈柄"。但唐前的中国小说却并不都是这样的面貌。它们中也有艳丽之作、长篇之文，但鲁迅把它们都忽略甚至省略了。例如，杂史别传在中国有悠久的传统，尽管有不少学者极力说它们不是小说，但这些"事多异闻，言过其实"[①] 的散体文，它的虚构性和叙事性都符合现代小说的标准，因而不把它们作为小说是不合适的。这些杂事别传体制不一，虽然有些篇幅短小，如嵇康《圣贤高士传赞》，但也有《穆天子传》《燕丹子》《吴越春秋》《汉武帝故事》《汉武帝

---

　　① 《文献通考》卷 195 引《宋三朝志》，转引自李剑国《中国小说通史》，高等教育出版社 2007 年版，第 55 页。

内传》《赵飞燕外传》等篇幅较长的作品，而刘向《列女传》更是一部独具特色的妇女传记专集。这些作品都具有明显的诗化特征。

一　《穆天子传》和《燕丹子》

《穆天子传》成书于先秦，被马振方称为小说的"大气磅礴开山祖"①，李剑国在其主编的《中国小说通史》中也把它作为中国的第一篇小说进行论述。而《燕丹子》把侠客与策士融于一身、将史实与传说汇为一炉，被胡应麟称为"古今小说杂传之祖"（《少室山房笔丛·四部正讹》）。这两部作品都符合马振方提出的虚构性、叙事性、散文性、自足性的小说特征，都应该算作小说。很多小说史论者不愿意讨论《燕丹子》，因为他们心中先有了进化论的观点，小说从六朝粗陈梗概的志怪志人小说到叙述宛转的唐传奇再到明清的长篇小说，这是一个合乎进化论的"演进之迹甚明"②的发展轨迹；可是如果在战国时就有了篇幅很长的《穆天子传》，秦汉之际就有了辞藻华丽的《燕丹子》，那它们就是逆进化论之作了。所以聪明的进化论者如鲁迅，在其《中国小说史略》中对《穆天子传》不作评价，而对《燕丹子》和《吴越春秋》仅以"虽本史实，并含异闻"一带而过了。

《穆天子传》和《燕丹子》作为最早的文言小说，它们已经具有了强烈的诗化特征。可以说，后世小说中诗歌穿插的特点、注重抒情的特点，在这两部文言小说中都有成功体现了。

在《穆天子传》卷三中，当穆天子在瑶池上与西王母宴饮时，那个在《山海经》中"虎齿豹尾"的西王母竟然化身帝女，情意绵绵地对着穆天子唱道：

> 白云在天，山陵自出。道里悠远，山川间之。将子无死，尚能复来。

---

① 马振方：《大气磅礴开山祖——〈穆天子传〉的小说品格及小说史地位》，《北京大学学报》（哲学社会科学版）2003 年第 1 期。

② 鲁迅：《中国小说史略》，上海古籍出版社 1998 年版，第 44 页。

而穆天子也多情地回唱道：

> 予归东土，和治诸夏。万民平均，吾顾见汝。比及三年，将复而野。

这两首诗一唱一和，开创了后世小说中诗歌对答的写作模式，而它们在《穆天子传》中的出现，大大加强了小说的抒情性。西王母的诗，从天上的白云写到地上的山陵，然后以"道里"二字点明了穆天子的远道而来，"悠远"两字和"山川间之"则使得上面出现的白云和山陵都染上了伤感之情，最后的"将子无死，尚能复来"更是把殷切的期望和深厚的情谊寄托于人生无常之中，使得这首诗收到了令人品读再三、感叹不已的抒情效果。穆天子的答诗回应了西王母的"将子无死，尚能复来"的邀请，明确说"吾顾见汝。比及三年，将复而野"，竟然有情人离别的意味。可想而知，如果没有这两首诗，后世小说中很难附会出穆天子和西王母的爱情故事，而《穆天子传》的抒情性也将逊色许多。

如果说上面两首诗是"男女之间传情达意"的雏形之作，那么穆天子的三首哀民诗则是"人物言志抒情"的代表作。在"日中大寒，北风雨雪"的时候，穆天子看见"有冻人"，于是作诗以哀民：

> 我徂黄竹，□员閟寒，帝收九行。嗟我公侯，百辟冢卿。皇我万民，旦夕勿忘。
>
> 我徂黄竹，□员閟寒，帝收九行。嗟我公侯，百辟冢卿。皇我万民，旦夕勿穷。
>
> 有皎者鵅，翩翩其飞，嗟我公侯，□勿则迁。居乐甚寡，不如迁土，礼乐其民。

穆天子以"皇我万民，旦夕勿忘""皇我万民，旦夕勿穷"表达了他同情、爱惜哀民的感情。后世小说中常见到的诗人看见可悲可喜可叹之处即吟诗抒情的模式，当以《穆天子传》为始作俑者。

　　《穆天子传》是用整首诗来抒情，而《燕丹子》中仅仅用两句"风萧萧兮易水寒，壮士一去兮不复还"，就获得了感天地、泣鬼神的抒情效果。在《燕丹子》中，这两句诗之所以取得很好的抒情效果，是因为作者为这两句诗的出现设置了很多铺垫。小说在一开始就设置了一个离奇的情节：秦王说只有"乌白头、马生角"才能放太子丹回燕，愁恨不已的太子丹"仰天叹，乌即白头、马生角"，这就为全文铺垫了一个奇异的抒情基调；之后他在写给鞠武的信中，又反复说"丈夫所耻，耻受辱以生于世也""丹每念之，痛入骨髓""丹生无面目于天下，死怀恨于九泉"；他见了田光之后，"膝行而前，涕泪横流"；田光本是鞠武向太子丹推荐的志士，但他在向太子丹举荐了荆轲之后，在荆轲前吞舌而死，这样的死法令人惋惜不已；樊於期本是秦国的将军，为了报仇，执刀自刭，"头坠背后，两目不瞑"，何等的壮烈；之后才是易水送别——太子丹等送行者"皆素衣冠送之"，而在荆轲唱出"风萧萧兮易水寒，壮士一去兮不复还"的歌声时，"高渐离击筑，宋意和之""为壮声则发怒冲冠，为哀声则士皆流涕"，在这白衣飘飘、寒风萧萧、易水汤汤、筑声哀切、歌声悲壮的情境下，荆轲和武阳怀着必死之心升车而去，"终已不顾也"。文章走笔到此，已是令人血脉贲张、悲戚不已了，不料作者笔力未尽，接着写道："子行过，夏扶当车前刎颈以送。"文章至此，武士尚且不惜性命，读者又怎能不被感染！

　　小说在抒情时出现的诗歌往往具有"情眼"的作用——它是"画龙点睛"中的那个眼睛，没有它，文章就达不到最佳的抒情效果。《穆天子传》中西王母和穆天子的诗歌对答堪称情眼，而《燕丹子》中的"风萧萧兮易水寒，壮士一去兮不复还"也是小说的"情眼"——前面田光、樊於期的自杀等情节虽然壮烈，但只有等荆轲唱出这两句诗时，整篇小说的抒情性才到了最高潮。如果没有这两句诗，那么荆轲刺秦的悲剧性效果将大为逊色，而易水送别就很难成为中国人人皆知的悲壮送行的代语。

　　《穆天子传》虽被称为最早的小说，但很擅长渲染气氛。穆天子和西王母的对答以及穆王的哀民诗为小说增加了浓郁的抒情性，而卷六专写盛姬之丧，场面宏大，叙事条理，虽然写得很直接，但全文出现了 37 个

"哭"字，不同身份的"哭"的人竟然多达 13 种，陪祭的人又多达 12 种，由此可见文章在渲染抒情气氛方面的努力。杨义在《中国古典小说史论》中对这段文字的抒情性非常赞赏，他在说这段文字"古拙自然古拙，但不同凡响也实在不同凡响"之后，论述道：

> 这种感情之刻骨铭心，竟至于穆王以皇后之礼葬盛姬，也不能止哀；竟至于穆王远征垂钓，也不能解脱；竟至于七萃之士好言相劝，也不能将意念转移。作品写丧事的悲哀已是极笔墨之能事，殊不料它写丧事后的哀思，竟能把无言之悲写得比哭声盈耳之悲更加深沉。这种笔外之笔，叙事之余的"补叙事"，是非常高明的。①

《燕丹子》的抒情性特征也非常突出，它的人物性格、人物命运以及故事情节、故事结局都具有强烈的震撼力。例如荆轲刺秦王之时，在戒备森严的秦国宫廷中，那个"年十三杀人，人不敢忤视"的秦武阳，这时"大恐，两足不能相过，面如死灰色"，而荆轲则泰然自若，巧为之饰；终于图穷匕见，他"左手把秦王袖，右手揕其胸"，何等神勇；但他最终刺秦不成，两手被秦王砍断，这时他仍然"倚柱而笑，箕踞而骂"，把"燕国之不报，我事之不立哉"的原因归结为"吾坐轻易，为竖子所欺"，他仍然是精神上的胜利者。文章在此戛然而止，但文章却把不尽的悲壮和惋惜永远留给了历代读者。

《燕丹子》中还有很多骈语。若把《燕丹子》与《战国策》中的相关段落相比，它的骈文特征特别明显。例如《战国策》中太子丹求谋于鞠武，只用了"燕、秦不两立，愿太傅幸而图之"两句散文，而在《燕丹子》中，则是他写给鞠武的一篇长达 245 字的书信，这封书信中充斥着"生于僻陋之国，长于不毛之地""丈夫所耻，耻受辱以生于世也；贞女所羞，羞见劫以亏其节也""则一剑之任，可当百万之师；须臾之间，可解丹万世之耻"这样的对句；而这样的对句在鞠武的回信中也毫不逊色，他

---

① 杨义：《中国古典小说史论》，中国社会科学出版社 1995 年版，第 73 页。

的回信开头就是"臣闻快于意者亏于行，甘于心者伤于性"，结尾则是
"今臣计从，太子之耻除，愚鄙之累解矣"，中间还夹杂着"欲灭悁悁之
耻，除久久之恨""智者不冀侥幸以要功，明者不苟从志以顺心"等六个
对句。在《燕丹子》的后文中，这样的骈语也密集出现，特别是在人物的
对话之中。例如，田光在向太子丹推荐荆轲时，就先用对语论夏扶、宋
意、武阳三人之不可用；而荆轲一见到太子丹，就赞美太子"高行厉天，
美声盈耳"，说自己"出卫都，望燕路，历险不以为勤，望远不以为遐"
而来到燕国，又说太子对待自己"礼之以旧故之恩，接之以新人之敬"；
之后荆轲与夏扶的两问两答也都是骈语。由此可见，文章竟把荆轲这个刺
客写成了一个满口骈语、辩才无碍的策士。

　　另外《燕丹子》中琴姬的琴诗在小说的叙事结构中发挥了重要作用。
具体来说，这首琴诗在小说中具有预叙功能和调整叙事节奏的功能。小说
原文是：

　　　　秦王曰："今日之事，从子计耳！乞听琴声而死。"召姬人鼓琴，琴
　　　　声曰："罗縠单衣，可掣而绝。八尺屏风，可超而越。鹿卢之剑，可负
　　　　而拔。"轲不解音。秦王从琴声负剑拔之，于是奋袖超屏风而走……

在荆轲"左手把秦王袖，右手揕其胸"之时，秦王说"今日之事，从子计
耳！乞听琴声而死"，于是聪明的琴姬就以优美的琴歌教秦王如何脱身，
之后秦王就完全按照琴女的"安排"而行动。最终秦王得以脱身，而荆轲
就只能被杀了。

　　这首琴歌在小说中具有调整叙事节奏的作用。当荆轲已经"左手把其
袖，右手揕其胸"之时，作为一个刺客，这时他的任务应该是毫不犹豫地
抓住这难得的费了数年时间且用了数条生命换来的机会，一匕首把秦王刺
死；但荆轲没有这样做，他先是喋喋不休地数落了秦王的罪恶，甚至连
"燕王母病"这样的事儿都说了出来，还讨价还价地说"从吾计则生，不
从则死"；而秦王则一方面说"今日之事，从子计耳！"另一方面又说"乞
听琴声而死"，于是在这千钧一发之际，悠扬的琴声从容响起，这画面就

从两人的斗嘴转到了节奏更为缓慢的丽人弹琴上面了。琴姬就抓住这难得的机会，用美妙的琴歌从容地告诉了秦王绝衣、越屏、拔剑这脱身三部曲。如果说"秦王发图，图穷而匕首出。轲左手把秦王袖，右手揕其胸"的叙事还是快节奏的，那么荆轲和秦王的斗嘴则使得节奏变缓，之后琴姬的歌声使得这一缓慢的节奏达到了极处，慢急必快，后面的叙事节奏就转成了动作急促的打斗场面了。荆轲作为专业刺客，他应该不会在即将成功之时还要跟秦王斗嘴，更不可能满足秦王在死之前还要听琴的要求，因而小说此处的慢节奏处理恐怕只是小说家的杜撰。《史记》中的这段记载略去了这些明显违反常理的杜撰，这是身为史家的司马迁不得不为之的；而《燕丹子》中的这首琴诗恰好证明了作品的小说性特征，而小说作者的诗性思维也在此表露无遗。

二　《韩诗外传》

王世贞称《韩诗外传》"大抵引诗以证事，而非引事以明诗，故多浮汎不切牵合可笑之语，盖驰骋胜而说诗之旨微矣"[①]。既然是"引诗以证事，而非引事以明诗"，则《韩诗外传》就以叙事；"浮汎不切牵合可笑之语"则指出了其虚构性。[②]《韩诗外传》的主体内容是具有虚构特征的历史故事，把它归入杂史小说是无可厚非的。

《韩诗外传》的诗化特征非常明显。首先，它的语言具有骈偶化的倾向。例如卷一《曾子仕于莒》：

> 曾子仕于莒，得粟三秉，方是之时，曾子重其禄而轻其身；亲没之后，齐迎以相，楚迎以令尹，晋迎以上卿，方是之时，曾子重其身而轻其禄。怀其宝而迷其国者，不可与语仁；窘其身而约其亲者，不可与语孝；任重道远者，不择地而息；家贫亲老者，不择官而仕。故君子桥褐趋时，当务为急。传云：不逢时而仕，任事而敦其虑，为之

---

① 王世贞：《弇州山人四部稿》卷112《读韩诗外传》，万历五年世经堂刻本。
② 马振方在《〈韩诗外传〉之小说考辨》中专门分类考察了书中故事的虚构情况，见《北京大学学报》（哲学社会科学版）2007年第3期。

使而不入其谋，贫焉故也。诗云："夙夜在公，实命不同。"

这一章中的"重其禄而轻其身""重其身而轻其禄"句式一致，对比明显，而"怀其宝而迷其国者，不可与语仁；窘其身而约其亲者，不可与语孝；任重道远者，不择地而息；家贫亲老者，不择官而仕"也是俪句。

其次，《韩诗外传》行文中多有韵语。例如，卷一《孔子南游适楚》：

> 孔子南游，适楚，至于阿谷之隧，有处子佩瑱而浣者。孔子曰："彼妇人其可与言矣乎！"抽觞以授子贡，曰："善为之辞，以观其语。"子贡曰："吾，北鄙之人也，将南之楚，逢天之暑，思心潭潭，愿乞一饮，以表我心。"妇人对曰："阿谷之隧，隐曲之氾，其水载清载浊，流而趋海，欲饮则饮，何问妇人乎？"受子贡觞，迎流而挹之，奂然而弃之，促流而挹之，奂然而溢之，坐置之沙上，曰："礼固不亲受。"子贡以告。孔子曰："丘知之矣。"抽琴去其轸，以授子贡，曰："善为之辞，以观其语。"子贡曰："向子之言，穆如清风，不悖我语，和畅我心。于此有琴而无轸，愿借子以调其音。"妇人对曰："吾，野鄙之人也，僻陋而无心，五音不知，安能调琴。"子贡以告。孔子曰："丘知之矣。"抽绤絺五两，以授子贡，曰："善为之辞，以观其语。"子贡曰："吾，北鄙之人也，将南之楚。于此有绤絺五两，吾不敢以当子身，敢置之水浦。"妇人对曰："客之行，差迟乖人，分其资财，弃之野鄙。吾年甚少，何敢受子，子不早去，今窃有狂夫守之者矣。"诗曰："南有乔木，不可休思。汉有游女，不可求思。"此之谓也。

伏俊琏在《俗赋研究》中着重分析了这段文字的韵部，他说："从韵部看，楚、暑为韵，潭、心为韵，氾、海、子为韵，风、心、音为韵，心、琴为韵，楚、浦为韵，久、鄙、子、矣为韵。风为冬部，与侵部通；久为之部，皆与先秦古韵相合。"① 熟悉民间文学表述方式的读者，可以一目了然

---

① 伏俊琏：《俗赋研究》，中华书局 2008 年版，第 172 页。

地看出这段故事叙述方式的特点和渊源。这种同一情节重复三次，同一句话反复三遍，而每次都以些许变动以示故事推进之法，是民间故事中常见的技巧。更值得注意的是，人物对话用很自然的韵语，更说明它是用来口诵的。屈守元所说的"有些章节是通俗上口的谣谚"①，就是指这些押韵的文章。这类押韵的文章还有用来议论的卷三 26、27 章，卷四 29、31 章，卷五 15 章，卷八 21 章，卷九 9、14、16 章，用于人物语言的卷四 18 章，卷八 8 章，卷九 9 章，卷十 10、15 章等。② 伏俊琏甚至直接把这类叙事性的文章当作故事赋来进行论述。

最后，《韩诗外传》文本中有很多精妙的比喻。例如，卷十《齐景公出田》：

> 齐景公出田，十有七日而不反。晏子乘而往，比至，衣冠不正，景公见而怪之，曰："夫子何遽乎？得无急乎？"晏子对曰："然，有急。国人皆以君为恶民好禽。臣闻之：鱼鳖厌深渊而就干浅，故得于钓网；禽兽厌深山而下都泽，故得于田猎。今君出田，十有七日而不反，不亦过乎？"景公曰："不然。为宾客莫应待邪？则行人子牛在；为宗庙而不血食邪？则祝人太宰在；为狱不中邪？则大理子几在；为国家有余不足邪？则巫贤在。寡人有四子，犹有四肢也，而得代焉，不可患焉！"晏子曰："然。人心有四肢，而得代焉，则善矣；令四肢无心十有七日，不死乎？"景公曰："善哉言！"遂援晏子之手，与骖乘而归。若晏子者，可谓善谏者矣。

此章中晏子先以"鱼鳖厌深渊而就干浅，故得于钓网；禽兽厌深山而下都泽，故得于田猎"来比喻景公出田十七天的危险性，而景公先以一个排比句来辩解，又以四肢来比喻四个大臣；之后晏婴先认可了景公的比喻，但却是在景公比喻的基础上又把景公比喻为"心"，实际上是用了一个归谬推理把景公说服了。这样的比喻之美能给人以诗的享受。

上述三个例子分别说明了《韩诗外传》文章的骈俪化、韵语、比喻等

---

① 屈守元：《韩诗外传笺疏》，巴蜀书社 1996 年版，前言第 5 页。
② 参见刘强《〈韩诗外传〉研究》，西北师范大学硕士论文，2005 年，第 55 页。

诗性特点，但《韩诗外传》最为突出，对后世影响最大的诗化特点，应当是它的篇末以诗歌进行的程式化评论。

《韩诗外传》虽然并非以阐释《诗经》为目的，但在形式上跟《诗经》关系密切，那就是总是"引诗以证事"。《韩诗外传》基本上在每章的结尾处都要引用《诗经》的诗句，或者用以点明本章主题，或者用以进行评论，如上述引文第一则最后的"夙夜在公，实命不同"，和第三则最后的"南有乔木，不可休思。汉有游女，不可求思"就是如此。当然也有篇末没出现诗歌的，如上述引文的第二则，但这类没有出现诗歌的文章在全书360章中只有20余则，似乎与全书体例不合，因而历代论者多以为这些章节中本有引诗，只是在流传过程中佚失了。在韩婴之前，固然春秋时代就已赋诗言志，后来荀子等人也经常引诗来加强说服力，但像韩婴这样整本书的体例如此统一，还是前无古人的。

这种"引诗以证事"的形式对后世小说影响很大。它在形式上的影响，是在后世小说中出现了一个定式，即在小说的开头和结尾都经常出现诗歌，如中国古代最长的文言小说《蟫史》，每回的开头、结尾就都有诗词；它在内容上的影响，那就是后世小说作者在小说的题材上多倾向于道德说教，而在小说的开头或者结尾经常要进行一番道德评论。《四库全书总目提要》在论述《说苑》时，说"其书皆录逸闻轶事足为法戒之资者，其体例略如《诗外传》"。可见《韩诗外传》是有意识地选择那些"足为法戒之资"的"逸闻逸事"。王培友在《〈韩诗外传〉的文本特征及其认识价值》中对《韩诗外传》里他认为是韩婴所作的七卷书的文本内容进行了量化分析，他得出的结论是礼德、士节与士行、治道这三类就占了85.7％，可见《韩诗外传》的内容非常集中，作者确实有着明确的编撰目的。[①] 其文章内容既然如此，其引用之诗也与此相称，也就是文章中所引用的诗句是"试图通过历史事实与《诗经》相互印证，并凭借着《诗经》的典籍地位，加强说理的力度，实现儒学经典的讽谏功能和教化功能，达到干预社会文化建设和政治建设的目的"[②]。

---

① 王培友：《〈韩诗外传〉的文本特征及其认识价值》，《孔子研究》2008年第4期。
② 同上。

三 《吴越春秋》

《吴越春秋》成书于后汉，它的诗化特征非常突出。福建师范大学的林小云在其博士论文中对《吴越春秋》的语言艺术进行了专门论述，她的论述包括"韵散相间，摇曳多姿""俚语歌谣，点缀其间""巧用隐语，亦庄亦谐""妙用比喻，形象生动""夸张排比，铺张扬厉""引经据典，持之有故"六个方面，而这六方面均可归入小说的诗化特征之中。在这六个方面中，尤以骈文、排比、歌谣和比喻最有特点，现缕述如下。《吴越春秋》的抒情性特征也非常明显，在下文中一并论述。

第一，《吴越春秋》中的诗歌。

与《燕丹子》相比，《吴越春秋》中的诗歌更多，形式也更多样。这些诗歌来源不一，刘晓臻在《〈吴越春秋〉中的诗歌辨源》中把它们分为引用前人的诗歌、改用前人的诗歌、自己创作的诗歌三类。① 对于《吴越春秋》来说，后两类诗歌更能够增强小说的诗化特征。

改用前人的诗歌。这类诗歌有《渔父歌》《涂山歌》和《申包胥歌》，它们虽然都改编自前人文献，但改编后的语言都加强了诗化特征。例如《渔父歌》，由《越绝书》中的"日昭昭，侵以施，与子期甫芦之碕"和"心中目施，子可渡河，何为不出"，分别改成了"日月昭昭乎侵已驰，与子期乎芦之漪"和"日已夕兮，予心忧悲；月已驰兮，何不渡为？事寝急兮，当奈何？"这两个改动，语言上都比原来的更为通俗易懂，语句比原来的更为整齐，诗歌的节奏也比原来的更为从容，诗歌的意境比原诗更为高远，而诗歌所表达的感情也比原诗更为细腻丰富。显然这是作者精心加工、刻意追求诗化效果的结果。

自己创作的诗歌。《吴越春秋》有些诗歌不见于其他典籍，它们是小说中的人物所创作的。这类诗歌不仅数量多，而且诗歌的质量也明显高于其他两类。这些诗歌有乐师扈子在昭王复国后回到郢时所唱的《穷劫曲》，有勾践夫妇即将入吴为奴时勾践夫人唱的两首《乌鹊歌》，有勾践回到越

---

① 刘晓臻：《〈吴越春秋〉中的诗歌辨源》，《西南农业大学学报》（社会科学版）2009 年第 3 期。

国后采葛之妇所作的《苦诗》，有勾践率兵伐吴时国人所作的《离别相去词》，还有越兵渡河攻秦时所作的《河梁诗》。这六首诗中，两首《乌鹊歌》因物起兴，呼天怨地，勾践夫人借此抒发了自已由国君夫人而成为他国奴婢的屈辱和悲愤，读来感人至深：

越王夫人乃据船哭，顾乌鹊啄江渚之虾，飞去复来，因哭而歌之，曰："仰飞鸟兮乌鸢，凌玄虚号翩翩。集洲渚兮优恣，啄虾矫翮兮云间，任厥兮往还。妾无罪兮负地，有何辜兮谴天？驱驱独兮西往，孰知返兮何年？心惙惙兮若割，泪泫泫兮双悬。"

又哀吟曰："彼飞鸟兮鸢乌，已回翔兮翕苏。心在专兮素虾，何居食兮江湖？徊复翔兮游飏，去复返兮於乎！始事君兮去家，终我命兮君都。终来遇兮何幸，离我国兮去吴。妻衣褐兮为婢，夫去冕兮为奴。岁遥遥兮难极，冤悲痛兮心恻。肠千结兮服膺，於乎哀兮忘食。愿我身兮如鸟，身翱翔兮矫翼。去我国兮心摇，情愤惋兮谁识？"

另一首《离别相去词》则表达了越人举国上下誓死灭吴的决心和勇气，读来令人在悲愤中有所鼓舞：

令国人各送其子弟于郊境之上，军士各与父兄昆弟取诀。国人悲哀，皆作离别相去之词，曰："踪躁摧长恶兮，擢戟驭父，所离不降兮，以泄我王气苏。三军一飞降兮，所向皆殂。一士判死兮，而当百夫。道佑有德兮，吴卒自屠。雪我王宿耻兮，威振八都。军伍难更兮，势如貔貙。行行各努力兮，於乎！於乎！"于是，观者莫不凄恻。

这三首诗都是骚体诗。在诗歌中，骚体诗的抒情色彩特别浓郁，这些诗出现在小说中，特别加强了小说的抒情特征。

另外三首诗都是七言诗，且都一韵到底。例如，乐师扈子在秦军救了楚国、楚昭王回到郢之后，他在昭王面前"援琴为楚作穷劫之曲，以畅君之迫厄之畅达也"。其词曰：

> 王耶王耶何乖烈，不顾宗庙听谗孽，任用无忌多所杀，诛夷白氏
> 族几灭。二子东奔适吴越，吴王哀痛助切怛，垂涕举兵将西伐，伍胥
> 白喜孙武决。三战破郢王奔发，留兵纵骑虏荆阙，楚荆骸骨遭发掘，
> 鞭辱腐尸耻难雪！几危宗庙社稷灭，严王何罪国几绝。卿士凄怆民恻
> 恍，吴军虽去怖不歇。愿王更隐抚忠节，勿为谗口能谤亵。

这首诗的特点主要表现在三个方面。一是它是一首叙事诗，它完整叙述了楚国国君听信谗言、杀害忠良从而导致了吴王举兵伐楚，使得楚国郢破、王奔，亡君骸骨遭掘、尸体被鞭的惨剧；二是它可以归入说唱文学，因为这是乐师"援琴"而作，也就是边弹琴边唱的；三是从叙事学的角度来看，因为诗中叙述的这些故事情节都是小说前文中所出现过的，所以这些叙述是重叙。

第二，《吴越春秋》中的骈文、排比及韵文。

骈文使得文章具有对称美，排比则使得文章具有整饬美、气势美，韵文使得文章具有声律美；骈文和排比使得语言具有诗歌的节奏，而韵文则使得文章具有诗的韵律。在近五万字的《吴越春秋》文本中，骈文、排比、韵文层出不穷，作者显然在这方面进行了刻意加工。例如，下面是伍子胥的祖父伍举谏楚灵王的一段：

> 臣闻国君服宠以为美，安民以为乐，克听以为聪，致远以为明。不闻以土木之崇高，虫镂之刻画，金石之清音，丝竹之凄唤，以之为美。前庄王为抱居之台，高不过望国氛，大不过容宴豆，木不妨守备，用不烦官府，民不败时务，官不易朝常。今君为此台七年，国人怨焉，财用尽焉，年穀败焉，百姓烦焉，诸侯忿忿，卿士讪谤——岂前王之所盛，人君之美者耶？臣诚愚，不知所谓也。

骈俪文和排比文已经占了这段文字的绝大部分。

如果说伍举这段话是他为了说服国君，可能有所准备，那么当楚灵王的使臣来诱捕他的两个孙子伍尚、伍子胥时，伍尚跟伍子胥下面的这段对

话是在紧急情况下仓促而出，不可能有所准备的。但这段对话不仅都是整齐的四言体，还大致押韵：

> 尚乃入报子胥，曰："父幸免死，二子为侯，使者在门，兼封印绶，汝可见使。"
> 子胥曰："尚且安坐，为兄卦之。今日甲子，时加于巳，支伤日下，气不相受。君欺其臣，父欺其子。今往方死，何侯之有？"
> 尚曰："岂贪于侯，思见父耳。一面而别，虽死而生。"
> 子胥曰："尚且无往。父当我活，楚畏我勇，势不敢杀；兄若误往，必死不脱。"
> 尚曰："父子之爱，恩从中出，徼幸相见，以自济达。"
> 于是子胥叹曰："与父俱诛，何明于世，冤雠不除，耻辱日大。尚从是往，我从是决。"
> 尚泣曰："吾之生也，为世所笑，终老地上，而亦何之？不能报仇，毕为废物。汝怀文武，勇于策谋，父兄之雠，汝可复也。吾如得返，是天祐之，其遂沉埋，亦吾所喜。"
> 胥曰："尚且行矣，吾去不顾，勿使临难，虽悔何追！"

这样的对话当然不可能是两人当时的原话，只能是作者的遥想揣测之语，当然也经过了作者的刻意加工。

另如勾践要入吴为臣的时候，文种所说的祝词竟然一韵到底：

> 皇天祐助，前沉后扬。祸为德根，忧为福堂。威人者灭，服从者昌。王虽牵致，其后无殃。君臣生离，感动上皇。众夫哀悲，莫不感伤。臣请荐脯，行酒二觞。

当夫差听信谗言，疏远伍子胥而厚待勾践之时，子胥据地垂涕，开口就是韵语：

　　　於乎哀哉！遭此默默。忠臣掩口，谗夫在侧；政败道坏，谄谀无极；邪说伪辞，以曲为直；舍谗攻忠，将灭吴国；宗庙既夷，社稷不食；城郭丘墟，殿生荆棘。

　　这段话也都是四字句，但两句一韵，声调紧促，反映出当时伍子胥的悲哀、急切和无奈。

　　第三，《吴越春秋》中的比喻和寓言。

　　《吴越春秋》中的比喻和寓言很多，它们的存在使得小说诗意十足。例如，楚庄王即位三年，不听国政，沉湎于酒色，而且下令说"有敢谏者，死！"这时伍举就问他："有一大鸟，集楚国之庭，三年不飞亦不鸣。此何鸟也？"楚庄王回答说："此鸟不飞，飞则冲天；不鸣，鸣则惊人。"伍举趁机说："不飞不鸣，将为射者所图，弦矢卒发，岂得冲天而惊人乎？"他们的对话表面上仅仅是讨论大鸟，与进谏无关，但句句都是讨论国政，句句都是交锋。伍举在这交锋之中处处占据主动，最后终于以这样一个比喻形象而又完整地表达出了自己的意思，说服了楚庄王，使得那个"左手拥秦姬，右手抱越女，身坐钟鼓之间"的君主马上就"弃其秦姬越女，罢钟鼓之乐；用孙叔敖任以国政。遂霸天下，威伏诸侯"。这样的比喻之美，确实令人赞叹不已。

　　伍举的孙子伍子胥在劝夫差杀勾践时，也曾以鸟为喻进谏。他说的"飞鸟在青云之上，尚欲缴微矢以射之，岂况近卧于华池，集于庭庑乎？"也是很有说服力的，可惜吴王不听从。后来伍子胥又以"豺不可谓廉，狼不可亲""犹纵毛炉炭之上幸其焦，投卵千钧之下望必全"等比喻来进谏，这时夫差不仅不听从，反而越来越恼怒，最终导致子胥被夫差所杀。

　　这样的比喻在《吴越春秋》中比比皆是，如范蠡在功成身退之时，劝文种也离去，先是以"高鸟已散，良弓将藏；狡兔已尽，良犬就烹"来比喻他和文种的险恶处境，又以"长颈鸟喙，鹰视狼步"这样的比喻来刻画越王的"可与共患难，而不可共处乐；可与履危，不可与安"。可惜文种不从其言，最终落得被勾践赐死的下场。

　　"螳螂捕蝉，黄雀在后"，这一寓言在《庄子》《说苑》中都曾出现，在《吴越春秋》中也被改编利用了。在《说苑》中的"吴王欲伐荆"被改成了"吴王复伐齐"，那个进谏的少孺子也被换成了太子友，而最后的结果也根据情节的需要，由吴王听从劝谏改成了不听劝谏。值得注意的是《吴越春秋》对这一寓言的细节性加工特别明显：描写秋蝉为"登高树，饮清露，随风挒挠，长吟悲鸣"，描写螳螂为"超枝缘条，曳腰耸距而稷其形""翕心而进，志在有利"，描写黄雀为"盈绿林，徘徊枝阴，踯跃微进，欲啄螳螂"；《说苑》中的情节到此为止，但《吴越春秋》继续描写射雀者也处于危险之中：他在"挟弹危掷，蹭蹬飞丸而集其背"欲射黄雀之时，却因"不知空埳其旁，闾忽埳中，陷于深井"而"袷体濡履"。之后太子友又进行了深入分析，把鲁、齐、吴、越分别对应于这一寓言中的蝉、螳螂、黄雀、人，从而把这一寓言的象征意义也揭露无遗了。

第四，《吴越春秋》的抒情性特征。

上述诗歌、骈文、韵文都具有抒情性，这是其抒情特征的一个重要方面；但《吴越春秋》最为突出的抒情特征，应是其人物形象的群体性悲剧特征。悲剧的人物形象更能够感染读者，而《吴越春秋》中的主要人物几乎都有浓郁的悲剧色彩，这也是它流传千古感人至深的重要原因。

《吴越春秋》中的悲剧人物很多，忠君而死的伍奢，以及为了父亲而自投罗网的伍尚都是悲剧人物，而流落异国成就了一番事业的伍子胥，最后也是因为忠君爱国而被杀，更是悲剧人物；吴王僚被专诸所杀，但专诸又被吴王僚的兵士所杀，他们的下场同样悲惨；体弱力微的要离刺死了"筋骨果劲，万人莫当，走追奔兽，手接飞鸟"的公子庆忌，但他为此而家破人亡，他们两人都是悲剧人物；功高盖天又忠心耿耿的文种不听范蠡之劝而被勾践赐死，当然是悲剧，而范蠡作为智者洞知勾践的性格而被迫离去，又何尝不悲剧；夫差刚愎自用，听信谗言，自毁长城，最后被勾践所杀，固然是悲剧人物，但勾践自己身为一国之君，却不得不跟妻子一起成为他人奴婢，其中悲苦，从其夫人的两首《乌鹊歌》中可以清晰知道；即使在他打败吴国之后，我们从他自己在去世时所说的"夫霸者之后，难以久立"之中，也能感受到一个英雄的悲哀。其他如渔父的沉舟自尽、溧阳女子的投井自尽、公孙圣的明知故死、申包胥七日七夜的哭泣、楚昭王的失国之痛和妻辱之恨、钩师在吴王面前呼其二子之名，这些也都令人感伤、哀叹和痛惜。《吴越春秋》成为后世诗歌题材、典故的渊薮，其中很大原因是它塑造了一批个性鲜明的悲剧人物形象，而这些人物形象所具有的强烈抒情色彩是与诗歌的本质相通的。

四 《列女传》及《说苑》《新序》

吴志达在《中国文言小说史》中评论刘向说"就现存《新序》、《说苑》和《列女传》来看，到不妨称他为杂记体小说家"，确实，尽管从《汉书·艺文志》《隋书·经籍志》一直到《四库全书总目》都未曾把刘向列为小说家，他的《新序》《说苑》《列女传》也一直被列入儒家或杂家，但今天却有不少学者在研究这些作品的小说特征。不过这些研究者大多遮遮掩掩，虽然论述了其小说特征，但囿于成见，不直接称它们为小说。其实刘向这些著作基本上是由"富有小说的意味"①的故事构成，他的著作特点甚至被刘知几说成是"广陈虚事，多构伪辞"（《史通·杂说下》），因而直接把刘向的作品称为小说是可以成立的。

宋高似孙在《子略》中认为"《说苑》《新序》之旨"为"正纪纲、迪教化、辨邪正、黜异端"，这一评语非常正确，而且它也同样适用于《列女传》。身为汉代大臣的刘向采集了如此之多的古代逸闻逸事，其用意当然不是好奇，而是"以著述当谏书，皆与封事相发，董生所谓陈古以刺今"②。刘向既然是为了"正纪纲、迪教化、辨邪正、黜异端"，为了"陈古以刺今"，他这些故事也就跟蒲松龄的《聊斋志异》相似，是有所"寄托"的，因而这些故事具有很强的寓意性。邢培顺在论述刘向散文的艺术特色时，称这种"储事达意"的写作手法为"隐喻性叙事"，并对这一特征从"用寓言说理""用历史故事说理"两方面进行了分析。③ 这种以某一古事作为载体来说明自己思想观点的方法，类似于诗学中的"象"和"意"之间的关系，是一种诗性的写作方法。这种方法古已有之，如韩非

---

① 王恒展：《中国小说发展史概论》，山东教育出版社1996年版，第145页引殷孟伦语。
② （清）谭献：《复堂日记》卷六，丛书集成续编本。
③ 邢培顺：《刘向散文研究》，山东师范大学硕士论文，2003年，第78—83页。

子的《储说》和韩婴的《韩诗外传》都属于这种类型。但《储说》只是《韩非子》中的一部分，《韩诗外传》中又有很多单独的议论性章节，而刘向《新序》《说苑》中虽然也有少数的议论性段落，但相比于这两本书中洋洋大观的故事来说，几乎可以忽略不计了；而且就其著作中故事的数量来看，虽然韩非和韩婴搜集到的故事已经为数不少，但远远不及规模宏大的《新序》和《说苑》。

《新序》和《说苑》的诗化特征，除了整体上的"隐喻性叙事"，还有很多比喻，也引用了很多《诗经》中的诗句，句式上也常有排比和对偶。这些特点并非它们所特有，这在前文中已多有论述，此处从略；但是刘向的《列女传》另具有独特的诗化特征，很值得进行重点介绍。

《列女传》是刘向的精心编撰之作。它是我国最早的一部妇女专史，也是我国最早的一部人物传记集。今本《列女传》按照内容编排，分为母仪、贤明、仁智、贞顺、节义、辩通、孽嬖七卷；除第一卷佚失一传只有十四传之外，其他六卷都是十五传。从小说的诗化特征来看，《列女传》整齐的四字句标题、每卷的四言十句的韵语小序以及每传最后的四言八句颂语都是其独创的艺术表现形式，也就是中国小说的诗化特征从《列女传》开始就已经有意识地注重形式方面的程式化了。例如下面是《弃母姜嫄》篇：

弃母姜嫄

弃母姜嫄者，邰侯之女也。当尧之时，行见巨人迹，好而履之，归而有娠，浸以益大，心怪恶之，卜筮禋祀，以求无子，终生子。以为不祥而弃之隘巷，牛羊避而不践。乃送之平林之中，后伐平林者咸荐之覆之。乃取置寒冰之上，飞鸟伛翼之。姜嫄以为异，乃收以归。因命曰弃。姜嫄之性，清静专一，好种稼穑。及弃长，而教之种树桑麻。弃之性明而仁，能育其教，卒致其名。尧使弃居稷官，更国邰地，遂封弃于邰，号曰后稷。及尧崩，舜即位，乃命之曰："弃！黎民阻饥，汝居稷，播时百谷。"其后世世居稷，至周文武而兴为天子。君子谓姜嫄静而有化。诗云："赫赫姜嫄，其德不回，上帝是依。"又曰："思文后稷，克配彼天，立我烝民。"此之谓也。

颂曰：弃母姜嫄，清静专一，履迹而孕，惧弃于野，鸟兽覆翼，乃复收恤，卒为帝佐，母道既毕。

这篇文章首先是以"弃母姜嫄"四字作为篇名，其次是以散文叙述传主的相关事迹，最后是以八句颂语收束全文。《列女传》全书都是这一体例。

《列女传》统一的四字标题从形式上看是后世章回小说回目的先声。《列女传》中的每一传都有一个四字标题，这些标题虽然仅仅是点明传主的身份，如"有虞二妃""弃母姜嫄""契母简狄"等，它们本身并没有诗意，但把它们排列在一起就具有一种整齐的形式美，也就是闻一多所说的诗歌的建筑美。宋代的《绿窗新话》以及《三国演义》的早期版本的篇目多为七言，与《列女传》的四言相比，仅仅多出三字而已。

今本《列女传》为七卷，在《汉书·刘向传》却记载为八卷，这多出的一卷就是刘向为《列女传》全书所写的大序、为这七卷所写的小序以及为各篇传记所写的颂。现在大序已佚，存留下来的小序和颂都是四言韵语，这也是当时流行的诗歌形式。七篇小序针对性很强，它们分别以"惟若母仪""惟若贤明""惟若仁智""惟若贞顺""惟若节义""惟若辩通""惟若孽嬖"开头，后面九句是对各卷主题的精练概括，所以这七个小序实际上就是一组诗歌，它们有着统一的形式，其内容有所关联但又各有所侧重。

104篇颂也是一组诗歌，它们具有统一的四言八句的诗歌形式，在内容上都与各篇的正文一一对应。甚至这八句诗的体例也是一致的：它们都是第一句就点明人物身份，如"元始二妃""弃母涂山""周室三母""卫姑定姜"等，然后在后面或者简述她们的事迹，或者评论她们的行为品德。这104首诗歌和七首小序以及佚失的大序，本来是独立成卷的，也就是这一百一十多首诗在当时是一部诗集。那么单纯从数量上看，应该称刘向为诗人。不过刘向无意于作诗人，他写这些诗的目的是劝诫。《汉书·刘向传》中说刘向"序次为《列女传》，凡八篇，以戒天子"[1]。

---

① 这些颂的作者是刘向还是刘歆存在争议，详见陈丽平《列女颂创作的文体背景及其价值》，《中国社会科学院研究生院学报》2008年第2期。

不过即使刘向的这一百多首诗是单独成卷，它们与《列女传》的正文一一对应的形式仍然是客观存在的。这种整本书都是一个故事配一首诗的写作方法，在中国文学史上是前无古人的；在刘向之后，这种独具民族特色的文学创作形式则被文学家们变着花样地发扬光大了。例如，在民间说唱文学中，往往在一段散文叙事之后，再用韵文来复述、评论或抒情；再如在唐代，小说家和诗人往往配对进行同题文学创作，《莺莺传》和《莺莺歌》、《长恨歌传》和《长恨歌》就是如此。

除了这些游离于故事之外的颂，《列女传》还在故事当中出现了很多诗歌韵语。这些诗歌韵语有些是作者自创，但更多的是引自《诗经》。《列女传》引诗与《韩诗外传》相似，不仅引诗数量很大，几乎每篇人物传记都有引诗，而且这些引诗总是在篇末出现。这些在篇末出现的引诗具有程式化的特点：在诗句之前往往有"君子曰"（或"君子谓""仲尼谓"等），诗句之后又加上"此之谓也"四字。例如，《有虞二妃》颂前的结尾：

> 君子曰：二妃德纯而行笃。诗云："不显惟德，百辟其刑之。"此之谓也。

《列女传》中还出现了一篇诗体诔文、两首诗歌。它们跟小序和颂的四言诗很不相同，都是骚体诗。下面是卷四中所载的鲁寡陶婴的诗：

> 悲黄鹄之早寡兮，七年不双。宛颈独宿兮，不与众同。夜半悲鸣兮，想其故雄。天命早寡兮，独宿何伤。寡妇念此兮，泣下数行。呜呼悲兮，死者不可忘。飞鸟尚然兮，况于贞良。虽有贤雄兮，终不重行。

写诗是女子才情的最佳表现形式。这一模式在后世小说中被广泛运用，成为中国小说塑造人物形象最重要的手法之一。

五 《汉武帝内传》

以汉武帝为题材的唐前小说有《汉武帝别国洞冥记》《汉武帝内传》

《汉武故事》等，其中以《汉武帝内传》的诗化特征最为明显。《四库全书总目提要》称《汉武帝内传》"其文排偶华丽，与王嘉《拾遗记》、陶宏景《真诰》体格相同"，而《拾遗记》和《真诰》都产生于《汉武帝内传》之后，可见《汉武帝内传》是这类"排偶华丽"之文的早期代表作。《拾遗记》由多篇短篇小说所构成，而《汉武帝内传》则是一篇长达万言的小说。这样一部鸿篇巨制，虽然难免"自神其教"之讥，却绝无"粗陈梗概"之弊。作为排偶华丽之文的代表作，其语言的诗化特征也非常突出，具体来说，主要表现为对偶排比、韵散结合的语言特点。

第一，对偶排比的赋体语言。

《汉武帝内传》的语言颇有汉赋的特点，对偶排比，铺张华丽，其语言美是颇具冲击力的。例如汉武帝为王母的到来所做的准备，是"燔百和之香，张云锦之帐，然九光之灯，设玉门之枣，酌蒲萄之酒"，这是一个排比句；写王母、上元夫人的衣着，则分别有"戴太真晨婴之冠，履元琼凤文之舄""戴九灵夜光之冠，带六出火玉之佩，垂凤文琳华之绶，腰流黄挥精之剑"等对偶句；王母、上元夫人、汉武帝的对话，更是整饬优美，其中赋体语言运用颇多，例如王母所说的"瞻河海之短长，察邱岳之高卑，立天柱而安于地理，植五岳而拟诸镇辅，贵昆陵以舍灵仙，尊蓬邱以馆真人，安水神乎极阴之源，栖太帝于扶桑之墟。于是方丈之阜，为理命之室；沧浪海岛，养九老之堂"，汉武帝所说的"得使已枯之木，蒙灵阳之润；焦炎之草，幸甘雨之溉"，上元夫人所说的"致日精，得阳光之珠；求月魄，获黄水之华。能致八石之灵菌，能引扶桑之丹霞。酺云浆于丹庭，腾碧川于元河"。这些赋体语言无论其整饬的形式、对偶的手法还是意象的运用，都与诗歌相通。

第二，韵散结合的语言形式。

韵散结合的语言形式在《汉武帝内传》中主要表现为在散体文中杂以韵文，这些韵文或是主人公在言谈中随机而出的押韵文字，或是祝语，或是诗歌。

人物在言谈中随机而出的押韵文字，有王母在向汉武帝介绍各种仙药时的"东掇扶桑之丹椹，俯采长河之文藻。素虬童子，九色凤脑，太真虹芒，天汉巨草。南宫火碧，西乡扶老。三梁龙华，生子大道。有得食之，后天而老。此太上之所服，非中仙之所保"等，而上元夫人在向汉武帝传授六甲左右灵飞致神之方十二事之后的解释性语言也夹杂有韵语。

押韵的祝语则有上元夫人在授予汉武帝六甲左右灵飞致神之方十二事时所说的祝词"九天浩洞，太上耀灵。神照玄寂，清虚朗明。登虚者妙，守气者生，至念道臻，寂感真诚。役神形辱，安精年荣。授彻灵飞，及此六丁。左右招神，天光策精。可以步虚，可以隐形，长生久视，还白留青"等，王母在最后向汉武帝授图时也有一段"天高地卑，五岳镇形。元津激氛，沧泽元精。天回九道，六和长平。太上八会，飞天之成。真仙节信，由兹通灵。泄坠灭腐，宝归长生。彻其慎之，敢告刘生！"的祝词。

《汉武帝内传》中出现了四首诗歌。它们都是东汉兴起的五言诗，篇幅都较长，长的多达20句，短的也有12句。这四首诗都是用来宣扬成仙之乐的，其中有两首出现在小说的开端部分，两首出现在小说的结尾部分。诗中的"大象虽寥廓""顾眄八落外""绿景清飙起，云盖映朱蕤""吐纳挹景云，味之当一餐"等句子，颇有游仙诗的特点，可备诗之一体。

《汉武帝内传》虽是别传体小说，但通篇多为道家成仙说教之文，故事性不强，汉武帝在小说中也只是一个道具、小丑，是王母和上元夫人用来说教的引子而已。这样的小说内容自然读来乏味，作者却把这样一个简单的故事敷衍成一篇万余字的长文，而且其语言中有大量的排比对偶句，有多段较长的韵文，还有四首篇幅较长的五言诗，这些都提升了小说文本的审美品位。《汉武帝内传》这一独特的内容特点和语言特点，使它成为中国小说诗化特征过程中不可忽视的一部作品。

第二节　唐前赋体小说和《琴操》的诗化特征

一　赋体小说

赋作为中国特有的文体，在把它纳入从西方传来的小说、诗歌、戏剧、散文的分类系统时，颇有些麻烦。就传统习惯来说，它当然不是戏剧；它虽然一般被归入散文的范围，但就其语言特征来说，它又与诗歌语言非常相似。唐前的赋体作者们并没有现在的文体四分法意识，而赋在他们笔下，或者用来抒情，或者用来说理，或者用来咏物，或者用来叙事。用来抒情、说理、咏物的赋与小说相距较远，但叙事赋在叙事性上却与小说相同，而且这些叙事赋又多是虚设人物问答，例如《七发》假设楚太子有疾，然后吴客借给他诊治之机而以七件事来启发他；《子虚》《上林》则是由子虚先生、乌有先生和亡是公三位莫须有人物的对话构成。其他如杜笃《首阳山赋》、扬雄《逐贫赋》、张衡《髑髅赋》、王延寿《梦赋》、曹植的《洛神赋》和《鹞雀赋》等，无不是借虚构而成文。因而如果把赋当作散文，那么叙事赋就具有了叙事性、虚构性、散文性的特征，完全符合现代小说的定义。而曹植的《洛神赋》就被浦江清认为是曹氏曾诵过的"俳优小说数千言"之类[1]，何满子则直接认为《洛神赋》是一部"合于今日所说的小说文体的作品"，是"一篇驰骋艺术虚构的韵体爱情小说"[2]。其实早在 20 世纪 20 年代，郭绍虞就这样说过：

> 近人对于小说与诗歌之区分，往往不能得一个明确的概念。由于有的小说似诗，有的诗似小说，于是有些人复创了诗的小说与小说的诗之名称。其实，这不过使人徒起名词上的混淆罢了。假使明白小说与诗歌之间本有赋这一种东西，一方面为古诗之流，而另一方面其述客主以首引，又本于庄、列寓言，实为小说之滥觞，那么对于小说与诗歌的混淆，便不成问题了。[3]

1993 年江苏连云港市东海县尹湾西汉墓出土的《神乌傅》虽然早于《洛神赋》200 余年，但它的情节更为曲折紧张，它的小说性更强于《洛神赋》。《洛神赋》是文人赋的代表作，也是神人遇合类的代表作，而《神乌傅》是俗赋的代表作，也是动物故事类的代表作。下文就以这两篇赋为

---

① 王瑶：《中古文学史论》，北京大学出版社 1998 年版，第 220 页。
② 何满子：《"小说前史"时期两篇堪称小说的作品》，《古典文学知识》2000 年第 3 期。
③ 郭绍虞：《赋在中国文学史上的位置》，《照隅室古典文学论集》（上册），上海古籍出版社1983 年版，第 87 页。

例，具体探讨赋体小说的诗化特征。

第一，有节奏的韵语：诗化的语言。

班固在《两都赋序》中说"赋者，古诗之流也"，确实，赋的语言与诗歌的语言极为相似，这种相似主要表现在语言的节奏性、形象性上。

赋体语言的节奏性表现在多个方面。就《神乌傅》而言，它通篇以四字句为主，而且语言基本押韵，如文章开篇的"惟此三月，春气始阳，众鸟皆昌，执虫坊皇"就是如此。这种语言形式极似《诗经》中的动物寓言诗《鸱鸮》。《诗经》中的《鸱鸮》载于《豳风》之中，具有民歌的特点；而《神乌傅》又被认为是现存最早的俗赋，也来自民间。《神乌傅》直承《鸱鸮》，无论从语言形式还是叙述内容，二者都极为相似，因而《神乌傅》和《鸱鸮》二者的这种直接传承关系，倒是很好地阐释了"赋者，古诗之流也"这一命题。在《神乌傅》之后200余年，曹植的《鹞雀赋》也同样是四字韵语的鸟类故事赋，标志着此类作品的绵延不绝。曹植曾诵"俳优小说数千言"，看来他很注重这些民间文学，而他的《鹞雀赋》应是他学习民间俗赋的结果。

《洛神赋》也押韵，但它的句法较为复杂。它虽然也有不少四字句，如描写洛神的"翩若惊鸿，婉若游龙，荣曜秋菊，华茂春松""秾纤得衷，修短合度。肩若削成，腰如约素"等就是这样的句群，但它的非四言句式也很多，如"背伊阙，越轘辕，经通谷，陵景山"是三言排比句，"税驾乎蘅皋，秣驷乎芝田，容与乎阳林，流眄乎洛川"是五言排比句，"践远游之文履，曳雾绡之轻裾"是六言对句，"髣髴兮若轻云之蔽月，飘飖兮若流风之回雪"是九字对句，"远而望之，皎若太阳升朝霞；迫而察之，灼若芙蓉出渌波"是十一言对句，另外杂以"悼良会之永绝兮，哀一逝而异乡。无微情以效爱兮，献江南之明珰"等骚体句，使得《洛神赋》的句法变化多端，摇曳多姿。因而从句法上来看，如果说《神乌傅》近似于四言诗，那么《洛神赋》则接近于杂言诗。

第二，赋比兴：诗歌的手法。

《神乌傅》直接对乌鸦的言行进行描述，这种直接描写的方法是一种赋法。而这种赋法虽然不重视比喻、对偶等修辞手法，但它跟比兴的手法一样，也是诗歌的创作方法之一。与《洛神赋》相比较，《神乌傅》在文采上确实逊色很多，但《诗经》中的《鸱鸮》也纯用赋法，它跟《神乌傅》是同类作品。这应是文体风格的不同，而跟作者的才情无关，因为曹植在创作出了美轮美奂的《洛神赋》的同时，也写出了与《神乌傅》相似的《鹞雀赋》。

不过，虽然《神乌傅》的这些描写从局部看来是赋的写法，但从通篇来看，它却是比的写法：它跟《鸱鸮》一样，是一篇动物寓言，它表面是在写乌，实际却是写人。作者正是借助于拟人的形象描写，以无赖的盗鸟、凄惨的乌鸟这些自然物象，淋漓尽致地写出了人世间的霸道和无奈。这样一种写作方法，当然是诗性的。祝尧在评论《鹪鹩赋》时，对咏物赋的比法和赋法有精彩议论，这段议论完全可以用于《神乌傅》：

> 比而赋也。凡咏物之赋，须兼比兴之义，则所赋之情不专在物，特借物以见我之情尔。盖物虽无情，而我则有情；物不能辞，而我则能辞；要必以我之情推物之情，以我之辞代物之辞。因之以起兴，假之以成比，虽曰推物之情，而实言我之情，虽曰代物之辞，而实出我之辞。本于人情，尽于人情，尽于物理，其词甚工，其情自切，使读者莫不感动然后为佳。[①]

相比来说，《洛神赋》作为一代才子的美文代表作，非常注重运用优美的意象来比拟洛神之美，而它的意象美完全可以与诗歌相媲。例如，下面的这段描写：

> 翩若惊鸿，婉若游龙，荣曜秋菊，华茂春松。髣髴兮若轻云之蔽月，飘飖兮若流风之回雪。远而望之，皎若太阳升朝霞；迫而察之，灼若芙蓉出渌波。

---

① 徐志啸：《历代赋论辑要》，复旦大学出版社 1991 年版，第 40 页。

　　这里连用八个比喻，这八个比喻中，"惊鸿""游龙"是动的意象，"秋菊""春松"是静的意象，四个比喻动静结合，相得益彰；而"若轻云之蔽月""若流风之回雪"中的"云""月""风""雪"本来已是很美的意象，作者又在"云""风"前面分别加上形容词"轻""流"，在"月""雪"前面分别加上动词"蔽""回"，于是这些意象不仅摇曳多姿，而且互相作用，而这两个喻体又分别用来形容洛神的"髣髴"之姿，"飘飘"之美，这样的修辞之美，真令人惊叹不已；但作者才气纵横，意犹未尽，后面紧接着就是"远而望之，皎若太阳升朝霞；迫而察之，灼若芙蓉出渌波"这两个远近成对的比喻，而用"皎若太阳升朝霞""灼若芙蓉出渌波"来形容美人的光彩照人，虽然出自于宋玉的"其故来也，耀乎若白日初出照屋梁；其少进也，皎若明月舒其光"，但曹植的描写更为精美、圆润，令人不得不叹服子建的八斗之才。这八个连续的比喻，很像八百年后苏轼《百步洪》中的名句：

　　　　有如兔走鹰隼落，骏马下注千丈坡。断弦离柱箭脱手，飞电过隙珠翻荷。

苏轼逞才，在这里连用七个比喻，可谓气势逼人，但这些意象都是动的、迅捷的，没有层次感，类型较为单一；而《洛神赋》中的这八个比喻则动静结合，意象类型丰富，更能给人以美的感受。

　　第三，故事主人公的诗化形象。

　　小说应是一种客观叙事的文体，而诗歌是主观抒情的文体，作为赋的赋体小说带有"古诗之流"的特征，这使得赋体小说的主人公往往具有诗性美。例如，《神乌傅》的主人公雌乌和雄乌这两个形象就具有感人的力量。在雌乌即将死去时，两只乌鸦的对话是何等的情深意切：雄乌对雌乌说"吉凶浮沍，愿与女俱"，表达了同生同死的愿望；雌乌则劝它不要这样，说"死生有期，各不同时。今虽随我，将何益哉？"并且劝它"更索贤妇"，另外找一个贤惠的妻子，但是要"毋听后母，愁苦孤子"，不能让后母亏待自己的孩子；之后雌乌在引用《诗经》中的诗句告诫雄乌"毋信谗言"之后，就自尽身亡了。而雄乌也在大哀之下，"踯躅非回，尚羊其旁，涕泣从横"，最后"遂弃故处，高翔而去"，这样的故事结尾，也给人诗歌般余韵不尽的感觉。

《洛神赋》的主人公是洛神宓妃，宓妃的形象完全是诗歌中主人公的形象，她是美丽的、多情的，而这样的形象是作者用诗歌一样的语言塑造出来的。宓妃的美丽，作者用"翩若惊鸿，婉若游龙"等八个美妙的比喻进行了概括的赞美之后，又描写了她的肩、腰："肩若削成，腰如约素"，赞美了她的鬓、眉、唇、齿、眸、靥："云髻峨峨，修眉联娟，丹唇外朗，皓齿内鲜。明眸善睐，靥辅承权"，写了她衣饰的美丽："披罗衣之璀粲兮，珥瑶碧之华琚。戴金翠之首饰，缀明珠以耀躯。践远游之文履，曳雾绡之轻裾"，又写了她行动的优美："微幽兰之芳蔼兮，步踟蹰于山隅。于是忽焉纵体，以遨以嬉。左倚采旄，右荫桂旗。攘皓腕于神浒兮，采湍濑之玄芝""扬轻袿之猗靡兮，翳修袖以延伫。体迅飞凫，飘忽若神。凌波微步，罗袜生尘"。洛神不仅美丽，而且多情，她"抗琼珶以和予兮，指潜渊而为期"，但终因人神之道殊，她只能"抗罗袂以掩涕兮，泪流襟之浪浪。悼良会之永绝兮，哀一逝而异乡。无微情以效爱兮，献江南之明珰。虽潜处于太阴，长寄心于君王"。

第四，故事情节的诗化变异。

《神乌傅》虚拟了乌鸦夫妇的悲剧故事，具有完整而又曲折的故事情节——从自托官府、求材造巢、盗鸟盗材，到雌乌的求材、被打、被捕、逃脱，再到最后雌乌与雄乌的死别、雌乌的自尽、雄乌的伤心离去。因为通篇都是赋文，所以作者在交代这些情节时所用的语言也都是诗性语言。例如，小说以"雌往索取，材见盗取"来写雌乌取材时发现巢材被盗，以"未得远去，道与相遇"来写雌乌与盗乌相遇，以"遂相拂伤，亡乌被创"来写雌乌受伤，以"遂缚两翼，投于污则（厕）。支（肢）躬折伤，卒以死亡"来写雌乌的自杀，以"其雄大哀，踯躅非回（徘徊）。尚羊（徜徉）其旁，涕泣从（纵）横"来写雄乌在雌乌死后的哀伤，等等。

《神乌傅》是民间俗赋，而被何满子认为"合于今日所说的小说文体的作品""驰骋艺术虚构的韵体爱情小说"的《洛神赋》，则是一篇典型的文人创作的赋体小说。《洛神赋》中的赋体语言虽然以描写为主，但也不乏叙事之语。例如赋作开头的一段文字：

> 余从京师，言归东藩，背伊阙，越轘辕，经通谷，陵景山。日既西倾，车殆马烦。尔乃税驾乎蘅皋，秣驷乎芝田，容与乎阳林，流眄乎洛川。于是精移神骇，忽焉思散，俯则未察，仰以殊观。睹一丽人，于岩之畔。

作者先介绍自己从京师归藩的所行路线，然后在"日既西倾"之时，"车殆马烦"之际，人马开始休息。就在作者"精移神骇"的时候，"睹一丽人，于岩之畔"，于是洛神出现了。

之后作者在用一大段文字对洛神之美进行了描写之后，就爱上了洛神：

> 余情悦其淑美兮，心振荡而不怡。无良媒以接欢兮，托微波而通辞。愿诚素之先达兮，解玉佩以要之。嗟佳人之信修兮，羌习礼而明诗。抗琼珶以和予兮，指潜渊而为期。

作者心悦其美，无媒相通，于是"托微波而通辞""解玉佩以要之"，而洛神也"抗琼珶以和予兮，指潜渊而为期"。

《洛神赋》的结局是"恨人神之道殊兮，怨盛年之莫当。抗罗袂以掩涕兮，泪流襟之浪浪"；作者虽然"浮长川而忘反，思绵绵而增慕"，却也只能"命仆夫而就驾，吾将归乎东路"，当然他在离去时"揽騑辔以抗策，怅盘桓而不能去"。

从上面的分析可知，《洛神赋》的故事情节也是完整的、有波折的，而这一完整曲折的故事情节都是通过优美押韵的赋体文来叙述的。

跟散体文相比，诗性文体受到了句法的限制，很难淋漓尽致地刻画出事件的细致入微之处；诗性语言也过于注重意象，而意象用于抒情虽然精美有味，但用于叙事则总是隔了一层，所叙情节在诗歌语言中就很难是详细的、具体的、连贯的，而多是概括的、简单的、跳跃式的。《神乌傅》

和《洛神赋》的情节描写就是如此。相比来说，《神乌傅》作为故事赋，它的故事情节较为曲折，从自托官府、求材造巢、盗鸟盗材，到雌鸟的求材、被打、被捕、逃脱，再到最后雌鸟与雄鸟的死别、雌鸟的自尽、雄鸟的伤心离去。这样曲折的情节，如果是在一般的小说中，那么该是写得细致、具体；但在《神乌傅》中，却基本上只有简单概括的介绍，这些介绍故事情节的文字，其数量竟然远逊于雌鸟对盗鸟和雄鸟所说的话。可见作者是在有意淡化情节，而这种对情节的淡化过程也就是对情节的诗化加工过程。这种对情节的淡化在《洛神赋》中更为明显。《洛神赋》比《神乌傅》要长得多，但它的情节却简单得多，虽然可以勉强分为相遇、求爱、犹豫、相赠、离别几个场景，但这些情节都被掩饰在大段的华丽描写之中。给人的感觉，似乎这些情节也只是作者为了从不同方面对洛神进行描写而提供的不同场景而已。

作者在弱化了故事情节的同时，却加强了叙事的抒情性。《神乌傅》中雌鸟临死时对雄鸟说的那番话，无异于人类患难夫妻的死别之语，令人心中凄凉不已；而《洛神赋》不仅以优美的赋文对洛神极尽赞美之能事，而且写出了"予"追求洛神而不得的惆怅和无奈。

赋体语言作为一种诗性语言，擅长抒情却拙于叙事，那么它扬己之长，避己之短，既是它的本能表现，但也是不得已而为之。

二 《琴操》

《琴操》两卷，学者们多以为是蔡邕所作。书中或详或略地记述了四十多个小故事，这些小故事都是作为琴曲的背景而出现的，也就是作者叙事的目的是引导出琴曲、琴词；书中虽然著录琴曲 51 支（有些只著录了曲名，没有背景介绍），但只有 31 首曲词。《琴操》中的故事多具有虚构成分，郑樵《通志·乐略》中说：

> 《琴操》所言者何尝有是事？琴之始也，有声无辞，但善音之人欲写其幽怀隐思而无所凭依，故取古之人悲忧不遇之事而以命操，或有其人而无其事，或有其事又非其人，或得古人之影响又从而滋蔓

之，君子之所取者但取其声而已，取其声之义而非取其事之义。

这些"有其人而无其事，或有其事又非其人，或得古人之影响又从而滋蔓之"的小故事完全可以当作小说来看待，因而《琴操》应该是中国文学史上的第一部音乐专题小说集。《琴操》中的故事既然是专为了琴曲、琴词而改编、杜撰，它们也就与音乐、与诗歌有了更为密切的联系，这使得它们的诗化特征特别突出。具体来说，它们的诗化特征主要表现在以下四个方面。

第一，《琴操》中出现了大量琴歌。《琴操》中出现的琴词多达 31 首。这些曲词或为四言，例如《猗兰操》为"习习谷风，以阴以雨。之子于归，远送于野。何彼苍天，不得其所。逍遥九州，无所定处。世人暗蔽，不知贤者。年纪逝迈，一身将老"，或为骚体，如《履霜操》为"履朝霜兮采晨寒，考不明其心兮听谗言，孤恩别离兮摧肺肝，何辜皇天兮遭斯愆。痛殁不同兮恩有偏，谁说顾兮知我冤"；或为杂言，如《辟历引》为"疾雨盈河，辟历下臻，洪水浩浩，滔厥天鉴。趑隆愧，隐隐阗阗，国将亡兮丧厥年"。这些诗歌短的仅仅两句，如《别鹤操》为"痛恩爱之永离，叹别鹤以舒情"；长的多达 30 句，如《信立退怨歌》为"悠悠沂水，经荆山兮。精气郁浃，谷岩中兮。中有神宝，灼明明兮。穴山采玉，难为功兮。於何献之，楚先王兮。遇王暗昧，信谗言兮。断截两足，离余身兮。俯仰嗟叹，心摧伤兮。紫之乱朱，粉墨同兮。空山嘘唏，涕龙钟兮。天鉴孔明，竟以彰兮。沂水滂沛，流于汶兮。进宝得刑，足离分兮。去封立信，守休芸兮。断者不续，岂不冤兮"。这些长短不一、体裁不同的诗歌散落于整个《琴操》中，使得《琴操》成为一个诗性的文本。

第二，诗歌与叙事散文的紧密结合。《琴操》的叙事散文是诗歌的背景，诗歌是叙事散文发展的自然产物，它们水乳交融，浑然一体，所以既不同于《韩诗外传》的引诗证事，又全异于《列女传》在故事之外写个颂语。例如，《箜篌引》全文如下：

　　《箜篌引》者，朝鲜津卒霍里子高所作也。子高晨刺船而濯，有

一狂夫，被发提壶，涉河而渡。其妻追止之，不及，堕河而死。乃号
天嘘唏，鼓箜篌而歌曰："公无渡河，公竟渡河，公堕河死，当奈公
何！"曲终，自投河而死。子高闻而悲之，乃援琴而鼓之，作《箜篌
引》以象其声，所谓《公无渡河》曲也。

此章首先介绍《箜篌引》的作者是霍里子高，后面的一切文字都是围绕着
《箜篌引》而进行：子高在"刺船而濯"时看见一个"被发提壶"的狂夫
涉河而渡，他的妻子制止不及，他堕河而死；之后他的妻子"号天嘘唏，
鼓箜篌而歌"，歌词是"公无渡河，公竟渡河，公堕河死，当奈公何"，唱
完后，她也投河自尽了。于是子高悲伤之下作《箜篌引》。可见这篇文字
首先点题，最后结题，中间的叙述文字也完全是为了表现这一主题而出现
的，整个叙事文与《公无渡河》的诗歌完美融合，不可分离。

第三，幽怨的美学风格。《琴操》中的叙事散文和诗歌不仅在形式上
紧密结合，融为一体，而且在风格上也和谐一致，都以表达幽怨的感情
为主。《初学记》卷十六引《风俗通》云："凡琴曲，和乐而作，命之为
畅；忧愁而作，命之曰操。"《琴操》既然以"操"为名，就是选择了
"忧愁"。纵观《琴操》，只有《仪凤歌》《文王思士》等少数几篇有欢娱
之音，其他都是幽怨之作，上面所引《箜篌引》就是这样的作品。再如
《思归引》篇：

《思归引》者，卫女之所作也。卫侯有贤女，邵王闻其贤而请聘
之，未至而王薨。太子曰："吾闻齐桓公得卫姬而霸。今卫女贤，欲
留。"大夫曰："不可。若女贤，必不我听；若听，必不贤。不可取
也。"太子遂留之，果不听。拘于深宫，思归不得，心悲忧伤，遂援
琴而作歌，曰："涓涓泉水，流反于淇兮。有怀于卫，靡日不思。执
节不移兮，行不诡随。坎坷何辜兮离厥。"曲终，缢而死。

把这篇《思归引》和《箜篌引》一同进行考察，就会发现用来叙事的
散文总是在表达忧愁之音，而在诗歌出现之前，这一忧愁之音就到了高

峰，如《箜篌引》中狂夫的"被发提壶""堕河而死"，其妻"号天嘘唏"之后，就唱出了"公无渡河"；而《思归引》中卫女未至而邵王已死，这时太子不听大夫之语已预示了结局的悲惨；之后卫女"拘于深宫，思归不得"，在"心悲忧伤"中唱出"涓涓泉水"，并在唱完后自缢而死。

唐前小说中的环境描写，以《琴操》最为典型。《猗兰操》中的"习习谷风，以阴以雨"，虽然来自《诗经》，但在小说中是作为孔子谷中自叹的背景出现的。《贞女引》中的"菁菁茂木，隐独荣兮。变化垂枝，合秀英兮"，虽然出自鲁漆室女之口，但也是她在见到女贞木之后的自叙环境之词。《箕山操》中的许由在尧去世后作《箕山之歌》，歌中有"登彼箕山兮，瞻望天下。山川丽崎，万物还普"以及"河水流兮缘高山，甘瓜施兮弃锦蛮，高林肃兮相错连，居此之处傲尧君"等句，其中的环境描写非常突出。《思亲操》中的舜看见一起飞鸣、哺食的"鸠与母"，所唱出的"陟彼历山兮崔嵬，有鸟翔兮高飞，瞻彼鸠兮徘徊。河水洋洋兮青泠，深谷鸟鸣兮嘤嘤"，也是出色的环境描写。另外如《信立退怨歌》中的"悠悠沂水，经荆山兮。精气郁浃，谷岩中兮"、《庄周独处吟》中的"岩岩之石，幽而清凉"、《怨旷思惟歌》中的"秋木萋萋，其叶萋黄"等，也都可以归入场景描写之中。

第四，诗化的故事情节。这一特点在《琴操》中有突出表现。这是因为《琴操》各篇小说中散体文叙述性语言的存在，就是为了引出一首具有强烈抒情性的琴歌，那它的叙事性就要处于次要地位，而它的抒情性就处于首要地位了。例如，下面是《芑梁妻歌》的全文：

> 《芑梁妻歌》者，齐邑芑梁殖之妻所作也。庄公袭莒，殖战而死，妻叹曰："上则无父，中则无夫，下则无子，外无所依，内无所倚，将何以立？吾节岂能更二哉？亦死而已矣！"于是乃援琴而鼓之，曰："乐莫乐兮新相知，悲莫悲兮生别离。"哀感皇天，城为之坠。曲终，遂自投淄水而死。

这一在后世被演绎成孟姜女哭长城的故事具有强烈的抒情性。芑梁妻在唱了"乐莫乐兮新相知，悲莫悲兮生别离"之后，竟然"哀感皇天，城为之坠"，小说为了加强抒情性，显然用了夸张的手法。但文章的叙事性比较弱，文中不仅不介绍庄公为何袭莒，甚至也不介绍芑梁殖是怎样死的，而他的妻子"上则无父，中则无夫，下则无子，外无所依，内无所倚"的处境也是通过她自己之口说出的。在死意已决之后，她就"援琴而鼓之"，但她的歌是怎样被人听到，她又是如何投水自尽，这些细节就毫无交代了。

《琴操》强调抒情性，它的叙事居于次要地位，这是由它的题材和体例所决定的。不过也有些文言小说的题材和体例虽然异于《琴操》，但其作者却在刻意忽略故事的情节而突出小说的抒情性。这样的小说，就是作者以写诗的态度、写诗的手法来进行小说创作了。唐代的沈亚之就是这样的作者。

第三节　唐前志怪小说的诗化特征

李长之在《司马迁之人格与风格》中认为汉魏六朝是志怪时代，宁稼雨在《中国文言小说总目提要》中共著录了唐前小说184种，其中志怪类就有103种，由此可见志怪小说确实是唐前小说的主体。唐前志怪小说的作家们意在志怪，并不刻意于文辞，但中国小说的诗化特征是天生俱来的。《山海经》《搜神记》和《拾遗记》，可以代表志怪小说的三个不同阶段，而诗化特征在其中都有精彩表现。

一　《山海经》

《山海经》被胡应麟称为"古今语怪之祖"（《少室山房笔丛·四部正讹》）。它的语言看似质木无华，实则与诗歌亦有相通之处，这具体表现为"三多"，即比喻多、对偶多、想象多。试看卷一《南山经》中的这段文字：

又东三百七十里，曰杻阳之山，其阳多赤金，其阴多白金。有兽

焉，其状如马而白首，其文如虎而赤尾，其音如谣，其名曰鹿蜀，佩
之宜子孙。怪水出焉，而东流注于宪翼之水。其中多玄龟，其状如龟
而鸟首虺尾，其名曰旋龟，其音如判木，佩之不聋，可以为底。

这里的"其阳多赤金，其阴多白金""其状如马而白首，其文如虎而赤尾"
"鸟首虺尾"都是对偶句，而"其状如马而白首，其文如虎而赤尾""鸟首
虺尾"和引文中的"其音如谣""其音如判木"又都是比喻。对偶是诗歌
常用的手法，而比喻更是诗性语言的重要特征。虽然像"其阳多赤金，其
阴多白金"这样的对偶句过于简单，而"如马""如虎"这样的比喻也太
平常，但它们究竟与诗歌中的对偶和比喻是完全相同的手法。这些对偶和
比喻在《山海经》中出现得非常多，显然是作者有意而为之的。当然这些
对偶和比喻也是由《山海经》的内容所决定的。《山海经》是一本地理书，
而地理往往都有它们的对应物，如这里的"其阳多赤金，其阴多白金"，
"阳"和"阴"就自然成对；这种对应物的观念扩大开来，那么任何事物
都能成对，如这里的"赤金"和"白金"就是如此。这就是刘勰所说的
"造化赋形，支体必双，神理为用，事不孤立。夫心生文辞，运裁百虑，
高下相须，自然成对"（《文心雕龙·丽辞》）之意。至于比喻，那是因为
《山海经》中那些怪异的兽、鸟、鱼等动物，以及奇特的草、木等植物，
还有各种神怪等，它们并非现实中所有，作者为了把它们介绍清楚，就只
能借助于现实中常见的具体事物来作比，于是就有了这里的"如马""如
谣""鸟首虺尾"。《山海经》中满篇都是这样的怪异事物，那么它满篇都
是比喻也就不奇怪了。

　　这些怪异的记载是想象力高度发达的表现，这种想象力是远古神话思
维的产物。这种原始的神话思维是一种诗性思维，它对后世的中国诗歌和
小说都有很大的影响。屈原诗中"羲和弭节""帝阍开关"，李白诗中的
"虎鼓瑟兮鸾回车，仙之人兮列如麻"，其神话色彩与此一脉相承；而志怪
小说，诸如《搜神记》《西游记》《聊斋志异》等，成为后世中国小说的一
大主流，其始作俑者就是被《四库全书总目》称为"小说之最古者"的
《山海经》。而且志怪神话对中国文学的影响是全方位的、无孔不入的，如

陶渊明就写过"刑天舞干戚"的诗歌,而世情小说《红楼梦》也在开篇就戴上了一个神话的帽子。作为最早的神话志怪之作,《山海经》为后世文人的诗性思维提供了一个绝佳的平台和丰富的素材。

二 《搜神记》

现存《搜神记》虽是辑本,但不妨碍它是志怪小说"集大成的作品"①,不妨碍它是"六朝最著名的志怪小说"②。《搜神记》虽然成于干宝之手,是干宝"考先志于载籍,收遗逸于当时"的作品,但它也是"一部古代的民间传说"③,因而它既是一部辑录神异之事的集大成之作,也是一部民间传说和文人创作相结合的作品。在这样一部著作中,中国古代小说的诗化特征有着自然但又突出的表现。与以前的志怪小说相比,《搜神记》中的谣谚、预言、卜辞和隐语出现得较多,特别是小说中诗歌的出现,标志着诗化特征这一中国小说的优秀传统在志怪小说中建立起来。

《搜神记》中的谣谚、预言、卜辞或者概括了小说的主要内容,或者强调、深化了小说的主题思想,或者预示小说的情节发展。例如卷一中《葛由》④ 篇中的"得绥山一桃,虽不能仙,亦足以豪",就概括了小说中提到的绥山"多桃"和成仙故事情节;再如《汉阴生》篇中的长安谣言"见乞儿与美酒,以免破屋之咎",就强调了小说的主题。

韵语的预叙功能在中国古代小说中经常存在。在人类社会的初期,巫、史合一,文字是他们占卜、写史的主要工具,文字往往具有兆验功能。后世小说中出现了大量具有预言功能的童谣、占语、卜辞,它们多以韵语的形式出现,在小说叙事中发挥着重要作用。例如,《搜神记》中的《陶安公》:

> 陶安公者,六安铸冶师也。数行火。火一朝散上,紫色冲天。公

---

① 侯忠义:《中国文言小说史稿》(上册),北京大学出版社 1990 年版,第 47 页。

② 李剑国:《新辑搜神记》,中华书局 2007 年版,前言第 1 页。

③ 见胡怀琛标点《搜神记》,商务印书馆 1957 年版,序第 1 页。

④ 本文《搜神记》卷数、篇名从中华书局 1979 年版,汪绍楹校注本。

> 伏治下求哀。须臾，朱雀止治上，曰："安公！安公！治与天通。七
> 月七日，迎汝以赤龙。"至时，安公骑之，从东南去。城邑数万人，
> 豫祖安送之，皆辞诀。

朱雀所说的"安公！安公！治与天通。七月七日，迎汝以赤龙"，把后面要出现的情节、人物、时间都交代出来，它也就具有了预叙功能。

《搜神记》中出现的具有预示作用的童谣和占语与东汉以来流行的谶语密切相关。例如卷六《荆州童谣》中的"八九年间始欲衰，至十三年无孑遗"，预示了荆州刘表的下场；卷八中的"今日猎得一狩，非龙，非螭，非熊，非罴。合得帝王师"，预示了周文王要遇到姜太公；卷十三《长水县》中的"城门有血，城当陷没为湖"，预示了下文中的县城变成了湖；卷十四《嫦娥》中有黄给嫦娥的占词"翩翩归妹，独将西行。逢天晦芒，毋恐毋惊。后且大昌"①，预示了嫦娥的结局。李剑国《新辑搜神记》第164条为其新增，其中出现的江南童谣"局缩肉，数横目，中国当败吴当复""宫门柱，且莫朽，吴当复，在三十年后""鸡鸣不拊翼，吴复不用力"，也都具有预叙功能。

志怪小说意在志怪，似与抒情无关；可一旦小说中出现了具有抒情特征的诗歌，志怪小说也就具有了抒情性。《搜神记》中出现的诗歌有卷一《淮南八公》中的骚体诗《淮南操》，《杜兰香》中的"阿母处灵岳"和"逍遥云汉间"两首五言诗，《弦超》中的"飘浮勃逢敖"五言诗一首，卷二《李少翁》中汉武帝的杂言诗"是耶？非耶？"卷十六《紫玉》中的四言诗"南山有乌，北山张罗"，《崔少府墓》中的五言诗"煌煌灵芝质"。这些诗歌中的前四首主要是用以宣扬道家的神仙之术，抒情性稍弱；后三首则纯是抒情之作。汉武帝的杂言诗"是耶？非耶？立而望之，偏。姗娜何冉冉其来迟！"虽然简单，但准确表达出了汉武帝日夜思念李夫人而不得的恍恍惚惚的悲伤心境；而且汉武帝还"令乐府诸音家弦歌之"，使得这首诗的抒情性从时间和空间上都得到了扩展。

---

① 此篇李剑国《新辑搜神记》未收。

　　《紫玉》和《崔少府墓》叙述的都是人鬼爱情，故事哀婉动人，小说中出现的两首诗歌是小说具有浓郁抒情性的重要原因。《紫玉》篇讲述的是吴王少女早逝的故事，这个故事在《越绝书》和《吴越春秋》中都出现过，但《越绝书》中的故事比较简单，《吴越春秋》中的故事则意在暴露吴王的残暴，它们的叙述都不如《搜神记》的细致宛转。《搜神记》中的紫玉因父王不许婚而结气死，当意中人韩重三年后吊于墓前时，她的鬼魂从墓中出来与韩重相见，在跟韩重泣语之后，文章写道：

　　　　玉乃左顾，宛颈而歌曰："南山有乌，北山张罗；乌既高飞，罗将奈何！意欲从君，谗言孔多。悲结生疾，没命黄垆。命之不造，冤如之何！羽族之长，名为凤凰；一日失雄，三年感伤；虽有众乌，不为匹双。故见鄙姿，逢君辉光。身远心近，何当暂忘。"歌毕，歔欷流涕，要重还冢。

　　这首长达八十字的四言诗，以比兴的手法淋漓尽致地表现出了紫玉悲苦的处境和心境，因而被吴志达称赞为"涕泪交加的悲歌，挂肚牵肠的倾诉衷曲"，令人"若闻其声，若见其形"①。侯忠义认为这首诗是《搜神记》中"最长、最精采"的一篇韵文，并在《中国文言小说史稿》中把它全文引用并加以翻译，把它作为小说韵散相间的艺术形式的例证进行了分析。

　　《崔少府墓》中的诗歌也出女鬼之口。这首五言诗也是八十个字。这首诗是卢充与鬼女相别四年之后，鬼女送他们的儿子回归时所作：

　　　　女抱儿还充，又与金锬，并赠诗曰："煌煌灵芝质，光丽何猗猗！华艳当时显，嘉异表神奇。含英未及秀，中夏罹霜萎。荣耀长幽灭，世路永无施。不悟阴阳运，哲人忽来仪。会浅离别速，皆由灵与祇。何以赠余亲？金锬可颐儿。恩爱从此别，断肠伤肝脾。"

---

　　① 吴志达：《中国文言小说史》，齐鲁书社1994年版，第152页。

鬼女在这首诗中以"煌煌灵芝质，光丽何猗猗"自比，以"含英未及秀，中夏罹霜萎"比喻自己的华年早逝，这是自叙身世；之后以"不悟阴阳运，哲人忽来仪"交代了卢充和自己的阴阳结合，又以"会浅离别速，皆由灵与祇"点明了两人相聚时间的短暂；而"何以赠余亲？金碗可颐儿"则不仅表示出了自己对儿子的不舍之情，而且是后面故事情节的伏笔；最后又以"恩爱从此别，断肠伤肝脾"的抒情之语结束全诗，令人伤感不尽。这首诗脉络分明，感情真挚，因而吴志达说它"叙事抒情，宛然可见。奇幻而近情，怪诞而富人性"，是"魏晋时代极好的五言诗，文字朴素清俊，而情深意真"①。它的出现，是《崔少府墓》这篇小说能够成为志怪名篇的重要保证。

三　《拾遗记》

　　王嘉的《拾遗记》是《搜神记》之后出现的一部志怪小说杰作。王嘉是个方士，生活在北朝，得到符坚的宠遇。《拾遗记》经过了梁朝萧绮的润色，使得小说文辞艳丽，颇有六朝文风，具有"事丰奇伟，辞富膏腴，无益经典而有助文章"（《四库全书总目提要》引刘勰《文心雕龙·正纬》语）的特点。具体说来，《拾遗记》的诗化特征突出表现在以下四个方面。

　　第一，骈散结合，使得小说文笔艳丽。

　　《拾遗记》虽以散文为主，却经常杂以骈文。《拾遗记》之前的志怪小说中虽然也有骈句出现，但都不能像《拾遗记》中的骈文这样贯穿了整个小说集。骈文是一种辞藻艳丽、描写详尽、善于铺陈的文体，而作者既然经常运用骈文，他也就刻意对故事发生的环境、过程进行了详细描写，这使得《拾遗记》与《搜神记》中大多数文章的粗陈梗概不同。例如，《高辛》篇中的这段叙述：

　　　　昔黄帝除蚩尤及四方群凶，并诸妖魅，填川满谷，积血成渊，聚

---

① 吴志达：《中国文言小说史》，齐鲁书社1994年版，第154页。

骨如岳。数年中，血凝如石，骨白如灰，膏流成泉。故南方有肥泉之
水，有白垩之山，望之峨峨，如霜雪矣。

此处写战争的惨状，虽然不乏恐怖气氛，但不能不承认这段文字的艳丽。
"积血成渊，聚骨如岳""血凝如石，骨白如灰，膏流成泉""有肥泉之水，
有白垩之山，望之峨峨，如霜雪矣"，这三组以骈文为主的文字是按照时
间的顺序写的，于是那场惨烈的战争也就随着时间的脚步来到读者面前。
最后的"望之峨峨，如霜雪矣"，是何等诗意的文笔，但那"峨峨如霜雪"
的山，却是战死者的白骨所成，这又是一种令人恐怖的具有传奇色彩的冷
艳之美。这样冷色调的艳丽，在李贺的诗歌中可以见到，但在《搜神记》
中是见不到的。

当然《拾遗记》中的艳丽是多种多样的，如《虞舜》中写巨鱼大蛟的
"吐气则八极皆暗，振鬐则五岳波荡"，就是一种气势宏伟的艳丽；而同篇
写苍梧的如雀之鸟，则是叙述井然，其艳丽则是灵动的、细腻的：

> 舜葬苍梧之野，有鸟如雀，自丹州而来，吐五色之气，氤氲如
> 云，名曰凭霄雀，能群飞衔土成丘坟。此鸟能反形变色，集于峻林之
> 上。在木则为禽，行地则为兽，变化无常。常游丹海之际，时来苍梧
> 之野。衔青砂珠，积成垄阜，名曰"珠丘"。其珠轻细，风吹如尘起，
> 名曰"珠尘"。今苍梧之外，山人采药，时有得青石，圆洁如珠，服
> 之不死，带者身轻。故仙人方回《游南岳七言赞》曰："珠尘圆洁轻
> 且明，有道服者得长生。"

这种鸟的神奇之处，一是能"吐五色之气，氤氲如云"，二是能"群飞衔
土成丘坟"，三是能"反形变色，集于峻林之上"，四是能"在木则为禽，
行地则为兽，变化无常"，五是活动范围大，"常游丹海之际，时来苍梧之
野"，六是"衔青砂珠，积成垄阜，名曰'珠丘'"，七是这种珠"轻细，
风吹如尘起，名曰'珠尘'"。而且作者又习惯性地把镜头拉到了今天：
"今苍梧之外，山人采药，时有得青石，圆洁如珠，服之不死，带者身

轻"，最后又以方回的赞语"珠尘圆洁轻且明，有道服者得长生"结束了这段描写。这段描写骈散相杂，所写内容有仙气而无妖气，而其笔法则远近结合，巨细相配，词语艳丽动人，摇曳多姿。这样艳丽的志怪之文，在之前的志怪小说中也是很难见到的。

《拾遗记》文笔的艳丽，我们从它与其他文献的对比中可以更清楚地看到。例如，同为记载周穆王的八骏，《穆天子传》卷一中是"天子之骏：赤骥、盗骊、白义、踰轮、山子、渠黄、华骝、绿耳"，《列子·周穆王》中是"命驾八骏之乘，右服骅骝而左绿耳，右骖赤骥而左白义"，《博物志》卷六中是"周穆王八骏：赤骥、飞黄、白蚁、华骝、騄耳、騗骝、渠黄、盗骊"，而在《拾遗记》中则是：

> 王驭八龙之骏：一名绝地，足不践土；二名翻羽，行越飞禽；三名奔霄，夜行万里；四名超影，逐日而行；五名逾辉，毛色炳耀；六名超光，一形十影；七名腾雾，乘云而奔；八名挟翼，身有肉翅。递而驾焉，按辔徐行，以匝天地之域。

《拾遗记》中的八骏之名已有更改，但改得更有诗意；《拾遗记》中的这段语言非常整饬，显然经过了精心雕琢；而且描写之夸张，使得这八匹骏马具有了天马、龙马的特点。

《拾遗记》为文重在渲染物事之奇异，这在周穆王与西王母相会的描写中有着突出表现。文中详细写了长生灯、冰荷、素莲、黑枣等奇异之物的特征，又不厌其烦地依次写了磅磄山、磅磄山上的桃树、桃树的青黑之花、山东面的郁水、水中生的碧藕，以及神蓬、蒿宫、白橘等，甚至连西王母的"前导以文虎、文豹，后列雕麟、紫麋。曳丹玉之履，敷碧蒲之席"都一一罗列，但对穆王和西王母的相会写得却至为简单，在"西王母乘翠凤之辇而来"之后，只是详细写了所荐之酒、所进之花等物，之后对他们的具体描写就只有"西王母与穆王欢歌既毕，乃命驾升云而去"了，他们的相会也就结束了。这种轻故事情节而重物事渲染的描写方法，是赋的笔法，作者的审美追求由此可见。

第二，穿插诗歌，增强了小说的抒情性。

《拾遗记》的篇幅约为《搜神记》的一半，但《拾遗记》中出现了八首诗歌，多于《搜神记》中的七首。《搜神记》中的诗歌多为五言，而《拾遗记》中的诗歌多为七言，二者的诗体大不相同。但二者差异最大的是诗歌功能的不同：《搜神记》中的诗歌仅有三首为抒情诗，《拾遗记》中的抒情诗则多达六首，从而增强了《拾遗记》文本的抒情性。

《少昊》篇中，皇娥倚瑟而清歌曰：

> 天清地旷浩茫茫，万象回薄化无方。涵天荡荡望沧沧，乘桴轻漾着日傍。当其何所至穷桑，心知和乐悦未央。

而白帝子则答歌曰：

> 四维八埏眇难极，驱光逐影穷水域。璇宫夜静当轩织。桐峰文梓千寻直，伐梓作器成琴瑟。清歌流畅乐难极，沧湄海浦来栖息。

作者让生活在远古时代的少昊帝的父母大唱七言诗，还说这是"桑中"之乐，这在道学家眼中是荒谬不堪的。但从小说的发展过程来看，两位青年男女以诗歌对答来谈情说爱，这在《拾遗记》以前的志怪小说中虽不曾出现，但在后世的小说中屡见不鲜，使之成为中国传统爱情小说的一大定式。从小说艺术的角度来看，这样的诗歌渲染了抒情气氛，表达了恋爱中青年男女的缠绵之情，提高了小说的美学品位，是值得肯定的。

同是思念李夫人，在《搜神记》中，汉武帝所作的"是耶？非耶？立而望之，偏。娜娜何冉冉其来迟！"比较简单，只能算是主人公的喃喃自语，甚至不像诗，但《拾遗记》中汉武帝的诗作就精美多了：

> 汉武帝思怀往者李夫人，不可复得。时始穿昆灵之池，泛翔禽之舟。帝自造歌曲，使女伶歌之。时日已西倾，凉风激水，女伶歌声甚道，因赋《落叶哀蝉》之曲曰："罗袂兮无声，玉墀兮尘生。虚房冷

而寂寞，落叶依于重扃。望彼美之女兮安得，感余心之未宁！"帝闻唱动心，闷闷不自支持，命龙膏之灯以照舟内，悲不自止。

这首诗既写了无声的罗袂，又写了尘生的玉墀；既有冷而寂寞的虚房，又有依于重扃的落叶，在这些环境描写的衬托之下，才点出主题"望彼美之女兮安得，感余心之未宁"。而且诗歌前有"时日已西倾，凉风激水"作铺垫，后有"悲不自止"作补语，充分发挥了诗歌的抒情功能。

诗歌不仅可以用来抒发悲愁之情，也可以用来表达欢乐之意。例如，《前汉下》中写汉昭帝的这一段：

刻飞鸾翔鹄，饰于船首，随风轻漾，毕景忘归，乃至通夜。使宫人歌曰："秋素景兮泛洪波，挥纤手兮折芰荷，凉风凄凄扬棹歌，云光开曙月低河，万岁为乐岂云多！"帝乃大悦。

在令人"毕景忘归，乃至通夜"的快乐游玩之中，美丽的宫人唱上一曲美妙动听的"秋素景兮泛洪波，挥纤手兮折芰荷，凉风凄凄扬棹歌，云光开曙月低河，万岁为乐岂云多！"然后以"帝乃大悦"作结，可见在《拾遗记》作者手中，欢愉之情也是可以借助诗歌来表现的。表达欢愉之情的诗歌还有汉灵帝在裸游馆中所奏的《招商》之歌，歌词是"凉风起兮日照渠，青荷昼偃叶夜舒，惟日不足乐有余。清丝流管歌玉凫，千年万岁喜难逾"。

《晋时事》中石崇的爱妾翔风在年老之时因受谮言而遭冷落，于是怀怨而作五言诗曰：

春华谁不美，卒伤秋落时。突烟还自低，鄙退岂所期！桂芳徒自蠹，失爱在娥眉。坐见芳时歇，憔悴空自嗤！

因年老色衰而遭弃，这是古今很多女子的共同命运，她们以诗歌来表达自己的哀怨也由来已久，如相传为班婕妤所作的《团扇歌》就是其中名作，但翔凤的这首诗则是这类诗歌第一次在小说中出现。此诗开篇以春花秋落来喻自己年老色衰,以"鄙退岂所期"来表现自己的心有不甘,以"坐见芳时歇,憔悴空自嗤"来表现自己的无奈和憔悴,具有很强的抒情性。

《拾遗记》中的诗歌除了这六首抒情诗,还有韩终的采药四言诗"阆河之桂,实大如枣。得而食之,后天而老",以及魏时的行者之歌"青槐夹道多尘埃,龙楼凤阙望崔嵬。清风细雨杂香来,土上出金火照台"。它们一为赞颂阆河之桂,一为描述灵芸进京,也各有特点。

除了这些诗歌,《拾遗记》中还有一些韵句,如宁先生游沙海的七言颂语"青蕖灼烁千载舒,百龄暂死饵飞鱼"、石崇宠妾们的戏语"尔非细骨轻躯,那得百啡真珠"、方回的《游南岳七言赞》语"珠尘圆洁轻且明,有道服者得长生"、王溥家铁印上的铭语"佣力得富,钱至亿庾。一土三田,军门主簿"、晋时的闾里歌谣"宁得醇酒消肠,不与日月齐光"等,它们不仅比《搜神记》中的韵句要艳丽许多,而且它们的主要功能已不是预言,而是描写和总结。

第三,萧绮序录,增加了小说的诗化色彩。

中国古代小说的文本自身具有强烈的诗化特征,这一特点已被众多研究者所关注;但除了小说自身的文本,中国古代小说的篇前多有序言,篇后多有后记,中间多有评语,它们虽似独立于小说文本之外,是中国古代小说的衍生品,但它们已与小说文本浑然一体,成为小说不可缺少的一部分。毫无疑问,《聊斋志异》如果前面没有自序,中间没有"异史氏曰",那它是不完整的。而这些序言、后记、评语往往是用骈文写成的。骈文在形式上讲究对偶,在写作方法上注重形象性和象征性,同时又注重抒情性以及辞藻的华丽,因而骈文具有浓郁的诗化特征,于是这些序文、评语、后记在不同位置的出现往往就为中国小说镶上了一个诗意的金边,而它们自身也就成了中国小说诗化特征不可缺少的一部分。

对古代小说进行评点在中国已形成传统,中国古代的几大名著都有数量颇多的评点本传世,而且还出现了李卓吾、但明伦、脂砚斋等一大批小说评点名家,但最早对小说进行规模性评点的则是《拾遗记》的整理者萧绮。

《拾遗记》成书于北朝的前秦，大致相当于南朝的东晋时代；到了梁代，它已经残缺，于是萧绮"删其繁紊，纪其实美，搜刊幽秘，捃采残落""编言贯物，使宛然成章"，也就是对它进行了辑佚、润色和编排，因而《拾遗记》的语言之美，当是王嘉和萧绮共同努力的结果。萧绮对《拾遗记》除了进行正常的整理，还为它写了1篇序和37篇录。这些序和录或者是萧绮用来说明自己整理《拾遗记》的过程，或者是对《拾遗记》进行评价、补正、辩难，这样的文章应该算是说明性或者评论性的文体，似乎与诗化特征无关；但萧绮的这些文章都是用骈文写成的，而骈文的诗化特点在其中有着淋漓尽致的表现。其主要诗性特点大致如下：

1. 精彩的对偶句被普遍利用。例如以"宫室榛芜，书藏堙毁"写出了朝代更迭之际宫殿和书籍的荒芜、毁灭，以"荆棘霜露，岂独悲于前王；鞠为禾黍，弥深嗟于兹代"写今昔之悲，以"文起羲、炎已来，事讫西晋之末"来写《拾遗记》的记事范围，以"纪事存朴，爱广尚奇""多涉祯祥之书，博采神仙之事"写《拾遗记》的写作特点，以"删其繁紊，纪其实美，搜刊幽秘，捃采残落"写自己对《拾遗记》的整理加工，如此等等，不一而足。

2. 形象化的写作方法非常突出。象征、比喻等形象性的写作手法在《拾遗记》的骈体文序录中司空见惯，如《夏禹》篇后的"录曰"中的"历商、周之世，又经嬴、汉，简帛焚裂，遗坟残泯。详其朽蠹之余，采捃传闻之说"，就以形象化的"简帛焚裂"来代称书籍的毁灭，以"朽蠹之余"形象化地写出了残剩的图书；再如《殷汤》篇后"录曰"以"譬诸金玉，烟埃不能埋其坚贞"来比喻"扬风烈于万祀"。此类例句，处处可见。

3. 抒情性特征特别明显。一个客观的小说评论家对小说的评价应该是客观公正的，就像我们今天写学术论文一样，不应该掺杂主观感情；但中国古代的小说评论家大异于是，他们除了在评论中表达自己对小说的看法，还要执着地表达自己的感情。例如，萧绮的序在开篇交代了《拾遗记》的作者、卷数、篇数之后，说它"皆为残缺"，然后就进行了大段抒情：

> 当伪秦之季，王纲迁号，五都沦覆，河洛之地，没为戎墟，宫室榛
> 芜，书藏埋毁。荆棘霜露，岂独悲于前王；鞠为禾黍，弥深嗟于兹代！
> 故使典章散灭，黉馆焚埃，皇图帝册，殆无一存，故此书多有亡散。

此处作者痛快地抒发了"王纲迁号，五都沦覆，河洛之地，没为戎墟"
"荆棘霜露，岂独悲于前王；鞠为禾黍，弥深嗟于兹代"的朝代更迭之悲。
从实用文的写作特点来看，这样的抒情在文章中纯为多余；但这些抒情性
文字恰是作者诗心的表现。

《山海经》作为中国志怪小说的开山之作，其诗化特征仅表现为对偶、
比喻和想象，这些诗化特点为后世的志怪小说所继承。《搜神记》作为唐前
志怪小说的集大成之作，其中收录了一些优美的诗歌，还有不少谣谚、占语
等韵语，它们或者增强了小说的抒情性，或者深化了小说的主题，或者预示
了情节的发展，其诗化特征已经相当突出。而《拾遗记》的诗化特征更为明
显，它的叙述性语言非常艳丽，不仅它的诗歌具有更强的抒情性，而且萧绮
给它所作的序和录也具有诗化特征。唐前的志怪小说还有很多，但我们从上
面的分析中已经可以看出志怪小说诗化特征的发展轨迹。

第四节　唐前志人小说的诗化特征

在一般的文学史、小说史中，唐前的志人小说是与志怪小说并列的，
但实际上志人小说的数量远逊于志怪小说：宁稼雨《中国文言小说总目提
要》中列出了 103 种志怪小说，但志人小说仅列出了 22 种。这 22 种小说
中，也仅有《西京杂记》①《语林》《郭子》《世说新语》《殷芸小说》②较为著
名，其中《西京杂记》记载汉代之事，《世说新语》所记多为魏晋间事，
它们是志人小说的代表作。

---

① 《西京杂记》以记事为主，但内容较杂，与《世说新语》体例不一，不过《四库全书总
目》把《西京杂记》与《世说新语》并列为小说家类杂事之属，宁稼雨《文言小说总目提要》把
它列入志人类，李剑国《中国小说通史》把它归入杂家类，此处暂从宁本。

② 据鲁迅、余嘉锡、周楞伽各家辑本来看，《殷芸小说》文体甚杂，其中虽多志人小品，但
也有不少志怪之作，还有民间传说、笑话。

一　《西京杂记》

鲁迅在《中国小说史略》第四篇《今所见汉人小说》中评价《西京杂记》曰："若论文学，则此在古小说中固亦意绪秀异，文笔可观"。《西京杂记》中有不少对偶排比句，也有为数不少的民谣诗赋，这些清词丽句当是"文笔可观"的重要构成部分。

《西京杂记》虽是散文，但它产生于赋文大盛之时，散文中时有赋句出现。例如，卷二中用"眉色如望远山，脸际常若芙蓉，肌肤柔滑如脂"来写卓文君之美，司马相如以"合綦组以成文，列锦绣而为质，一经一纬，一宫一商，此赋之迹也。赋家之心，苞括宇宙，总览人物，斯乃得之于内，不可得而传览"论作赋，卷三中的陆贾以"乾鹊噪而行人至、蜘蛛集而百事嘉"来论瑞应，以"画地成江河，撮土为山岩，嘘吸为寒暑，喷嗽为雨雾"来写方士们的道术，扬雄以"军旅之际，戎马之间，飞书驰檄，用枚皋；廊庙之下，朝廷之中，高文典册，用相如"来论枚皋、相如之文等，都文采飞扬，颇有赋风。

《西京杂记》中也出现了一些诗歌、民谣、铭文等。例如，卷一就有汉昭帝在八岁时写的《黄鹄歌》"黄鹄飞兮下建章，羽衣肃兮行跄跄，金为衣兮菊为裳。唼喋荷荇，出入蒹葭，自顾菲薄，愧尔嘉祥"，卷二有时人赞美匡衡的"无说诗，匡鼎来。匡说诗，解人颐"，卷三杜子夏临终前给自己写的铭文"魏郡杜邺，立志忠款，犬马未陈，奄先草露。骨肉归于后土，气魂无所不之。何必故丘，然后即化。封于长安北郭，此焉宴息"，卷四中滕公发现神秘的科斗书"佳城郁郁，三千年见白日。吁嗟滕公居此室"，长安人评论韩嫣以金为丸的"苦饥寒，逐金丸"，三辅儿童皆诵的许博昌陆博术语"方畔揭道张，张畔揭道方，张究屈元高，高元屈究张""张道揭畔方，方畔揭道张，张究屈元高，高元屈究张"等。

不过《西京杂记》中最值得强调的还是其中出现的八篇赋文。汉代的赋最为繁荣，《西京杂记》中出现的这八篇赋真实体现了这种繁荣。

这八篇赋有七篇一起出现在《西京杂记》的卷四：梁孝王游于忘忧馆，让随从的游士们各自为赋，于是枚乘写了《柳赋》，路乔如写了《鹤赋》，公孙诡写了《文鹿赋》，邹阳写了《酒赋》，公孙乘写了《月赋》，羊胜写了《屏风赋》，韩安国写《几赋》没写出来，由邹阳代作。最后作弊的邹阳、韩安国各被罚酒三升，而最先完成的枚乘、路乔如则每人得到了五匹绢的奖励。这种具有比赛性质的赋的创作与后世文人们在一起进行的诗赛在性质上完全相同，因而可以说它开后世文人们进行诗赛、文赛之先河。这七篇赋为王府中的文人所作，而另一篇赋则见于卷六，是中山王为鲁恭王的文木所作。

这些赋的存在，不仅使得《西京杂记》成为第一部大规模收录赋作的小说，而且这些赋也为小说增加了很多文采，令我们得窥西汉初年赋作的特点。八篇赋文字太多，不能全部收入本文，兹录枚乘《柳赋》如下，从中可见汉初小赋之风采：

> 忘忧之馆，垂条之木。枝逶迟而含紫，叶萋萋而吐绿。出入风云，去来羽族。既上下而好音，亦黄衣而绛足。蜩螗厉响，蜘蛛吐丝。阶草漠漠，白日迟迟。于嗟细柳，流乱轻丝。君王渊穆其度，御群英而玩之。小臣瞽聩，与此陈词。于嗟乐兮！于是樽盈缥玉之酒，爵献金浆之醪，庶羞千族，盈满六庖。弱丝清管，与风霜而共雕，鎗锽啾唧，萧条寂寥，隽乂英旄，列襟联袍。小臣莫效于鸿毛，空衔鲜而噭醪。虽复河清海竭，终无增景于边撩。

这八篇赋从总体上看句式比较复杂，虽以四言居多（中山王的那篇基本上是四言），但六言句也不少，此外三言、五言句也时有出现。枚乘这篇赋都是四言、六言句式，而且讲究对偶、押韵。赋中像"枝逶迟而含紫，叶萋萋而吐绿""阶草漠漠，白日迟迟"这样的句子，意境优美，与诗语无别。

二 《世说新语》

《世说新语》是中国文学史上的一朵奇葩。在很多人看来，它应该是一部散文，但几乎所有的文学史都把它当作小说来对待。鲁迅在《六朝小说和唐代传奇文有怎样的区别?》中用"断片的谈柄"来概括六朝的小说，这个断语用在《世说新语》身上，当然是合适的，因为《世说新语》主要记载的是人物的语言，而且各篇（不能称为"篇"，应该称为"则"）的文字一般都很短。我们现在分析小说，主要还是从故事情节、故事环境、人物形象三个要素进行，但《世说新语》的篇幅如此短小，使得它在这三方面都很不达标：它没有曲折完整的故事情节（有些篇甚至没有情节），大多数时候没有环境描写，而在它如此简单的文字中也不可能有复杂的人物性格。正因为《世说新语》如此不合乎小说"标准"，所以各种文学史虽然把它当作小说来对待，但大多在评价它的文学成就时都打了折扣，即一方面承认它是志人小说的巅峰之作，另一方面又说它是粗陈梗概的断片谈柄。

但小说的三要素说究竟是舶来品，根据它的标准，其实《世说新语》根本就不是小说。因而在理智上接受了西方小说概念的学者们觉得《世说新语》不是小说，但在现实中，也就是在当今的各种文学史和小说史中，学者们还是普遍把《世说新语》当作小说的。这是因为这些文学史、小说史的作者们了解中国传统，知道在中国古代的各种官私目录中，《世说新语》都是小说；而在中国古人心目中，《世说新语》也一直是优秀的小说。我们应该以这些事实为标准，承认《世说新语》是小说，而且是优秀的小说。

《世说新语》的优秀之处，恰是中国小说的优秀之处。中国台湾著名小说作家张大春曾有这样的论述：

> 即使"我们写小说的"所写的小说被视为"现代中国小说作品""当代台湾小说作品"之流，究其实而言之：其实绝大多数只是用汉字所凑成的西方小说。论体制，论理念，论类型，论布局，论技术，皆由移植而来。真正的中国小说早已埋骨于说书人的书场和仿说话人而写定的章回以及汗牛充栋的笔记之中。[1]

---

① 张大春：《小说稗类》，广西师范大学出版社 2010 年版，第 122 页。

由此可见中国小说和西方小说具有很大的不同。在笔者看来，中国小说和西方小说最大的不同之处，在于中国小说具有诗化特征，也就是说，中国古人往往在小说中追求诗歌的意境，而把小说的情节、人物、环境都进行了诗化处理。其实西方的小说概念也从来不是一成不变的，当代的西方小说中就出现了很多弱化故事情节的优秀作品。

在小说中创造诗歌的意境，在小说中追求诗歌的韵味，在小说中突出强调人物形象的诗性美，《世说新语》在这方面所达到的成就，是空前的，也几乎是绝后的。以创作诗歌的理念来创作小说，使得小说成为一个韵味十足的诗性的文本，这正是《世说新语》的魅力所在，正是《世说新语》的伟大之处。

而那些"断片"，恰好是表达诗歌韵味的最佳语言形式。如果换成了长篇大论，如果符合了小说三要素的要求，《世说新语》的诗味就荡然无存了。

下面从诗化的人物形象、精美的意象、小说三要素的诗化改造三方面分析《世说新语》的诗化特征。

（一）诗化人物形象

中国古代有"左史记言，右史记事"的传统，因而中国自古就有记言和记事两种文体，如《左传》偏重于记事，《国语》偏重于记言。此传统影响于小说，小说也有了记言体和记事体。记事小说较为普遍，《搜神记》、唐传奇、《红楼梦》都可归入此列，记言小说则以《世说新语》为代表。因为西方的小说理论偏重于叙事，所以近人在接受了西方叙事学理论之后，就多以记事之小说作为标准小说，而记言小说则被开除出小说之列。这一做法武断地割断了中国的小说传统。其实记事和记言在本质上是相同的："言"是人物之言，"事"是人物之事，因而不管是记言还是记事，这两种文体都是用来刻画人物形象的。所以在评价一部小说的成就高低时，应该以是否鲜明地表现出人物形象为最高标准，至于小说中的故事情节、故事环境，它们跟人物的行动、语言的作用相同，也只是用来表现人物形象的手段而已，没有必要在每篇小说中都出现。

《世说新语》在塑造人物形象方面非常成功，它只用寥寥数语，一个鲜活的人物形象就跃然于读者眼前。例如：

　　王右军见杜弘治，叹曰："面如凝脂，眼如点漆，此神仙中人。"
时人有称王长史形者，蔡公曰："恨诸人不见杜弘治耳！"(《容止》)

　　客有问陈季方："足下家君太丘，有何功德，而荷天下重名？"季
方曰："吾家君譬如桂树生泰山之阿，上有万仞之高，下有不测之深；
上为甘露所沾，下为渊泉所润。当斯之时，桂树焉知泰山之高，渊泉
之深？不知有功德与无也。"(《德行》)

以上两段文字，在《世说新语》中是完整的两篇小说。这两段文字的主体
都是人物的语言——如果套用小说学的术语，它们都是人物的"语言描
写"。不过小说作者设置这些人物语言的目的，不是用来突出说话人的性
格特征，而是用来写话中人的形象特点：前者是用王右军和蔡公的话来写
杜弘治的外貌，后者是用陈季方的话来写陈寔的内德。

　　这两则小说中的人物形象描写用现代小说的标准来衡量，无疑是很不
成功的：我们赞美一篇小说的人物形象好，常常用"丰满"二字，但这两
则小说，前者只是简单地写外貌之美，后者纯是以比喻来写道德之高，人
物形象特征非常单调，可以说跟"丰满"无关；我们也常认为"圆形"人
物形象要优于"扁形"人物形象，那么这两则小说中的人物特征如此单
一，与"圆形"是无关的；人物的性格特征也应该有一个发展变化的过
程，但这里的人物形象根本没有什么发展变化。

　　如此"不成功"的人物形象，在《世说新语》中却普遍存在，而且它
们的普遍存在毫不影响《世说新语》是一部最优秀的志人小说，毫不影响
人们对《世说新语》的喜爱，这实在是一怪事。而如果我们不执着于以现
行的这套从西方舶来的小说评价标准，而是把小说自身的艺术特色与中华
民族的审美趣味结合起来分析小说的艺术形象，我们就会发现《世说新
语》在塑造人物形象方面的独特魅力。

　　这一独特魅力就是人物形象的诗化特征。

　　诗歌中也有人物形象，但诗歌的人物形象与小说大为不同：小说的
形象是复杂的、动态的、完整的，而诗歌的人物形象则是单纯的、静态
的、片段的。"大儿锄豆溪东，中儿正织鸡笼，最喜小儿无赖，溪头卧剥

莲蓬"，这是诗歌中的人物形象，每个人物形象都只是一个片段，一个动作，都只是一幅图画。与小说语言相比，诗歌语言在篇幅上是简短的，在手法上多用比喻、象征等修辞手法，它的思维方式是跳跃的，因而它很难进行详细的、动态的、完整的故事叙写，那么诗歌的人物形象也就只能是单纯的、静止的、片段的了。但这样的人物形象并不是失败的人物形象：人物形象的单纯化、静止化、片段化，正是对人物的形象特点进行强调渲染的极致状态；而这种极致状态虽然不利于叙事，却极利于抒情。

例如，上述两例，第一例中只是以"王右军见杜弘治"七字轻轻交代了下文必不可少的背景，然后就是十三字的赞语："面如凝脂，眼如点漆，此神仙中人。"这是本篇的重心所在，它点出了杜弘治的形貌之美这一特征。而这十三字的赞语本身不仅用了比喻手法（"面如凝脂，眼如点漆"），夸张之词（"神仙中人"），而且其中充满了赞美之情，赞语之前的"叹"字更增强了它的感情色彩。后文中，当有人称赞他人之美时，蔡公竟然说："恨诸人不见杜弘治耳！"此语是对前文的进一步强调，它之前没有"叹"这类有强烈感情含义的词语，但这九个字的语句本身就已是饱含感情了。第二例的主体是陈季方的答语，这一答语把陈蕃比作生在泰山之阿的"上有万仞之高，下有不测之深；上为甘露所沾，下为渊泉所润"的桂树，主人公品性之高洁就跃然纸上了。用比喻性的人物语言来刻画话中人形象特征的写作手法，不仅能够突出言语所指对象的形象特征，而且能够表现出说话者自身的诗性诗才，可谓一举两得。

只需突出主人公的一个形象特征，有时只需一句话、一个片段就可以了；而要表现出人物的诗化特征，则需要形象性的修辞手段。二者的有机结合，就使得《世说新语》中的寥寥数字，也能够准确形象地刻画出人物的形象特征。例如：

刘尹云："清风朗月，辄思玄度。"（《言语》）

这也是《世说新语》中一则完整的小说。它没有交代任何背景，似乎也没有任何情节，只是一个人物的简单到只有八个字的一句话，但是，这八个字却能够表现出鲜明的人物形象特征，而这一特征不是直接叙述出来的，而是用"清风朗月"这样形象性的语言来间接表示的。这里的"清风朗月"所表现出的人物形象特征应该是两个人的——刘惔既然说"清风朗月，辄思玄度"，那么这"清风朗月"当然是指许询而言；而他自己能够欣赏许询的"清风朗月"之美，能够在"清风朗月"时就思念许询，那么他自己也具有了"清风朗月"的特性。而且，虽然这里纯自然的"清风朗月"是指许询，那么许询具有怎样的品质才能配得上这"清风朗月"呢？刘真长又为什么在"清风朗月"之下就思念许询呢？他们具有怎样的交往和情谊？这些都令人遐想不已，回味不已，而这种形象性的遐想、回味是诗性的。

下面的这段顾恺之的话移来评《世说新语》非常恰当：

> 顾长康画人，或数年不点目精。人问其故，顾曰："四体妍蚩，本无关于妙处，传神写照，正在阿堵中。"（《巧艺》）

《世说新语》中几乎没有相貌描写，但在《世说新语》的作者看来，这"四体妍蚩"是"无关于妙处"的，那又何必花费笔墨来写它们呢？《世说新语》中的每则小品文虽短，但几乎每一段都有神采，都有可堪回味的诗性美，也就是每一段都是可以"传神写照"的"阿堵"。而中国人在阅读《世说新语》时，他们的阅读期望也从来不是什么紧张激烈的故事情节、复杂丰满的人物形象，他们只是希望从《世说新语》中领略魏晋人独特的人格魅力，欣赏魏晋人诗意的谈吐，使得他们自己能够在阅读中获得诗意的享受——是的，中国人阅读《世说新语》就像在读诗，他们在阅读中回味，在回味中感动，在感动中净化自己的心灵。因而《世说新语》是具有诗性的小说。

从诗的角度来欣赏《世说新语》，才能真正体会到《世说新语》的独特魅力；而《世说新语》中的人物形象也具有诗化特征。这些诗化特征有多方面的表现，我们可以从相貌、言语、性格、感情四个方面来加以分析。

1. 人物相貌之美

《世说新语》中有一门为"容止"，其中对人体形貌之美大加赞赏。魏晋是发现人体之美的时代，时人对人体之美不仅十分在意，而且有自觉且狂热的赞赏。例如，"美姿仪，面至白"的何晏被魏明帝疑为傅粉，这位皇帝竟然在夏天给何晏热汤饼吃，让何晏出大汗来检验他是否傅粉；陶侃本来想杀庾亮，但是一见到庾亮的"风姿神貌"，不仅立即"改观"，而且"谈宴竟日，爱重顿至"；被后世作为美男子标准的潘岳年少时"挟弹出洛阳道，妇人遇者，莫不连手共萦之"；最惨的是卫玠，令乃舅自惭而叹曰"珠玉在侧，觉我形秽"的卫玠走在路上时，"人闻其名，观者如堵墙"，于是身体羸弱的卫玠"体不堪劳，遂成病而死"，"看杀卫玠"就成了成语。至于小说中对人体之美的描述，更是妙语频出，令人留恋不已。以"面如凝脂，眼如点漆，此神仙中人"来赞美杜弘治的王羲之，也被时人称为"飘如游云，矫如惊龙"；毛曾与夏侯玄两位美男子坐在一起，于是被称为"蒹葭依玉树"；而夏侯太初被称为"朗朗如日月之入怀"，李安国被称为"颓唐如玉山之将崩"，王恭被赞为"濯濯如春月柳"；嵇康不仅被赞为"萧萧肃肃，爽朗清举""肃肃如松下风，高而徐引"，还被称为"岩岩若孤松之独立""傀俄若玉山之将崩"；王安丰的眼睛特别有神，于是被夸张为"眼烂烂如岩下电"；王夷甫的手特别白，至于"恒捉玉柄麈尾，与手都无分别"；当朝堂黑暗时，会稽王司马昱一来，竟然"轩轩如朝霞举"。魏晋人用诗性语言所由衷赞叹的形体相貌之美，是《世说新语》人物形象诗化特征的重要组成部分。

2. 人物语言的诗化

《世说新语》是记言之作，而它所记录的人物语言大都是诗性思维的产物，具有诗的品格。这些语言可能是现成的诗句，如郑玄家的一个奴婢被盛怒的主人置于泥中，这时另一婢女竟然问曰："胡为乎泥中?"这是《诗经·式微》中的诗句；而泥中的婢女则答曰"薄言往愬，逢彼之怒"，这两句则出自《诗经·柏舟》。这一问一答，虽全用《诗经》成句，但浑然天成，与具体情境契合无间。有些韵语则为主人公现场所作，如谢安在与儿女讲求文义时恰逢雪骤，于是他问："白雪纷纷何所似?"他的侄子谢朗回答说"撒盐空中差可拟"，侄女谢道韫则说："未若柳絮因风起。"谢朗和谢道韫的答语都是七言，都跟谢安的问句押韵，不过谢朗的答语有些生硬，谢道韫的答语则贴切优美，很有诗意。

《世说新语》中的人物语言即使不是韵语，也依然诗味十足。例如，公孙度评价邴原为"云中白鹤，非燕雀之网所能罗也"，以"云中白鹤"这一意象来比喻邴原，邴原世外高人的特性就形象地显现在读者面前了；然后作者紧承前句，继续用比喻性的语句"非燕雀之网所能罗"来对他的这一特性进行了强调。这样的语言，很能表现出说话者的诗才。此类语句在《世说新语》中随处可见，例如王戎评价山涛的"如璞玉浑金，人皆钦其宝，莫知名其器"，庾子嵩评价和峤的"森森如千丈松，虽磊砢有节目，施之大厦，有栋梁之用"，王太尉评价郭子玄的"语议如悬河泄水，注而不竭"，王公评论太尉的"岩岩清峙，壁立千仞"，庾太尉评论王眉子的"庇其宇下，使人忘寒暑"，卞令评价叔向的"朗朗如百间屋"，世人评论周侯的"嶷如断山"，殷仲文评价殷仲堪的"虽不能休明一世，足以映彻九泉"，司马太傅评价二王的"孝伯亭亭直上，阿大罗罗清疏"等，都形象鲜明，令人难忘。有些话语虽然较长，也非常精彩，例如：

> 有问秀才："吴旧姓如何？"答曰："吴府君圣王之老成，明时之俊乂；朱永长理物之至德，清选之高望；严仲弼九皋之鸣鹤，空谷之白驹；顾彦先八音之琴瑟，五色之龙章；张威伯岁寒之茂松，幽夜之逸光；陆士衡、士龙鸿鹄之裵回，悬鼓之待槌，凡此诸君：以洪笔为鉏耒，以纸札为良田。以玄默为稼穑，以义理为丰年。以谈论为英华，以忠恕为珍宝。著文章为锦绣，蕴五经为缯帛。坐谦虚为席荐，张义让为帷幕。行仁义为室宇，修道德为广宅。"（《赏誉》）

这段文字以"鸣鹤""白驹""琴瑟""茂松""鸿鹄""悬鼓""良田""稼穑""缯帛""席荐""帷幕""室宇"等大量的意象赞美了七个名士，而如此众多的意象以排比句的形式一泻而下，给人琳琅满目之感。

3. 人物性格的高洁

《世说新语》中的人物形象大都具有高洁的性格特征。这些不同凡俗的性格特征泛着诗性的光辉，既具有迷人的艺术魅力，又令人折服赞叹。例如，张季鹰在洛为官，看见秋风起，竟然因为思念吴中的菰菜羹、鲈鱼脍辞官而归，这是何等的境界。而好屐的阮遥集一边自己吹火蜡屐，一边神色闲畅地感叹说："未知一生当着几量屐！"把自己的癖好跟人生苦短的悲凉结合得如此从容，非魏晋人不能也。顾和不过是一介扬州从事，但是当权贵周颉从他身边经过时，他不仅没有逢迎，而且还在"夷然不动"地"觅虱"；当周颉回头指着他的心问"此中何所有？"时，他"搏虱如故"，慢慢回答道："此中最是难测地"，这样的一副从容，怎不令人折服？王子猷来到一处打算暂时寄居的空宅，马上就令人种竹，当别人问他"暂住何烦尔？"时，他"啸咏良久"，才直指竹曰："何可一日无此君？"显然，这里的竹已经成为他的精神寄托，而他"啸咏良久"之后才回答别人的提问，跟顾和的"搏虱如故，徐应曰"也有异曲同工之妙。临刑东市的嵇康，神色不变地索琴弹之，把一曲广陵散从容地奏完，然后他没有感叹自己的命运，反而说"广陵散于今绝矣！"这样的境界，古往今来几人能及？再如主张"父之于子，当有何亲"的孔融被捕之时，竟然对使者说："冀罪止于身，二儿可得全不？"这时他两个八九岁的儿子竟然不慌不忙地劝他说："大人岂见覆巢之下，复有完卵乎？"后世诗人多向往魏晋风度，甚至效仿魏晋名士，但魏晋名士性格的高洁，是时代性的，似乎是天生的，否则，孔融的这两个幼子哪来的这份品性？

4. 人物感情的深挚

纯真深挚的感情是诗歌的内核，而它正是魏晋人的特点。王戎的儿子去世了，他"悲不自胜"；当山简劝他说"孩抱中物，何至于此？"时，他回答说："圣人忘情，最下不及情。情之所钟，正在我辈。"这里的"情之所钟，正在我辈"，不仅是王戎夫子自道，更是《世说新语》中众名士的基本特征。晋孝武帝在华林园中饮酒时，举杯说："长星！劝尔一杯酒，自古何时有万岁天子！"这是皇帝的豁达之情。年幼的谢朗刚刚病愈，与林公讲论甚苦，他的母亲无奈之下走出来流着眼泪把孩子抱走了，说"新妇少遭家难，一生所寄，唯在此儿"，这是妇人的怜子之情。卫伯玉对乐广大为赞赏，说"此人，人之水镜也，见之若披云雾睹青天"，这是对才学之士的赞美之情。孙子荆在王武子去世后，临尸而哭，说"卿常好我作驴鸣，今我为卿作"，然后真的驴鸣不已，这是对朋友的伤悼之情。王濛病重将亡，他寝卧灯下，转麈尾视之，叹曰："如此人，曾不得四十！"这是自悼之情。王珣与谢安本有仇隙，但当谢安去世后，他不顾阻拦，"直前哭，甚恸"，这是对仇人之情。

如果把"情"作为一个广义词，那么《世说新语》无疑是一部言情之书。除了上面所举数例，另如《言语》篇中周侯的感慨："风景不殊，正自有山河之异！"这是山河失落之悲；好鹤的支公对鹤说"既有凌霄之姿，何肯为人作耳目近玩！"这是对鹤的怜惜；佛寺中庾亮看到卧佛，说"此子疲于津梁"，这是对卧佛的同情；攻入石头城的桓玄高咏"箫管有遗音，梁王安在哉？"这是对胜利的欢呼；桓温经过王敦墓前，不是崇敬地下拜，而是说"可儿！可儿！"这是对英雄的另一种赞扬；而王子敬说"从山阴道上行，山川自相映发，使人应接不暇。若秋冬之际，尤难为怀"，这是对山水美的赞叹；年幼的卫玠因为思考"因"的意义经日不得而成病，被乐令赞叹为"此儿胸中当必无膏肓之疾！"这是对玄理的热爱。恒子野每闻清歌，辄唤"奈何！"谢公听说后，评价说"子野可谓一往有深情"——其实这一评价，完全可以用之于魏晋诸名士。

《世说新语》中的一则至情故事令人震撼不已：

> 桓公入蜀，至三峡中，部伍中有得猿子者。其母缘岸哀号，行百余里不去，遂跳上船，至便即绝。破其腹中，肠皆寸寸断。公闻之怒，命黜其人。（《黜免》）

这则故事中的母猿当然是没有姓名的，但她为了自己的孩子"缘岸哀号，行百余里不去"，最后终于跳上了船，但她一跳上船就死了，她腹中的肠子已寸寸而断。此事不知真假，但这只母猴，是天下一切至情至性者的真实写照，当然也是《世说新语》中那些真性情人的真实画像。不管他们是皇帝还是大臣，也不管他们是忠臣良将还是乱臣贼子，更不管他们的真情是施之于子女、朋友还是用之于玄理、山水，因为他们"一往有深情"，因为他们坚信"情之所钟，正在我辈"，所以《世说新语》就成了一个诗性的具有永恒魅力的文本。

由以上的分析可见，《世说新语》的结构虽然看似是诗歌式的散金片玉，但它们都具有表现人物形象特征的作用。而这些特征不专属于某个个体，它是整个时代的群体性特征。用这些零散的只言片语，表现出了一个时代的群体风貌，这正是世说体小说的特点，也是其他类型的小说所不能具备的特点。

（二）炉火纯青的意象手法

按照叶嘉莹的理解，赋、比、兴都是借助形象来表达情意的创作手法。这些含有情意的形象就是意象。这些意象虽然是用语词来表达的具体之物象、事象或喻象，但它们的含义却不是这些具体的形象，而是人的情感和思想。由于作者多不说明这些意象的真正含义，这就需要通过思考才能获得这些意象的所指，而诗歌的韵味也就在这思考之中体现出来。而且由于这些形象化的意象往往具有多义性，读者对它们的解释不仅往往有所差异，甚至还有味之不尽的感觉，这就增加了它们的审美性。中国诗歌中的情景交融、意在象外、言有尽而意无穷等美学特点的形成，都依赖于意象，可以说意象手法是中国诗歌最基本的创作手法。

这种意象的表达方法在诗歌中广泛存在，在散文中也有突出表现。散文中一旦大量运用了这种意象手法，这些散文文本也就具有了诗歌的特点。这些充满诗性的散文文本在中国古代的文言小说中大量存在，而《世说新语》是最典型的代表。

胡应麟在《少室山房笔丛·九流绪论（下）》中说《世说新语》"读其语言，晋人面目气韵，恍忽生动，而简约玄澹，真致不穷，古今绝唱也"，又说它"以玄韵为宗"。而《世说新语》之所以能够取得这样的艺术成就，其主要原因就是意象手法在小说文本中的普遍运用。

例如，《德行》篇中郭林宗赞美黄叔度就借助于"万顷之陂"进行了形象性的说明："叔度汪汪如万顷之陂，澄之不清，扰之不浊，其器深广，难测量也。"如果仅仅说黄宪气度非凡，学识渊博，那就太呆板了；但如果以"万顷之陂"作比，就能用诗性的语言来说明黄氏的这一特点。这样的写作方法所获得的文学之美是一般概括性的叙述不可能达到的。

首先，这些语言既然是写万顷之陂，那就可以选择形象性的词汇，所以就能以"汪汪"形容其盛，以"万顷"形容其广，在此基础上，又以"澄之不清""扰之不浊"深化其深、广，最后又以"其器深广，难测量也"的结论进行了意味深长的总结。这些形象性的语言都是诗性的。

其次，这些语言貌似在描述"万顷之陂"，实则每一句都是在赞美黄宪，这就使得言在此而意在彼，使得读者也只能通过"汪汪""万顷""澄之不清""扰之不浊"这些形象性的语言来体会黄宪的"其器深广，难测量也"的特点；而一旦领会到这些话的真正意图，就能感受到这些语言的韵味，而这种韵味是一种诗歌的韵味。

再如上文中所提到的有客人问陈季方，他父亲陈寔"有何功德，而荷天下重名？"时，如果陈季方老老实实地说一番乃父的功德，当然未尝不可；但他以生于"泰山之阿"的"桂树"来比喻父亲，然后以"上有万仞之高，下有不测之深"进一步论述这棵桂树所处的位置，又以"上为甘露所沾，下为渊泉所润"来比喻其德行之高，最后以"桂树焉知泰山之高，渊泉之深"来说明"不知有功德与无也"。此处陈季方虽然明言"不知有功德与无"，实则已经借助桂树这一意象层次鲜明地把其父功德的高深表现出来了。

《世说新语》中对人物的赞美多借助意象法，而这些赞美主要集中在《赏誉》和《品藻》两篇中。其中《赏誉》多是对单个人物的赞美，内容多达156条；而《品藻》则多是对人物的对比评价，也收录了88条相关资料。篇中这样的意象可谓俯拾皆是。其中篇幅较长的有上文提到的"有问秀才：'吴旧姓如何？'"篇；但大多篇幅较短，如世人赞美李元礼的"谡谡如劲松下风"、公孙度评价邴原为"云中白鹤，非燕雀之网所能罗也"、王戎评价山涛的"如璞玉浑金，人皆钦其宝，莫知名其器"、庾子嵩评价和峤的"森森如千丈松，虽磊砢有节目，施之大厦，有栋梁之用"。其他如"太尉神姿高彻，如瑶林琼树，自然是风尘外物""郭子玄语议如悬河泄水，注而不竭""岩岩清峙，壁立千仞""朗朗如百间屋""嶷如断山""虽不能休明一世，足以映彻九泉"等，令人目不暇接。

魏晋时代是一个全面发现美的时代，人们不仅关注人的内在美，并且关注人的外在美，同时也关注自然美，于是我们就发现在《世说新语》中多以自然的山水树木来赞美人物的内在美和外在美。《赏誉》《品藻》篇中对人物的赞美多注重于人物的内在美，而《容止》篇中对人物的赞美则多注重人物的外在美。例如，魏明帝使后弟毛曾与夏侯玄共坐，于是时人就评价为"蒹葭倚玉树"，完全是以自然的草木来比喻人；人们评价夏侯太初为"朗朗如日月之入怀"，评价李安国为"颓唐如玉山之将崩"，都给人美的享受；裴令公竟然用"眼烂烂如岩下电"来评论王安丰的眼睛之美，更令人惊讶于魏晋人的审美思维之活跃；裴令公自己也俊容仪，时人以为"玉人"，并说他"如玉山上行，光映照人"；王羲之的书法被后人称为"飘如游云，矫如惊龙"，但在《世说新语》中，这八个字是用来评价书圣本人的；王恭也被评论为"濯濯如春月柳"。对于嵇康，《世说新语》中更是发出了一连串的赞叹：

> 嵇康身长七尺八寸，风姿特秀。见者叹曰："萧萧肃肃，爽朗清举。"或云："肃肃如松下风，高而徐引。"山公曰："嵇叔夜之为人也，岩岩若孤松之独立；其醉也，傀俄若玉山之将崩。"（《容止》）

这种意象的手法不仅用于人物描写，在其他场合也大有用武之地。它可以用来论文，例如，孙兴公论潘、陆之文的名言"潘文烂若披锦，无处不善；陆文若排沙简金，往往见宝"。而他说自己的文章有"金石声"也是很形象的比喻，同样的比喻有桓玄评论谢安所作的简文谥议为"此是安石碎金"。另外自负才气的毛伯成经常自称"宁为兰摧玉折，不作萧敷艾荣"，则是用意象法来明志。袁羊曾以"何尝见明镜疲于屡照，清流惮于惠风？"来鼓励车武子向谢公兄弟求学，也是既给车武子鼓了劲儿，又赞扬了谢氏兄弟，当然也显示出了自己的言语之妙。

意象法还可以用来说理，如《言语》篇载年仅九岁的徐孺子在月下游戏，有人对他说："若令月中无物，当极明邪？"徐孺子回答说"不然。譬如人眼中有瞳子，无此必不明"，这就是以意象法来说理了。而《言语》

中孔融幼子的"覆巢之下，复有完卵"的故事更为典型：

> 孔融被收，中外惶怖。时融儿大者九岁，小者八岁，二儿故琢钉
> 戏，了无遽容。融谓使者曰："冀罪止于身，二儿可得全不？"儿徐进
> 曰："大人岂见覆巢之下，复有完卵乎？"寻亦收至。（《言语》）

孔融在被捕之时，竟然问来逮捕他的人："冀罪止于身，二儿可得全不？"
怜子之情，溢于言表，全然忘记了自己"父之于子，当有何亲？"的言论；
而他年仅八九岁的儿子在面临灭门之灾、"中外惶怖"的时候，竟然不慌
不忙地回答父亲："大人岂见覆巢之下，复有完卵乎？"这区区 13 个字中，
没有任何眼前的内容，但这简约有力的语言不仅反映出了当时的现实情
况，而且道出了一个亘古不变的真理，于是这两个小孩儿的绝顶聪明与从
容，就与等待他们的死亡形成了鲜明对比；而孔融这两个小儿子此时的言
行，其震撼力远远超过孔融四岁让梨时的言行。如果不用意象手法，这段
文字怎么能够收到这样绝佳的艺术效果？

这种意象法还有别的用途，例如：

> 顾悦与简文同年，而发早白。简文曰："卿何以先白？"对曰：
> "蒲柳之姿，望秋而落；松柏之质，经霜弥茂。"（《言语》）

如果顾悦按照实际情况来解释自己的头发为什么会比皇帝的先白，那是很
困难也是没有什么诗意的事儿；但他选择了意象法，于是不仅在简单的言
语中说明白了问题，而且还借机显露了才能、拍了皇帝的马屁，可谓一举
三得。

这种用意象的方法来回答问题确实有其精妙之处，《世说新语》中还
有很多这样的实例。例如谢安问他的子侄们："子弟亦何预人事，而正欲
使其佳？"这一问题是很难回答的，但就在别人没法回答之时，谢玄却以
"譬如芝兰玉树，欲使其生于阶庭耳"来应答，于是谢车骑的诗心、才气
就显示出来了。

以上所举例证都属于比的方法。其实即使不用比，单用赋法，也能写出令人心折的意象来。例如：

> 陆平原河桥败，为卢志所谮，被诛。临刑叹曰："欲闻华亭鹤唳，可复得乎！"（《汰侈》）

"华亭鹤唳"当然不是比，但它具有鲜明的意象特征。这是因为"华亭鹤唳"表面上仅指华亭的鹤鸣声这一意象，但它实际上是指陆机当初在东吴跟弟弟陆云在华亭赏鹤游玩的自由生活，而这自由生活是即将被杀的陆机所向往而不能得的。因而在意象与情意的对应关系上，这样的赋法跟比的手法是相同的。

兴法在《世说新语》中也不乏其例，例如：

> 桓玄败后，殷仲文还为大司马咨议，意似二三，非复往日。大司马府厅前有一老槐，甚扶疏。殷因月朔，与众在厅，视槐良久，叹曰："槐树婆娑，无复生意！"（《黜免》）

殷仲文在看见扶疏的老槐之后才发出"槐树婆娑，无复生意！"的感叹，这是由物象而感发出来的情意，这是"兴"法。殷氏以"槐树婆娑，无复生意！"的意象来写自己的不复往日，言在此而意在彼，同样取得了感人的效果。

（三）对情节、人物、环境的诗化改造

《世说新语》很难算得上具有叙事性：它的篇幅很短，少则八个字（《赏誉》门"世目周侯'嶷如断山'""简文目敬豫为'朗豫'""谢公云：'刘尹语审细。'"都仅八个字），一般只有数十字，最多的也不过二百余字（《赏誉》门"王汝南既除生服"条）。这样的只言片语很难算得上具有叙事性。再从小说的三要素来看，小说要具有完整曲折的故事情节、生动复杂的人物性格、细致具体的故事环境，但《世说新语》的故事情节（如果也算有故事情节的话）往往是片段化的、人物性格往往是特征化的、故事环境往往是简略化的，都与小说的要求背道而驰。

　　但《世说新语》片段化的故事情节、特征化的人物性格、简略化的故事环境正是它用诗歌精神进行的变异化操作，这种操作是以意象作为基本的改造手段、以追求韵味作为改造的基本目的的。这正是《世说新语》的价值所在。

　　胡应麟评论《世说新语》"以玄韵为宗，非纪事比"，概括极当。"玄韵"是诗歌的美学特点，"以玄韵为宗"就指出了《世说新语》的诗化特点，所以《世说新语》虽是小说，但它具有诗的品位；而"非纪事比"则指出了《世说新语》不是一般的以叙事为主的小说，这就把《世说新语》和一般的叙事性小说区别开来了。正是因为《世说新语》把情节、人物、环境都进行了"玄韵"化的改造，才造成了它们的诗化变异。

　　这些具体差异，可以通过下面具体的例证来仔细体会：

　　　　顾长康道："画'手挥五弦'易，'目送归鸿'难。"（《巧艺》）

这则仅仅15个字的小品算不上有情节，更没有环境，只有人物，但其结构只是某个人说了某句话而已，所以它与完整曲折的故事情节、生动复杂的人物性格、具体细致的环境描写几乎是不靠边的。但它确实是《世说新语》中完整的一篇，也是颇具代表性的一篇。若细细品味，我们就会发现这则小品虽然简练，但绝不简单："手挥五弦，目送归鸿"是嵇康的诗句，它诗意地表现出了魏晋人的风度和襟怀；而顾恺之作为当时最著名的画家，也是嵇康诗歌的爱好者，他显然是在挖空心思地思索如何把"手挥五弦，目送归鸿"这样的诗境用他的画笔表现出来，于是画魂和诗魂得到了完美的结合；并且我们从他"'手挥五弦'易，'目送归鸿'难"的结论中可以看出，他对"目送归鸿"这样的高远意境是在艰难地追求着的，说明他对这一意境的向往之情。由此看来，这段仅15字的小品文中，有顾恺之作画的心得，有他对高远意境的向往和追求，还有魏晋人的风度和襟怀，而且这段话的文本本身也具有令人赞叹的诗意美。这样的小品虽然难免被称为"断片的谈柄"，但它以点睛之笔强调了人物的典型形象，使得小说具有了"简约玄澹、尔雅有韵"的艺术效果。

当然这则小品可以按照情节、人物、环境的三要素来补充完整：就情节来说，顾恺之如何穷思积虑地把"手挥五弦，目送归鸿"绘成图画，而"手挥五弦"易、"目送归鸿"难这一过程本身也是动态的，可以进行详细描写；就人物来说，顾恺之具有非常独特的人格魅力，他号称画绝、文绝、痴绝，他的画被称赞为"有苍生来所无"，而"传神阿堵""颊上三毛"等故事也都是关于他的传说；至于故事环境，也是可以添加的，如《晋书·顾恺之传》就多出了"恺之每重嵇康四言诗，因为之图"的记载。如果把这些内容都添上了，虽然符合现代小说的概念了，但它就不是《世说新语》了。

但这则没有情节和环境的小品却写出了顾恺之把嵇康诗句入画的特征。事实上，作为志人小说，《世说新语》也确实以如何凸显人物性格特征作为它唯一的写作目的。因而在一篇作品之中，它遗弃了所有无关紧要的信息，而把笔墨都集中在了最能体现人物性格特征的描写上。这样的描写或者仅是一句话，或者仅是一个细节，也可能发展成一个情节，但它必然最能体现人物性格的特别之处。

下举数例以展示《世说新语》在情节、人物、环境方面的诗化特点。

> 简文入华林园，顾谓左右曰："会心处不必在远，翳然林水，便自有濠、濮间想也，觉鸟兽禽鱼自来亲人。"（《言语》）

这段话点明了说话的地点是华林园，而华林园中的林水之美、鸟兽禽鱼之可爱这些环境描写虽然付诸阙如，但读者可以通过简文帝的话把它补充完整。简文帝的议论除了具有交代故事环境的作用，还集中体现了他的诗人情怀：其中既有对山林之美的向往，也表现出了他对庄子隐逸全生的羡慕，而"觉鸟兽禽鱼自来亲人"更表现出了他的身心与自然融为一体的诗人境界。

> 顾长康从会稽还，人问山川之美，顾云："千岩竞秀，万壑争流，

草木蒙笼其上，若云兴霞蔚。"（《言语》）

王子敬云："从山阴道上行，山川自相映发，使人应接不暇。若秋冬之际，尤难为怀。"（《言语》）

顾恺之和王献之的话都诗意盎然，环境之美与人物语言之美、人物审美修养之美获得了完美的统一。

司马太傅斋中夜坐，于时天月明净，都无纤翳，太傅叹为佳。谢景重在坐，答曰："意谓乃不如微云点缀。"太傅因戏谢曰："卿居心不静，乃复强欲滓秽太清邪?"（《言语》）

这段文字中的"天月明净，都无纤翳"是精美的环境描写，但也仅此八字而已。这八字必不可少，下文的对话只有在这样的美景之下才能发生。谢景重的审美观与司马道子的有所不同，但两人的话都美妙如诗，两人的性格特点也在对话中显示出来。可见《世说新语》的作者能够进行绝妙的环境描写，但他只写那些跟人物性格特点最为关切的环境特点。

张季鹰辟齐王东曹掾，在洛，见秋风起，因思吴中菰菜羹、鲈鱼脍，曰："人生贵得适意尔，何能羁宦数千里以要名爵?"遂命驾便归。俄而齐王败，时人皆谓见机。（《识鉴》）

祖士少好财，阮遥集好屐，并恒自经营。同是一累，而未判其得失。人有诣祖，见料视财物。客至，屏当未尽，余两小簏，着背后，倾身障之，意未能平。或有诣阮，见自吹火蜡屐，因叹曰："未知一生当着几量屐!"神色闲畅。于是胜负始分。（《雅量》）

这两则短文中有简单的背景介绍，也称得上有故事情节，但这些简单的背景和情节完全是为表现人物的形象而出现的。特别是第二则，阮孚的"自吹火蜡屐"，他的叹息，他闲畅的神色，在祖约"着背后，倾身障之，意未能平"的衬托下，是何等高雅不群；在这样的衬托之下，他说的"未知一生当着几量屐!"真是点睛之笔,令人越回味越凄凉,直至让人惊心动魄,摇摇欲坠。

> 顾和始为扬州从事,月旦当朝,未入,顷停车州门外。周侯诣丞相,历和车边,和觅虱,夷然不动。周既过,反还,指顾心曰:"此中何所有?"顾搏虱如故,徐应曰:"此中最是难测地。"周侯既入,语丞相曰:"卿州吏中有一令仆才。"(《雅量》)

> 王子猷尝暂寄人空宅住,便令种竹。或问:"暂住何烦尔?"王啸咏良久,直指竹曰:"何可一日无此君?"(《任诞》)

这两则小品值得关注的有两点,一是顾、王二人的从容,二是细节描写。从容是魏晋风度的重要特征之一,阮遥集在说"未知一生当着几量屐"时,心中该是怎样的悲凉,但他说这话时却是"神色闲畅";嵇康临刑东市时,面对生命的即将终结,这位美男子大才子竟然是"神气不变";此处顾和面对权贵周颛的问话徐徐应对,王子猷面对别人的提问也是在啸咏良久之后才回答,他们都共有一种超然于世俗的从容,而这样的从容是有韵味的,是诗意的。细节描写可以使得小说生动细腻,此处"和觅虱,夷然不动""搏虱如故""徐应曰",以及"王啸咏良久,直指竹曰"等细节都突出地刻画出了顾和、王子猷的性格特征。这种纤毫毕现的细节描写是强调,是一种渲染,它能使得人物形象活跃起来,而读者则能够通过这些细节认识到人物的灵魂。因而这样的细节描写也是诗意的,它就如同顾恺之笔下的颊上三毛,特别能够表现出人物的神采。

> 王处仲每酒后,辄咏"老骥伏枥,志在千里。烈士暮年,壮心不已"。以如意打唾壶,唾壶边尽缺。(《豪爽》)

这则小品仅35字,我们可以从中体会《世说新语》在一则小品文中如何突出表现人物的性格特点。王敦是个武将,而这则出现在《豪爽》门中的故事集中写出了他豪爽的性格特征。首先,他所咏的不是一般魏晋名士所喜欢的"所遇无故物，焉得不速老？""昔我往矣，杨柳依依""手挥五弦，目送归鸿"之类偏于优美的诗歌，他喜欢魏武帝"老骥伏枥，志在千里。烈士暮年，壮心不已"这样的豪迈句子，显然，这样的诗句更符合王敦的身份。其次，王敦吟诵这样豪迈的诗句有特定的场合，那就是酒后，而且他咏这首诗不是一次两次，是每次喝酒后就咏唱不已，于是王敦的这一行为就经常化了，成为他的固有特性。再次，他咏唱这首诗也不像一般的名士那样仅仅是咏唱而已，而是边咏唱边用如意敲打唾壶，这就进一步扩展了他的豪迈。最后，他敲打唾壶不是轻轻地打拍子，而是很用劲儿、很专注、很动情，以至于把唾壶的边都敲掉了，于是王敦的豪爽和真性情就进一步得到了渲染。王敦是个武将，但他咏唱的是诗歌，在表现出他的志向的同时，也含有对生命的叹惋和珍惜，这也符合魏晋人的时代特色。因而这段文字既写出了人物的个性，也写出了时代的共性，令人玩味再三，咀嚼不尽。这样一往情深的诗性文字在《世说新语》中大量出现，因而《世说新语》成为志人小说的古今绝唱也就不奇怪了。

《世说新语》中的每则小品都突出了人物的一个性格特征，就这一个小品来说，它所表现出的人物性格虽然是生动的，但却是简单的；不过若是把《世说新语》看作一个整体，那么散落在不同章节中的同一人物的不同性格特点就可以集中在一起，从而使得该人物形象的性格特征是复杂的、立体化的了。例如嵇康的性格特征，我们在《德行》门中王戎"与嵇康居二十年，未尝见其喜愠之色"的评价中可以知道他喜怒不形于色的特征，在《文学》门中钟会因为畏惧他的质难而把所著《四本论》从门外扔进嵇康家中可以知道他对玄理高深造诣，在《栖逸》门中道士孙登对嵇康"君才则高矣，保身之道不足"的评语可以知道嵇康性格的缺陷，在山涛要举荐嵇康任选曹郎，嵇康竟然写信与山涛绝交中可以知道嵇康对仕宦的深恶痛绝，在《任诞》门中七贤在竹林肆意酣畅的聚会中可以知道他的兴趣所在，在《简傲》篇中他以旁若无人的态度对待钟会的情况可以知道他的清高和孤傲，在《容止》中别人对他"肃肃如松下风""岩岩若孤松之独立""若玉山之将崩"的赞美中知道他的容貌之不凡，在《雅量》门他在临刑东市时神色不变地弹奏广陵散而感受到他对死亡的从容，甚至我们在《容止》中王戎以"君未见其父耳"来评价别人对嵇康之子"卓卓如野鹤之在鸡群"的赞美时都能感受到嵇康的美丽……所有这一切相加在一起，点点星火就成了燎原之势，嵇康个性的复杂性和立体性也就形成了，甚至他的被杀是由于他的性格的缺陷这样的因果关系都交代得清清楚楚。

《世说新语》在叙事上有两大特色，一是每则小品篇幅短小，二是这些语料不是按照某个人物的生平进行排列，而是把所有的材料打乱之后，按照每则材料的性质重新分类，《世说新语》的三十六门就是这些材料重新排列后的类目。这一重新排列的过程就是对这些语料进行诗化改造的过程，于是情节、环境就被尽量淡化了，人物的某个形象特征则被凸显强调了，因而《世说新语》彻底放弃了传统的纪传文学的体例。那么它在表面上不合乎小说三要素的要求也就是正常的了。

需要特别指出的是，虽然《世说新语》三十六门中的每一段文字都突出了个别人物的某个形象特征，但此门中所有文字相加，就突出表现出了那一时代所有名士的同一形象特征；而《世说新语》三十六门，也就突出了那个时代所有名士的各种形象特征。因而《世说新语》中的每一段文字虽然都只是一块断金，一片碎玉，但这些断金片玉在集合成了一部《世说新语》之后，它们就堆砌出了那个时代的整体人物塑像。这正是这些"断片的谈柄"独有的功能，独有的艺术魅力。后来唐人写《晋书》，把《世说新语》中的材料捏合成了一篇篇完整的人物传记，它们倒是符合今天叙事文的标准了，但《晋书》中的这些名人传记无论艺术价值还是影响程度，都无法跟《世说新语》相提并论。

《世说新语》和它创造的这些人物形象已经活跃在中华文明的长河中多达一千五六百年，这证明了它具有永恒的魅力，也证明了作者对它的诗化改造是成功的。

第三章　唐代文言小说的诗化特征

　　唐代是中国诗歌的全盛期，也是中国小说的繁荣期。唐代很多优秀小说，其中有很多作品是小说史上的名篇，使得唐代成为中国文言小说无可争议的巅峰期。而唐代小说之所以能够取得如此高的成就，其中一个重要原因就是它的诗化特征特别突出。《唐人说荟·例言》引宋人洪迈语曰"唐人小说，不可不熟。小小情事，凄惋欲绝，洵有神遇而不自知者。与诗律可称一代之奇"——"小小情事，凄惋欲绝"，正是唐人小说的诗化特征。而浦江清说得更为直接，他说唐人"以写宫体诗的本领来写小说"，"唐人传奇是高度的诗的创造"。[①]

　　能把"小小情事"写得"凄惋欲绝"的唐人小说，从语言到题材都具有诗歌的特质。本章叙述唐人小说的诗化特征，并不面面俱到，而是着重分析唐人小说在诗化特征方面的显著变化和主要特点。

第一节　《游仙窟》

　　《游仙窟》是唐初作家张鷟的作品。1927 年，鲁迅认为《游仙窟》始以骈俪之语作传奇，前于陈球之《燕山外史》者千载，亦为治文学史者所不能废矣[②]；而郑振铎则从"对偶体小说"方面肯定了《游仙窟》的文学史地位，认为《游仙窟》是这一支宗派最茂盛的小说或故事的祖先。[③] 到

---

① 《浦江清文录》，人民文学出版社 1958 年版，第 185、186 页。
② 《鲁迅全集》（第七卷），人民文学出版社 1981 年版，第 316 页。
③ 《郑振铎全集》（第四卷），花山文艺出版社 1998 年版，第 302 页。

20 世纪后半期，随着研究的深入，学者们已经不限于《游仙窟》仅是"对偶体"小说的祖先了，他们从多个方面肯定了《游仙窟》的文学史价值。例如，吴志达在《中国文言小说史》中指出《游仙窟》在中国小说发展史上，标志着由六朝志怪小说到唐人传奇的转变，同时他认为《游仙窟》是自然主义的作品，在我国小说发展史上，它标志着自然主义是过渡到现实主义的桥梁。[①]

《游仙窟》之所以有这样的文学史地位，其最重要的原因就是它的诗化特征。可以说，如果《游仙窟》中没有诗歌骈文，它就不可能取得如此大的成功，不可能产生如此大的影响。但《游仙窟》的诗化特征虽然一直为研究者所关注，但这些研究还多是根据直观印象，而很少对它进行具体的细致深刻的分析。例如，《游仙窟》中夹杂有众多的诗赋骈文，这是谁都知道的，但里面到底出现了多少诗歌骈文，这些诗歌骈文的体裁特点以及篇幅长短如何，它们的功能、作用又有何异同，这些却被研究者们程度不同地忽略了。真正对《游仙窟》中的诗歌进行过具体数字统计的是邱昌员的《诗与唐代文言小说研究》。据他的统计，《游仙窟》中有诗 81 首，其中五言律诗 10 首，五言绝句 54 首，七言绝句 5 首，骚体诗 1 首，杂言诗11 首。但他这里出现的这 6 个具体数字，有 4 个是错误的，而他在这里所用的"律诗""绝句"等名词，现在已经成为对近体诗的专用称谓，而《游仙窟》中的那些四句或者八句的五七言诗歌大多不符合近体诗的格律，是不应该称为"律诗"或"绝句"的。

《游仙窟》诗化特征的具体表现非常丰富，而只有把它的丰富性细致地揭示出来，才能真正解释清楚它的巨大影响，才能真正确定它的文学史价值。

一 《游仙窟》诗化特征的形态

（一）诗歌

笔者通过详细统计，认为《游仙窟》中总共出现了 79 首诗歌，这些诗

---

① 吴志达：《中国文言小说史》，齐鲁书社 1994 年版，第 285 页。

歌的具体体裁及数量如下表所示：

诗体		数量（首）	所占百分比（%）
五言	四句	52	65.82
	八句	11	13.92
六言		1	1.27
七言		5	6.33
杂言	三五言	5	6.33
	五七言	3	3.80
	四五七言	1	1.27
骚体		1	1.27

　　以上各类诗歌的总数是 79 首，而其中两类五言诗合计 63 首，所占比例为 79.75%；杂言诗的数量仅次于五言诗，有 9 首，所占比例为 11.39%；其次是七言诗，有 5 首，所占比例为 6.33%；六言诗和骚体诗各出现了 1 次。

　　从上表中可以看到，《游仙窟》中出现的诗歌以五言诗为主。这些五言诗虽以四句、八句的形式出现，貌似五绝、五律，但其中有很多是不符合近体诗格律的。以小说中出现的第一首五言诗"面非他舍面，心是自家心；何处关天事，辛苦漫追寻！"为例，前面三句还算是合乎平仄，但最后一句的第二字"处"和第四字"追"却同第三句中的第二字、第四字平仄相同，这样的诗当然不是近体诗中的绝句。事实上，《游仙窟》中的诗歌绝大部分不合格律，应该把它们当作古体诗看待。

　　究其原因，近体诗一般认为是在宋之问、杜审言手中才真正确立，而张鷟的生活年代基本上跟他们相一致。而且学术界一般认为《游仙窟》是张鷟年轻时的作品，则宋、杜二人的近体诗创作可能晚于《游仙窟》。

　　从绝对数量上看，杂体诗并不多，只有九首，但杂体诗中除了五首三五言诗是每首四句之外，其他的杂体诗都比较长，而五言诗每首诗大多仅四句。而且这些杂体诗中的七言句很多，所以它们在小说中所占的字数比率还是比较大的。

　　《游仙窟》中出现的七言诗都是四句，但跟五言诗一样，不是绝句，只应该当作古体诗。另外还出现了六言诗和骚体诗各 1 首，它们显示出了《游仙窟》中诗歌的多样性。

《游仙窟》中还有一些诗歌是作者引用的《诗经》中的诗句或者民谣。例如：

> 十娘即遵命曰："关关雎鸠，在河之洲。窈窕淑女，君子好逑。"
> 次，下官曰："南有樛木，不可休息。汉有游女，不可求思。"
> 五嫂曰："折薪如之何？匪斧不克。娶妻如之何？匪媒不得。"……
> 五嫂笑曰："张郎心专，赋诗太有道理。俗谚曰：'心欲专，凿石穿。'诚能思之，何远之有！"

（二）骈体文

孟昭连在《中国小说艺术史》中认为《游仙窟》是"全用骈文写就的"①，这未免有些绝对，但《游仙窟》确实充满了对偶的文字，而非对偶的散体文不仅数量很少，而且很不连贯，因为这些散体文仅仅是作为对偶性文字的点缀和连接而存在的。孟昭连认为"用对语说时景"是"诗笔"的重要组成部分②，而"对语"就是指这些骈体文字。

《游仙窟》中的对偶体文字，有些较长，有些较短；有些是两句相对，有些是句中自对；这些对句有些是四六文，有些是五言，有些是四言，也有的是三言。

篇幅较长的骈体文在《游仙窟》中出现了十多处，例如开篇在"仆从汧陇，奉使河源"八字之后，就是一段较长的对偶文："嗟运命之迍邅，叹乡关之眇邈。张骞古迹，十万里之波涛；伯禹遗踪，二千年之坂磴。深谷带地，凿穿崖岸之形，高岭横天，刀削冈峦之势。烟霞子细，泉石分明，实天上之灵奇，乃人间之妙绝。目所不见，耳所不闻。"而最长的骈体文则是张文成在"夜久更深，沉吟不睡"时，写给十娘的那封信，就是以"余以少娱声色，早慕佳期，历访风流，遍游天下"开头的那封。为了

---

① 孟昭连：《中国小说艺术史》，浙江古籍出版社 2003 年版，第 134 页。
② 同上书，第 133 页。

避免重复，其他较长的骈体文，在本文后面介绍其功能、作用时再作具体分析。

骈体文又叫四六文，它的基本句式是四言或六言，就像上面提到的"张骞古迹，十万里之波涛；伯禹遗踪，二千年之坂磴"就是典型例子。《游仙窟》的作者顺意为文，其中的对偶句虽然以四言句居多，但其他形式的对句也屡见不鲜。例如文章开始不久的这一段：

> 余乃端仰一心，洁斋三日。缘细葛，泝轻舟。身体若飞，精灵似梦。须臾之间，忽至松柏岩、桃华涧，香风触地，光彩遍天。

这一段就是三言对句和四言对句交互使用；而写张文成与十娘同床共枕的那段对偶文就直接以三言、五言为主了：

> 鱼灯四面照，蜡烛两边明。十娘即唤桂心，并呼芳药，与少府脱靴履，叠袍衣，阁幞头，挂腰带。然后自与十娘施绫帔，解罗裙，脱红衫，去绿袜。花容满目，香风裂鼻。心去无人制，情来不自禁。插手红裈，交脚翠被。两唇对口，一臂支头。

这些较长的对偶文比较容易引起研究者们的注意，但《游仙窟》中一些较短的对偶文也很值得关注。例如，对十娘下棋时的描写：

> 眼子盱睽，手子腽脂。一双臂腕，切我肝肠；十个指头，刺人心髓。

仅仅六句，但前两句相对，后四句则两两相对。

另如十娘在读了张文成的诗后，"匣中取镜，箱里拈衣"，也是很好的对句。

有时是两人在对答时用对句，即问句与答句是对句，例如：

> 下官答曰："客主之间，岂无先后？"
>
> 十娘曰："男女之礼，自有尊卑。"

有些对句很是通俗甚至粗俗，例如：

> 五嫂为人饶剧，掩口而笑曰："娘子既是主人母，少府须作主人公。"

这些零碎的对句在《游仙窟》中数量很大，它们也是诗化特征的构成部分，在研究《游仙窟》的诗化特征时不能忽略它们。

二 《游仙窟》诗化特征的功能

诗化特征在古代小说中的功能很多。在《游仙窟》中，其功能主要表现为描写功能、抒情功能和叙事功能。

（一）描写功能

较长的诗和较长的骈体文的功能多是描写。这些描写多用于人物以及环境、宴席。

小说对十娘和五嫂这两个重要人物都用较长的骈文和杂言诗进行了描写，例如下面两段分别描写了十娘和五嫂的美貌：

> 薰香四面合，光色两边披。锦障划然卷，罗帷垂半敧。红颜杂绿黛，无处不相宜。艳色浮妆粉，含香乱口脂。鬓欺蝉鬓非成鬓，眉笑蛾眉不是眉。见许实娉婷，何处不轻盈！可怜娇里面，可爱语中声。婀娜腰支细细许，瞵睒眼子长长馨。巧儿旧来镌未得，画匠迎生摸不成。相看未相识，倾城复倾国。迎风帔子郁金香，照日裙裾石榴色。口上珊瑚耐拾取，颊里芙蓉堪摘得。闻名腹肚已猖狂，见面精神更迷惑。心肝恰欲摧，踊跃不能裁。徐行步步香风散，欲语时时媚子开。靥疑织女留星去，眉似恒娥送月来。含娇窈窕迎前出，忍笑婆娑返却回。

奇异妍雅，貌特惊新。眉间月出疑争夜，颊上华开似斗春。细腰偏爱转，笑睑特宜擎。真成物外奇稀物，实是人间断绝人。自然能举止，可念无比方。能令公子百重生，巧使王孙千回死。黑云裁两鬓，白雪分双齿。织成锦袖骐驎儿，刺绣裙腰鹦鹉子。触处尽关怀，何曾有不佳！机关太雅妙，行步绝娃婍。傍人一一丹罗袜，侍婢三三绿线鞋。黄龙透入黄金钏，白燕飞来白玉钗。

在小说中，这样详细的相貌描写，不仅在《游仙窟》之前不曾出现过，即使在整个的唐宋元三朝，都不曾出现过。

环境描写在《游仙窟》中多是骈体文，如前面提到的，在小说一开始描写神仙窟的就是一段骈文，后面还有三段较长的环境描写，其中第一段是：

金台银阙，蔽日干云。或似铜雀之新开，乍如灵光之且敞。梅梁桂栋，疑饮涧之长虹；反宇雕甍，若排天之娇凤。水精浮柱，的皪含星；云母饰窗，玲珑映日。长廊四注，争施玟瑠之橡；高阁三重，悉用琉璃之瓦。白银为壁，照耀于鱼鳞；碧玉缘墀，参差于雁齿。入穹崇之室宇，步步心惊；见侥倢之门庭，看看眼硋。

下面一段杂言诗写的是十娘的卧室：

屏风十二扇，画障五三张，两头安彩幔，四角垂香囊；槟榔豆蔻子，苏合绿沉香，织文安枕席，乱彩叠衣箱。相随入房里，纵横照罗绮，莲花起镜台，翡翠生金屦；帐口银虓装，床头玉狮子，十重蛮駏毡，八叠鸳鸯被；数个袍裤，异种娇媱；姿质天生有，风流本性饶；红衫窄裹小撷臂，绿袄帖乱细缠腰；时将帛子拂，还捉和香烧；妍华天性足，由来能装束；敛笑正金钗，含娇累绣褥；梁家妄称梳发缓，京兆何曾画眉曲。

作为一篇冶游性质的小说,《游仙窟》中也有一些较长的对偶文是描写酒、菜、水果的,例如:

> 赤白兼前,穷海陆之珍羞,备川原之果菜,肉则龙肝凤髓,酒则玉醴琼浆。城南雀噪之禾,江上蝉鸣之稻。鸡臓雉臞,鳖醢鹑羹,橙下肥肫,荷间细鲤。鹅子鸭卵,照曜于银盘;麟脯豹胎,纷纶于玉叠。熊腥纯白,蟹酱纯黄;鲜脍共红缕争辉,冷肝与青丝乱色。蒲桃甘蔗,樱枣石榴,河东紫盐,岭南丹橘。敦煌八子柰,青门五色瓜。太谷张公之梨,房陵朱仲之李。东王公之仙桂,西王母之神桃,南燕牛乳之椒,北赵鸡心之枣。

除了较长的骈文和诗歌,一些较短的诗歌也可以用来描写,如三位小说主人公在后园里所写的五言八句诗就是这一类:

> 下官咏曰:"昔时过小苑,今朝戏后园。两岁梅花匝,三春柳色繁。水明鱼影静,林翠鸟歌喧。何须杏树岭,即是桃花源。"
> 十娘咏曰:"梅蹊命道士,桃洞伫神仙。旧鱼成大剑,新龟类小钱。水湄唯见柳,池曲且生莲。欲知赏心处,桃花落眼前。"
> 五嫂咏曰:"极目游芳苑,相将对花林。露净山光出,池鲜树影沉。落花时泛酒,歌鸟惑鸣琴。是时日将夕,催樽就树阴。"

(二)抒情功能

诗歌、骈文的抒情特征都比较突出。小说中一旦充分运用了诗歌、骈文的创作手法,就使得叙事性的小说具有了强烈的抒情性。

这种抒情性在《游仙窟》的开头就通过那段环境描写的骈文开始表现了——"嗟运命之迍邅,叹乡关之眇邈",这里的一"嗟"一"叹",都是抒情性最强的字眼。后面对神仙窟的诗意描写也体现了张文成对神仙窟的向往之情,而张文成向十娘自我表白的那封信也是抒情佳作,使得一直对他不理不睬的十娘看到这首诗后竟然"敛色"起来。张文成马上又写了一首诗，这首诗中的"端坐剩心惊，愁来益不平。看时未必相看死，难时那许太难生。沉吟处幽室，相思转成疾"这些句子，也是以情感人的，而他也凭借这首诗使得十娘"悚息而起，匣中取镜，箱里拈衣"，从而跟他见面了。之后虽然经过一些感情波折，但最终他们还是得到了一夕之欢。但一夕之欢之后就是"可憎病鹊，夜半惊人；薄媚狂鸡，三更唱晓"，他们"遂则被衣对坐，泣泪相看"，然后就是赋诗离别了。文章最后的文字达到了感情的顶峰：

> 下官不忍相看，忽把十娘手子而别。行至二三里，回头看数人犹在旧处立。余时渐渐去远，声沉影灭，顾瞻不见，恻怆而去。行到山口，浮舟而过。夜耿耿而不寐，心荧荧而靡托。既怅恨于啼猿，又凄伤于别鹄。饮气吞声，天道人情，有别必怨，有怨必盈。去日一何短，来宵一何长！比目绝对，双凫失伴，日日衣宽，朝朝带缓。口上唇裂，胸间气满，泪脸千行，愁肠寸断。端坐横琴，涕血流襟，千思竞起，百虑交侵。独擎眉而永结，空抱膝而长吟：望神仙兮不可见，普天地兮知余心；思神仙兮不可得，觅十娘兮断知闻；欲闻此兮肠亦乱，更见此兮恼余心。

这段文字是赋体文，最后又以一首骚体诗结尾，可谓字字含情，句句衔悲，余音绕梁，感人至深。叙事文学在这里变成了抒情文学。

愁苦之文易工，《游仙窟》之所以具有强烈的抒情性，一个重要原因就是它里面包含了悲剧性因子。学者们一般认为《游仙窟》是张文成在妓院中的一次经历，倘若如此，那只不过是一次放荡的艳遇而已，其情绪应该自始至终是欢快的。但《游仙窟》不是，开头就是"嗟运命之迍邅，叹乡关之眇邈"，中间双方虽也互相挑逗欢谑，但都知道其悲剧结局，所以男女情事完毕之后不是调笑，而是"泣泪相看"，最后的结尾更是令人不胜余悲。

（三）叙事功能

《游仙窟》中的语言特点类似戏剧。语言以人物对话为主，所有的故事情节几乎都是在人物对话的提示下发生、发展甚至完成的。例如，十娘笑曰："莫相弄！且取双六局来，共少府公赌酒。"小说后面的下棋这一情节就是由这句话引起的。再如五嫂说的"张郎新到，无可散情，且游后园，暂释怀抱"这几句话，就引出了后面的游园这一情节。《游仙窟》中人物对话多用诗歌，诗歌也就具有了叙事功能。其中最典型的是下面这一段：

> 于时两人对坐，未敢相触，夜深情急，透死忘生。仆乃咏曰："千看千意密，一见一怜深。但当把手子，寸斩亦甘心。"
>
> 十娘敛色却行。五嫂咏曰："他家解事在，未肯辄相嗔。径须刚捉著，遮莫造精神。"
>
> 余时把著手子，忍心不得。又咏曰："千思千肠热，一念一心焦。若为求守得，暂借可怜腰。"
>
> 十娘又不肯，余捉手挽，两人争力。五嫂咏曰："巧将衣障口，能用被遮身。定知心肯在，方便故邀人。"
>
> 十娘失声成笑，婉转入怀中。当时腹里癫狂，心中沸乱。又咏曰："腰支一遇勒，心中百处伤。若为得口子，余事不承望。"
>
> 十娘嗔咏曰："手子从君把，腰支亦任回。人家不中物，渐渐逼他来。"
>
> 十娘曰："虽作拒张，又不免输他口子。"
>
> 口子郁郁，鼻似薰穿，舌子芬芳，颊疑钻破。
>
> ……

这一段调情从情节发展上看，可谓层次分明，步步深入，但每一步都以张文成的诗句始，以十娘或五嫂的诗句延伸发展，最后以散体语言来交代这一情节的完成。诗歌的叙事功能在这里表现得非常充分。

三 《游仙窟》诗化特征的作用

《游仙窟》的诗化特征使得《游仙窟》中的环境、情节和人物都诗意化了。

环境是情节发生和人物活动的环境，情节则是在一定环境中的人物行为，人物则是环境中的人物和情节的发出者，所以环境、情节和人物作为小说的三要素本来是不可分离的。但若不把它们分开进行单独分析，文本分析就不够确切深刻；如果把它们分开分析，又给人支离破碎之感。下面的分析虽把它们分开进行，但也尽量顾及它们之间的联系。

（一）环境的诗意化

《游仙窟》环境描写的诗意化非常明显。小说把故事的发生地点安排在诗意盎然的神仙窟，一开始就用一段骈文介绍了神仙窟是一个人们"目所不见，耳所不闻"的奇异境界，这就为整篇小说定下了一个诗意的底调。当然仅仅有了这样的描写并不能令人印象深刻，所以作者又用"古老相传"的"人踪罕及，鸟路才通，每有香果琼枝，天衣锡钵，自然浮出，不知从何而至"强调其神奇，又用自己的"端仰一心，洁斋三日"表示自己的虔诚向往，然后用"缘细葛，泝轻舟。身体若飞，精灵似梦。须臾之间，忽至松柏岩、桃华涧，香风触地，光彩遍天"写出了追求过程的美妙和仙境的奇异。

在开篇为小说定下了一个诗意的环境基调之后，后面的描写也就顺理成章了。

本文前面在诗化特征的描写功能中介绍了作者用骈体文进行环境描写的段落，此处不再重复。对于这些故事情节发生的场所，作者是毫不吝啬他的诗才的。

需要强调的是十娘的卧室作为故事主人公的缠绵之所，作者在这里放弃了较为生硬的骈文描写，而改成了圆润柔和的四五七言杂体诗。这种诗体的改变是成功的，它反映出了作者对文体选择和内容表达的高度敏感性，反映出了作者高超的语言驾驭能力。

小说中就连宴会时所奏的音乐也给予诗性的描写，给人美妙的感觉：

> 十娘唤香儿为少府设乐，金石并奏，箫管间响。苏合弹琵琶，绿竹吹筚篥，仙人鼓瑟，玉女吹笙。玄鹤俯而听琴，白鱼跃而应节。清音叨咮，片时则梁上尘飞；雅韵铿锵，卒尔则天边雪落。一时忘味，

孔丘留滞不虚；三日绕梁，韩娥余音是实。

这些华美音乐和那些华美的酒具、饮食一样，也是一种诗意的渲染："玄鹤俯而听琴，白鱼跃而应节"这样的语言，跟前面的"东王公之仙桂，西王母之神桃"一样，其象征意义大于实际意义，其意只是在构造一种立体的诗意的故事环境而已。

（二）情节的诗意化

正如郑振铎先生所言，《游仙窟》仅仅写了"一次的调情，一回的恋爱，一夕的欢娱"[①]，所以单论情节的复杂曲折，《游仙窟》在小说中并不出色，远远逊色于后来的《莺莺传》《霍小玉传》《李章武传》等传奇。但《游仙窟》把这样一个简单的故事演绎成一篇九千字的文章，成为所有唐代小说中篇幅最长的一篇，这不能不说是一个奇迹。而在这奇迹的创作中，情节的诗化处理是居功至伟的。

如果详细分析，我们会发现作者是把《游仙窟》简单的情节进行了诗化的创造，也就是用诗歌的创作手法来构思小说、写作小说，从而使得《游仙窟》形成了它独特的艺术特点。散体语言比诗歌语言在叙述故事情节时当然更确切真实、详细具体，但正如上述，《游仙窟》的故事情节所发生的环境是在缥缈的诗意盎然的"神仙窟"里，这就把故事置身于一个并不真实的环境之中，从而使得后文的诗性铺陈夸张也自然贴切了。在具体的情节发展中，作者充分运用了诗歌的夸张、象征、谐音等手法，使得故事情节在诗意中流淌，从而形成了诗意化的情节。

夸张是骈体文的特长，如文章是写五嫂作舞这一情节的：

逶迤而起，婀娜徐行。虫蛆面子，妒杀阳城；蚕贼容仪，迷伤下蔡。举手顿足，雅合宫商；顾后窥前，深知曲节。欲似蟠龙婉转，野鹄低昂。回面则日照莲花，翻身则风吹弱柳。斜眉盗盼，异种嫱姑，缓步急行，穷奇造凿。罗衣熠耀，似翠凤之翔云，锦袖纷披，若青鸾

---

① 《郑振铎全集》（第四卷），花山文艺出版社1998年版，第304—305页。

之映水。千娇眼子，天上失其流星；一搦腰支，洛浦愧其回雪。光前艳后，难遇难逢；进退去来，希闻希见。

这样夸张亮丽的文字在骈文中显得自然贴切，它们也只能出现在诗赋或骈体文中。

再如象征。《游仙窟》中象征性的诗歌很多，例如：

下官因咏局曰："眼似星初转，眉如月欲消，先须捺后脚，然后勒前腰。"

这是用棋局来构造黄色象征，当然俗了些，但下面一段象征就高雅一些了：

五嫂遂咏曰："新华发两树，分香遍一林。迎风转细影，向日动轻阴。戏蜂时隐见，飞蝶远追寻。承闻欲采摘，若个动君心？"

下面一段象征性的问答最是情节诗意化的体现：

于时忽有一蜂子飞上十娘面上，十娘咏曰："问蜂子：蜂子太无情，飞来蹈人面，欲似意相轻？"下官代蜂子答曰："触处寻芳树，都卢少物华，试从香处觅，正值可怜花。"

除了象征，谐音也用得很多，例如：

于时五嫂遂向果子上作机警曰："但问意如何，相知不在枣。"
十娘曰："儿今正意密，不忍即分梨。"
下官曰："忽遇深恩，一生有杏。"
五嫂曰："当此之时，谁能忍柰！"

下面的例子颇有民歌味，也诗意十足：

仆问曰："旦来披雾，香处寻花，忽遇狂风，莲中失藕。十娘何处漫行去来？"

情节的特点是由小说的叙事特点所决定的。《游仙窟》的故事情节发生在一个诗意的环境中，故事情节的主人公也具有诗意美，诗意化的环境和诗意化的人物必然使得故事情节也诗意化了。除此之外，《游仙窟》情节的诗意化还在以下两个方面表现出来：

第一，诗歌是《游仙窟》叙事的主要工具。

《游仙窟》中贯穿始终的故事情节就是男女调情，而小说主人公们调情的主要工具是诗歌。从这个意义上看，诗歌当是《游仙窟》叙事的主要工具。例如，《游仙窟》中的前几首诗歌是这样出现的：

须臾之间，忽闻内里调筝之声。仆因咏曰：

"自隐多姿则，欺他独自眠。故故将纤手，时时弄小弦。耳闻犹气绝，眼见若为怜。从渠痛不肯，人更别求天。"

片时，遣婢桂心传语报余诗曰："面非他舍面，心是自家心；何处关天事，辛苦漫追寻！"

余读诗讫，举头门中，忽见十娘半面。余则咏曰："敛笑偷残靥，含羞露半唇，一眉犹匝耐，双眼定伤人。"

又遣婢桂心报余诗曰："好是他家好，人非着意人，何须漫相弄，几许费精神！"

诗歌以这种形式出现，这就是郑振铎先生在《关于游仙窟》一文中所说的"一逗一拒，一引一答"了，而这"一逗一拒，一引一答"正是《游仙窟》的主要故事情节。而《游仙窟》整篇小说中的诗歌大多属于这一类型，于是整篇小说的情节就基本上由这样的诗歌构成。

第二，《游仙窟》的故事情节弱化了叙事性，强化了抒情性。

《游仙窟》既然舍弃了散体语言，而选择了诗歌、骈文等诗性语言，也就是作者不把故事的写实性、细节性、曲折性当作追求目标，而是着重在小说中用诗性语言营造一个感情场，从而取得以情感人的创作效果。《游仙窟》的故事情节非常简单，不过是草堂对答、登堂宴饮、游园校射、入室合欢以及最后的送别而已，而且对故事情节的叙述也采用了简单化的概括性语言，并且这些概括性的语言也多是为了引出一首诗歌。例如最后送别时的这一段：

> 五嫂遂抽金钗送张郎，因报诗曰："儿今赠君别，情知后会难。莫言钗意小，可以挂渠冠。"

五嫂送给张文成金钗，应该算是一个故事情节了，但这金钗是什么样式的，五嫂是怎么送的，张文成又是怎么接受的，这些在现代小说中可能要大书特书的情节，在《游仙窟》中只以"五嫂遂抽金钗送张郎"九个字就完成了。作者在这里只是简单粗疏地介绍了人物和发生的事件而已，其目的只是引出后面长达 20 个字的一首诗。

作者对小说中的其他情节也是大致如此处理的。

（三）人物形象的诗意化

用诗歌骈文来描写环境，使人物置身诗境之中，这是人物诗意化的一个方面；用诗歌骈文来构造故事情节，而故事情节的发生主体是人，这就使得人物形象具有了诗意的特点。除此之外，诗化特征对于人物形象的诗意化塑造还通过两种手段表现出来。

第一，《游仙窟》中的诗歌多是小说主人公所创作，小说主人公就具有了诗人的高雅与情趣。

小说中的主要人物张文成、十娘、五嫂都有很高的诗歌修养，表现出了很高的语言天赋。历史上的张文成号称"青钱学士"，是当时的大才子，小说中的张文成也是才华横溢、诗思敏捷。而十娘、五嫂也并不逊色。他们三人都能出口成章，以至于人物对话基本上是以诗歌的形式进行。在小说中出现的 79 首诗歌中，有 76 首直接出于三位主人公之口（还有一首出于香儿之口）。诗歌如此大密度的出现，而且各种诗体都被变换运用，这使得小说中的主人公都是诗才敏捷的才子、才女了。

在小说中，张文成能够获得十娘的垂青，是因为他不凡的诗才，恰如下面的对话：

> 下官亦低头尽礼而言曰："向见称扬，谓言虚假，谁知对面，恰是神仙。此是神仙窟也！"
>
> 十娘曰："向见诗篇，谓非凡俗，今逢玉貌，更胜文章。此是文章窟也！"

这里十娘明言是因为看到了张文成的"诗篇"而认为他不是"凡俗"之人，而十娘的这 22 字的回答，恰与张文成的 22 字对应，也显示出了她的机智和才华。

小说中的主人公在对答中运用了多种诗歌手法，这使得人物形象的诗意化也从多方面表现出来，而人物的性格特征也是主要通过诗歌来表现的。例如，下面这一段：

> 琵琶入手，未弹中间，仆乃咏曰："心虚不可测，眼细强关情。回身已入抱，不见有娇声。"
>
> 十娘应声即咏曰："怜肠忽欲断，忆眼已先开。渠未相撩拨，娇从何处来？"下官当见此诗，心胆俱碎。

这段语言使用了象征的手法：张文成是用咏琵琶来试探十娘，十娘也用咏琵琶大大方方地回应张文成，鼓励他来追求自己。这与一开始的冷漠形成了鲜明对比，难怪张文成喜出望外，"心胆俱碎"。在这里，心有灵犀的情人们心心相印，诗歌成了他们传情达意的最佳工具，而他们的诗才也在这对答之中显露无遗。此类例子在小说中随处可见，而每次出现都是主人公诗意化特征的加深和强调。

除了这些诗歌之外，小说主人公们还用民歌中常见的谐音来对答，表达自己的想法。例如：

于时五嫂遂向果子上作机警曰："但问意如何，相知不在枣。"

十娘曰："儿今正意密，不忍即分梨。"

下官曰："忽遇深恩，一生有杏。"

五嫂曰："当此之时，谁能忍奈！"

这里的"枣""梨""杏""奈"都是水果名，但在这里其意义却是"早""离""幸""奈"四字的意义。这一情节反映了主人公们对民歌手法的熟练运用，而这也是人物形象诗意化的一个具体体现。

需要说明的是，小说主人公的诗意化除了表现在这些他们即兴咏出的诗歌、诗句外，他们对答时语言的整饬，表现出的机智，以及人物感情的丰富，也都具有一种诗意美。

第二，用诗歌骈文来描写人物，使人物具有了诗意美。

只有具有诗意美的人物才配得上用诗性语言来描写。例如，文章开头就通过一位女子的骈文语言来介绍十娘，而读者们在读了"华容婀娜，天上无俦，玉体逶迤，人间少匹。辉辉面子，荏苒畏弹穿，细细腰支，参差疑勒断"这些语言之后，眼前就会浮现出一个美貌绝伦的、如诗如画的美女形象。小说中对十娘和五嫂都用了多处诗性语言来描写，通过这些描写，十娘的"鬟欺蝉鬓非成鬟，眉笑蛾眉不是眉"，五嫂的"眉间月出疑争夜，颊上华开似斗春"等特征都给人留下深刻印象。这些描写在前面的相关部分已经提到了，此处从略。

如果说《世说新语》是以诸多片段呈现出了一个时代的群体人物风貌，那么《游仙窟》则是用一整篇文章表现出了某些特定人物的形象特征。明清小说中经常见到的以大段的诗赋骈文来描写人物相貌、表现人物心理活动等手法，在《游仙窟》中都已熟练运用了。鉴于这两种手法在前文中已经论及，本节着重论述中国古代小说中表现人物诗化形象最为常用的手法——以诗歌对答来表现人物的诗才。

用诗歌对答来表现人物的诗心诗才，是中国古代小说常见的叙事模式。这一叙事模式在《游仙窟》中被大量运用，堪称是《游仙窟》最主要的叙事手法。郑振铎在《关于游仙窟》一文中写道：

开卷后，有几段对答的诗语，很觉得有趣。文成闻十娘在弹琴，便做了一首诗去逗她：

自隐多姿则，欺他独自眠。故故将纤手，时时弄小弦。

耳闻犹气绝，眼见若为怜。从渠痛不肯，人更别求天。

她则决绝似的答复他道：

面非他舍面，心是自家心，何处关天事，辛苦漫追寻。

他窥见了她的半面，便又作了一诗去逗她：

敛笑偷残靥，含羞露半唇。一眉犹巨耐，双眼定伤人。

她却又决绝他似的答复道：

好是他家好，人非着意人。何须漫相弄，几许费精神。

这样的一逗一拒，一引一答，颇使我们想起了民间歌曲中最常见的男女问答的歌辞，宛如使我们见到了山中樵夫与采茶女，水际渔夫与船娘们的"行歌互答"①。

郑振铎说《游仙窟》中的"一逗一拒，一引一答"，使人"想起了民间歌曲中最常见的男女问答的歌辞"。而这种用诗歌形式出现的"一逗一拒，一引一答"，是《游仙窟》故事情节的主要构成部分。

上文中郑振铎所引的《游仙窟》原文，就是张文成和十娘未曾见面时以书信形式进行的对答。这种以诗性语言进行的对答贯穿了《游仙窟》全文，小说中的人物也用他们脱口而出的诗性语言多方位地显示出了他们的诗歌才华。这些对答所采用的诗性手法是多方面的。就语言形式分，其中

---

① 《郑振铎全集》（第四卷），花山文艺出版社 1998 年版，第 305—306 页。

既有大量的诗歌，又有成段的骈文，还有一些零散的骈句。

《游仙窟》中共有诗歌 79 首，其中有 77 首直接出自小说中的人物之口。而被郑振铎称赞为"几乎没有一首不好"的咏物诗，则全都是人物在对话中的产物。这些咏物诗都是双关语，虽然表面上是在咏物，实际上却是主人公借助他物以明己志。例如上文中提到的张文成和十娘借咏琵琶来调情就是这样的例子。

有些咏物诗通俗并且粗俗，但是用于调情却非常恰当，例如：

> 下官因咏局曰："眼似星初转，眉如月欲消。先须捺后脚，然后勒前腰。"
>
> 十娘则咏曰："勒腰须巧快，捺脚更风流。但令细眼合，人自分输筹。"

另如他们咏花：

> 仆乃咏花曰："风吹遍树紫，日照满池丹。若为交暂折，擘就掌中看。"
>
> 十娘咏曰："映水俱知笑，成蹊竟不言，即今无自在，高下任渠攀。"

这样直白的表露，在后世文人小说中是很难见到的。但若忽略它们的粗俗，我们不能不承认，它们确实充分表现出了主人公的诗才。特别是小说中诸如此类的咏物诗不仅是一而再、再而三地不断出现，而是几十首地充斥着全篇时，小说主人公的诗歌智慧就不仅被强化，而且是被定格了。而这一小说中男女主人公都才貌双全的定格，在后世不仅在小说中被无限扩展，而且在中国人的思维中也形成了定式。

《游仙窟》中的诗歌对答并不都是咏物诗，主人公的诗才也不仅是通过咏物诗来体现。例如，十娘不满意张文成一个劲儿盯着她看时，他们的对答是：

下官咏曰："忽然心里爱，不觉眼中怜。未关双眼曲，直是寸心偏。"

十娘咏曰："眼心非一处，心眼旧分离。直令渠眼见，谁遣报心知！"

下官咏曰："旧来心使眼，心思眼即传。由心使眼见，眼亦共心怜。"

十娘咏曰："眼心俱忆念，心眼共追寻。谁家解事眼，副著可怜心？"

这段两来两往的对话也纯是诗歌，但这四首诗不再借助他物，而是直接就"眼"和"心"来交锋。这四首诗中的每一句中都至少有"眼""心"这两字中的一个，似乎是文字游戏，但都契合当时各人的心态，并无做作之意。

有时两人的对答可能是散句，例如当张文成和五嫂来到十娘卧房之时，十娘却久久未至。这时张文成问道："十娘何处去，应有别人邀？"五嫂则回答说："女人羞自嫁，方便待渠招。"两人的对答各有两句，但却押同一韵脚，合起来也可以算是一首诗。

总之，《游仙窟》用不同形式的诗歌来塑造人物，确实表现出了人物的诗化特征。

第二节　唐代爱情小说

《搜神记》中的《紫玉》和《崔少府墓》、《拾遗记》中的《少昊》堪称唐前爱情小说的名篇，但在唐前，这些以爱情为主题的小说篇数既少，篇幅也短。到了唐代，爱情小说大量涌现，名篇佳作俯拾即是，使得爱情小说成为唐传奇中的一大门类。章学诚在《文史通义》卷五《诗话》谈到唐人传奇时说："大抵情钟男女，不外离合悲欢。"汪辟疆在《唐人小说·序》中引用了洪迈对唐传奇的论述："唐人小说，小小情事，凄惋欲绝，洵有神遇而不自知者。"[①] "凄惋欲绝"的唐人爱情小说感情真挚，文采华茂，是中国古代小说中的珍品。而如果没有诗化特征，唐人的爱情小说是不能取得如此成就的。下面以《柳氏传》《李章武传》《莺莺传》《步飞烟》

---

① 汪辟疆：《唐人小说》，上海古籍出版社 1978 年版，序第 1 页。

为例，剖析唐人爱情小说的诗化特征。

一 《柳氏传》

许尧佐的《柳氏传》又名《章台柳》，是唐传奇中的名篇。柳氏本是家累千金、负气爱才的李生之幸姬，但她属意于"羁滞贫甚"而有诗名的韩翊。李生知道了柳氏的想法之后，不仅没有惩罚柳氏，反而请韩翊来饮酒。酒酣之时，李生对韩翊说："柳夫人容色非常，韩秀才文章特异。欲以柳荐枕于韩君，可乎?"竟然要把自己的宠妾送给韩翊。韩翊吃惊不已，避席推辞，但李生坚决要送。柳氏对李生的性格非常了解，她知道李生是出于真心，于是落落大方地同意了李生的安排。李生知道韩翊贫穷，又赠送给韩翊三十万财产。后来韩翊有机会到朝廷为官，柳氏深明大义，说"岂宜以濯浣之贱，稽采兰之美乎?"催促韩翊就任。那时交通、通信不便，韩翊走后一年多未回，柳氏日用艰涩，只好"鬻妆具以自给"。到了天宝末年，安禄山造反，柳氏恐怕自己落入贼手，就剪发毁形，寄迹法灵寺。这时节度使侯希逸聘请韩翊到军中当书记。等到唐肃宗即位之后，平定了叛乱，韩翊请人带着黄金，搜寻柳夫人。他不知道经过战乱之后，美貌的柳夫人是否已另外嫁人，他就写了一首诗请人送给柳夫人：

> 章台柳，章台柳! 昔日青青今在否? 纵使条条似旧垂，亦应攀折他人手。

柳夫人得到了韩翊的音信，并且知道他还挂念自己，期盼着团聚，忍不住捧着韩翊送来的金子和诗歌呜咽不已。柳氏也写了下面的诗歌作为答词：

> 杨柳枝，芳菲节，所恨年年赠离别。一叶随风忽报秋，纵使君来岂堪折!

韩翊和柳夫人的这两首诗歌虽然不长，却足以令韩、柳故事千古流传，令《柳氏传》成为中国小说史上的名篇。概括来说，这两首诗歌在小说中起到了如下的作用：

第一，就思想内容而言，这两首诗歌表现出了战乱给爱人们带来的创痛和不安，表现出了战乱之后离散的爱人之间的深情牵挂，表现出了他们对真挚爱情的呼唤和珍惜，而这些感情具有人类的共性，是文学永恒的主题，特别容易引起人们的共鸣。

韩翃诗歌中开篇就是"章台柳"，紧接着又是"章台柳"，这一意象的重复不仅突出强调了"章台柳"，而且这深情的具有呼唤特征的措辞和重复令读者有所期待，也给读者很多感慨。紧接着作者就交代清楚了他的感慨所在："昔日青青今在否？"自己关心的是战乱之后，爱人是否健在，是否依然青春依旧，"昔日"二字，不仅点出了昔日的杨柳青青，也令人想到了他们当初的甜蜜生活；但"纵使条条似旧垂，亦应攀折他人手！"女人往往是战争的牺牲品，以柳氏的美貌，在这战乱之际，恐怕已被他人劫去了。这里有无尽的无奈和悔恨，也有对爱人的无限思念和问候。柳氏答词中的"杨柳枝，芳菲节，所恨年年赠离别"也是以"柳"应之，但柳枝即使在"芳菲节"具有"青青"的艳姿，也难以逃脱"年年赠离别"的命运，这是柳氏对自己悲苦命运的控诉和回顾；"一叶随风忽报秋，纵使君来岂堪折！"经过战乱之后，离别数年的我已经美貌衰减，即使夫君来到，不知是否还会对我怜惜如旧？同样的歔欷悲酸，同样的内心摇摇，但在这摇摇之中，依然有对爱情的期盼。

第二，就诗歌本身的艺术手法而言，这两首诗歌集中体现了中国诗歌的特征：意象寻常却玲珑剔透，语言通俗却韵味无穷，情感朴素却真挚感人，综合运用了中国诗歌的艺术手法，特别迎合了中国人的心理期待。

"柳"是诗歌中常见的意象，《诗经》中的"杨柳依依"、唐人的"羌笛何须怨杨柳""二月春风似剪刀"等诗句都脍炙人口；"柳"更是常见的树种，柳树那婀娜优美的姿态特别符合中国人的审美观。另外这两首诗的语言通俗易懂如民歌，这两首诗的问答模式也与民歌中的对歌相似，而诗歌中貌似咏物实则喻人的双关语模式也特别具有民族基础。

这两首诗歌选择了"柳"这一意象，而"柳"是个多义词，它既是姓，在诗中指柳夫人，这两首诗的实际内容都是柳夫人的遭遇；但它的本意是柳树，"柳"的谐音是"留"，因而古人往往在离别时折柳枝相赠，这就是诗中所说的"所恨年年赠离别"。这两首诗表面上所咏的都是柳枝，都是柳枝赠人这一民族传统，似乎是咏物诗；但咏物就是喻人，诗中的每一句话写的都是柳夫人。这种"言此意彼"的现象不仅是中国诗歌常用的写作手法，也是中国人常用的一种思维定式，具有广泛的群众基础。

第三，这两首诗在小说叙事中也发挥了重要作用，使得小说的情节、人物都具有了诗化特征，使得小说具有了诗歌的韵味，令读者印象深刻又回味不尽。

这两首诗歌本身就是小说情节的重要组成部分。多年不知柳夫人音信的韩翃托人寻找柳夫人，除了"以练囊盛麸金"外，还在练囊上题了那首《章台柳》。夫妻多年不见，又在战乱之际，韩翃没有写一封信给柳夫人，以表达自己对她的思念和问候，却只是写了一首只有27个字的诗，诗的内容只是咏柳，这情节确实在人意料之外；但这短短的咏柳诗就像前文分析的那样，以呼唤的口吻处处透露着他对柳夫人的思念和问候，透露着他对爱人的寻觅和对爱情的期盼，令柳夫人睹诗泪下。才华不凡的柳夫人也含泪回诗一首，诗歌所咏虽然也是柳，但诗中既有多年离别之苦的倾诉，又有对流逝的青春年华的叹息，也有对爱情的向往。这诗歌的一来一往，就完成了韩翃和柳夫人的感情交流，使得故事情节具有了诗歌的意象、感情和韵味。这两首充满真情的诗歌是韩翃和柳夫人创作的，于是小说的这两位主人公就具有了诗人的品质，深爱着对方的他们虽然才华出众却颠沛流离，更增强了小说的悲剧性和感人性。

一篇优秀的文学作品，总是能够表现出人类的共性，从而引起人类的普遍共鸣。《柳氏传》中的这两首诗，以诗歌的意象和语言，形象地表达出了人们对爱情的向往和追求，对人生无常以及战争所造成的爱情悲剧的伤感和同情。但小说的诗化特征并不仅限于此。小说中后来韩翃到了京城，柳氏却已被蕃将沙咤利劫走了。后来柳氏偶遇韩翃，约韩翃另外相见。小说是这样描写他们的见面的：

> （韩翊）及期而往，（柳氏）以轻素结玉合，实以香膏，自车中授
> 之，曰："当遂永诀，愿置诚念。"乃回车，以手挥之，轻袖摇摇，香
> 车辚辚，目断意迷，失于惊尘。翊大不胜情。

此处的"轻袖摇摇，香车辚辚，目断意迷，失于惊尘"，虽然混在散
句之中，却是极美的诗句，其语言、意境、情调，不逊于任何诗歌。之后
韩翊在赴宴时"意色皆丧，音韵凄咽"，许俊在抢夺柳夫人时，去时是
"被衽执辔，犯关排闼"，归时是"逸尘断鞅，倏急乃至"，都是言简意丰，
令人感觉在唐人小说的散句之中，也往往有闪光的"赦金"之语，令人叹
赏不绝。

二 《李章武传》

《李章武传》是一篇才子美人的婚外情故事。小说作者对这一婚外情
不仅没有丝毫谴责之意，反而用如花妙笔把它写得真挚感人，韵味十足。
具体来说，《李章武传》的诗化特征主要表现在两方面，一是小说中穿插
的诗歌，二是小说中用散文所营造出的诗歌韵味。

（一）小说中穿插的诗歌

《李章武传》中穿插了8首诗歌，这些诗歌中有6首是李章武和王氏子
妇在两次离别时的应答之作，另外两首是李章武和其友李助分别在感念这
段婚外情时所写。

贞元三年，李章武偶遇一妇人，见其貌美，于是赁舍于其家。尽管这
位美人已是有夫之妇，但两人不仅"悦而私焉"，而且"两心克谐，情好
弥切"。月余之后，章武有事要离开，两人"殷勤叙别"：

> 章武留交颈鸳鸯绮一端，仍赠诗曰："鸳鸯绮，知结几千丝？别
> 后寻交颈，应伤未别时。"
>
> 子妇答白玉指环一，又赠诗曰："捻指环相思，见环重相忆。愿
> 君永持玩，循环无终极。"

诗歌中的"丝""环"皆为双关语，这两首诗虽为咏物，实则咏人、咏别离之情，这样的手法在中国古代诗歌中很常见。

八年之后，李章武又来到京城，忽然想到了王氏子妇，于是重回故地。不料东邻妻说王氏子妇已经死去两年了。东邻妻说王氏子妇临死之时，托自己向李章武诉说她对李章武的一腔真情，并要求李章武晚上留宿。李章武深信不疑，晚上留宿于旧舍。是夜王氏子妇的鬼魂前来幽会，李章武"迎拥携手，款若平生之欢"，"倍与狎昵，亦无他异"。天亮时，两人不得不离别。王氏子妇赠送李章武一件人间所无的"靺鞨宝"，并且赠诗一首，李章武也赠物赠诗。小说原文为：

> （王氏子妇）遂赠诗曰："河汉已倾斜，神魂欲超越。愿郎更回抱，终天从此诀。"
>
> 章武取白玉宝簪一以酬之，并答诗曰："分从幽显隔，岂谓有佳期。宁辞重重别，所叹去何之。"
>
> 因相持泣，良久。子妇又赠诗曰："昔辞怀后会，今别便终天。新悲与旧恨，千古闭穷泉。"
>
> 章武答曰："后期杳无约，前恨已相寻。别路无行信，何因得寄心？"

王氏子妇的"终天从此诀""今别便终天"，李章武的"岂谓有佳期""后期杳无约"，都表明两人这次分别之后就永不能相见了，尽管他们有"新悲与旧恨，千古闭穷泉"的幽怨，但也有"所叹去何之""何因得寄心"的关怀。

之后李章武跟友人宴饮：

> 既酣，章武怀念，因即事赋诗曰："水不西归月暂圆，令人惆怅古城边。萧条明早分歧路，知更相逢何岁年。"

这首诗以水之"不西归"及月之"暂圆"，来写他的"惆怅"，可谓即景即情；之后又因"明早"的"萧条""分歧路"，而生发出"知更相逢何岁年"之别情。

等回到长安之后，李章武又跟友人李助说起此事，于是李助也感其诚写了一首诗：

> 石沉辽海阔，剑别楚天长。会合知无日，离心满夕阳。

这首诗境界阔大，但会合无日、离别无限的主题跟前面的诗歌相同。

（二）散文所营造出的诗歌韵味

《李章武传》中出现的诗歌都能做到情景交融，具有诗歌的韵味，使得小说也有了诗歌的韵味。但除此之外，作者用散文所营造出的情真意切、情景交融、一咏三叹、言有尽而意无穷的诗歌韵味也很值得关注。

小说中李章武和王氏子妇的爱情只是一段婚外情，但这段爱情在作者笔下没有丝毫谴责之意，而读者也被他们的爱情所感动，其原因在于他们的爱情是真挚的、深刻的，这爱情不仅刻骨铭心，历久弥深，而且突破了生与死、人与鬼的界限。如果小说在李章武跟王氏子妇第一次互赠信物、互赠别诗之后就结束了他们的爱情，那么这段爱情充其量只是《游仙窟》那样的情节，令读者以为这只是李章武的一次艳遇，王氏子妇甚至逃脱不了风尘女子的嫌疑；但小说并没有就此停止，漫长的八年之后，李章武返回故地来寻故人，不料却是"阒无行迹，但外有宾榻而已"，从东邻妇口中，章武得知王氏子妇在他们离别之后，对章武的感情不仅不减，反而日增，竟至于"思慕之心，或竟日不食，终夜无寝"，也就是一旦思念起来，竟然到了整天不吃饭、整夜不睡觉的地步。最后因此"久以成疾"。她"自料不治"，临终遗言是委托邻妇：如果万一李章武重来故地，"愿申九泉衔恨，千古瞑离之叹"，并替她恳求李章武仍留居旧舍，"冀神会于仿佛之中"。王氏子妇为爱而死，即使死去了依然不放弃爱，这样的感情，即使是婚外情，即使她是风尘女子，也依然感人至深。

李章武当晚就住在旧地，这时忽有一陌生妇人拿着扫帚出来扫地，这个妇人连邻妇都不认识。李章武再三打听，那妇人说死去的王氏子妇今晚要来跟章武相见，恐怕章武害怕，就让她提前来告诉章武。章武毫不犹豫地同意相见，并且说来到这里就是要跟她相见的，即使阴阳相隔，即使别人忌惮，他依然"思念情至，实所不疑"。至二更许，王氏子妇前来相见，说她在"在冥录以来，都忘亲戚。但思君子之心，如平昔耳"，也就是说她在阴间，把自己的亲人都忘记了，但对李章武的思念依然如昔，可见她对李章武的思念已经跟魂灵合一了。因为邻妇向李章武传达了她的遗言，促成了他们的这一宵之会，她甚至对邻妇也念念不忘，感恩不已，说："非此人，谁达幽恨？"临别之时，她把即使仙人都难以得到的鞢鞻宝赠送给李章武，并以诗相赠。李章武也以白玉宝簪相酬，也相赠以诗。之后两人又"相持泣"了"良久"，再次互赠诗歌。她临别之时的最后一句话是"李郎无舍，念此泉下人！"之后又"哽咽伫立"，到天将明之时，才不得不离开。小说此处是这样描写的：

> （王氏子妇）复哽咽伫立，视天欲明，急趋至角，即不复见。但空室窅然，寒灯半灭而已。

此处的"急趋至角，即不复见"，写出了王氏子妇的离开之迅速，跟他们刚才良久的相持而泣、静态的"哽咽伫立"形成了鲜明对比，可见王氏子妇是一直到了非离开不可的时候才离开的，由此可见她是何等珍惜他们在一起的每一刻。作者用"空室窅然，寒灯半灭"来写她离开之后的情景，只用了8个字，就把她离开之后的空落、幽静、凄凉表现了出来，而这也正是李章武当时的内心感受。这8个字成功塑造出了一个情景交融的离别场面，那窅然的空室、摇曳的寒灯令人味之不尽，伤感不已，从而使得小说具有了一咏三叹、言有尽而意无穷的诗歌韵味。

但小说依然余韵未尽。李章武对王氏子妇仍然念念不忘，以至于在跟朋友宴饮之时赋了那首"水不西归月暂圆"的诗来怀念他们的爱情，这是他们离别之后的第一波余韵。

之后李章武离开朋友走在路上，独自讽诵他的诗歌时，竟然"忽闻空中有叹赏"，并且这叹赏之声"音调凄恻"，细听之下，竟然是王氏子妇的声音。原来是王氏子妇不惜"冒阴司之责，远来奉送"——阴阳之隔的一对爱人，虽然不能相见，但他们一个在天一个在地，一个有形一个无形，一个吟诗一个赞叹，这是何等的空灵、多情、凄恻和浪漫。这是他们离别之后的第二波余韵。

随后李章武来到长安，跟李助说起他的这段爱情，李助也被他们真挚的爱情所感动，于是写了那首“离心满夕阳”的诗。这是他们离别之后的第三波余韵。

李章武后来在东平任职，召请玉工雕琢靺鞨宝，但东平的玉工不敢雕刻；后来到了大梁，又请那里的玉工把它雕成了槲叶。以后他就总是把这块靺鞨宝放在怀中。有一次他遇上了一位胡僧，胡僧说这块靺鞨宝是“天上之物，非人间有也”，他的话跟王氏子妇亡魂所说的一致。这是他们离别之后的第四波余韵。

李章武之后只要往来华州，就去拜访邻妇杨六娘，赠送她礼物，他的“访遗”竟然“至今不绝”。这既是李章武遵从王氏子妇的嘱托，也是李章武对那段爱情的珍重和念念不忘。这是他们离别之后的第五波余韵。

小说以“至今不绝”结尾，预示着李章武的行为还将继续，他们的爱情故事似乎也没有结束。千百年后我们读这篇《李章武传》，依然在为他们的爱情故事而感动。

可知唐人确实是把小说当作诗歌来创造的。

三 《莺莺传》

《莺莺传》与《李章武传》相同，所写的也是贞元间的爱情故事。《莺莺传》的诗化特征也非常鲜明，但小说的人物形象、故事情节以及爱情结局都与《李章武传》大不相同。

《莺莺传》与《李章武传》都是以介绍小说的男主人公开篇，张生是“性温茂，美风容，内秉坚孤，非礼不可入”，李章武是“容貌闲美，即之温然”“洞达玄微，研究原本”，两人都是貌美温润，但《莺莺传》特别描写了张生的遵守礼法和不近女色，《李章武传》则特别介绍了李章武的精于玄道。在小说的后文中，“非礼不可入”“不近女色”的张生急不可耐地主动引诱莺莺，最后又抛弃了她，在被抛弃的莺莺嫁人之后，张生又恬不知耻地到莺莺的夫家求见莺莺；而李章武虽然也跟王氏子妇偷情，虽然他一别之后很长时间都不来看望她，但他对她的感情从未改变。

《莺莺传》在后世被演绎成《西厢记》，是对后世影响最大的唐人小说。而这篇小说之所以能够产生如此巨大的影响，固然有其丫鬟传书、逾墙偷情等情节易为俗人传诵，小说鲜明的诗化特征也容易吸引一般人的注意。

《莺莺传》中的张生虽然年已二十三，却"未尝近女色"，他自己的解释是："余真好色者，而适不我值。"当他一见到"颜色艳异，光辉动人"的莺莺，就惊讶不已，就迫不及待地要把莺莺勾引到手。用他自己的话来说，就是他在"席间"时就"几不自持"，之后"数日来，行忘止，食忘饱，恐不能逾旦暮"。张生请红娘给他牵线，红娘说莺莺"贞慎自保，虽所尊不可以非语犯之"，但她"善属文，往往沈吟章句"，建议张生"试为喻情诗以乱之"。于是张生大喜，"立缀春词二首以授之"。

小说中没有写出张生的这两首春词，我们也无法得知这两首诗的具体内容。但既然是春词，就必然是挑逗之语、淫荡之词，莺莺后文中怒斥张生"因不令之婢，致淫逸之词"，也证明了这一点。但这两首诗即使没有在小说中出现，它们依然在小说叙事中发挥了作用：莺莺在看了它们之后，就让红娘给张生送来了一张彩笺，彩笺上写了一首诗，诗名是"明月三五夜"，诗的内容是：

> 待月西厢下，近风户半开。拂墙花影动，疑是玉人来。

这首诗进一步推动了小说情节的发展：张生根据这首诗的约定，在月圆之夜爬上了杏树，跳过了阻隔着他和莺莺的那面墙，来到了莺莺所居住的西厢。来到莺莺室内的张生，满心认为今夜可以跟莺莺共度良宵，不料莺莺却"端服严容"地出现，把张生痛斥了一番，希望他们能够"以礼自持，无及于乱"。张生失望之余，只好重新翻墙回去。

之后几天，张生都在绝望之中。但到了十八日的夜里，忽然红娘抱着被子枕头而至，说莺莺马上就到了。之后莺莺到来。作者这时用了"斜月晶莹，幽辉半床"这8个字来写他们聚会时的情景，可谓玲珑剔透，诗意盎然。这天晚上莺莺"终夕无一言"。莺莺离去之后，张生自疑曰："岂其梦耶?"但"睹妆在臂，香在衣，泪光荧荧然，犹莹于茵席"，这一补笔，使得他们的这次幽会余韵不尽。

不料之后十余日，莺莺再没来到。于是张生写了一首 300 字的《会真诗》，让红娘拿给莺莺看。莺莺看了诗，他们又开始约会了。因而这首《会真诗》也推动了情节的发展。

大约一个月后，张生离开莺莺去了长安。数月后，张生再次回到蒲州，跟莺莺相聚了一段时间。几个月后，张生又要赴京赶考。莺莺知道自己难以避免始乱终弃的命运，但依然给张生鼓《霓裳羽衣序》以送行。但善鼓琴的莺莺，在鼓"不数声"之后就"哀音怨乱，不复知其是曲也"。这使得"左右皆欷歔"，也使得"张亦遽止之"。于是莺莺"投琴，泣下流连，趋归郑所，遂不复至"。

第二年张生考试不中，他从京城给莺莺写了一封信。他这封信在小说中没有出现，但莺莺给他的回信小说中全文照录了：

> 捧览来问，抚爱过深，儿女之情，悲喜交集。兼惠花胜一合，口脂五寸，致耀首膏唇之饰。虽荷殊恩，谁复为容? 睹物增怀，但积悲叹耳。伏承使于京中就业，进修之道，固在便安。但恨僻陋之人，永以遐弃，命也如此，知复何言? 自去秋已来，常忽忽如有所失，于喧哗之下，或勉为语笑，闲宵自处，无不泪零。乃至梦寝之间，亦多感咽。离忧之思，绸缪缱绻，暂若寻常; 幽会未终，惊魂已断。虽半衾如暖，而思之甚遥。一昨拜辞，倏逾旧岁。长安行乐之地，触绪牵情，何幸不忘幽微，眷念无斁。鄙薄之志，无以奉酬。至于终始之盟，则固不忒。鄙昔中表相因，或同宴处，婢仆见诱，遂致私诚。儿女之心，不能自固。君子有援琴之挑，鄙人无投梭之拒。及荐寝席，义盛意深，愚陋之情，永谓终托。岂期既见君子，而不能定情，致有自献之羞，不复明侍巾帻。没身永恨，含叹何言? 倘仁人用心，俯遂幽眇; 虽死之日，犹生之年。如或达士略情，舍小从大，以先配为丑行，以要盟为可欺。则当骨化形销，丹诚不泯; 因风委露，犹托清

尘。存没之诚，言尽于此；临纸呜咽，情不能申。千万珍重！珍重千
万！玉环一枚，是儿婴年所弄，寄充君子下体所佩。玉取其坚润不
渝，环取其终始不绝。兼乱丝一绚，文竹茶碾子一枚。此数物不足见
珍，意者欲君子如玉之真，弊志如环不解，泪痕在竹，愁绪萦丝，因
物达情，永以为好耳。心迩身遐，拜会无期，幽愤所钟，千里神合。
千万珍重！春风多厉，强饭为嘉。慎言自保，无以鄙为深念。

从莺莺的回信中可知张生随信送给莺莺一盒花胜、一段口脂。莺莺的回信
情深谊长，文笔华美。她说自己"去秋已来，常忽忽如有所失"，虽然白
天有时跟人"勉为语笑"，但"闲宵自处，无不泪零。乃至梦寝之间，亦
多感咽"。她说如果"仁人用心，俯遂幽眇"，则"虽死之日，犹生之年"。
信中的"骨化形销，丹诚不泯；因风委露，犹托清尘。存没之诚，言尽于
此；临纸呜咽，情不能申"等语，都令人感动不已。最后莺莺赠给张生一
件她婴儿时就佩戴的玉环，"玉取其坚润不渝，环取其终始不绝"；又送给
他"乱丝一绚，文竹茶碾子一枚"，以表达"泪痕在竹，愁绪萦丝"之意。

尽管莺莺在信中明确说出了"因物达情，永以为好"这样的话，但张
生并没有跟莺莺永远相爱之意。他把莺莺的书信拿出来向他的朋友炫耀，
使得"时人多闻之"。他的朋友杨巨源于是写了一首《崔娘诗》：

清润潘郎玉不如，中庭蕙草雪销初。风流才子多春思，肠断萧娘
一纸书。

小说中的"河南元稹"也续写了《会真诗》三十韵。诗中的一些语句
颇为露骨，例如：

戏调初微拒，柔情已暗通。低鬟蝉影动，回步玉尘蒙。转面流花
雪，登床抱绮丛。鸳鸯交颈舞，翡翠合欢笼。眉黛羞偏聚，唇朱暖更
融。气清兰蕊馥，肤润玉肌丰。无力慵移腕，多娇爱敛躬。汗流珠点
点，发乱绿葱葱。

今人公认为《莺莺传》实际上就是元稹所作，小说中那个放荡的张生就是元稹自己，而小说中这首元稹所写的《会真诗》，实际上就是当初张生写给莺莺的那首《会真诗》。倘若如此，张生托红娘送给莺莺这首诗，就类似于今天把裸照寄给对方，难免有威胁之意。

之后张生还给自己的绝情设置了一套言辞，把自己勾引到手的莺莺比作妖孽，比作使得商纣王、周幽王亡国的妲己和褒姒，在嘲笑纣王、幽王因为一个女子而"溃其众，屠其身，至今为天下僇笑"的同时，说自己"之德不足以胜妖孽"，"是用忍情"。又过了一年多，张生和莺莺都已经另有婚嫁，这时张生来到莺莺家中要求相见。在莺莺推辞之后，张生还恬不知耻地"怨念之诚，动于颜色"。莺莺于是写了一首诗送给他：

自从消瘦减容光，万转千回懒下床。不为旁人羞不起，为郎憔悴却羞郎。

诗中的"为郎憔悴却羞郎"，是对张生的批评。几天后张生要离开时，莺莺又写了一首诗给他：

弃置今何道，当时且自亲。还将旧时意，怜取眼前人。

从那以后他们就再不来往了。小说中说"时人多许张为善补过者"，这恐怕是作者的一面之词。其实莺莺最后以那两首诗拒绝了张生，这证明莺莺才是"善补过者"，而且莺莺的这一行为也维护了自己的尊严。

《莺莺传》中诗化特征的主要作用有二，一是小说中的诗歌推动了故事情节的发展，二是塑造了莺莺这一具有诗人气质的人物形象。小说中张生写的两首春词，引来了莺莺写《明月三五夜》，莺莺的这首诗导致了张生的跳墙。在他们的初次幽会之后，张生的一首《会真诗》又促成了他们的再会。在张生科举不中滞留京城时，莺莺的一封信既表明了她对张生的一腔真情，也表现出了她的不凡才华。莺莺最后拒绝跟张生相见的两首诗，则是对负心人的羞辱和谴责。

奇怪的是，小说中秀外慧中、才华横溢的张生竟然没有留下任何一首诗文。其实小说中有三次机会可以出现他的作品，一次是他最初勾引莺莺所写的那两首春词，二是他为了继续跟莺莺幽会所写的三十韵《会真诗》，三是他科举不中后决定留在京城时写给莺莺的那封信。作者如此安排的本义不得而知，但像张生这样的无德之辈，小说确实没有必要为他配上诗歌。

四 《步飞烟》

皇甫枚的《飞烟传》写的是晚唐之事，小说中的武公业已经没有了《柳氏传》中的李生那样将爱妾赠才子的成人之美之心；相反，当他得知步飞烟有偷情行为时，反而残忍地把她活活打死了。小说中的步飞烟和赵象以诗歌传情达意，他们的爱情也通过这些诗歌从无到有，并最终得以欢会。

步飞烟是河南府功曹参军武公业的爱妾。"善秦声，好文笔"并且"容止纤丽，若不胜绮罗"的飞烟，有一天被"端秀有文"的邻居赵象从南垣隙中窥见，使得赵象"神气俱丧，废食忘寐"。赵象于是通过厚赂，让门媪向飞烟表达了自己的爱慕之心。但飞烟听了之后，其表现是"含笑凝睇而不答"。"发狂心荡，不知所持"赵象就用薛涛笺写了一首绝句，让门媪送给飞烟。这首绝句是：

> 一睹倾城貌，尘心只自猜。不随萧史去，拟学阿兰来。

"尘心只自猜"的赵象是用这首诗来试探飞烟。飞烟本来就不喜欢武公业的粗悍，对赵象也有好感，于是她在吁嗟良久之后，用金凤笺写了一首诗以回复赵象：

> 绿惨双娥不自持，只缘幽恨在新诗。郎心应似琴心怨，脉脉春情更拟谁。

诗中交代了自己因为赵象的诗而感触颇深，幽恨不已。这使得赵象欣喜不已，于是又以剡溪玉叶纸赋诗以谢：

　　珍重佳人赠好音，彩笺芳翰两情深。薄于蝉翼难供恨，密似蝇头
未写心。疑是落花迷碧洞，只思轻雨洒幽襟。百回消息千回梦，裁作
长谣寄绿琴。

这首诗写得情深意长，本来以为很快就会收到飞烟的回信。不料之后
连续十多天飞烟都没有消息，使得赵象忧恐不已，恐怕事情泄露，也恐怕
飞烟追悔。疑恐不定的赵象于是独自赋诗遣愁：

　　绿暗红藏起暝烟，独将幽恨小庭前。沉沉良夜与谁语，星隔银河
月半天。

但飞烟很快就托人送来了连蝉锦香囊并碧苔笺，笺中有诗，说自己是
因为思念而生病了：

　　强力严妆倚绣栊，暗题蝉锦思难穷。近来赢得伤春病，柳弱花欹
怯晓风。

赵象恐怕飞烟幽思增疾，于是剪乌丝简给飞烟写了一封信，并且写诗
问候飞烟的病情。信中以"春日迟迟，人心悄悄"开篇，以"虽羽驾尘
襟，难于会合，而丹诚皎日，誓以周旋"表明心迹，以"耗冰雪之妍姿，
郁蕙兰之佳气"表示慰问，最后又送给飞烟一首诗：

　　见说伤情为见春，想封蝉锦绿蛾颦。叩头为报烟卿道，第一风流
最损人。

飞烟看了书信之后，感动不已，于是回信，并且赠诗：

　　下妾不幸，垂髫而孤。中间为媒妁所欺，遂匹合于琐类。每至清
风明月，移玉柱以增怀；秋帐冬釭，泛金徽而寄恨。岂谓公子，忽贻

好音。发华械而思飞，讽丽句而目断。所恨洛川波隔，贾午墙高。连云不及于秦台，荐梦尚遥于楚岫。犹望天从素恳，神假微机，一拜清光，就殒无恨。兼题短什，用寄幽怀。伏惟特赐吟讽也。诗曰：

　　画檐春燕须同宿，兰浦双鸳肯独飞。长恨桃源诸女伴，等闲花里送郎归。

飞烟信中的"为媒妁所欺，遂匹合于琐类"表达出了她对婚姻的不满，以"每至清风明月，移玉柱以增怀；秋帐冬钉，泛金徽而寄恨"表达出了她心情的忧郁和悔恨，以"犹望天从素恳，神假微机，一拜清光，就殒无恨"表达出了她渴望与赵象见面的强烈愿望，这一强烈愿望在她的诗中也有表现。

之后他们的见面就水到渠成了。他们如愿幽会之后，欣喜不已的赵象给飞烟写诗曰：

　　十洞三清虽路阻，有心还得傍瑶台。瑞香风引思深夜，知是蕊宫仙驭来。

而飞烟也回诗道：

　　相思只怕不相识，相见还愁却别君。愿得化为松上鹤，一双飞去入行云。

在飞烟和赵象的交往过程中，他们总共写了9首诗、2封书信，这些诗歌和书信不仅充分显示出了这对才子佳人的才情，而且它们还完整地记录了飞烟和赵象的爱情历程：赵象的试探和飞烟的回应，赵象的忧愁和飞烟的相思成病，赵象的问候和飞烟的决意相会，之后便是约会的成功以及成功后的喜悦。在小说中，这些才华横溢的诗文是他们了解对方的态度、增进跟对方的感情，并最终让他们的爱情成真的最重要工具。在后世的诗文小说和才子佳人小说中，这一模式被广泛继承。例如元人郑禧的《春梦录》，其情节结构跟《步飞烟》如出一辙。

在《飞烟传》中，飞烟和赵象在来往一年之后，被武公业发现。在武公业的诘问下，飞烟虽然色动声战，但却"不以实告"。于是残暴的武公业把飞烟绑在大柱上，"鞭楚血流"。娇弱的飞烟只是说"生得相亲，死亦何恨"，表现得非常坚强。最后飞烟被武公业打死了。崔、李两书生都写了评论飞烟的诗。崔诗末句为"恰似传花人饮散，空床抛下最繁枝"，飞烟梦中就来感谢他的同情；李生诗的末句为"艳魄香魂如有在，还应羞见坠楼人"，梦中飞烟就来谴责他的指责，并说"当屈君于地下面证之"。结果几天之后，李生就死了。作者用崔、李的诗句来表明人们对飞烟的不同评价，也增加了这一故事的诗性特征。飞烟以死来捍卫她跟赵象的爱情，作者说她"罪虽不可逭"，但"察其心，亦可悲矣"。

第三节　唐代志怪小说

胡应麟说唐人小说中的"鬼诗极有佳者"，《全唐诗》则从唐人小说中录有神诗一卷（卷八六四）、鬼诗两卷（卷八六五、卷八六六）、怪诗一卷（卷八六七）。虽然鬼怪写诗古已有之，但唐代小说中鬼怪诗数量之大、质量之高，都远非前人所能及。唐代志怪小说之所以能取得很高成就，很多志怪小说成为唐传奇名篇，其中一个不可忽视的原因就是这些"极佳"鬼诗的大量存在。

唐代的志怪小说承继了唐前《搜神记》《拾遗记》的特点，不仅小说中多有抒情之语、骈俪之语，而且神仙鬼怪们多以诗歌来抒发志向和感情。但这些特征在唐人诗歌中也有了新的变化，主要是鬼怪们吟诗的范围扩大了、数量增加了、写诗规模化了。例如《搜神记》全书中仅仅出现了7首诗歌，《拾遗记》全书中也只出现了8首，但在唐人志怪小说中，仅《东阳夜怪录》一篇小说中就出现了14首诗歌。

让一个鬼怪来吟唱一两首诗，这在唐前的小说中出现过，在唐代也不乏其例，例如《古镜记》中名为鹦鹉的狸精在死前，就奋衣起舞而歌曰：

宝镜宝镜，哀哉予命！自我离形，而今几姓？生虽可乐，死必不伤。何为眷恋，守此一方！

但唐代志怪小说中还出现了一个突出现象，那就是小说家让鬼怪们以各种方式聚集在一起吟诗不已，恍若它们在举行诗歌比赛。这应该是唐代诗人们的真实生活写照。下面以《元无有》《滕庭俊》《东阳夜怪录》《周秦行纪》《嵩岳嫁女》《蒋琛》为例，来展示唐人志怪小说的这一新特征。

一　《元无有》《滕庭俊》

牛僧孺贵为宰相，但他也是一个著名小说家，写有小说集《玄怪录》。鲁迅在《中国小说史略》中对《玄怪录》有以下评语："选传奇之文，荟萃为一集者，在唐代多有，而煊赫莫如《玄怪录》。"《元无有》《滕庭俊》是《玄怪录》中的两篇小说，它们集中表现出了牛僧孺独特的审美趣味。

《元无有》篇幅不长，全文如下：

宝应中，有元无有，常以仲春末，独行维扬郊野。值日晚，风雨大至。时兵荒后，人户多逃，遂入路旁空庄。须臾霁止，斜月方出。无有坐北窗，忽闻西廊有行人声。未几，见月中有四人，衣冠皆异，相与谈谐，吟咏甚畅。乃云："今夕如秋，风月若此，吾辈岂不为一言，以展平生之事也？"其一人即日云云。吟咏既朗，无有听之具悉。
其一衣冠长人即先吟曰：
"齐纨鲁缟如霜雪，寥亮高声予所发。"
其二黑衣冠短陋人诗曰：
"嘉宾良会清夜时，煌煌灯烛我能持。"
其三故弊黄衣冠人亦短陋，诗曰：
"清冷之泉候朝汲，桑绠相牵常出入。"
其四故黑衣冠人诗曰：
"爨薪贮泉相煎熬，充他口腹我为劳。"
无有亦不以四人为异，四人亦不虞无有之在堂隍也。递相褒赏，

羡其自负。则虽阮嗣宗《咏怀》，亦若不能加矣。四人迟明方归旧所，
无有就寻之，堂中惟有故杵、灯台、水桶、破铛，乃知四人，即此物
所为也。

这篇小品文应是围绕着文中的八句诗构造出来的。作者把这八句诗置于战
乱的大环境中，在人户已逃的路旁空庄中，在风雨停歇之后斜月方出之
时，四个衣冠皆异之人在月光中出现了，"今夕如秋，风月若此，吾辈岂
不为一言，以展平生之事也？"于是四人各吟诗两句，这两句诗跟他们的
身份完全相同，宛然就是作者构思出来的谜语，谜面就是这四句诗，谜底
就是这四人的身份："齐绔鲁缟如霜雪，寥亮高声予所发"是故杵，"嘉宾
良会清夜时，煌煌灯烛我能持"是灯台，"清冷之泉候朝汲，桑绠相牵常
出入"是水桶，"爨薪贮泉相煎熬，充他口腹我为劳"是破铛。在四人吟
诗之时，作者也顺便交代了四人的衣着，他们的衣着相貌也跟他们的身份
相称：故杵是"衣冠长人"，灯台是"黑衣冠短陋人"，水桶是"故弊黄衣
冠人""亦短陋"，破铛是"故黑衣冠"。四人各说出两句诗后，然后"递
相褒赏，羡其自负。则虽阮嗣宗《咏怀》，亦若不能加矣"，真是热热闹闹
的一场诗会。这篇小说挖掘出了故杵、灯台、水桶、破铛这些破烂货的诗
化特征，构思巧妙之至，难怪汪辟疆评论此篇曰："篇中所叙，本极怪诞。
牛相嗜奇，一至于此。"[1]

但牛相在《滕庭俊》中表现出的"嗜奇"特征更为明显。在小说中，
身患热病的滕庭俊在旅途中投宿不得，心无聊赖之时，以"为客多苦辛，
日暮无主人"自叹，不料这两句诗引出了"性好文章"的弊衣秃翁麻束
禾。麻束禾盛赞滕庭俊的诗句，说即使曹丕的"客子常畏人"也"不能过
也"，然后邀请滕庭俊到家中饮酒畅谈。宿处无着的滕庭俊欣然前往，不
久又有和且耶来到。原来麻束禾跟和且耶刚才正在联句，现在他们继续写
诗。麻束禾的诗是：

---

[1] 汪辟疆：《唐人小说》，上海古籍出版社1978年版，第237页。

自与慎终邻，馨香遂满身。无关好清净，又用去灰尘。

和且耶并未立即说出自己的诗句，而是无奈地说自己的诗无论诗体还是诗韵都有所不同。在麻束禾的鼓励下，他也吟出了自己的诗：

冬日每去依烟火，春至还归养子孙。曾向符王笔端坐，迩来求食浑家门。

这时滕庭俊见他们的住处华美，酒肴丰盛，于是有留宿之意，他也写了一首诗，用以求宿：

田文称好客，凡养几多人？如使冯骧在，今希厕下宾。

这首诗中的"厕下宾"，无意中契合了麻束禾和和且耶的身份。他俩虽然有"何得相讥？"之语，但依然跟滕庭俊"餐膳肴馔，引满数十巡"。这时主人回来，让人叫唤滕庭俊，滕庭俊一答应，忽然发现眼前的华宇酒肴以及一起饮酒写诗的麻、和二人都不见了，自己则"身在厕屋下，傍有大苍蝇、秃帚而已"。原来麻束禾就是一把秃帚，和且耶是个大苍蝇。这时滕庭俊的心态及具体表现作者没有交代，给读者留下了想象的空间；但作者作为一个优秀的小说家，这时却照应了小说的开头，说滕庭俊的热疾竟然"顿愈"，而且"不复更发矣"。

在《元无有》中，作者以其诗心发现了故杵、灯台、水桶、破铛这四种没有生命的敝旧之物的诗性特征，在令人感到惊奇的同时，也感受到美的存在；但《滕庭俊》给人的感觉更复杂。那把秃帚是用来扫厕所的，而苍蝇更是令人恶心，作者却让它们化身为诗人，其间的反差之大，确实在人意料之外；滕庭俊不仅跟它们吟诗，而且跟它们"餐膳肴馔，引满数十巡"，滕庭俊入肚的那些膳餐肴酒，恐怕就是厕所中的秽物了。这样的冷幽默，真不是一般小说家能制作出来的。小说中美与丑、香与臭、尽兴与失落、高雅与俗恶被作者的匠心有机地捏合在了一起，但它们之间的距离之大，直如滕庭俊的热疾一样，一开始无论如何也治不好，但最后不用治疗，竟然一下子痊愈了。一篇五百余字的小短文，竟然具有如此大的张力，牛相的诗才和小说才，令人不得不佩服。因而"篇中所叙，本极怪诞。牛相嗜奇，一至于此"的评语，用在这篇《滕庭俊》中，倒是更为恰当。

二 《周秦行纪》

《元无有》和《滕庭俊》是牛僧孺所作，《周秦行纪》也是以牛僧孺自叙的口吻写成的。不过今人一般认为这是韦瓘为了陷害牛僧孺而写的。韦瓘元和四年状元及第，跟牛僧孺的政敌李德裕是好友。

《周秦行纪》写牛僧孺在贞元年间举进士落第之后，在返程中的一次奇遇。在日暮之时，迷路的牛僧孺来到了一处大宅，这处大宅是汉文帝的母亲薄太后的庙。薄太后留宿牛僧孺，而汉高祖的戚夫人、汉元帝时的王昭君、唐玄宗的杨贵妃、齐东昏侯的妃子潘玉儿、石崇的宠姜绿珠也先后来到。他们在一起饮酒作乐，并且每人吟诗一首。小说原文为：

> 太后曰："牛秀才邂逅到此，诸娘子又偶相访，今无以尽平生欢。牛秀才固才士，盍各赋诗言志，不亦善乎？"遂各授与笺笔，逡巡诗成。太后诗曰：
>
> "月寝花宫得奉君，至今犹愧管夫人。汉家旧是笙歌处，烟草几经秋复春。"
>
> 王嫱诗曰：
>
> "雪里穹庐不见春，汉衣虽旧泪痕新。如今最恨毛延寿，爱把丹青错画人。"
>
> 戚夫人诗曰：
>
> "自别汉宫休楚舞，不能妆粉恨君王。无金岂得迎商叟，吕氏何曾畏木强。"
>
> 太真诗曰：
>
> "金钗堕地别君王，红泪流珠满御床。云雨马嵬分散后，骊宫不

复舞《霓裳》。"

潘妃诗曰：

"秋月春风几度归，江山犹是业官非。东昏旧作莲花地，空想曾披金缕衣。"

再三邀余作诗，余不得辞，遂应命作诗曰：

"香风引到大罗天，月地云阶拜洞仙。共道人间惆怅事，不知今夕是何年。"

别有善笛女子，短发丽服，貌甚美，而且多媚。潘妃偕来，太后以接座居之，时令吹笛，往往亦及酒。太后顾而问曰："识此否？石家绿珠也。潘妃养作妹，故潘妃与俱来。"太后因曰："绿珠岂能无诗乎？"绿珠乃谢而作诗曰：

"此日人非昔日人，笛声空怨赵王伦。红残翠碎花楼下，金谷千年更不春。"

以上引文中共出现了 7 首诗。这 7 首诗除了牛僧孺的那首，其他的写诗者都是历史上的著名妇女，她们所写的诗既是自咏身世（如杨贵妃的"金钗堕地别君王，红泪流珠满御床"），也是以过来人的身份来抒发历史感慨（如薄太后的"汉家旧是笙歌处，烟草几经秋复春"），因而这六首诗既可视为"六美吟"，又可视为咏史诗，这跟《元无有》《滕庭俊》中的那些妖怪们谜语般的自明身份的诗歌很不相同。

另外这七首诗的语言形式更为整齐。《元无有》中，每个妖怪仅仅说出了两个诗句，尚不是完整的诗歌；《滕庭俊》中出现了三首诗，其中两首五绝、一首七绝，而《周秦行纪》中都是统一的七言绝句。

《周秦行纪》旧题牛僧孺所撰，现在一般认为是韦瓘用来陷害牛僧孺的作品。小说文本之外的政治纠葛暂且不论，就小说文本来说，这篇小说与牛僧孺的《元无有》以及无名氏的《东阳夜怪录》在叙事模式上非常相似：小说情节都是一个人在晚间走入了一个陌生的住处，然后碰上了一群会写诗的鬼怪（《元无有》和《东阳夜怪录》是怪，《周秦行纪》是鬼），而这些鬼怪所写的诗都契合它们的身份；等到天亮之后，鬼怪现形或散去，此人也离开了那个与鬼怪们诗歌唱和的处所。因而此文若是韦瓘所写，那么韦状元在写作《周秦行纪》时，对牛相的小说确实是进行了认真研究的。

三 《东阳夜怪录》

《东阳夜怪录》的写作模式跟《元无有》《滕庭俊》《周秦行纪》一样，也是小说主人公夜晚迷途，遇上妖怪，看到妖怪们在一起写诗明志。但《东阳夜怪录》篇幅更长，叙述更为详细，小说中的妖怪更多，小说中的诗歌也更多，多达 14 首。

在《东阳夜怪录》中，独行的成自虚在一个"阴风刮地，飞雪雾天"的夜晚，误入了一座佛庙。庙中"寂无灯烛"，但倾听之下，似有人在喘息。在他连问之下，才听到有人答应。那人自称是个生病的和尚，名叫智高，俗姓安，生在碛西。其实这个安智高是个骆驼，"高"是指骆驼身材高，"安"是指驼峰（驼峰俗称"肉鞍"），生在碛西是指骆驼产自西域。之后陆续又有四人来到，分别是前河阴转运巡官、试左骁卫胄曹参军卢倚马，桃林客、副轻车将军朱中正，以及敬去文和奚锐金。这个卢倚马是头驴，"驴"字的繁体字为"驢"，是"馬"（马）字加"盧"（卢）字；朱中正是一头牛，"朱"字的中间是"牛"；敬去文是一条狗，"敬"字去掉右边的"文"是"苟"字，"苟"跟"狗"同音；奚锐金是一只鸡，"鸡"的繁体字是"雞"，以"奚"为其偏旁，而"锐金"即"金距"，"金距"出自《左传》，是有关鸡的一个典故。

四人自报姓名之后，卢倚马说自己儿童时就听到了安智高的诗歌，于是就背诵了这首诗：

> 谁家扫雪满庭前，万壑千峰在一拳。吾心不觉侵衣冷，曾向此中居几年。

这首诗标志着诗会的开始。之后卢倚马借机也背诵了自己的两首诗：

长安城东洛阳道，车轮不息尘浩浩。争利贪前竞着鞭，相逢尽是尘中小。

日晚长川不计程，离群独步不能鸣。赖有青青河畔草，春来犹得慰羁情。

众人又求安智高的近作，安智高推脱不得，于是朗诵了自己的两首诗：

拥褐藏名无定踪，流沙千里度衰容。传得南宗心地后，此身应便小双峰。

为有阎浮珍重因，远离西国赴咸秦。自从无力休行道，且作头陀不系身。

之后敬去文谈论往事，引出了他的一首旧诗：

爱此飘摇六出公，轻琼洽絮舞长空。当时正逐秦丞相，腾踯川原喜北风。

敬去文在谈话中提到了苗十，并说他"知吾辈会于此，计合解来"。果然苗介立很快就到了。苗十是只猫，"十"是"五五"之意，"五五"跟猫叫声相似，而"苗"即"猫"的偏旁兼谐音，"介立"指猫蹲立之貌。

之后奚锐金自称"小奚诗病又发"，大家赶紧让他把自己的诗贡献出来跟大家分享，于是奚锐金就念了三首五言绝句：

舞镜争鸾彩，临场定鹘拳。正思仙仗日，翘首仰楼前。

养斗形如木，迎春质似泥。信如风雨在，何惮迹卑栖。

为脱田文难，常怀纪渻恩。欲知疎野态，霜晓叫荒村。

大家又让朱中正吟诗，中正就念道：

乱鲁负虚名，游秦感宁生。侯惊丞相喘，用识葛卢鸣。黍稷滋农兴，轩车乏道情。近来筋力退，一志在归耕。

之后在苗介立去请胃氏兄弟之时，敬去文乘机说苗介立的坏话，被归来的苗介立听见，苗介立勃然大怒，在介绍了自己家族的辉煌历史、训斥了敬去文之后，为了证明自己不是不学无术之辈，向大家念了自己的一首诗：

为惭食肉主恩深，日晏蟠蜿卧锦衾。且学志人知白黑，那将好爵动吾心。

刚刚到来的胃藏瓠、胃藏立是兄弟俩，他俩都是刺猬，因一个藏在破瓠中、一个藏在破笠里而得名。胃藏瓠也在苗介立的夸奖中念了一首诗：

鸟鼠是家川，周王昔猎贤。一从离子卯，应见海桑田。

成自虚在夸奖他们的诗歌时，用了"目牛游刃"的典故。在这个典故中，牛是被宰杀的对象，朱中正觉得这是对他的讥讽，就悄悄离开了。

朱中正离开时，敬去文跟成自虚论诘正酣，并用两首诗表达了自己的志向：

事君同乐义同忧，那校糟糠满志休。不是守株空待兔，终当逐鹿出林丘。

少年尝负饥鹰用，内愿曾无宠鹤心。秋草殴除思去宇，平原毛血兴从禽。

这一夜诗会，使得成自虚"赏激无限，全忘一夕之苦"。他正想向大家炫耀一下自己的诗作，忽然听到远处寺庙的撞钟之声，于是眼前的一切人物和声音都消失了，"但觉风雪透窗，臊秽扑鼻"。之后他陆续看到了生病的囊驼、瘁瘠的乌驴、小鸡、大驳猫儿、破瓠破笠中的刺猬、栏中瘠牛、毛悉齐裸的狗，他虽然确认这些动物就是昨晚跟他一起谈诗论道的诗人，但那僵卧在地的骆驼、老病待死的驴、蠕然而动的刺猬、掉光了毛的狗等这些猥琐不堪的动物，跟昨晚那些令他激赏不已的高谈阔论、才华过人、睿智不凡的人物相比，也差别太大了。难怪他慨然不已，"如丧魂者数日"。

《东阳夜怪录》中妖怪们所写的诗歌，也都符合它们的身份，因而也可以当作咏物诗来看待。当然这些诗歌并不仅用来咏物，它们也借助所咏动物的特征，表达出了人类对生活的一些感悟。例如，卢倚马是头官驴，整天奔走在途，他诗中的"长安城东洛阳道，车轮不息尘浩浩""日晚长川不计程"等诗句，就跟他的身份相符，同时这几句诗也写出人类为了各种原因而一刻不停地忙碌在途的情状，令人心生感慨。而且第一首诗中的"争利贪前竞着鞭，相逢尽是尘中小"，也写出了人类为了利益争先恐后的样子。第二首诗中的"离群独步不能鸣"写出了孤独者的心态，而"赖有青青河畔草"虽然写出了驴是食草动物，但一句"春来犹得慰羁情"就把这青草跟游子联系起来，令天下的游子们产生共鸣。

用小说作为载体来表达自己的诗情，这是唐人小说诗化特征的重要特点。但《东阳夜怪录》与其他的志怪小说相比，它的篇幅更长，多达四千多字，算是唐传奇中的长篇之作了。而作者巧思妙想，就连这八个怪物的名字，都是运用了拆字、谐音、典故、双关等诗歌中常用的手法创造出来的。

四　《嵩岳嫁女》《蒋琛》

《蒋琛》一文的作者或以为是薛用弱，或以为是李玫。李时人《全唐五代小说》把它算作李玫的作品。《蒋琛》的写作风格跟李玫的《嵩岳嫁女》类似，因而把它们合在一起论述。

《嵩岳嫁女》跟《蒋琛》都是凡间文人因为偶然的机会得以观赏到一场非人间的盛会，只不过《嵩岳嫁女》中的盛会是发生在山上，而《蒋琛》中的盛会是发生在水中。当然在唐人笔下，这些天上水中的盛会都成为诗人的聚会了。

在《嵩岳嫁女》中，田璆和邓韶都博学多文。中秋之夜，田璆携觞出门，要到邓韶的别墅去跟邓韶一起望月。不料途中遇上了同样拿着酒壶的邓韶，原来邓韶也正要去找田璆。两人正在路旁商量到谁家去望月，这时有两个书生骑马过来，说你们干脆到我们庄上去看月亮吧，我家有水竹台榭，是很好的望月场所。田璆和邓韶就欣然前往了。书生请田、邓两人喝了几杯甘香异常的烛夜一花酒后，就领他们来到了嵩岳嫁女处，见到了西王母等仙人。小说的题目虽然是《嵩岳嫁女》，但小说叙述的重心却是仙人们在周穆王到来之后吟唱诗歌的过程。原文为：

> 未顷，闻箫韶自空而来，执绛节者前唱言："穆天子来，奏乐！"群仙皆起，王母避位拜迎。二主降阶，入幄环坐而饮。王母曰："何不拉取老轩辕来？"曰："他今夕主张月宫之宴，非不勤请耳。"王母又曰："瑶池一别后，陵谷几迁移，向来观洛阳东城，已丘墟矣。定鼎门西路，忽焉复新，市朝云改，名利如旧，可以悲叹耳！"穆王把酒，请王母歌。以珊瑚钩击盘而歌曰：
>
> "劝君酒，为君悲且吟。自从频见市朝改，无复瑶池晏乐心。"
>
> 王母持杯，穆天子歌曰：
>
> "奉君酒，休叹市朝非。早知无复瑶池兴，悔驾骅骝草草归。"
>
> 歌竟，与王母话瑶池旧事，乃重歌一章云：
>
> "八马回乘汗漫风，犹思往事憩昭宫。晏移南圃情方洽，乐奏钧天曲未终。斜汉露凝残月冷，流霞杯泛曙光红。昆仑回首不知处，疑是酒酣魂梦中。"
>
> 王母酬穆天子歌曰：
>
> "一曲笙歌瑶水滨，曾留逸足驻征轮。人间甲子周千岁，灵境杯觞初一巡。玉兔银河终不夜，奇花好树镇长春。悄知碧海饶词句，歌向俗流疑误人。"
>
> 酒至汉武帝，王母又歌曰：
>
> "珠露金风下界秋，汉家陵树冷飕飕。当时不得仙桃力，寻作浮尘飘陇头。"

汉主上王母酒曰：

"五十余年四海清，自亲丹灶得长生。若言尽是仙桃力，看取神仙簿上名。"

帝把酒曰："吾闻丁令威能歌。"命左右召来。令威至，帝又遣子晋吹笙以和，歌曰：

"月照骊山露泣花，似悲仙帝早升遐。至今犹有长生鹿，时绕温泉望翠华。"

帝持杯久之。王母曰："应须召叶静能来，唱一曲当时事。"静能续至，跪献帝酒，复歌曰：

"幽蓟烟尘别九重，贵妃汤殿罢歌钟。中宵扈从无全仗，大驾苍黄发六龙。妆匣尚留金翡翠，暖池犹浸玉芙蓉。荆榛一闭朝元路，唯有悲风吹晚松。"

歌竟，帝凄惨良久。诸仙亦惨然。于是黄龙持杯，亦于车前再拜祝曰：

"上清神女，玉京仙郎。乐此今夕，和鸣凤凰。凤凰和鸣，将翱将翔。与天齐休，庆流无央。"

仙郎即以鲛绡五千疋，海人文锦三千端，琉璃琥珀器一百床，明月骊珠各十斛，赠奏乐仙女。乃有四鹤立于车前，载仙郎并相者侍者，兼有宝花台。俄进法膳，凡数十味，亦沾及璆、韶。璆、韶饮。有仙女捧玉箱，托红笺笔砚而至。请催妆诗。于是刘纲诗曰：

"玉为质兮花为颜，蝉为鬓兮云为鬟。何劳傅粉兮施渥丹，早出娉婷兮缥缈间。"

于是茅盈诗云：

"水晶帐开银烛明，风摇珠佩连云清。休匀红粉饰花态，早驾双鸾朝玉京。"

巢父诗曰：

"三星在天银河回，人间曙色东方来。玉苗琼蕊亦宜夜，莫使一花冲晓开。"

以上诸位仙人共吟诗 12 首，之后才是"诗既入，内有环佩声。即有玉女数十，引仙郎入帐。召璆、韶行礼"。然后就是"礼毕，二书生复引璆、韶辞夫人"，小说就很快结束了。

在以上的 12 首诗歌中，有杂言诗 2 首、骚体诗 1 首、四言诗 1 首、七律 3 首、七绝 5 首。西王母和穆天子竟然写出来合乎平仄的七律，这当然是不可能的。因而这里的 12 首诗，只是作者借仙人们的口吻来显示自己的诗才、表达自己的思想感情而已。

这首诗的题目既然是《嵩岳嫁女》，那么小说中的诗歌应该是喜气洋洋，但实际上这些诗歌只有最后 4 首与婚庆的格调相符，前面 8 首的格调多是凄凉甚至是悲凉的。例如，西王母的第一首诗开篇就是"劝君酒，为君悲且吟"，穆天子的回诗始则"早知无复瑶池兴，悔驾骅骝草草归"，继则"昆仑回首不知处，疑是酒酣魂梦中"，悔恨之情毕现。甚至当叶静能歌罢"荆榛一闭朝元路，唯有悲风吹晚松"时，不仅"帝凄惨良久"，而且"诸仙亦惨然"。作者写这样一场神仙婚宴，除了有"乐此今夕，和鸣凤凰"这样赞美婚姻的诗句，有"玉为质兮花为颜，蝉为鬓兮云为鬟"这样赞美新娘的诗句，还有"当时不得仙桃力，寻作浮尘飘陇头"这样宣扬仙道的诗句，也有作者用来表达别离之苦、抒发对杨贵妃的哀叹之情的诗句。

《蒋琛》的故事环境发生在水中，参加这个太湖雪溪松江神境会者，除了溪神、湘神、江神、湖神之外，其他基本上是那些死于水中又成为神的名人，例如，屈原、申屠狄、徐衍、伍子胥、曹娥等；只有范蠡不是死于水中，但他也曾泛扁舟于五湖之中。这些水中之神聚在一起，也跟人间的聚会一样，不外乎"朱弦雅张，清管徐奏。酌瑶觥，飞玉觞。陆海珍味，靡不臻极"。小说中的这次聚会，不仅有歌舞，而且有俳优作为报幕员。他们聚会中所唱的歌也与那些溺水而死的故事相关。例如：

> 有俳优扬言曰："蟠蟠美女，唱《公无渡河歌》。"其词曰：
> "浊波扬扬兮凝晓雾，公无渡河兮公竟渡。风号水激兮呼不闻，提衣看入兮中流去。流排衣兮随步没，沈尸深入兮蛟螭窟。蛟螭尽醉兮君血干，推出黄沙兮泛君骨。当时君死兮妾何适，遂就波澜兮合魂

魄。愿持精卫衔石心，穷取河源塞泉脉。"

在"申徒先生从河上来，徐处士与鸱夷君自海滨至"之后，又有如下的情节：

舞竟，俳优又扬言："曹娥唱《怨江波》。"凡五叠，琛所记者唯三。其词曰：

"悲风淅淅兮波绵绵，芦花万里兮凝苍烟。虬螭窟宅兮渊且玄，排波叠浪兮沈我天。所复不全兮身宁全，溢眸恨血兮往涟涟。誓将柔荑扶锯牙之啄，空水府而藏其腥涎。青娥翠黛兮沉江壖，碧云斜月兮空婵娟。吞声饮恨兮语无力，徒扬哀怨兮登歌筵。"

歌竟，四座为之惨容。

"公无渡河"和曹娥救父的故事都是悲剧，这两首歌骚体诗也凄凄惨惨戚戚，于是"四座为之惨容"，这次盛会也就没有了欢乐气氛。

这两首歌使得各位水神动情，于是他们也各自赋诗言志：

江神把酒，太湖神起舞作歌曰：
"白露溥兮西风高，碧波万里兮翻洪涛。莫言天下至柔者，载舟复舟皆我曹。"

江神倾杯，起舞作歌曰：
"君不见，夜来渡口拥千艘，中载万姓之脂膏。当楼船泛泛于叠浪，恨珠贝又轻于鸿毛。又不见，潮来津亭维一舸，中有一士青其袍。赴宰邑之良日，任波吼而风号。是知溺名溺利者，不免为水府之腥臊。"

湘王持杯，霅溪神歌曰：
"山势萦回水脉分，水光山色翠连云。四时尽入诗人咏，役杀吴兴柳使君。"

酒至溪神，湘王歌曰：

"渺渺烟波接九嶷，几人经此泣江篱。年年绿水青山色，不改重华南狩时。"

四位水神依次作歌之后，那些来赴会的客人们也纷纷献诗：

于是范相国献《境会夜宴诗》曰：

"浪阔波澄秋气凉，沈沈水殿夜初长。自怜休退五湖客，何幸追陪百谷王。香袅碧云飘风席，觞飞白玉滟椒浆。酒酣独泛扁舟去，笑入琴高不死乡。"

徐衍处士献《境会夜宴并简范诗》曰：

"珠光龙耀火煌煌，夜接朝云宴渚宫。凤管清吹凄极浦，朱弦闲奏冷秋空。论心幸遇同归友，揣分惭无辅佐功。云雨各飞真境后，不堪波上起悲风。"

屈大夫左持杯，右击盘，朗朗作歌曰：

"凤骞骞以降瑞兮，患山鸡之杂飞。玉温温以呈器兮，国碱砆之争辉。当侯门之四辟兮，瑾嘉谟之重扉。既瑞器而无庸兮，宜昏暗之相微。徒刳石以为舟兮，顾沿流而志违。将刻木而作羽兮，与超腾之理非。矜予子于空阔兮，靡群援之可依。血淋淋而滂流兮，顾江鱼之腹而将归。西风萧萧兮湘水悠悠，白芷芳歇兮江篱秋。日晼晼兮川云牧，棹回起兮悲风幽。羁魂汩没兮，我名永浮。碧波虽涸兮，厥誉长流。向使甘言顺行于曩昔，岂今日居君王之座头。是知贪名徇禄而随世磨灭者，虽正寝而死兮，无得与吾俦。当鼎足之嘉会兮，获周旋于君侯。雕盘玉豆兮罗珍羞，金卮琼斝兮方献酬。敢写心兮歌一曲，无诮余持杯以淹流。"

申屠先生献《境会夜宴诗》曰：

"行殿秋未晚，水宫风初凉。谁言此中夜，得接朝宗行。灵鼍振冬冬，神龙耀煌煌。红楼压波起，翠幄连云张。玉箫冷吟秋，瑶瑟清含商。贤臻江湖叟，贵列川渎王。谅予衰俗人，无能振颓纲。分辞昏乱世，乐寐蛟螭乡。栖迟幽岛间，几见波成桑。尔来尽流俗，难与倾"

壶觞。今日登华筵，稍觉神扬扬。方欢沧浪侣，邃恐白日光。海人瑞
锦前，岂敢言文章。聊歌灵境会，此会诚难忘。"

鸱夷君衔杯作歌曰：

"云集大野兮血波汹汹，玄黄交战兮吴无全垒。既霸业之将坠，
宜嘉谟之不从。国步颠蹶兮，吾道遘凶。处鸱夷之大困，入渊泉之九
重。上帝愍余之非辜兮，俾大江鼓怒其冤踪。所以鞭浪山而疾驱波
岳，亦粗足展余拂郁之心胸。当灵境之良宴兮，谬尊俎之相容。击箫
鼓兮撞歌钟，吴讴赵舞兮欢未极。遽军城晓鼓之冬冬，愿保上善之柔
德，何行乐之地兮难相逢。"

以上诸诗从内容上看，都契合各人的身份，如伍子胥所写的最后一首，
"云集大野兮血波汹汹，玄黄交战兮吴无全垒"，点出了吴越两国大战时的
情状；"国步颠蹶兮，吾道遘凶。处鸱夷之大困，入渊泉之九重"，指出自
己不被重用反而被杀的下场；"上帝愍余之非辜兮，俾大江鼓怒其冤踪。
所以鞭浪山而疾驱波岳，亦粗足展余拂郁之心胸"，写自己无辜而死，得
到了上帝的怜悯，"俾大江鼓怒其冤踪""鞭浪山而疾驱波岳"，使得自己
的"拂郁之心胸"得以粗展。当然在叙述了自己的遭遇之后，诗歌最后也
写到了这次盛会："当灵境之良宴兮，谬尊俎之相容"，并且以"愿保上善
之柔德，何行乐之地兮难相逢"结尾。

以上诸诗的体裁非常多样，湖、湘、溪三神的诗歌是七言绝句，江神
的是通俗的杂言诗，范蠡、徐衍的是七律，屈原、伍子胥、歌女、曹娥的
是骚体，申屠狄的则是五古。

小说中出现的诗歌共 11 首，从数量上看不如《东阳夜怪录》中的 14
首；但《东阳夜怪录》中的 14 首诗歌都是绝句或律诗，而《蒋琛》中的这
11 首诗歌则有篇幅较长的骚体诗、五言古诗、杂言诗，因而从字数上看，
这 11 首诗歌远多于《东阳夜怪录》中的 14 首。其中仅仅屈原的那首诗歌
就多达二百多字，而这些诗歌的总字数超过了 1000 字，几乎占了小说总字
数的一半。明初瞿佑《剪灯新话》中的《水宫庆会录》《龙堂灵会录》，故
事发生的背景也是在水中，小说中的诗歌所占比例也很高，其写作模式与

《蒋琛》非常相似。伍子胥和范蠡在《龙堂灵会录》中也联袂登场，其中伍子胥对范蠡的批评，可以看作是《蒋琛》中范蠡和屈原交锋的翻版，使得《龙堂灵会录》几乎就是对《蒋琛》的摹写之作。但就诗歌作品的多样性及创作水平而言，瞿佑之作逊于《蒋琛》远矣。

第四节　沈亚之小说

以写诗的态度、写诗的方法来写小说，使得小说虽为散文，却有诗情、诗意、诗境，这是唐人的特长。在这方面做得最好的是吴兴才人沈亚之。

一　怪媚的题材

沈亚之在《湘中怨解》的开篇如此介绍他写这篇小说的缘由：

> 《湘中怨》者，事本怪媚，为学者未尝有述。然而淫溺之人，往往不寤。今欲概其论，以著诚而已。从生韦敖，善譔乐府，故牵而广之，以应其咏。

我们现在评论一个小说故事，往往说它"叙述生动真切""情节曲折紧张"，但沈亚之此处却用"怪媚"来定位他后文所写的故事。用"怪""媚"来概括小说题材确实罕见，但用它来评论中唐的部分诗歌则非常恰当——中唐韩愈、李贺等人的诗歌之"怪"、之"媚"，已经成为共识；特别是李贺，其诗歌之"怪媚"可谓中国诗歌中一绝。沈亚之作为韩愈的门人、李贺的朋友，他的作品也不乏"怪媚"的色彩——他的诗歌是如此，小说也是如此。

沈亚之小说的独特风貌，正是由他选材的诗化倾向所决定的。这一诗化倾向，我们从他的"以应其咏"中可以得到证明：他所写的小说，跟韦敖的诗歌是同一题材的，也就是说他所写之事也是"诗材"。

小说跟诗歌进行同题作文，或者说用小说写诗歌的题材，是唐代诗歌的一大特色，白居易、陈鸿、沈既济、元稹、李绅、白行简这一文学集团就经常用这一模式进行文学创作：白居易的《长恨歌》和陈鸿的《长恨歌传》，白居易的《任氏行》和沈既济的《任氏传》，元稹的《莺莺传》和李绅的《莺莺歌》，元稹的《李娃行》和白行简的《李娃传》，这些诗歌和小说都是同一题材的。内容决定形式，小说既然选择了跟诗歌相同的题材，那么它也就具有了诗歌的特点，而且这些特点是全方位的。

对于唐传奇题材的诗化倾向，杨慎的论述很值得重视：

> 盖唐之才人，于经艺道学有见者少，徒知好为文辞，闲暇无所用心，辄想像幽怪遇合、才情恍惚之事，作为诗章咨问之意，傅会以为说，盍簪之次，各出行卷，以相娱玩，非必真有是事，谓之传奇。元稹、白居易犹或为之，而况他乎！①

杨氏此处所说的"幽怪遇合、才情恍惚之事"，与沈亚之的"事本怪媚"何其相似。

诗化的小说题材，一是要"奇"，此即白行简称李娃"节行瑰奇"（《李娃传》）之"奇"，李公垂"卓然称异"（《莺莺传》）之"异"，沈亚之所谓"怪媚"之"怪"，也就是杨慎所谓之"幽怪遇合"者也；二是有"情"，沈既济所谓之"传要妙之情"，胡应麟所谓之"绰有情致"（《少室山房笔丛》），杨慎所谓之"才情恍惚"，都不离此"情"字。有了"奇"事和"情"事这样的载体，作者就可以充分显示自己的史才、诗笔、议论。而在史才、诗笔、议论之中，唐人更重诗笔，此即沈既济所谓之"著文章之美"，也就是沈亚之所谓"怪媚"之"媚"。只有在诗笔笼罩下的"奇"事"情"事，才能使得"小小情事，凄惋欲绝"，才能具有"鸟花猿子，纷纷荡漾"的效果。

沈亚之《湘中怨解》叙述的是一个能"赋为怨句，其词丽绝"的谪落人间的水中蛟宫之娣的故事，《异梦录》主要写的是邢凤梦遇"环步从容，执卷且吟"的古妆美人的故事，《秦梦记》所写的是作者昼梦入秦给

---

① （元）虞集：《写韵轩记》，见《道园学古录》（第五册），商务印书馆 1937 年版，第 645 页。

弄玉公主写挽歌、作墓志铭的故事，这些故事都具有凄美动人的"怪媚"特征。

例如，在《异梦录》中，陇西公讲了下面的故事：

> 凤，帅家子，无他能。后寓居长安平康里南，以钱百万，质得故豪洞门曲房之第。即其寝而昼偃，梦一美人，自西楹来，环步从容，执卷且吟，为古妆，而高髻长眉，衣方领，绣修带绅，被广袖之襦。凤大悦曰："丽者何自而临我哉？"美人笑曰："此妾家也。而君客妾宇下，焉有自耶？"凤曰："愿示其书之目。"美人曰："妾好诗，而常缀此。"凤曰："丽人幸少留，得观览。"于是美人授诗，坐西床。凤发卷，视其首篇，题之曰《春阳曲》，终四句。其后他篇，皆累数十句。美人曰："君必欲传，无令过一篇。"凤即起，从东庑下几上取彩笺，传《春阳曲》。其词曰：
>
> 长安少女踏春阳，何处春阳不断肠？舞袖弓弯浑忘却，罗帷空度九秋霜。
>
> 凤卒吟，请曰："何谓弓弯？"曰："妾昔年父母使教妾为此舞。"美人乃起，整衣张袖，舞数拍，为弓弯状以示凤。既罢，美人泫然良久，即辞去。凤曰："愿复少赐须臾间。"竟去。凤亦觉，昏然忘有所记。凤更衣，于襟袖得其辞，惊视，复省所梦。事在贞元中。后凤为余言如是。

在这个故事中，邢凤在自己家中梦见一个古妆执卷的美人来到他面前，此乃第一怪；当邢凤跟她开玩笑打招呼时，这个美人竟然说这里是她自己的家，二怪；美人爱写诗，她还同意邢凤抄一篇她的诗，三怪；邢凤不懂诗中的"弓弯"为何意，美人就给他跳舞以示范，四怪；美人泫然良久，不顾邢凤的挽留而辞去，五怪；邢凤醒来后，在袖间发现了自己梦中抄的《春阳曲》，六怪；这个故事是邢凤亲自告诉陇西公的，现在陇西公又告诉了大家，那么它还能是假的吗？可在今人看来，这当然不可能是真的，此乃第七怪。因而在小说中，几乎每个转折、每个情节都是怪的。小说中的古妆美人从容而来，执卷且吟，高鬟长眉，衣方领，绣修带绅，被广袖之襦，这是人物之媚；邢凤看见美人后，大悦而问，美人则笑着回答，一问一答皆从容机智得体，这是人物应答之媚；美人好诗，其"长安少女踏春阳，何处春阳不断肠"等诗很美，这是诗歌之媚；诗中的"弓弯"乃是舞蹈，美人起身为邢凤表演"弓弯舞"，这是美人舞蹈之媚；美人"泫然良久"，这是不明原因的美人伤感之媚；邢凤醒后，无意间在袖中发现了他梦中所抄的《春阳曲》，唤醒了梦中的怪媚记忆，这是回忆之媚。整篇小说，奇奇怪怪，时空错乱，而又美轮美奂，确实是"怪媚"之作。

二　凄美的诗境

沈亚之很善于在小说中用诗语和散语相结合创造诗的意境，而他的诗境多具有"凄美"的特点，《异梦录》《湘中怨解》和《秦梦记》都是如此。下面以《秦梦记》为例对这一特点进行分析。

在《秦梦记》的前半部分，昼梦入秦的沈亚之得到秦公的重用。他为秦国攻下五城，秦公把寡居的幼女弄玉嫁给他，可谓春风得意。但作者在叙述这些得意事时，没有出现诗歌，《秦梦记》中的四首诗歌都是在弄玉去世之后才出现的。但小说的悲剧色彩，在这得意之时就已有所表露了："芳殊明媚，笔不可模样"的弄玉公主喜吹凤箫，而她只要吹箫就到翠微宫的高楼上，她的箫声总是"声调远逸，能悲人，闻者莫不身废"。仅仅过了一年，公主就无疾而卒了。这时感伤不已的秦公命沈亚之作挽歌，沈亚之应教而作曰：

> 泣葬一枝红，生同死不同。金钿坠芳草，香绣满春风。旧日闻箫处，高楼当月中。梨花寒食夜，深闭翠微宫。

这首诗的首联以"泣葬一枝红"开篇，把葬公主比喻为葬花，并以"生""死"二字点出生死之异；颔联以芳草上坠落的公主的金钿、春风中充满的公主的芳香这些可观可感的意象表示出人亡物在的伤感之情；颈联回忆公主在月色中高楼吹箫的场面，把小说的时空倒回到了过去；尾联则把时空推向未来，指出在公主去世之后，以前公主居住的翠微宫只能深闭了，从此只有梨花盛开的寒食之时的凭吊，却不复当初的高楼吹箫之场景了。这首诗以"泣葬一枝红"写现在，以"高楼当月中"写过去，以"深闭翠微宫"写将来，在不停的时空转换中，又杂以各种虚虚实实的悲戚意象，从而完成了这一精妙凄美的意境塑造。

秦公读了沈亚之的诗表示"善之"。但作者作为一个卓越的凄美意境创造者，接着写道：

　　　　时宫中有出声若不忍者，公随泣下。

欲出声哭而又若"不忍"，这似有似无、吞吞咽咽的啜泣声令人心碎，于是丧女之痛的秦公就跟着"泣下"了。小说用诗歌所塑造出来的这一凄美意境到此才真正完成。

之后小说又进入下一凄美意境的塑造。秦公又让沈亚之作墓志铭。大概墓志铭较长，又是在梦中，沈亚之独忆其铭曰：

　　　　白杨风哭兮石甃髯莎，杂英满地兮春色烟和。珠愁粉瘦兮不胜绮罗，深深埋玉兮其恨如何？

这四句骚体诗语词缠绵，极为"怪媚"，很像李贺的"塞上燕脂凝夜紫"等诗句。诗中的"白杨风哭""石甃髯莎""珠愁粉瘦"这些冷色调的意象与"杂英满地""春色烟和"这些暖色调的意象互相生发，共同构成了一个冷艳的诗歌意境，这意境被最后一句"深深埋玉兮其恨如何"所收束，而作为结束语的"如何"二字的疑问口吻使得诗歌具有了言有尽而意无穷的抒情效果。

之后秦穆公置酒送亚之离开秦国。酒宴之间"声秦声，舞秦舞"，在"舞者击髀附髀呜呜，而音有不快，声甚怨"时，秦穆公又让亚之写离别之歌。于是沈亚之立为歌，辞曰：

击髆舞，恨满烟光无处所。泪如雨，欲拟著词不成语。金凤衔红旧绣衣，几度宫中同看舞。人间春日正欢乐，日暮东归何处去。

这首诗没有"泣葬一枝红"中整齐的意象，也没有"白杨风哭兮石瓮髯莎"的凄艳，但它短促的仄声调以及三七言句式的交互变换所创造出的诗歌节奏，使得这一诗歌读起来竟有如泣如诉的效果。当他的歌词被舞者"杂其声而道之"的时候，使得"四座皆泣"，也就毫不奇怪了。

沈亚之在别宴后回到他和公主曾经居住过的翠微宫与公主侍人相别，这时见"珠翠遗碎青阶下，窗纱檀点依然"。这两句虽是散文，但具有诗的意境。依然如旧的"窗纱檀点"，跟"青阶下"的"珠翠遗碎"，时空对比鲜明，物是人非、物碎人去皆在其中。两句所写虽纯为外在的意象，但意象之中含有无尽的哀思。这些散句跟前面沈亚之的诗句"泪如雨，欲拟著词不成语"互相映衬，又以"宫人泣对亚之"来深化这一凄美的意境，这就把小说中亚之的丧妻之痛、离别之悲诗意地多层次地表现了出来。

但沈亚之的梦境依然没有结束。"感咽良久"的沈亚之题宫门诗曰：

君王多感放东归，从此秦宫不复期。春景自伤秦丧主，落花如雨泪燕脂。

这首诗具有总结的意味。写完这首诗后，沈亚之才别去，并惊觉醒来。因而这首诗最后的"落花如雨泪燕脂"就成为小说最后的凄美意象了，而整篇小说的美学风格也可以用这一诗句来概括。

三 弱化的情节与强化的抒情

诗歌叙事与小说叙事很不相同，这是因为小说是以叙事为写作目的，而诗歌则是以抒情为写作目的，因而诗歌中即使有叙事，那也是为抒情而设置的，这就使得诗歌中的叙事往往比较简单，点到为止。沈亚之把小说当作诗歌来写，其小说中的故事情节也就被弱化了，而抒情性则增强了。

例如，前文中提到的《春阳曲》，其故事情节不外乎梦见美人—得观诗卷—抄录诗篇—示范弓弯—美人离去—梦醒见诗这几个简单的过程，这些情节都是围绕着《春阳曲》这首诗展开的，这使得它与《琴操》非常相似。在这简单的情节中，作者处处在刻意表现一种怪媚的感伤情绪。那首"长安少女踏春阳，何处春阳不断肠？舞袖弓弯浑忘却，罗衣空换九秋霜"的诗歌堪称精美凄艳，而这首充满了感伤的诗可以算是这篇小说的主题曲。小说的美人形象宛然如画——"自西楹来，环步从容，执卷且吟，为古妆，而高鬟长眉，衣方领、绣带，被广袖之襦"，她也喜欢读诗写诗，她还会跳弓弯舞，但这一美人是怎样死去的？她为什么在离去时"泫然良久"？她的伤感不仅与那首《春阳曲》的凄美相对应，而且令人回味不已。而美人"须臾间竟去"，邢凤也"寻觉，昏然忘有所记"，更使得小说蒙上了一层迷惘的感伤。

最能代表沈亚之表现感伤情绪、弱化小说情节的作品是《湘中怨解》。《湘中怨解》中的情节也非常简单，遇女—同居—吟诗—卖缯—泣别—相遇，仅此而已。在这简单的叙事中，凡是跟抒情无关的情节基本上一带而过，而具有抒情性的情节则较为细致。例如，"卖缯"的情节，小说仅仅以"生居贫，汜人尝解箧，出轻缯一端，与卖，胡人酬之千金"就介绍完毕了，在这 21 字中，把事件的原因、解箧、出缯、与卖、得金这一完整过程都写出来了，当然这些都只是概括性的简单介绍，没有任何细节描写。对那些具有抒情特征的情节，作者则不吝笔墨。例如：

> 遂与居，号曰汜人。能诵楚人《九歌》《招魂》《九辩》之书，亦常拟其调，赋为怨句，其词丽绝，世莫有属者。因撰《风光词》曰：
>
> "隆佳秀兮昭盛时，播薰绿兮淑华归。顾室荑与处荨兮，潜重房以饰姿。见稚态之韶羞兮，蒙长霭以为帏。醉融光兮渺弥，迷千里兮涵洇湄。晨陶陶兮暮熙熙。舞娇娜之秋条兮，骋盈盈以披迟。酏游颜兮倡蔓卉，縠流旧电兮石发髓旎。"

这首《风光词》多达 89 字。

在小说中，沈亚之非常注意营造凄迷伤怨的诗性氛围。郑生在洛桥下与哀哭的氾人相遇，当空的晓月、艳女的哀哭，空灵中充满了凄怨；之后哭泣中的艳女"翳然蒙袖"，朦胧中不乏伤感和美感。两人同居之后，作者对氾人能诵《九歌》《招魂》等诗且常拟其调赋为怨句之事叙述较详，并且把近 90 字的《风光词》全文录出，而作者对郑生和氾人长达数年的生活情状却叙述甚略。居住数年之后，氾人说她本是湘中蛟宫之娣，现在该回去了，于是两人"相持涕泣"，郑生留之不得。氾人出现时是"哀哭"，离别时是"涕泣"，同居时常"赋为怨句"，整个形象就是凄美哀怨的。小说最为人称道的是下面的这部分：

> 后十余年，生之兄为岳州刺史。会上巳日，与家徒登岳阳楼，望鄂渚。张宴，乐酣，生愁吟曰："情无垠兮荡洋洋，怀佳期兮属三湘。"
>
> 声未终，有画舻浮漾而来。中为彩楼，高百余尺，其上施帏帐，栏笼画饰。帷褰有弹弦鼓吹者，皆神仙蛾眉，被服烟霓，裙袖皆广长。其中一人起舞，含凄怨，形类氾人，舞而歌曰："溯青春兮江之隅，拖湘波兮裹绿裾。荷拳拳兮未舒，匪同归兮将焉如！"
>
> 舞毕，敛袖，翔然凝望。楼中纵观方恰，须臾风涛崩怒，遂迷所往。

这段文字中出现了两处诗语，一是郑生在岳阳楼上张宴乐酣时的愁吟："情无垠兮荡洋洋，怀佳期兮属三湘"；二是氾人起舞时的歌声："溯青春兮江之隅，拖湘波兮裹绿裾。荷拳拳兮未舒，匪同归兮将焉如！"这两段诗语都是契合故事情节、符合人物性格特点也与故事发生地点相契合的骚体诗，而这样充满感情的诗句就把诗歌的抒情性直接移植到了小说之中。郑生的愁吟奠定了一个抒发愁怨之情的基调，之后是一段如画的描写，"有画舻浮漾而来"，其中一个形类氾人的神仙蛾眉"含凄怨"地舞而歌，于是引出了第二段诗语。她舞毕之后，又是一个"敛袖，翔然凝望"的定格描写，之后是"风涛崩怒，遂迷所往"。故事到此戛然而止，但给读者留下了一片迷茫和满怀伤感。李剑国认为这篇小说"着意追求一种情致：对美的向往憧憬和美的飘忽感、空幻感以及美得而复失的失落感、迷茫感"，并说它"真算得上是情绪小说、诗化小说、抒情小说或曰意境小说"①，可为定论。

第五节　裴铏《传奇》

裴铏的《传奇》作为一部小说集，对后世影响很大，《裴航》《孙恪》《昆仑奴》《郑德璘》《封陟》《文箫》《聂隐娘》等小说都被后人传诵，并且多被改编为戏剧。宋代尹洙说范仲淹的名作《岳阳楼记》是"《传奇》体"，可见其影响之深远。而《传奇》能够成为一种文体，是跟它的诗化特点密切相关的。

一　散文叙事、骈文描写、诗歌言志的写作模式

《传奇》中骈文、诗歌和散文的有机结合，可以《孙恪》篇中的这段描写为标本进行分析：

> 良久，忽闻启关者。一女子光容鉴物，艳丽惊人，珠初涤其月华，柳乍含其烟媚，兰芬灵濯，玉莹尘清。恪疑主人之处子，但潜窥而已。女摘庭中之萱草，凝思久立，遂吟诗曰："彼见是忘忧，此看同腐草。青山与白云，方展我怀抱。"

在这段文字中，"良久，忽闻启关者""恪疑主人之处子，但潜窥而已。女摘庭中之萱草，凝思久立，遂吟诗曰"为散文，作者用这些散文来叙事，介绍情节的发展过程；"光容鉴物，艳丽惊人，珠初涤其月华，柳乍含其烟媚，兰芬灵濯，玉莹尘清"为骈文，作者用这段骈文来描写女子的容貌；"彼见是忘忧，此看同腐草。青山与白云，方展我怀抱"是诗歌，它表现出了女子的内在美和心志。

---

① 李剑国：《唐五代志怪传奇序录》，南开大学出版社1993年版，第92页。着重号为原文所有。

这种用散文叙事、骈文描写、诗歌抒情言志的写作模式，能够把散文、骈文、诗歌这三种文体有机融合在一起，让它们各负其责，各自展示自己的文体特长，从而充分表现出汉语文体特点的文学魅力。这是一种非常适合汉语的文体特点文学创作模式。

这种模式在《传奇》中经常见到，可见作者对这一模式的钟爱。下面分别以《昆仑奴》《裴航》《文箫》中的相关段落进行分析。

> 绣户不扃，金钉微明，惟闻妓长叹而坐，若有所俟。翠环初坠，红脸才舒，玉恨无妍，珠愁转莹。但吟诗曰："深洞莺啼恨阮郎，偷来花下解珠珰。碧云飘断音书绝，空倚玉箫愁凤凰。"

这段文字出自《昆仑奴》。崔生被昆仑奴背到一品府，找到红绡妓的居所之后，看见"长叹而坐，若有所俟"的红绡妓"翠环初坠，红脸才舒，玉恨无妍，珠愁转莹"，口中吟出的诗歌也表达了她此时渴望与崔生相见的心情。

> 夫人乃使袅烟召航相识。及搴帷，而玉莹光寒，花明丽景，云低鬟鬓，月淡修眉，举止烟霞外人，肯与尘俗为偶。……夫人后使袅烟持诗一章，曰："一饮琼浆百感生，玄霜捣尽见云英。蓝桥便是神仙窟，何必崎岖上玉清。"

这段文字出自《裴航》。裴航见到夫人后，对夫人心生爱慕，于是夫人叫来裴航说明情况。裴航近距离地观察夫人，见她的容貌为"玉莹光寒，花明丽景，云低鬟鬓，月淡修眉"。夫人当时没有吟诗，但后来也托她的丫鬟袅烟送给他一首诗。

> 时文箫亦往观焉，睹一姝，幽兰自芳，美玉不艳，云孤碧落，月淡寒空。聆其词理，脱尘出俗，意谐物外。其词曰："若能相伴陟仙坛，应得文箫驾彩鸾，自有绣襦并甲帐，琼台不怕雪霜寒。"

这段文字出自《文箫》。文箫初见吴彩鸾，见她"幽兰自芳，美玉不艳，云孤碧落，月淡寒空"。吴彩鸾所唱的歌词中含有"文箫"二字，引起了文箫的注意。另外《文箫》中还有一段骈文的环境描写："天地黯晦，风雷震怒，摆裂帐帷，倾覆香几。"

在上面这三段引文中，散文叙事、骈文描写、诗歌言志，三种文体、三种功能，井然有序。如果详细分析，会发现文中的骈文描写已经有了程式化的趋势：上文中分析的四段用于相貌描写的文字中，"兰""玉""珠""云""月""寒""淡"等字眼儿都不止一次出现。这些字词首次出现时，令人惊叹不已；但出现多了之后，令人难免有审美疲劳。文箫初见吴彩鸾，作者是幽兰、美玉、孤云、淡月这四个虚象来比喻吴彩鸾的相貌之美："幽兰自芳"，独自芬芳，何等超尘拔俗；"美玉不艳"，有美玉的质地，但不是光艳四射，这是一种收敛的温润美；"云孤碧落"，碧落之中的一朵孤云，这是一种飘逸的晶莹的不凡之美；"月淡寒空"，在凄冷的寒空之中一弯淡月，这是一种有光泽又有寒意的美。这四句骈语意象精美，用语精绝，单句看来诗意盎然，组合起来也是一个具有统一美学风格的意象群，读来令人心旷神怡，拍案叫绝。但是作者在《裴航》中描写刘纲之妻时，所用的"玉莹光寒，花明丽景，云低鬟鬓，月淡修眉"也与此相似；在《孙恪》中描写猿精时，用的"珠初涤其月华，柳乍含其烟媚，兰芬灵濯，玉莹尘清"也属于同一类型，这就让读者的新鲜感逐渐减少了。

当然在《传奇》中，这些骈文描写因为所写女子的类型基本相似（多是女仙、女妖），对她们的相貌描写也只能差别不大；但作者在力所能及的范围内，还是努力求异的。例如，在《昆仑奴》中，作者写红绡妓所用的"翠环初坠，红脸才舒，玉恨无妍，珠愁转莹"，虽然也有"玉""珠"这些意象，但是"玉恨无妍，珠愁转莹"写出了她此处的忧愁，"翠环初坠，红脸才舒"用在吴彩鸾、刘纲妻身上虽不合适，但用在此处很符合红绡妓的身份。因而用骈文描写人物相貌这一模式，在《传奇》中还是能够根据人物身份的不同而有所变化的。

裴铏小说中人物用来言志的诗歌也是裴铏的精心之作，绝不像后世小说中那些庸俗的才子佳人们所写的勾引调情之作。例如《孙恪》中猿精所写的"彼见是忘忧,此看同腐草。青山与白云,方展我怀抱",即物起咏,令人心在青山白云之中;《郑德璘》中的"物触轻舟心自知,风恬浪静月光微。夜深江上解愁思,拾得红蕖香惹衣",即景即情,物我合一,意象玲珑,意味深长。

诗歌是唐人的特长。这些意象精美、语言精绝的诗歌和骈文有机地嵌在唐人小说中,使得唐人小说成为一个具有诗化特征的文本。这是后人对它们叹赏不已的重要原因。

二 诗歌的预叙功能

诗歌语言的预叙功能在《搜神记》等唐前小说中虽然有所表现,但未成规模。在唐人小说中,这种现象就较为普遍了。例如,在《莺莺传》中,莺莺的那首《明月三五夜》的诗歌,就预叙了张生在十五月圆之夜,攀援杏树越墙来到西厢跟莺莺相会的情节。但最充分地发挥了诗歌预叙功能的唐代小说家,非裴铏莫属。

在《孙恪》中,袁氏来到峡山寺。在目睹野猿数十食于生台、悲啸扪萝而跃时,袁氏不禁恻然。于是她命笔题僧壁曰:

> 刚被恩情役此心,无端变化几湮沉。不如逐伴归山去,长啸一声烟雾深。

这时的孙恪茫然不知后面要发生什么,实际上袁氏已经在诗中说得明明白白了:她要"逐伴归山去",在"烟雾深"处"长啸"。袁氏写完诗后,就掷笔于地,抚二子咽泣数声,对孙恪说:"好住好住!吾当永诀矣!"之后就化为老猿,跃树而去了。

更为有名的以诗歌来预叙的故事是《裴航》。在小说中,裴航跟樊夫人同舟而行。裴航见樊夫人国色,于是通过贿赂,让她的侍妾袅烟送给樊夫人一首诗,表达了愿意跟樊夫人相好的愿望。一开始樊夫人不理睬他,后来他又买了不少名酒珍果送给夫人,夫人于是召见裴航,表达了"无以谐谑"之意。后来樊夫人让袅烟给裴航送来一首诗,诗曰:

一饮琼浆百感生，玄霜捣尽见云英。蓝桥便是神仙窟，何必崎岖
上玉清。

此时裴航知道诗中的"何必崎岖上玉清"是对他的拒绝，但他不懂其
他的诗句是什么意思。

后来到达湘汉之后，樊夫人不辞而去，裴航遍求不得。之后小说中
写道：

（裴航）经蓝桥驿侧近，因渴甚，遂下道求浆而饮。见茅屋三四
间，低而复隘。有老妪绩麻苎。航揖之，求浆。妪咄曰："云英，擎
一瓯浆来，郎君要饮。"航讶之，忆樊夫人诗有"云英"之句，深不
自会。俄于苇箔之下，出双玉手，捧瓯，航接饮之，真玉液也。但觉
异香氤郁，透于户外。因还瓯，遂揭箔，睹一女子，露袅琼英，春融
雪彩，脸欺腻玉，鬓若浓云，娇而掩面蔽身，虽红兰之隐幽谷，不足
比其芳丽也。

原来樊夫人诗中的"蓝桥""云英""琼浆"等语，正是对今天裴航在蓝桥
驿饮了云英的琼浆玉液的预叙。之后裴航求婚，老妪让裴航找到玉杵臼，
并且捣药百日，之后就让裴航跟云英结婚。这些情节，樊夫人诗中的"玄
霜捣尽见云英""蓝桥便是神仙窟"都已有清楚的预言了。

《传奇》中有一篇《马拯》，也是用一首诗来预叙故事情节的典型之
作。在小说中，好寻山水、不择险峭的马拯来到了衡山祝融峰，见到了一
个眉毫雪色、朴野魁梧的老和尚。老和尚让马拯的仆人下山去买一些盐
酪，当仆人走后，老和尚也不见了。过了一会儿，有一个名叫马沼的人上
山来，说在路上遇上一只老虎吃掉一个人，不知吃的是谁。马沼说了一下
那个被吃掉的人的服饰，那人竟然是马拯的仆人，这让马拯非常害怕。马
沼说那只老虎吃掉人后，脱下虎皮，穿上禅衣，变成了一个老和尚。等马
沼见到老和尚后，发现他就是那个吃人的老虎变的。马拯偷看老和尚的嘴
唇，发现上面还有血。到了晚上，马拯和马沼牢牢地关好了他们所住房子

的房门。到了夜深，有老虎怒吼，并且用头来撞他们的房门。幸亏他们的房门结实，才没有被撞开。惊恐中的马拯和马沼向室内的土偶宾头卢焚香叩拜，于是他们听到土偶念了一首诗：

> 寅人但溺栏中水，午子须分艮畔金。若教特进重张弩，过去将军必损心。

他们两人明白诗中的"寅人"是指老虎，"栏中"是指井，"午子"是指我，"艮畔金"是指银皿。但这仅是前两句的意思，后两句他们就不懂了。

后面的情节完全按照这四句诗的安排进行。到了天亮之后，老和尚让他们起来喝粥。喝完粥后，他们就骗老和尚说"井中有异"，当老和尚来到井边看时，他们就把和尚推到了井里，老和尚就变成了老虎。他们赶紧用大石头把老和尚打死。这就完成"寅人但溺栏中水"。之后他们拿了老和尚的银皿下山。在天即将昏黑时，他们遇上了一个猎人，这个猎人名叫牛进。于是他们明白了诗中的"特进"是牛进，他们就按照诗中的预言，让牛进重新布置好弩弓，准备射杀老虎，这就是诗中的"若教特进重张弩"。果然有一只老虎来到，老虎的前足触动了弩弓，弩弓射出的箭穿过了老虎的心脏，把老虎射死了，这就是诗中的"过去将军必损心"。天亮后，马拯、马沼把他们从山上拿到的银皿也分了一些给牛进，这就是诗中的"午子须分艮畔金"。小说在完成了诗歌的预言之后，也就结束了。

在小说的前面出现预言诗，小说后面的情节完全按照这首诗的预言来进行，这些预言诗就成了小说的纲目和线索。《裴航》中的预言诗是神仙的未卜先知，《马拯》中的预言诗更像是汉字游戏。这些具有预言功能的诗歌就像抛出了一个个谜语，它们不仅用来指导小说主人公的言行，也用来考查读者的智慧和知识，从而使得读者在阅读小说时，不仅有了更多的期待，而且也让自己投入到故事情节中去。

三 骈文小说《封陟》

凡间的年轻男子向往跟仙女结合，并通过与仙女结合的方式让自己也成为神仙，这样的故事在古代小说中经常见到。但裴铏的《封陟》篇，所写的却是凡人不识神仙从而抱憾终身之事，令读者为之惋惜不已。更奇特的是，这篇小说通篇是用骈文写成的，这在古代的小说中非常罕见，由此可见裴铏改进小说文体的勇气。

《封陟》篇的语言极为华美。下面是小说的开篇部分：

> 宝历中，有封陟孝廉者，居于少室。貌态洁朗，性颇贞端。志在典坟，僻于林薮。探义而星归腐草，阅经而月坠幽窗。兀兀孜孜，俾夜作昼，无非搜索隐奥，未尝暂纵揭时日也。书堂之畔，景象可窥，泉石清寒，桂兰雅淡；戏猱每窃其庭果，唤鹤频栖于涧松。虚籁时吟，纤埃昼闃。烟锁筼筜之翠节，露滋踯躅之红葩。薜蔓衣垣，苔茸毯砌。

这段话介绍"貌态洁朗，性颇贞端"的封陟"志在典坟，僻于林薮"，读书经常读到天亮："探义而星归腐草，阅经而月坠幽窗。"封陟的读书处异常幽美，不仅有"泉石清寒，桂兰雅淡""虚籁时吟，纤埃昼闃"，而且还有"戏猱每窃其庭果，唤鹤频栖于涧松""烟锁筼筜之翠节，露滋踯躅之红葩"，就连墙垣、台砌上都长满了薜蔓和苔茸："薜蔓衣垣，苔茸毯砌。"小说语言如此华美，令人目不暇接，且吟且诵，心爱不已。

一天夜间，在封陟潜心读书之时，仙女降临了。这位"玉佩敲磬，罗裙曳云"的仙女"体欺皓雪之容光，脸夺芙蕖之艳冶"，从天而降，说自己虽是"或游人间五岳，或止海面三峰"的上仙，却非常寂寞：

> 月到瑶阶，愁莫听其凤管；虫吟粉壁，恨不寐于鸳衾。燕浪语而徘徊，莺虚歌而缥缈。宝瑟休泛，虬觥懒斟。红杏艳枝，激含顿于绮殿；碧桃芳萼，引凝睇于琼楼。既厌晓妆，渐融春思。

这段骈文中出现了很多美好的意象，月光、虫吟、燕语、莺歌、宝瑟、虬觥、红杏、碧桃，但在寂寞无聊的仙女眼中，它们都让人愁恨不已。

第六节　诗话小说

　　中国的叙事性诗话往往具有小说的特征，这在唐代的《本事诗》和《云溪友议》中就有突出表现了。这些诗话小说的叙事是围绕着诗歌展开的，使得诗歌成为这些小说的核心和重心，而小说的题材、情节、人物也就不可避免地具有了诗化特征。下面从文以诗缀、曲终奏雅、诗以类聚三个方面来介绍《本事诗》和《云溪友议》的诗化特征。

一　文以诗缀

　　《本事诗》和《云溪友议》作为诗话小说，它们叙述性文字的存在完全是为了小说中的诗歌。下面是《本事诗·情感》篇中的一则：

　　　　朱滔括兵，不择士族，悉令赴军，自阅于球场。有士子容止可观，进趋淹雅。滔召问之曰："所业者何？"曰："学为诗。"问："有妻否？"曰："有。"即令作寄内诗，援笔立成。词曰：

　　　　"握笔题诗易，荷戈征戍难。惯从鸳被暖，怯向雁门寒。瘦尽宽衣带，啼多渍枕檀。试留青黛著，回日画眉看。"

　　　　又令代妻作诗，答曰：

　　　　"蓬鬓荆钗世所稀，布裙犹是嫁时衣。胡麻好种无人种，合是归时底不归？"

　　　　滔遗以束帛，放归。

　　这段短文长仅142字，其中两首诗歌占了68字，将近一半；而短文中的其他文字也是围绕着这两首诗歌展开的。诗歌前面的背景介绍由远到近，由大到小；聚焦到主人公身上之后，就是两问两答的一段对话，这段对话直接引出了诗歌的写作。而在两首诗歌之后，作者仅仅用"滔遗以束帛，放归"七个字就结束了文章，这七个字是这两首诗的直接结果，是不可缺少的。

下面再以《云溪友议·谭生刺》为例说明这一特点：

> 真娘者，吴国之佳人也，时人比于苏小小，死葬吴宫之侧。行客感其华丽，竞为诗题于墓树，栉比鳞臻。有举子谭铢者，吴门秀逸之士也，因书绝句以贻后之来者。睹其题处，经游之者稍息笔矣。诗曰：
> "武丘山下冢累累，松柏萧条尽可悲。何事世人偏重色，真娘墓上独题诗。"

这则小说的最后是谭铢的一首诗，而前面所有的文字都是围绕着这首诗展开的：小说一开始就以"真娘者，吴国之佳人也，时人比于苏小小"介绍真娘其人，这是谭诗中所咏的人物；之后说真娘"死葬吴宫之侧"，谭诗所写的是真娘死后之事，因而这句也必不可少；之后是"行客感其华丽，竞为诗题于墓树，栉比鳞臻"，这正是谭诗所刺之事；之后是"有举子谭铢者，吴门秀逸之士也"，这是介绍诗歌的作者谭铢；"因书绝句以贻后之来者"，这是介绍谭铢写诗；"睹其题处，经游之者稍息笔矣"，这是谭诗带来的结果。可见在这篇小说中，所有的叙述性文字都围绕着这首诗而连缀成文。

一般的小说中也经常有诗歌出现，但那些诗歌是为小说情节服务的，是第二性的；诗话小说则不然，诗话小说以介绍诗歌为宗旨，因而诗话小说中的文字连缀、情节设置都是为诗歌服务的。所以诗话小说中的诗歌是第一性的。

在诗话小说中，无论是情节还是人物都具有明显的诗化特征。例如在《朱滔括兵》中，小说的主要情节是这个士子如何写这两首诗，而这两首诗也用诗的语言真切表达出了士子对征戍的畏难之情、对妻子的怀念之意，表达出他的妻子对士子的期盼之情。就人物而言，这位擅长写诗的士子"容止可观，进趋淹雅"，具有诗人的气质，而"援笔立成"也显示出了他的诗才。他在这两首诗中，既表达了自己"瘦尽宽衣带，啼多渍枕檀"的相思之苦，又以"试留青黛著，回日画眉看"表达了自己渴望团圆的心情，特别以"胡麻好种无人种，合是归时底不归"为结句生动表达出了妻子急盼回归的心情，非常具有感染力。如果说士子的诗人气质和诗才是诗人本分的话，那么那位在《新唐书·朱滔传》中被称为"性变诈多端倪"的叛将朱滔，竟然在这则短文中被作者写成了惜才怜才的最佳配角，这不能不归功于诗歌对小说中人物性格取向的引导作用。

孟启在《本事诗》自序中介绍此书的写作缘起是"抒怀佳作，讽刺雅言，著于群书，虽盈厨溢阁，其间触事兴咏，尤所钟情，不有发挥，孰明厥义？"那些"触"而"兴咏"之事、可以"钟情"之事，当然都跟诗歌相关。《本事诗》分情感、事感、高逸、怨愤、征异、征咎、嘲戏七类，其偏重于"情"与"奇"甚明。

小说的题材为诗材，小说的情节为写诗，小说的人物为诗人，小说的叙述性语言是为了引出诗歌，这些都是诗话小说的特质。

二　曲终奏雅

《本事诗》和《云溪友议》中的诗歌往往在小说最后才出现，这使得小说余音袅袅，韵味悠长。例如，下面是《本事诗·情感》中的一则：

> 宁王曼贵盛，宠妓数十人，皆绝艺上色。宅左有卖饼者妻，纤白明媚，王一见注目，厚遗其夫取之，宠惜逾等。环岁，因问之："汝复忆饼师否？"默然不对。王召饼师使见之，其妻注视，双泪垂颊，若不胜情。时王座客十余人，皆当时文士，无不凄异。王命赋诗，王右丞维诗先成：
>
> "莫以今时宠，宁忘昔日恩。看花满眼泪，不共楚王言。"

人类的记忆是有规律的，其中一个规律就是对一段文章的最后部分记忆得最为深刻。在这篇小说中，王维的诗歌出现在最后，读者对这首诗的印象就特别深刻，而这正是诗话作者所追求的目标。就小说本身而言，如果把诗歌放在小说的结尾，那么诗歌的言简义丰、意象玲珑、以情动人等特质就被定格在读者印象中。如果说诗歌是诗话小说的点睛之笔，那么把诗歌设置在小说的最后,就使小说最精彩的部分得到了定格和强调,从而增强了小说的诗化特征。在上面的引文中,卖饼者妻在被宁王强买一年之后,见到了前夫,不禁"双泪垂颊,若不胜情",使得宁王座客十余人"无不凄异"。这时宁王让大家写诗,王维先写成,他的诗以"莫以今时宠,宁忘昔日恩"对卖饼者妻的行为进行了评价,以"看花满眼泪,不共楚王言"写出了她的凄伤和无奈。小说就此结束,而读者们对卖饼者妻的同情却不能消逝,而宁王虽然对强买来的卖饼者妻"宠惜逾等",但其残忍和霸道也令人愤慨不已。

有些诗歌虽然不是小说结尾的最后一句,但依然具有曲终奏雅的效果。例如,我们所熟知的破镜重圆的故事,就见于《本事诗·情感》:

> 陈太子舍人徐德言之妻,后主叔宝之妹,封乐昌公主,才色冠绝。时陈政方乱,德言知不相保,谓其妻曰:"以君之才容,国亡必入权豪之家,斯永绝矣。傥情缘未断,犹冀相见,宜有以信之。"乃破一镜,人执其半,约曰:"他日必以正月望日卖于都市,我当在,即以是日访之。"及陈亡,其妻果入越公杨素之家,宠嬖殊厚。德言流离辛苦,仅能至京,遂以正月望日访于都市。有苍头卖半镜者,大高其价,人皆笑之。德言直引至其居,设食,具言其故,出半镜以合之,仍题诗曰:
>
> "镜与人俱去,镜归人不归。无复嫦娥影,空留明月辉。"
>
> 陈氏得诗,涕泣不食。素知之,怆然改容,即召德言,还其妻,仍厚遗之。闻者无不感叹。仍与德言、陈氏偕饮,令陈氏为诗,曰:
>
> "今日何迁次,新官对旧官。笑啼俱不敢,方验作人难。"
>
> 遂与德言归江南,竟以终老。

这个故事中出现了两首诗,一首是徐德言在见到妻子的半镜之后所题的"镜与人俱去,镜归人不归。无复嫦娥影,空留明月辉",一首是陈氏在杨素把她还给德言,请她和德言一起饮酒时所写的"今日何迁次,新官对旧官。笑啼俱不敢,方验作人难"。徐德言的诗虽然言语朴素但凄怆满怀,令陈氏看到诗后"涕泣不食",从而感动了杨素,让他们重归于好。但在他们三人一起饮酒时,杨素却让陈氏写诗。此时的陈氏非常为难:如果说现在很快乐,那么杨素就会不高兴;如果现在很伤心,那么徐德言就会心里不痛快。聪明的陈氏竟然把她此时的这种两难心理说了出来:"今日何迁次,新官对旧官",今天这是怎么回事啊,前夫和现夫一起出现在我眼前了;"笑啼俱不敢,方验作人难",我不敢笑,也不敢哭,唉做人太难了。如果小说就以徐氏的这首诗结束,那么读者虽然对徐氏的才情和遭遇有深刻的印象,但大家仍然会关心小说的结局如何。于是作者就在这首诗的后面,加上了"遂与德言归江南,竟以终老"。

相对于《本事诗》,《云溪友议》更像是作者有意把诗歌置于小说的结尾。请看《云溪友议》卷下的《题红怨》:

题红怨

明皇代,以杨妃、虢国宠盛,宫娥皆颇衰悴,不备掖庭。常书落叶,随御水而流云:

"旧宠悲秋扇,新恩寄早春。聊题一片叶,将寄接流人。"

顾况著作闻而和之。既达宸聪,遣出禁内者不少。或有五使之号焉。和曰:

"愁见莺啼柳絮飞,上阳宫女断肠时。君恩不禁东流水,叶上题诗寄与谁。"

卢渥舍人应举之岁,偶临御沟,见一红叶,命仆搴来。叶上乃有一绝句,置于巾箱,或呈于同志。及宣宗既省宫人,初下诏,许从百官司吏,独不许贡举人。渥后亦一任范阳,获其退宫人,睹红叶而吁怨久之,曰:"当时偶题随流,不谓郎君收藏巾箧。"验其书,无不讶焉。诗曰:

"水流何太急,深宫尽日闲。殷勤谢红叶,好去到人间。"

这篇《题红怨》中有两个故事,共有三首诗,其中只有第一首诗是按照时间顺序写出的,第二首和第三首都有意置于故事的最后。第二首诗是顾况的和诗，作者在说出"顾况著作闻而和之"之后，没有马上写出这首诗的内容，而是先用三句话交代了这首诗所带来的后果："既达宸聪，遣出禁内者不少。或有五使之号焉"，之后才用"和曰"引出了这首诗。这种先介绍诗歌作用的叙事手法有其特殊功用：读者在知道了诗歌的奇异作用后，迫切希望看看原诗，因为他们想知道什么样的诗歌能够使得皇帝遣宫娥出宫。这样当顾况的诗歌出现在读者面前时，就满足了他们的阅读期待。第三首的出现也是如此模式：故事的开始就说卢渥应举之时，"偶临御沟，见一红叶，命仆拿来。叶上乃有一绝句"，这时作者没有写出这首绝句，而是接着说卢渥把它"置于巾箱，或呈于同志"。之后说唐宣宗把宫娥遣出皇宫，一开始下诏不让她们嫁给贡举人，于是应举的卢渥就没有机会得到宫女。后来卢渥在范阳当官，这才得到了一个宫女。宫女看到了红叶后"吁怨久之"，说"当时偶题随流，不谓郎君收藏巾箧"。他们"验其书，无不讶焉"。把故事介绍完毕之后，作者才用"诗曰"把这位宫女写的诗介绍出来。这样的叙事结构显然是作者有意而为之的。

《云溪友议》中共有小说 65 篇，其中有诗歌的 55 篇，而在篇末出现诗歌的多达 33 篇，其中《苎萝遇》《真诗解》《毗陵出》《灵丘误》《襄阳杰》《南海非》《哀贫诚》《饯歌序》《宗兄悼》《思归隐》《买山谶》《吴门秀》《辞雍氏》《谭生刺》《澧阳宴》《祝坟应》《江客仁》《琅琊忤》《巢燕词》《蜀僧喻》《杂嘲戏》《闺妇歌》等篇，都是作者打乱了时间顺序，有意把诗歌置于篇末的。

三　小说"诗集"

《本事诗》的每一篇小说中都有诗歌，但每篇所含的诗歌一般是一两首，多的也只有三四首；但《云溪友议》有些篇章中的诗歌很多，例如《饯歌序》《江客仁》中各有 7 首，《辞雍氏》《云中命》中各有 8 首，《三乡略》《蜀僧喻》中各有 12 首，《艳阳词》《温裴黜》中各有诗 13 首，而《杂嘲戏》中的诗歌更是多达 21 首。诗歌出现得如此之多，使得这些小说每篇都像是小型"诗集"了。在这些以小说作为载体的"诗集"中，有一些是诗歌的堆砌，如在《蜀僧喻》中，作者叙述了玄朗上人的一些言行之后，就说玄朗上人在遇上"愚士昧学之流"时，"欲其开悟，别吟以王梵志诗"。之后文章对王梵志和他的诗歌进行了简单介绍，紧接着就罗列出了12首王梵志诗，而这些诗歌竟然占了整篇小说四分之三的篇幅。这样的小说"诗集"没有什么小说的味道。但《云溪友议》中的大部分小说"诗集"还是很有小说味的，小说中的人物形象也很突出。例如，《和戎讽》：

　　宪宗皇帝朝，以北狄频侵边境，大臣奏议，古者和亲之有五利，而日无千金之费。上曰："比闻有一卿能为诗，而姓氏稍僻，是谁？"宰相对曰："恐是包子虚、冷朝阳。"皆不是也。上遂吟曰：

　　"山上青松陌上尘，云泥岂合得相亲？世路尽嫌良马瘦，唯君不弃卧龙贫。千金未必能移姓，一诺从来许杀身。莫道书生无感激，寸心还是报恩人。"

　　侍臣对曰："此是戎昱诗也。京兆尹李銮拟以女嫁昱，令改其姓，昱固辞焉。"上悦曰："朕又记得《咏史》一篇，此人若在，便与朗州刺史。武陵桃源，足称诗人之兴咏。"圣旨如此稠叠，士林之荣也。其《咏史诗》云：

　　"汉家青史内，计拙是和亲。社稷依明主，安危托妇人。岂能将玉貌，便欲静胡尘。地下千年骨，谁为辅佐臣？"

　　上笑曰："魏绛之功，何其懦也！"大臣公卿，遂息和戎之论矣。

　　文宗、武宗之代，举子亦有斯咏，果毅者佳焉。有项斯者，作《长安退将诗》曰：

　　"塞外冲沙损眼明，归来养疾卧秦城。上高楼阁看星座，着白衣裳把剑行。常说老身思斗将，最怜无事削蕃营。翠蛾红脸和回鹘，惆怅中原不用兵。"

　　苏郁曰：

　　"关月夜悬青冢镜，塞云秋薄汉宫罗。君王莫信和亲策，生得胡鸥转更多。"

在大臣们奏议通过和亲来制止北狄入侵时，唐宪宗没有正面提出反对意见，而是说他听说一个大臣能写诗，但是他的姓氏有些偏僻，这个大臣是谁呢？大臣们说了几个名字，宪宗都说不是，然后他就朗诵了那位诗人的诗。这首诗的首联"山上青松陌上尘，云泥岂合得相亲？"表达了对和亲的否定。之后皇帝又兴致勃勃地说他还记得有一首《咏史》诗写得很好，要是这个诗人还在的话，那就让他到朗州当刺史吧，因为朗州武陵桃花源"足称诗人之兴咏"。而这首《咏史诗》的首联是"汉家青史内，计拙是和亲"，也是不同意和亲的。然后宪宗皇帝才说"魏绛之功，何其懦也！"对春秋时提出和亲政策的魏绛提出了批评。在这个故事中，宪宗皇帝巧妙地用两首诗表达了他的意见，大臣们一开始被皇帝牵着鼻子走，后来也就明白皇帝的意见了，大家就再不提和亲的事了。之后作者又把唐文宗、唐武宗时期两位诗人写的反对和亲的诗歌也列了出来，于是同一题材的四首诗就一起出现在小说中了。

《和戎讽》中的唐宪宗是通过引用别人的诗歌来表现自己的形象特征，而《辞雍氏》中的崔涯则是以自己的诗歌来表现其狂生形象。以下为《辞雍氏》全文：

> 崔涯者，吴楚之狂生也，与张祜齐名。每题一诗于倡肆，无不诵之于衢路。誉之，则车马继来；毁之，则杯盘失错。嘲妓曰：
> "虽得苏方木，犹贪玳瑁皮。怀胎十个月，生下昆仑儿。"
> 又：
> "布袍披袄火烧毡，纸补箜篌麻接弦。更着一双皮屐了，纥梯纥榻出门前。"
> 又嘲李端端：
> "黄昏不语不知行，鼻似烟窗耳似铛。独把象牙梳插鬓，昆仑山上月初生。"
> 端端得此诗，忧心如病，候涯使院饮回，遥见二子蹑屐而行，乃道傍再拜竟灼曰："端端祗候三郎、六郎，伏望哀之。"又重赠一绝句粉饰之，于是大贾居豪，竞臻其户。或戏之曰："李家娘子，才出墨池，便登雪岭。何期一日，黑白不均？"红楼以为倡乐，无不畏其嘲谑也。祜、涯久在维扬，天下晏清，篇词纵逸，贵达钦惮，呼吸风

生，畅此时之意也。赠诗曰：

　　"觅得黄骝被绣鞍，善和坊里取端端。扬州近日浑成差，一朵能行白牡丹。"

　　杂嘲二首：

　　"二年不到宋家东，阿母深居僻巷中。含泪向人羞不语，琵琶弦断倚屏风。"

　　"日暮迎来画阁中，百年心事一宵同。寒鸡鼓翼纱窗外，已觉恩情逐晓风。"

　　又悼妓诗曰：

　　"赤板桥西小竹篱，槿花还似去年时。淡黄衫子都无也，肠断丁香画雀儿。"

　　崔生之妻雍氏者，乃扬州总效之女也，仪质闲雅，夫妇甚睦。雍族以崔郎甚有诗名，资赡每厚。崔生常于饮食之处，略无裨敬之颜，但呼妻父"雍老"而已。雍久之而不能容，勃然仗剑，呼女而出崔秀才曰："某河朔之人，唯袭弓马。养女合嫁军门，徒慕士流之德。小女违公，不可别醮，便令出家。汝若不从，吾当挥剑！"立令涯妻剃发为尼。涯方悲泣悔过，雍亦不听分疏，亲戚挥恸，别易会难。涯不得已，裁诗留赠。至今江浦离愁，莫不吟讽是诗而惜别也。诗曰：

　　"陇上流泉陇下分，断肠呜咽不堪闻。姮娥一日宫中去，巫峡千秋空白云。"

在这篇小说中，崔涯的形象可谓既才华横溢又尖酸刻薄，他对妓女虽有嘲讽，但也有赞扬和悼念，他跟妻子的生活虽然很和睦，但他对丈人又没有礼貌，最终不得不在痛苦悲泣中跟妻子分离。在仅仅 600 余字的小说中，作者之所以能够塑造出这样一个性格突出而又复杂的人物形象，不能不归功于作者对诗歌的大量引用。小说中共出现了 8 首诗，这 8 首诗都是崔涯所作，它们从不同方面表现了崔涯的个性：开篇的两首嘲讽妓女的诗歌通俗易懂而尖酸刻薄，此后两首分别对李端端进行贬扬的诗表现出了他的才思敏捷与多面，之后的两首杂嘲诗语言典雅而深刻，再后的一首悼念妓女的诗则情深意长。当然最感人的是他写给妻子的别离诗，"陇上流泉陇下分，断肠呜咽不堪闻。姮娥一日宫中去，巫峡千秋空白云"，意象恰当，情深意切，呜咽惆怅，用于夫妻离别堪为绝唱。这篇小说中的诗歌虽多，使得小说几乎成为一部小型诗集，但作者在选择诗歌时，还是很注意对人物形象的塑造的。

第四章　宋元文言小说的诗化特征

　　宋元人特别重视文言小说的诗化特征，这主要表现在三个方面：一是宋元时期的文言小说集《青琐高议》《绿窗新话》《醉翁谈录》中的小说篇名多是诗歌形式的七言标题，这跟唐代文言小说以人名为主的三言标题形成了鲜明对比；二是无论从内容还是标题来看，宋元小说都特别重视具有诗歌特征的题材，在这方面的重视程度远胜于唐人；三是宋元小说已经形成了程式化的诗化语言叙事模式。

　　凌郁之在《走向世俗——宋代文言小说的变迁》[①] 中指出宋代文言小说的特点是世俗。此处的"世俗"二字，不仅可以用来评价宋代的文言小说，也可以用来评价元代的文言小说。宋元文言小说的世俗性和其对诗化特征的重视并不矛盾，实际上宋元文言小说的诗化特征就带有明显的世俗性特征。与唐人相比，宋元人普遍而且有意识地重视文言小说的诗化特征，但"天下皆知美之为美，斯恶已"。程毅中在《宋元小说研究》前言中认为宋人赵彦卫提出的小说中可以见"史才、诗笔、议论"的"文备众体"说，虽然是指唐人小说而言，实际上它却是宋代传奇的一个写作方针。[②] 确实，尽管赵彦卫所论述的对象是唐代小说，但唐人并没有这样的理性论述；赵彦卫在宋代提出这一论点，而这一论点在宋人小说中则有非常明显的体现。当一种感性的不自觉的创作倾向一旦被理性地概括出来并被世人所普遍认可并大量运用时，这种创作倾向就会扩大化和大众化，而这种人为的扩大化和大众化，就使它失去了自然本色之美，却具有了庸俗

----

①　凌郁之：《走向世俗——宋代文言小说的变迁》，中华书局 2007 年版。
②　程毅中：《宋元小说研究》，江苏古籍出版社 1999 年版，前言第 5 页。

和程式化的特征。"诗笔"在宋元文言小说中就是如此。

第一节 文言小说作品对诗歌题材的偏重

宋元小说作品对诗歌题材的重视，突出表现为故事类诗话、词话集的涌现，以及一般小说集中诗歌类题材的显著增多。

一 故事类诗话、词话集的涌现

尽管唐代就有了《本事诗》和《云溪友议》，但诗话的批量产生是在宋代。蔡镇楚在《中国诗话史》中认为诗话有广义、狭义之分，广义的诗话以诗论为主，重在评论；狭义的诗话以记事为主，重在讲诗的故事。初期的诗话大都属于狭义的诗话，它们的创作目的在于"以资闲谈"，创作重心在于"记事"，而且它们是诗话发展演进中的正宗。[①] 蔡镇楚列举了宋人所写的一批诗话著作，并认为这些诗话与逸事小说十分相似：

> 如司马光《温公续诗话》，刘攽《中山诗话》，释文莹《玉壶诗话》，旧题苏轼撰《东坡诗话》，魏泰《临汉隐居诗话》，赵令畤《侯鲭诗话》，陈师道《后山诗话》，陈辅《陈辅之诗话》，范温《潜溪诗眼》，蔡居厚《蔡宽夫诗话》，吴开《优古堂诗话》，蔡絛《西清诗话》，李颀《古今诗话》，许顗《彦周诗话》，周紫芝《竹坡诗话》，吕本中《紫微诗话》，吴可《藏海诗话》等。这些诗话，皆以"闲谈"为宗，以"记事"为主，重在诗歌本事的记述，用事造语的考释和寻章摘句的欣赏，往往写得娓娓动人，读来津津有味，风格与"轶事小说"十分相似。[②]

诗话作品中那些用散文写成的诗人逸事，有一些是可以直接称为小说的。例如：

---

① 蔡镇楚：《中国诗话史》，湖南文艺出版社 1988 年版，第 5 页。
② 同上书，第 66 页。

　　石曼卿自少以诗酒豪放自得，其气貌伟然，诗格奇峭，又工于书，笔画遒劲，体兼颜、柳，为世所珍。余家尝得南唐后主澄心堂纸，曼卿为余以此纸书其《筹笔驿诗》。诗，曼卿平生所自爱者，至今藏之，号为三绝，真余家宝也。曼卿卒后，其故人有见之者，云恍惚如梦中，言我今为鬼仙也，所主芙蓉城，欲呼故人往游，不得，忽然骑一素骡去如飞。其后又云，降于亳州一举子家，又呼举子去，不得，因留诗一篇与之。余亦略记其一联云："莺声不逐春光老，花影长随日脚流。"神仙事怪不可知，其诗颇类曼卿平生语，举子不能道也。

　　此篇出自欧阳修《六一诗话》。作者的好友石曼卿在死后竟然一再现身，自言已经成为鬼仙，还留下了诗歌。作者虽然说"神仙事怪不可知"，但还是鉴定这一诗歌当为石曼卿所作。真真假假，令人迷惑不已，而作品浓郁的小说意味也就在其中了。

　　即使不是明显的传说、虚构，《六一诗话》中也有一些作品具有明显的小说意味。例如：

　　吕文穆公未第时，薄游一县，胡大监旦方随其父宰是邑，遇吕甚薄。客有誉吕曰："吕君工于诗，宜少加礼。"胡问诗之警句，客举一篇，其卒章云"挑尽寒灯梦不成。"胡笑曰："乃是一渴睡汉耳。"吕闻之，甚恨而去。明年，首中甲科，使人寄声语胡曰："渴睡汉状元及第矣。"胡答曰："待我明年第二人及第，输君一筹。"既而次榜亦中首选。

　　故事中的吕文穆公就是吕蒙正，他在欧阳修五岁时就去世了，因而这则故事当是欧阳修据传说而记载。故事从吕蒙正的诗句"挑尽寒灯梦不成"展开，人物语言栩栩如生，句句显示出人物的性格和机智，使得这则故事颇有《世说新语》之风。

　　《六一诗话》是宋人诗话体的开山之作，后世继之者也多同其趣。例如，司马光《温公续诗话》中的一则：

> 惠崇诗有"剑静龙归匣，旗闲虎绕竿"。其尤自负者，有"河分
> 冈势断，春入烧痕青"。时人或有讥其犯古者，嘲之："河分冈势司空
> 曙，春入烧痕刘长卿。不是师兄多犯古，古人诗句犯师兄。"进士潘
> 阆尝谑之曰："崇师，尔当忧狱事，吾去夜梦尔拜我，尔岂当归俗
> 邪？"惠崇曰："此乃秀才忧狱事尔。惠崇，沙门也，惠崇拜，沙门倒
> 也，秀才得毋诣沙门岛邪？"

惠崇在司马光这里成了嘲讽对象，特别是时人讥笑惠崇的"河分冈势司空
曙，春入烧痕刘长卿。不是师兄多犯古，古人诗句犯师兄"四句，令人读
来忍俊不禁。

刘攽的《中山诗话》中出现了神仙吕洞宾：

> 黄觉仕官不遂，尝送客都门外，不及寓邸舍，会一道士取所携酒
> 炙呼饮之，既而道士举杯撇水写"吕"字，觉始悟其为洞宾也。又
> 曰："明年江南见君。"觉果得江南官。及期见之，出怀中大钱七，其
> 次十，又小钱三，曰："数不可益也。"予药数寸许，告觉曰："一以
> 酒磨服之，可保一岁无疾。"觉如其言，至七十余，药亦垂尽，作诗
> 曰："床头历日无多子，屈指明年七十三。"果是岁卒。

刘攽的这篇遇仙之作，情节较为曲折，如果是让唐人用传奇体来写，可能
会在细节上渲染不已，刘攽却只是平实地记叙。

宋人好议论，重学问，在诗话中也不例外。许颢在《彦周诗话》中说
"诗话者，辨句法，备古今，纪圣德，录异事，正讹误也"，所以在宋人看
来，"录异事"仅仅是诗话的功能之一，而且随着诗话的发展，逐渐出现
一些专门论诗的诗话作品，从而使得诗话成为中国古人的主要诗论载体。
在我们现在这样一个重视理论的社会，学者们也大都在挖掘诗话的理论价
值，对它的叙事性特征则基本上略而不计了，即使蔡镇楚的《中国诗话

史》，也重在阐释历朝诗话的理论价值，而对他所认为的诗话之正宗的纪事性诗话，只是一带而过。其实纪事诗话作为诗话之一体，作为诗话之正宗，它历史悠久又成绩斐然，是不应该被忽视的。

宋人的叙事性词话也可以当作小说来看待。据朱崇才《词话史》介绍，中国第一部词话是杨绘的《时贤本事曲子集》，它是专门记载宋词本事的，但从现存一些不完整的来看，从中找不到跟《本事诗》一样的小说作品。其他存世的宋人词话，如《复雅歌词》《碧鸡漫志》《能改斋词话》《苕溪渔隐词话》《拙轩词话》《魏庆之词话》《浩然斋词话》《词源》《乐府指迷》等，尽管其中也多有纪事，但这些纪事跟宋人的大多数诗话相似，多乏文采。有时其中一些故事堪为小说的绝佳素材，但作者不加修饰，令人惋惜不已。其中较为优秀者，如吴曾《能改斋词话》中的两则：

馆客弃密约之好

开封富民杨氏子馆客颇豪俊，有女未笄。窃慕之，遂有偷香之说。密约登第结姻。既过省，乃弃所好，屡约相会，杳不可得。登第后，密遣人谕女曰："若遂成婚好，则先奸后娶，在法当离，必不能久。尔或落发，则我亦不娶，朝夕游处，庶能长久。"女信之，然思慕已成疾，遂恳请于父母求祝发焉。或告客已与某氏结婚者，女闻之闷绝。良久，索笔书曰："黄叶无风自落，彩云不雨空归。"就归字落笔，放手而绝。两句乃旧词也。

花蕊夫人词

伪蜀主孟昶，徐匡璋纳女于昶，拜贵妃，别号花蕊夫人。意花不足拟其色，似花蕊轻也，又升号慧妃，以号如其性也。王师下蜀，太祖闻其名，命别护送。途中作词自解云："初离蜀道心将碎，离恨绵绵。春日如年。马上时时闻杜鹃。三千宫女皆花貌，妾最婵娟。此去朝天。只恐君王宠爱偏。"陈无己以夫人姓费，误也。

这两则故事，第一个写馆客偷香之事，故事情节从偷香到密约、离弃、登第、欺瞒、恳请、闷绝、题诗、死亡，可谓波折不断，而人物性格也是一奸一痴，对比鲜明。这个故事若是让写《莺莺传》的元稹执笔，可能会在细节之处大肆渲染一番，那么这篇 150 余字的短文可能会成为千字之文。而第二则故事写两位君王与花蕊夫人的情事，作者对故事也只是进行了粗线条的概述，没进行具体描写。而这两则诗话已是宋人词话中的佳作了。

再如周密《浩然斋词话》中的两则：

刘改之赠吴盼儿词

乐天有感石上旧字诗云："太湖石上镌三字，十五年前陈结之。"盖其妾桃叶也。自昔未有以家妓字镌石者。刘过改之尝游富沙，与友人吴仲平饮于吴所欢吴盼儿家，尝赋词赠之。所谓"云一窝，玉一梭，淡淡衫儿薄薄罗，轻颦双黛蛾"，盼遂属意改之。吴愤甚，挟刃刺之，误伤其妓，遂悉系有司。时吴居父为帅，改之以启上之云："韩擒虎在门，顾丽华而难恋；陶朱公有意，与西子以偕来。"居父遂释之，然自是不复合矣。改之有"春风重到凭阑处，肠断妆楼不忍登"，盖为此耳。

吴仲平领着刘过到自己的老相好吴盼儿家，刘过以一首词使得吴盼儿对己属情，使得吴仲平大为吃醋，"愤甚，挟刃刺之，误伤其妓"，从而引来了一场官司。这样的文人逸事也是很好的小说素材，但作者对故事的过程毫不在意，以至于刘过那首词的详细创作情景、吴盼儿如何属情刘过、吴仲平如何气愤，又如何误伤妓女，文中都没有详细交代。

上述词话中的叙述都是史家式的概括性叙述，跟前面分析过的诗话的叙述性语言基本一致。也许这正是宋代一些文人的写作特点，因为只要是细致的细节描写，都难免有作者的主观渲染、虚构掺杂在内，这与宋人笔记小说的纪实性原则相违背。正因如此，受到了《苕溪渔隐词话》大力鞭挞的《古今词话》才成为了宋代词话中的一个另类，而它独特的文学价值也在这些正宗词话家们的鞭挞中而得以体现。

　　杨湜的《古今词话》已佚失，我们如今看到的版本基本上经过了后人的改编，甚至有不少作品能从《词谱》《花草粹编》中找到其中的词作，却找不到跟这些词作相关的故事。从辑佚的作品来看，《古今词话》中收录了不少文人逸事，如它所记苏轼的几条就是如此。在这些逸事中，它收录最多的是情爱故事。例如，《韦庄》条：

　　　　韦庄以才名寓蜀，王建割据，迭羁留之。庄有宠人，资质艳丽，兼善词翰。建闻之，托以教内人为词，强庄夺去。庄追念悒怏，作小重山及空相忆云：
　　　　"空相忆，无计得传消息。天上嫦娥人不识，寄书何处觅。新睡觉来无力，不忍把伊书迹。满院落花春寂寂，断肠芳草碧。"
　　　　情意凄怨，人相传播，盛行于时。姬后传闻之，遂不食而卒。

这个故事发生在五代时期，而处于两宋之间的杨湜记载下这段 200 年前的前蜀情事，使得这段故事具有了传说成分。

　　《古今词话》记载的宋代词人的风流韵事更多，张先、柳永、秦观、杨师纯、杨端臣、刘浚、任昉、陈子雍等人纷纷出现，聂胜琼等女词人也赫然在列，甚至连不少无名氏的故事也随着与它们相关的词作一起出现了。例如：

　　　　泸南营二十余寨，各有武臣主之。中有一知寨，本太学士人，为壮岁流落随军边防，因改右选，最善词章。尝与泸南一妓相款，约寒食再会，知寨者以是日求便相会。既而妓为有位者拉往踏青，其人终日待之不至。次日又逼于回期，然不敢轻背前约，遂留《驻马听》一曲以遗之而去。其词曰：
　　　　"雕鞍成漫驻。望断也不归，院深天暮。倚遍旧日，曾共凭肩门户。踏青何处所，想醉拍、春衫歌舞。征旆举。一步红尘，一步回顾。行行愁独语。想媚容今宵怨郎不住。来为相思苦。又空将愁去。人生无定据。叹后会不知何处。愁万缕。凭仗东风，和泪吹与。"

亦名《应天长》。妓归见之，辄逃乐籍往寨中从之，终身偕老焉。

故事中的词作一字不落清清楚楚，故事虽跌宕起伏也明明白白，但词作却不知何人所作，故事的男女主人公也不知姓名。由此可见宋人只是对词作本身及其本事兴趣十足，从而使得它们广泛流传；但在流传过程中，故事主人公的姓名反而遗失了。

《古今词话》所录的词作及其本事具有很强的故事性和传说性，它虽然不为正统文人所肯定，却被小说家们所喜爱，如《绿窗新话》就从中收录了很多故事。胡仔在《苕溪渔隐词话》有"《古今词话》不足信"条，说《古今词话》"以古人好词，世所共知者，易甲为乙。称其所作，仍随其词牵合为说，殊无根蒂，皆不足信也"。在"东坡榴花词非为一娼而发"条中，直接批判杨湜说"野哉，杨湜之言，真可入笑林""杨湜之言俚甚"。胡仔的批判恰好证实了《古今词话》的小说性特征，而他自己的《苕溪渔隐词话》虽然学术价值很高，但过于纪实，文学性大逊于《古今词话》。《古今词话》为正统文人所不齿，它的"易甲为乙""牵合为说，殊无根蒂""野哉""笑林""俚甚"的特点，也正是它的民间性、通俗性、传说性以及小说性的有力证据。

二　文言小说集中对诗歌题材的特别强调

宋人小说对诗歌特别重视。其突出表现，一是在小说的题目中就点明其诗性特征，二是诗歌在小说内容中所占的比率大增。

第一，小说标题对小说诗性特征的强调。

唐人小说集中虽然也有不少作品包含了诗歌，但唐人似乎没有充分认识到诗歌的作用，他们对含有诗歌的作品并没有什么特别的标志和强调。唐代小说中含有诗歌的著名作品，它们的篇名基本上跟诗歌无关，如前面分析过的《游仙窟》《元无有》《东阳夜怪录》《步飞烟》《封陟》《李章武传》《周秦行纪》《秦梦记》等，从题目来看，根本看不出里面有诗歌存在。宋人作品则不然，我们往往从小说的目录、题目中就能看出作品中有诗歌。下面以《青琐高议》《醉翁谈录》《云斋广录》为例进行分析。

　　《青琐高议》中的小说除了主标题之外，都有副题，这些副题中往往有"诗""词""赋"等字眼儿出现，明确表明了作品中诗歌的存在。例如卷三《娇娘行》的副题为《孙次翁咏娇娘诗》，卷二《广谪仙怨词》的副题为《窦弘余赋作仙怨》，《流红记》的副题为《红叶题诗娶韩氏》；卷八《吕先生记》的副题为《回处士磨镜题诗》，《续记》的副题为《吕仙翁作沁园春》；卷五中竟然有《名公诗话》篇，公然把诗话收入小说集中；卷九只有四篇，而这四篇都与诗歌有关：《韩湘子》的副题为《湘子作诗谶文公》，《诗渊清格》的副题为《本朝名公品题诗》，《诗谶》的副题为《本朝名公诗成谶》，《荔枝诗》的副题为《鬼窃荔枝题绝句》。

　　《云斋广录》共九卷，所收小说都没有副标题，从其《陈文惠公》《晏献公》《甘陵异事》《玉尺记》之类的正标题中也多看不出小说中含有诗歌，只有《王魁歌》《寄盈盈歌》两篇看似与诗歌有关。但《云斋广录》前八卷把全部的作品分为"士林清话""诗话录""灵怪新说""丽情新说""奇异新说""神仙新说"六类，其中卷二和卷三都是"诗话录"，由此可见小说作者对诗歌的重视；而第九卷虽然没有类目，但它收录的作品只有《盈盈传》和《寄盈盈歌》（这两篇题目虽二，实则是一篇小说），其中的《寄盈盈歌》完全是一首长诗。

　　《醉翁谈录》十集，每集两卷，每卷都有一个或两个总标题，总标题之下才是各篇的具体题目。在 23 个总标题中，《妇人题咏》《烟花诗集》《题诗得耦类》都指出了小说的诗歌特征，另有《烟花品藻》实则与《烟花诗集》为上下卷，它们同属戊集，内容也完全相同，收集的都是歌咏烟花女子的诗歌。而在总标题下的 87 篇具体篇名中，有很多明显表现出小说中有诗歌存在，如《唐宫人制短袍诗》《金陵真氏有诗才》《韩玉父寻夫题漠口铺》《吴氏寄夫歌》《王氏诗回吴上舍》《六岁女吟诗》《三妓挟耆卿作词》《柳耆卿以词答妓名朱玉》《郑生诗赠赵降真》《岛仙自小有诗名》《错认古人诗句》《梁意娘与李生诗曲引》《意娘复与李生两首》《意娘与李生相思歌》《意娘与李生相思赋》《张魁以词判妓状》《华春娘题诗遇君亮成亲》等都是如此。

　　小说题目的设置是为了吸引读者的注意力。与唐人小说的题目相比，宋代小说题目对诗歌的特别强调，表明作者是有意用小说中的诗歌来引起读者的兴趣，由此可见宋人对诗歌题材的小说特别有兴趣。

第二，含有诗歌的小说作品在小说集中所占的比率大增。

宋人小说题目中对诗歌的强调虽然是宋人小说的一大特点，但其题目中对诗歌的强调只是其内容的真实反映。实际上宋人对诗歌题材的小说特别重视，诗歌在宋人小说中所占的比率之大，远甚于唐人。

《青琐高议》是北宋小说集，其时距离唐五代不远，但在它的前、后、别三集 143 篇作品中，含有诗歌的 54 篇，占其总数的 37.8%。这一比例比唐代大多数小说集中的比例要高。牛僧孺的《玄怪录》是唐代著名的小说集，在其流传至今的 44 篇小说中，仅有 8 篇含有诗歌，其所占比例仅为 18.2%；裴铏的《传奇》以富含诗歌著称，但在其现存的 33 篇小说中，也仅有 14 篇含有诗歌①，其百分比也只是 42.4% 而已。

《云斋广录》的第一卷《士林清话》，收录了 12 则宋代文人逸事。其体裁类似于《世说新语》，12 则逸事中出现的诗歌不多，只出现了诗一首、有韵四言祭文一篇，另外还有诗句一联。这 12 则逸事都篇幅短小，在《云斋广录》中所占比重不大。《云斋广录》的卷二、卷三都是《诗话录》，共收录了 28 则小故事。它们虽然也都是文人逸事，但其题材中均含有诗歌。《云斋广录》的卷四《灵怪新说》、卷五《丽情新说上》、卷六《丽情新说下》、卷七《奇异新说》、卷八《神仙新说》、卷九的《盈盈传》和《寄盈盈歌》以及补遗的《僧惠圆》，构成了《云斋广录》的主体，而它们基本上可以归入传奇小说的范围。这六卷作品以及补遗中共收录小说作品 15 篇（原文中的《华阴仙缘上》和《华阴仙缘下》本为一篇，而《盈盈传》和《寄盈盈歌》也本为一篇，因而这四篇计为两篇），其中只有《嘉林居士》《丰山庙》和《居士遇仙》3 篇中没有诗歌出现，含有诗歌的作品占这 15 篇文章的 80%。其中《盈盈传》和《寄盈盈歌》更是嵌入了诗词 17 首（其中有《寄盈盈歌》长诗 1 首），已开"诗文小说"之先河。

《绿窗新话》收录的小说基本上是前人和宋人小说作品的梗概。这

---

① 据上海古籍出版社 2000 年 3 月的《唐五代笔记小说大观》本统计。

些梗概没有分类，也没有两个标题，但正如本文前面所论述的，它的154篇小说的题目都是七言的。在这154个七言标题中，只有7个含有"诗""词""歌"这些与诗歌相关的关键词（其中有一篇还没有出现诗歌），似乎作者对诗歌并不特别在意；但通观全书，可以发现在它的154篇小说中，竟然有88篇出现了诗词，也就是说《绿窗新话》中有57.1%的作品有诗词。

《醉翁谈录》的作者对诗歌题材的作品情有独钟，书中出现的诗性文体种类更多，数量很大。小说在各种场合下出现的诗词将近170首，而这将近170首诗词中，含有戊集卷一、卷二中的55首烟花诗。小说集中猛然冒出了55首歌咏妓女的诗歌，在今人看来实在有些不伦不类；但这些诗歌所咏的都是妓女，这又与小说的艳情题材有相通之处。即使去掉了这55首诗歌，在《醉翁谈录》的其他小说中，仍然出现了110多首诗词，这仍然是一个可观的数字。另外《醉翁谈录》语言的骈文化非常突出。除了小说的叙述语言不时出现片段化的程式化的骈体文①，小说中还出现了不少成篇的骈文、韵文。而这些骈文、韵文与以前小说中的有所不同，那就是它们实用性的加强。例如《张氏夜奔吕星哥》中出现了三篇骈文，其中织女、星哥的两篇是他们作为被告在府庭中当场写下的供词，它们属于应用文的范围。他们"略无凝思"写出的这两篇"骈四俪六"的供状，也打动了主持官司的官员，于是这位官员也以一篇骈体文写下了判词（原文只有残篇）。官员判案的判词是骈文这样的诗性语言，虽然现在看来有些滑稽，但当时这类判词应该是广泛流传，以至于《醉翁谈录》庚集卷二中所收的都是这类作品。官员们的判词也不都是骈文，也有诗、词以及韵文。这类诗性供词以及判词的批量出现，标志着宋人对诗性语言的喜爱已经普及化、通俗化了。

《醉翁谈录》的作者对诗性语言的喜爱，从己集卷一中可以明显地感

---

① 例如，《张氏夜奔吕星哥》中写织女、星哥的语言是"端言可羡，宛如西子之凝妆；莹白可夸，浑若何郎之傅粉。似两个雏鸳，如一双乳凤"，《赵旭得青童君为妻》中青童君随口而出的"当相与吹洞箫于红楼之上，抚云琴于碧落之中"，《大丞相判李淳娘供状》中的"见景物之韶华，烟花之艳冶"等。

受到。此卷的大标题为《烟粉欢合》，下有六个子标题，但这六个子标题并非是六篇各自独立的小说，它们只是一篇小说的分标题而已。但作者之意显然不是要叙述一件故事，而是要集中显示梁意娘写给李生的那些诗、词、赋以及骈体文。所以这六个题目的第一个就是《梁意娘与李生诗曲引》——既然只是诗曲的引子，就不是这篇文章的主体，但所有的故事介绍都集中在这里。后面五篇的篇目，分别是《意娘与李生小帖》《意娘复与李生二首》《意娘复与李生批》《意娘与李生相思歌》《意娘与李生相思赋》，它们纯是抄录了意娘为李生所写的诗文。这样的体例，已与戊集卷一、卷二中的 55 首烟花诗相似了。

第二节　文言小说的七言标题

中国古代章回小说的回目多以对偶句形式出现，如《三国志演义》第十六回的回目就是"吕奉先射戟辕门，曹孟德败师淯水"。这一特色的建立有一个过程，从现有的文献资料来看，早期《三国志演义》的题目并不是对句，而只是 240 个七言单句，嘉靖本和叶逢春本的标题都是如此。而以七言单句作为小说的标题，在宋代的文言小说《青琐高议》《绿窗新话》《醉翁谈录》中就已经集中出现了。

一　《青琐高议》的七言副标题

刘斧的《青琐高议》是宋代一部重要的文言小说集，以至于鲁迅《唐宋传奇集》中收录宋代传奇九篇，其中有五篇就取自《青琐高议》。《青琐高议》每篇都有正题和副题，其正题与唐代小说的篇名没有多大区别，多为人名或事名，但副题多是七言。下面是《青琐高议前集》卷一全部 15 篇小说的正标题和副标题：

李相　李丞相善人君子
东巡　真宗幸太岳异物远避
善政　张公治郓追猛虎

　　明政　张乖崖明断分财

　　御爱桧　御桧因风雨转枝

　　柳子厚补遗　柳子厚柳州立庙

　　葬骨记　卫公为埋葬沉骨

　　丛冢记　富公为文祭丛冢

　　丛冢记续补　鬼感富公立丛冢

　　彭郎中记　彭介见灶神治鬼

从这些目录可以看出，《青琐高议》的正标题字数不定，卷一中是从 2 字到 5 字不等，后文中最多者达 6 字；但其副标题则基本是 7 字，卷一中只有一个是 9 字，其他全为 7 字。《青琐高议》前集、后集、别集共 143 篇，其副标题为七言的多达 137 篇，所占比重高达 95.8％①，显然是作者有意为之的结果。

　　《青琐高议》中的这些标题虽然出现在唐诗烂漫之后、宋词盛行之时，但它们非常粗糙。例如，卷一《李相》篇的副题为"李丞相善人君子"，语句平平，只是用来点题。再如《东巡》篇的副题为"真宗幸太岳异物远避"，为了容纳更多的内容，作者用了九言句，而这一标题除了介绍故事的各个要素，在辞藻上毫无亮点可言。另如《紫府真人记》的副标题为"杀鼋被诉于阴府"，这个七言标题与前两个的体例又有所不同，它没有主语，它的主语应该是主标题《紫府真人记》中的"紫府真人"；而且这一副标题中出现了"于"这个虚词，在后世惜字如金的章回小说的回目中，这样的虚词几乎是看不到的，如毛评本《三国演义》的 120 个回目中就没有出现一个虚词。另外有一些副标题根本不像小说标题，如卷五《名公诗话》的副标题是"本朝诸名公诗话"，虽然也是七个字，但它显然不是小说题目，而且在这个副标题中出现的"名公诗话"与正标题完全重复，其体例与互补型的《紫府真人记》的正副标题迥然不同。卷二《王荆公》的副题"不以军将妻为妾"、《司马温公》的副题"不顾夫人所买妾"、《张文

────────────

①　秦川在《明清拟话本章回本小说中七言标题回目形式溯源》（《光明日报》2002 年 9 月 11 日）中说"《青琐高议》正题下所用副题均为七言"，这是不正确的。

定》的副题"用大桶载公食物"等，都很庸俗，毫无美感。至于后集卷一《议医》的副标题"论医道之难精"，从题目看就知道它不是小说，只是一篇议论文，但作者竟然堂而皇之地给它设置了正副标题。

当然《青琐高议》中也有一些副标题较为成功，如卷一《颜鲁公》的副题"颜真卿罗浮尸解"，卷二《群玉峰仙籍》的副题"牛益梦游群玉宫"，卷七的"周生切脉娶孙氏"，卷八《吕先生记》的副题"回处士磨镜题诗"，后集卷一《狄方》的副题"李主遣鬼取名画"，这些副标题都是主语、谓语、状语、补语层次分明，虽然没有什么诗意，但已很像后世章回小说的回目了。

《青琐高议》中的作品，虽然有很多是宋人所作，但也有一些是前人作品，刘斧对前人的这些作品也都在题目上进行了加工。例如，李寄斩蛇的故事，因为《搜神记》原书已佚，已不能知道原文是否有题目；当它出现在宋初的《太平广记》中时，是以《李诞女》为题的。《青琐高议》在收入此作时，也采用了"李诞女"作为正题，同时又添加了副题"李诞女以计斩蛇"，多出了状语"以计"和谓语"斩蛇"，信息量明显丰富了，把故事的大致轮廓交代清楚了，给读者提供了很大的方便。再如广为流传的红叶题诗，在孟棨《本事诗》中仅仅是顾况跟宫中人的唱和，它出现于"情感"类中，没有题目；在范摅《云溪友议》中，顾况已经退居二线，他的红叶题诗只是卢渥和宫人结合的前提，而这篇小说也有了一个三字题目《题红怨》；到了《青琐高议》中，原来百余字的短文宛转而成千余字的长文，顾况在小说中已是毫无踪迹，《云溪友议》中的卢渥舍人也换成了儒士于祐，而那个无名无姓的宫人也成了韩氏，小说的题目也由原来的《题红怨》换成了正题《流红记》和副题"红叶题诗娶韩氏"（后来元人白朴、李文蔚改编成杂剧《韩翠萍御水流红叶》和《金水题红怨》，"韩氏"成了"韩翠萍"。由此可见，中国的文学作品，有些具有"填空"的特点）。小说变动如此之大，使得它已经成为一篇新作了，而这篇小说的题下也明言"魏陵张实子京撰"。当然或许正题是张实所定，副题则很可能是刘斧为了《青琐高议》体例的一致所加。

二　《绿窗新话》的七言标题

《绿窗新话》为南宋皇都风月主人所编，全书共154篇。这些作品内容较为简单，只是前人一些小说名篇的故事梗概，如千余字的唐传奇名篇《封陟》，在《绿窗新话》中就被压缩成了200多字的短文。但作者在缩编正文的同时，给每篇小说都精心设置了一个七言标题。下面是《绿窗新话》前十六篇的标题：

刘阮遇天台女仙

裴航遇蓝桥云英

王子高遇芙蓉仙

贤鸡君遇西真仙

封陟拒上元夫人

陈纯会玉源夫人

任生娶天上书仙

谢生娶江中水仙

崔生遇玉卮娘子

星女配姚御史儿

从上面的标题中可以看出，《绿窗新话》的七言标题跟《青琐高议》有些不同，其不同之处主要有以下三点：

第一，《青琐高议》的七言标题只是副标题，而《绿窗新话》的七言标题都是正标题。《绿窗新话》统一的七言正标题标志着小说文体跟历史著作的明显区别。

《青琐高议》正标题和副标题共同存在，其2—6字的正标题多是人名或事件名称，跟唐传奇的《裴航》《李章武传》《东阳夜怪录》等基本相同，而七言标题是副标题。这表明《青琐高议》虽已开始利用七言标题，但对它还不够重视，因而仅仅把它作为副标题，正标题依然是传统的人名或者事名。其实唐传奇以人名或事名作为小说标题，是因为唐人还是把小说当作杂传记来对待，也就是说在唐人看来，文言小说是跟列传体和记事体的历史著作同类的文体。《青琐高议》依然以这类标题作为正标题，表明在宋初，小说作为一种文体依然不够清晰，跟历史著作依然关系密切。但《绿窗新话》只有一个七言标题，这种统一的七言标题在史书中是不可能存在的，因而把七言标题作为小说的唯一标题，标志着小说跟历史著作的明显区别。后来《三国志演义》的标题是七言的，是它跟正史《三国志》的明显区别，标志着历史演义小说的文体独立。

第二，《青琐高议》的副标题并不都是七言标题，但《绿窗新话》154篇小说的154个标题全都是七言，无一例外。这使得这些标题非常整齐，更具有视觉美。

第三，《绿窗新话》相邻的奇数标题和它之后的偶数标题的句法是相同的，使得它们大致两两对偶，这使得它们更接近于后世章回小说的回目：章回小说的回目多是两个七言对偶句。

当然《绿窗新话》中的这些标题并不是什么精美的诗句，两个标题之间的对偶也很粗糙。例如，第一篇的题目《刘阮遇天台女仙》和第二篇的题目《裴航遇蓝桥云英》，看起来都是七字句，而且前两个字分别都是表示人的名词，第三个字都是动词"遇"，第四字、第五字都是地名，第六字、第七字也都是表示人的名词，看起来很像对偶句。但细致分析，就会发现前两个字分别是"刘阮"和"裴航"，前者是两个姓，指的是两个人，而后者则是姓加名，指的是一个人；第三字虽然都是动词，但都是"遇"字，这种同字重复也不符合对偶的规则；第四字、第五字分别是"天台"和"蓝桥"这两个地名，可是"天"和"蓝"都是第四字，都是平声，但它们应该是一平一仄才符合格律；第六字、第七字分别是"女仙"和"云英"，前者是性别加身份，而后者是人名，也算不上是对偶。因而这两个标题，只是徒有对偶句的外形而已。《绿窗新话》中的其他标题的对偶情况也大致如此。

这些对偶句虽然粗糙，但它们究竟是中国古代小说中最早出现的具有对偶性质的标题，它们在小说史上的价值是不能被忽视的。

凌郁之在《〈绿窗新话〉平质》①中认为这些标题为后人所加，但也只是推测，没有实际证据。明初编选永乐大典时这些七言标题就已存在，因而即使这些七言标题为后人所加，也基本上是宋元人所加，那么这些七言标题对于小说史的意义仍然是重大的。

三　《醉翁谈录》的七言标题

《醉翁谈录·小说开辟》中说"动哨、中哨，莫非《东山笑林》；引倬、底倬，须还《绿窗新话》"，则《醉翁谈录》当产生于《绿窗新话》之后。《醉翁谈录》的标题也很值得注意。下面是《醉翁谈录》甲集、乙集的目录：

> 甲集卷一　舌耕叙引
> 　　小说引子　小说开辟
> 甲集卷二　私情公案
> 　　张氏夜奔吕星哥
> 乙集卷一　烟粉欢合
> 　　林叔茂私挈楚娘　静女私通陈彦臣　宪台王刚中花判
> 乙集卷二　妇人题咏
> 　　唐宫人制短袍诗　金陵真氏有诗才　韩玉父寻夫题汉口铺
> 　　姑苏钱氏归乡壁记于道　吴氏寄夫歌　王氏诗回吴上舍　六岁女吟诗

《醉翁谈录》分为甲、乙、丙、丁、戊、己、庚、辛、壬、癸十集，每集两卷，每卷下又有"舌耕叙引""私情公案""烟粉欢合"等名目，每目下有一篇或数篇作品，其中每篇作品都有一个篇名（戊集"烟花品藻""烟花诗集"等诗集名除外）。而这些篇名中不乏七言句，如甲集卷二中有"张氏夜奔吕星哥"，乙集卷一中有"林叔茂私挈楚娘""静女私通陈彦臣"

---

① 见《扬州大学学报》（人文社会科学版）2006年第5期。

"宪台王刚中花判",乙集卷二中有"唐宫人制短袍诗""金陵真氏有诗才""王氏诗回吴上舍",其他各卷中也多有出现。这些七言篇名有 34 个,约占全部 81 篇的 42%。所以不仅秦川说《醉翁谈录》中没有七言标题是错误的,即使凌郁之根据《醉翁谈录》的标题情况得出的"其时七言题形式并不具有特别的地位""它不是宋代说话标题的惟一的、普遍的或最流行的形式"也是错误的:七言标题这高达 42% 的比例,是书中其他四言、五言、六言、八言、九言、十言所不能比拟的,因而七言标题在当时虽然没有成为宋代说话"唯一的"标题形式,它也是最为"普遍的或最流行的"标题形式了。

《醉翁谈录》各篇并非都是今人所谓小说,如甲集卷一《舌耕叙引》中的两篇《小说引子》《小说开辟》就不是小说,它们只是宋人在说话时的开篇语,是为了引出说话的正文。乙集《妇人题咏》中的《韩玉父寻夫题汉口铺》《姑苏钱氏归乡壁记于道》《吴氏寄夫歌》三篇的主体是诗歌,而戊集卷一《烟花品藻》和卷二《烟花诗集》直接抄录了 55 首咏妓诗。由此可见,作者编著这本《醉翁谈录》不仅没有今人这样明确的小说概念,而且其文体还不如《青琐高议》和《绿窗新话》纯粹,这使得《醉翁谈录》具有了一种原生态和个性化的特征。《醉翁谈录》中除了一些今人所谓的小说,还有《小说引子》这样的说话资料,有《姑苏钱氏归乡壁记于道》这样的题壁诗,有《烟花品藻》这样的咏妓诗,甚至在《花判公案》中还搜集了一些好玩好看的判词。因而《醉翁谈录》只是一部杂记文集。从其记录的作品内容、作品标题来看,它的作者是一个趣味不高的下层文人。但在这样一部原生态的下层文人作品集中,七言标题竟然占据了主流地位,这充分说明七言标题在当时是很流行的,是很有群众基础的。

小说标题是小说主题最直接的显示,因而小说标题从唐代的两言、三言、四言、五言转变为宋代的七言,也就不仅仅是字数的简单增加,而是小说文体以及小说主题在作者心目中有了巨大转变。具体来说,像《封陟》《任氏传》《秦梦记》《李章武传》《东阳夜怪录》等两言、三言、四言、五言的标题,其内容多是人名或事名,与历史作品中的列传篇名相似,标志着作者们仍然把小说置于纪传性的历史文献的范围之内,也就是

作者是把这些作品当作史部作品来处理的；而七言标题则标志着作者把小说置于通俗说唱类作品之中。例如，《静女私通陈彦臣》这样的题目，在正史作品中是不可能出现的；如果这篇小说出现在唐代，那么它会被改为《静女传》之类的题目。"静女私通陈彦臣"这七个字，主语、谓语、宾语、状语俱全，把整个事件交代得非常清楚，对于通俗读者来说极具吸引力；而"静女传"这三字中，其与事件有关的信息只有"静女"二字，它只相当于七字句中的主语，无法透露完整的故事情节，因而它对一般读者的吸引力也就大为逊色了。这些有着整齐的诗歌形式美的七言标题，虽然不是什么精美的诗句，没有多少美学价值，但它们最大限度地交代了小说的要素，具有很大的叙事价值，这正是它们被后世章回小说所继承的必然原因。

第三节　文言小说中的诗性语言

小说中出现的诗词、骈文、赋文等诗性语言是小说诗化特征的集中体现。在宋人的文言小说中，这些诗性语言发生了一些变化，这些变化集中表现在内容的叙事化和世俗化，形式的程式化，以及应用的广泛性上。

一　诗词的叙事化

中国古代的诗歌以抒情为主，用来叙事的很少，并且即使是那些叙事诗也具有很强的抒情性。文言小说中的诗歌也是如此。但宋代文言小说中的诗歌与前人相比，叙事性明显加强，抒情性则有所减弱。

试看罗烨《醉翁谈录·静女私通陈彦臣》中的一段文字：

　　至一更许，挨门而入，欢意相通，自天而下，事谐云雨，何异神仙。静女乃复填一词以记：

　　朦胧月影，黯淡花阴，独立等多时。只恐冤家误约，又怕他侧近人知。千回作念，万般思忆，心下暗猜疑。蓦地偷来厮见，抱著郎语颤声低。轻移莲步，暗褪罗裳，携手过廊西。已是更阑人静，粉郎忞意怜伊。霎时云雨，半晌欢娱，依旧两分飞。去也回眸告道："待等奴兜上鞋儿"。

此处文字，前面用来叙事的散文只有 24 个字，何其简单，但随后静女写的词多达 103 字，对比非常鲜明。词是一种抒情文体，但在这里它的抒情性很弱，因为它全篇都用来叙事：在"朦胧月影，黯淡花阴"下的"独立"等待，"恐冤家误约，又怕他侧近人知"的恐惧心理，"千回作念，万般思忆，心下暗猜疑"的怀疑心理，这是等待的三部曲；之后以"蓦地偷来厮见"写意中人出现，以"抱著郎语颤声低"写初见时的相拥，然后就是"轻移莲步""暗褪罗裳""携手过廊西"，这些见面后的室外行动，一步步何等真切；进屋后就是"粉郎恣意怜伊"，之后就是"霎时云雨，半晌欢娱"，然后是"依旧两分飞"，这是欢会及结束；最后又以一句语言描写"待等奴兜上鞋儿"收束了这首词。这首词通篇都是叙事之语，把他们欢会的整个过程都活灵活现地展现出来，其中"抱著郎语颤声低""暗褪罗裳""去也回眸告道"这样的细节描写，即使在宋代小说的叙事散文中也很少见到。这时再看前面那短短 24 字的散文，就会发现它们只是点缀和提示，而此处的叙事已是以这首词为主了。

上面这首词是陈彦臣到静女住处私会的产物，而同类型的诗歌在同篇小说中还有一首，那是静女偷偷到陈彦臣的住处私会，"媾欢毕，静女索笔，题诗于寝房之右"的一首诗：

来时嫌杀月儿明，缓步潜身暗里行。到此衷肠多少恨，欲言犹怕有人听。

这首诗虽然没有前首词那么细致，但"来时嫌杀月儿明，缓步潜身暗里行"也是叙事之语。

像上面这样叙事性很强而抒情性很弱的诗歌，在宋前的文言小说中很少出现，但在宋代的文言小说中则屡见不鲜。

《青琐高议》中也多有叙事诗，如前集卷三《娇娘行》中有孙次翁写的一篇长篇歌行《咏娇娘》诗，是仿白居易的《琵琶行》之作；同卷《琼奴记》中有王平甫《咏琼奴歌》，也是一首长篇叙事诗。这些长篇叙事之作太长，不宜作为引文。下面是卷五《名公诗话》中的一则七言短诗：

> 大丞相吕夷简，一日，有儒者张球献诗曰："近日厨中乏所供，孩儿啼哭饭箩空。母因低语告儿道，爹有新诗上相公。"公见诗甚悦，因以俸钱百缗遗之。

引文中的这首诗写出了张球家中饥饿的现状，叙述了孩子啼哭、妻子劝儿之事，这28个字纯为叙事。它虽是诗，却没有多少诗味，也没有什么抒情性，语言也缺乏文采。但"大丞相"看到这首诗还"甚悦"，并且"以俸钱百缗遗之"。

二　诗词的世俗化

宋代文言小说中的诗歌所具有的世俗化特征非常突出。《郡斋读书志》卷三以"辞意颇鄙浅"来评价《青琐高议》，而《青琐高议》中也确实难免"鄙浅"之讥，如其《骊山记》（前集卷六）中写道：

> 一日，贵妃浴出，对镜匀面，裙腰褪，微露一乳，帝以指扪弄曰："吾有句，汝可对也。"乃指妃乳言曰："软温新剥鸡头肉。"妃未果对。禄山从旁曰："臣有对。"帝曰："可举之。"禄山曰："润滑犹如塞上酥。"

这样的场面可谓鄙俗，在这样的场景下出现的这两句诗也是"鄙浅"的。

不过《青琐高议》在宋代的文言小说中还是品位较高的一部，此处出现的这两句诗如果可以评之以"鄙浅"，那么罗烨《醉翁谈录》中的很多诗就只能以"粗俗"目之了。

在《醉翁谈录·因兄姊得成夫妇》（丙集卷一）中，一个俊美少年宜孙男扮女装代替姐姐养姑去看望她的未婚夫高太。因为被安排在高太的妹妹房中居住，于是与高女私通。后来宜孙与高女成亲，于是时人写诗调侃道：

> 弟以姊而得妇，妹以兄而获夫。打合就鸳鸯一对，分明归男女两
> 途。好个风流伴侣，还它终久欢娱。

这首诗的语言通俗，"弟以姊而得妇，妹以兄而获夫"这样的语句，只能
算是白话韵语，没有什么诗歌语言之美。内容是写男女私通之事，也是粗
俗不堪。

这样语词平淡、内容粗俗的诗歌在宋人小说中处处可见。例如，《醉翁谈
录·三妓挟耆卿作词》（丙集卷二）中的柳永，就写了如下一首《西江月》：

> 师师生得艳冶，香香于我情多，安安那更久比和，四个打成一个。
> 幸自苍皇未款，新词写处多磨，几回扯了又重按，姦字中心着我。

柳永被三个妓女缠住，不得已而填词，提笔就是"师师生得艳冶，香香于
我情多"，这样的句子与上文中的"弟以姊而得妇，妹以兄而获夫"在风
格上完全一致，明白如话没有诗味；后文中的"四个打成一个"和"姦字
中心着我"，已经不仅是世俗，而成了粗俗了。但即使这样粗俗的词句，
在后文中竟然得到了三位妓女的认可，师师和香香还写了和词，香香在词
中还称赞它"词高和寡"，这些妓女的词学素养可想而知。而从柳永在这
则小说中的表现来看，他也只能是不入流的词人了。

柳永是宋代的一流词人，他的《雨霖铃》以"寒蝉凄切""千里烟波，
暮霭沉沉楚天阔""杨柳岸晓风残月"来写诗景，以"执手相看泪眼，竟
无语凝噎"来写诗情，而"多情自古伤离别，更那堪冷落清秋节"更堪为
千古名句。但是这些真正高雅的词句不被《醉翁谈录》的作者所欣赏，他
们只津津有味于"姦字中心着我"这样的句子。而这样直白浅陋、粗俗不
堪、没有感情的诗句，在宋前的文言小说中不曾出现过，甚至在《游仙
窟》中也不曾出现——《游仙窟》中的诗歌还具有清新之气，虽然浅，虽
然俗，但还没有不堪到这种程度。

　　宋代文言小说中这样的诗歌很多。前文所分析的几首具有叙事特征的诗歌也都具有通俗甚至粗俗的特点，而在《醉翁谈录·张时与福娘再会》（癸集卷二）中，福娘和张时的词中先后有"须醉倒今宵伴我""今夜花王得艳妻""准拟今宵醉伴妻"这样直露的语句。又如《醉翁谈录·烟粉欢合》（己集卷一）中，年仅十五岁"能诗笔"的梁意娘在写给李生的诗中竟然有"何日相逢一解衣"这样的粗俗之句，而另一首长诗的开篇是"落花落叶竞纷纷，尽日思君不见君，肠欲断兮肠欲断，泪珠痕上更添痕。一片白云青山内，一片白云青山外。青山内外有白云，白云飞去青山在"，其中虽然没有很粗俗的句子，但都是通俗的大白话，难登大雅之堂。

三　骈文的程式化

　　宋代文言小说中经常穿插一些骈语，它们大多用来对人物相貌和故事场景进行描写。这些骈语往往跟一些精美的散句一起出现，虽然精致，但已有程式化倾向。

　　《青琐高议》是宋代最有文采的文言小说集，小说中时有精彩的骈文和散文出现。例如，《骊山记》中写杨贵妃的相貌：

> 贵妃发委地，光若傅漆，目长而媚，回顾射人。眉若远山翠，脸若秋莲红。肌丰而有余，体妖而婉淑。唇非膏而自丹，鬓非烟而自黑。

这段描写骈散结合，贵妃的发、目、眉、脸、肌、体、唇、鬓，一一写来，精致细腻，文采斐然。

　　同篇小说中还有场景描写：

> 俞审视则白璧为楹，碧瑶甃地，绣帛蒙窗，珠丝幕户，饰琼玉于虚轩，安铜龙于画栋。

此处的场景描写虽然用字不多，但辞藻华丽，一睹之下，也能给人美的享受。

这样用骈文和散文相结合进行精致的人物相貌和故事场景描写的片段在《青琐高议》中经常见到。例如：

> 波澄万顷寒碧，桥飞千尺长虹，水殿澄澄，彩舟泛泛。(《慈云记》)
> 是时月初朦胧，晚风轻软，浮浪无声，万籁俱息。(《隋炀帝海山记》)
> 妇人高髻浓鬓，杏脸柳眉，目剪秋水，唇夺夏樱。(《范敏》)
> 则同二三友人泛湖涟漪，短楫轻舟，吟烟啸月。(《梦龙传》)
> 先生发委地，黑光可鉴，肌若截膏，眉目疏远，面若堆琼，齿如排玉。(《养素先生》)
> 于时穷秋木脱，水落湖平，溶溶若万顷寒玉。敷行数里外，隐约烟波中亭亭有人望焉。(《远烟记》)
> 于时万物摇落，悲风素秋，颓阳西倾，羁怀增感。(《流红记》)
> 每江上春和，湖天风软，翠浪无声，画桥烟白。(《长桥怨》)
> 俊目狭腰，杏脸绀鬓，体轻欲飞，妖姿多态……雨洗娇花，露沾弱柳，绿惨红愁，香消腻瘦。(《王榭》)
> 以珠翠饰其首，轻暖披其体，甘鲜足其口，既久益勤，若慈母之待婴儿。辰夕浸没，则心自爱夺，情由利迁。意哥忘其初志。未及笄，为择佳配。肌清骨秀，发绀眸长，荑手纤纤，宫腰搦搦，独步于一时。(《谭意歌》)
> 脸无铅华，首无珠翠，色泽淡薄，宛然天真……烟水茫茫，信耗莫问，引领乡原，目断平野，幽沉久埋之骨，何日可回故原？……当是时，父不保子，夫不保妻，兄不保弟，朝不保暮。市里索寞，郊坰寂然，目断平野，千里无烟。(《越娘记》)
> 风轩月榭，水馆云楼，危桥曲槛，奇花异草，靡所不有……时桃李已芳，牡丹未坼，春意浩荡……新月笼眉，秋莲著脸，垂螺压鬓，皓齿排琼，嫩玉生光，幽花未艳……街鼓声沉，万动俱息，轻幕摇风，疏帘透月。秋水盈盈，纤腰袅袅，解衣就枕，羞泪成交。

（《张浩》）

> 于时小雨初霁，清无纤尘，水面翠光，花梢红粉，望外楼台，疑中箫管，春意和煦，思生其间。……乃西子之艳丽，飞燕之腰肢……已而颓阳西下，居人合户……帘垂珠线，幕卷轻红……玉漏催晓，金鸡司晨……灯火如昼，锦屏相挨，文绸并寝，帐纱透烛，光彩动人……钟敲残月，鸡唱寒村……见姬倚门，风袂泛泛，宛若神仙中人……日沉天暗，宿鸟投林，轻风微发，暮色四起……姬俯首愧谢，玉软花羞，鸾柔凤倦，……大丈夫生当眠烟卧月，占柳怜花，眼前常有奇花，手内且将醇酎……（《西池春游》）

以上这些引文都是骈散结合，语句精美，文辞华艳。如此众多的清词丽句出现在《青琐高议》中，应该使得它具有很高的品位，但为什么晁公武还说它"鄙浅"呢？这是因为除了小说内容上的粗俗之外，这些精美的语句在当时并不是品位高的标志，它们反而是"鄙浅"的证明，因为它们都是程式化的语言。

上面这些语句，如果单独看都能令人赞叹，但若把它们排列在一起，就会发现它们的意象基本相同，它们的句式也比较单调，而它们的用典也大致重复。下面以上面的例句进行对比说明。

《骊山记》以"发委地，光若傅漆"来写贵妃，而《养素先生》中则以"发委地，黑光可鉴"来写养素先生，尽管他们男女有别，但在语句上何其相似。

《隋炀帝海山记》中的"晚风轻软，浮浪无声"写得真好，令人赞叹其观察之细致；但《长桥怨》中又出现了一个"湖天风软，翠浪无声"，马上就令人新鲜感顿失。

《慈云记》中的"波澄万顷寒碧"，以"万顷"写其阔大，以"寒碧"写其神韵，乍看自是不俗；但若与《远烟记》中的"溶溶若万顷寒玉"一起来看，就知道这只是套语了。

有时一篇小说中有多处语句跟其他小说中的相似，如《张浩》中的"万动俱息"和《隋炀帝海山记》中的"万籁俱息"，"秋水盈盈"和《范敏》中的"目剪秋水","皓齿排琼"和《养素先生》中的"面若堆琼,齿如排玉","秋莲著脸"和《骊山记》中的"脸若秋莲红",它们在意象上都是相同的。《西池春游》中的"颓阳西下"跟《流红记》中的"颓阳西倾","眠烟卧月"和《梦龙传》中的"吟烟啸月"也是如此。

有时在同篇小说中也有相似甚至相同的语句:《西池春游》中的"金鸡司晨"和"鸡唱寒村"何其相似,而在《越娘记》中"目断平野"这一语句竟然重复出现了。

这些不断重复的程式化的骈文、散文在《青琐高议》中所占比重很大。这种重复不限于在《青琐高议》一书之中,它在宋人文言小说中的骈文和散文描写中普遍存在。例如,《醉翁谈录·张氏夜奔吕星哥》中以"端严可羡,宛如西子之凝妆;莹白可夸,浑若何郎之傅粉。似两个雏鸳,如一双乳凤"来写张氏女和吕星哥,就都是常见的骈语。

在宋人小说的这些套语中,"花""月""烟""柳""玉"等字眼儿出现频率最高。例如,下面是《醉翁谈录·裴航遇云英于蓝桥》的相貌描写:

月眉云鬓,玉莹花明,举止即烟霞外人。

这里如果把"月""云""玉""花"这些"套字"去掉,这几句话就不成为句了。

宋代文言小说中骈文和散文描写的程式化是俗化的一种表现。因为这种程式化是借助于比喻、象征、借代、用典等修辞手法出现的,而这些修辞手法都是借助于物象、事象或者喻像来表达情意的;但这些物象、事象和喻像成为社会所通用的意象的时候,它们虽然具有了很强的表达能力,但这种表达能力只适合于表达社会公认的那些概括性很强的情意,但却很难把这些情意具体细致地表现出来,那么用这种方法来进行人物描写和场景描写,写出来也就只能是脸谱化的、是僵硬的,很难有什么生机和神采。而且既然这些意象是社会通用的,它们也就具有世俗化了。

而唐传奇则不然。在唐传奇的小说文本中,我们能够感受到小说作者们沉浸于创新的快乐之中,极力使自己的清词丽句与他人不同,更遑论采用社会通用的意象。例如,《醉翁谈录·裴航遇云英于蓝桥》中以"月眉云鬓,玉莹花明,举止即烟霞外人"来改写云翘夫人,这段话在原文《裴航》中是这样写的:

> 玉莹光寒,花明丽景,云低鬟鬓,月淡修眉,举止烟霞外人。

两相对照,则《裴航》中虽然也有"玉""花""云""月"这些字,但因为多出了"低""淡""光寒""丽景"等动词、形容词作补语、谓语,这几句话就生动了很多,也高雅了很多。

至于像《秦梦记》中的"珠翠遗碎青阶下,窗纱檀点依然"、《文箫》中的"幽兰自芳,美玉不艳,云孤碧落,月淡寒空"这样无论意境还是意象都精美绝伦的由唐传奇作者独创的句子,在宋元小说中是看不到的。

四 骈文韵文的广泛应用

在宋元以前,骈体文在文言小说中多用于人物的语言和书信,这一功能被宋元文言小说中的骈体文所继承并发扬光大。宋元小说中的这类骈体文不仅出现的频率和数量急剧增加,而且这些骈体书信往往批量出现。但骈体文在宋元小说中还有更广泛的用途,那就是经常被用作被告们的答辩词以及官员们的结案判词。

骈文用于小说人物的语言及书信,在宋人传奇名篇《谭意歌》中就有突出表现。谭意歌在跟张正宇离别时,就说:

> 子本名家,我乃娼类。以贱偶贵,诚非佳婚。况室无主祭之妇,堂有垂白纸亲,今之分袂,决无后期。

这段话中的"子本名家,我乃娼类"和"室无主祭之妇,堂有垂白纸亲"就是骈句,它们夹杂在散句之中,起到了表现谭意歌才华的作用。

在跟张正宇离别之后,谭意歌先后给张正宇写了两封信。这两封信中都有一些骈句，如"溪梅堕玉，槛杏吐红；旧燕初归，暖莺已啭""有义则企，常风服于前书；无故见离，深自伤于微弱""燕尔方初，宜君子之多喜；拔葵在地，徒向日之有心""思入白云，魂游天末"等，都使得书信骈散结合，充满了文采与情思。

宋代文言小说中有一些骈文是在公堂上写的：被告人用骈文来为自己辩解，而官员们则以骈文来写自己的判词。例如，罗烨《醉翁谈录·张氏夜奔吕星哥》中，织女和星哥被官府捉到之后，被责令写出供状。于是织女、星哥两人都"骈四俪六，略无凝思，如宿构焉"。这两篇骈文都较长，不能尽引，兹录织女供状的开篇于下，亦可窥一斑而知全豹：

> 伏以容貌绝人，贾氏遂私于韩寿；词章高世，文君爱慕于相如。矧丈夫兼而有之，为女子岂能免此？虽是自罹于宪纲，尚容历舒于厉阶。今者共遇判府制置密学相公，赋性聪明，秉心正直，年少擅穿杨之手，才高收折桂之功，驯游壁沼之间，平步玉堂之上。亲承圣命，振文翁化蜀之风；行秉国钧，作付说相商之雨……

除了不可避免的个别过渡的散句，全文真的都是"骈四俪六"。而且这篇骈文还有很强的叙事、抒情功能，如下面这段文字虽是叙述他们的相见之事，同时也抒发了他们的感情：

> 潜开北户，缓步西廊。且喜且惊，如醉如梦。耳边有语，无非海誓山盟；身外无踪，唯有粉香珠泪。

吕应星在供状中也以"相亲相近，如驯久狎之鸥；自去自来，似逐双飞之雁。寄食有同于韩信，通家非但于孔融。幼小与偕，绸缪莫甚。又同笔砚，总夸谢氏之能文；甫就冠笄，未遂子平之卑娶。眉来眼去，魄散魂飞"等语来交代他们青梅竹马、两相情愿，以及不得已而私奔的情形。

公堂上主持断案的官员，看了他们的供词之后，也以骈文写下了他的判词。他的判词大部分阙失，不过从现存的"盟言当守，信义可嘉。虽昔人必待礼而婚，而古者亦不告而娶。星郎、织女，如旧奢亲。枢府名郎，更新求偶"来看，他同意了星哥和织女的婚事。

在森严的公堂之上，被告人不是在胆战心惊地叙述自己的无辜，而是挥笔写出一篇篇文辞绝妙的骈文或韵文；而高高在上的官员写判词时不是用语言更为确切的散文，而是用了格式较为固定、语言较为模糊的诗性语言，于是他们就共同把一场严肃的官司办成了一次笔会。在宋人小说中，这样的"笔会"还为数不少，比如罗烨《醉翁谈录》庚集卷二的总题目就是《花判公案》，卷中收录的 15 篇小说都是这类作品。不过这 15 篇小说都较短，而且由于体例所限，那些供词都没有被收录，仅仅收录了判词。不过即使如此，也可以从中了解骈文和韵文在当时文言小说中的实用性价值。

这 15 篇小说中有花判 16 则，其中有 4 首词，1 首诗，其他都是骈文和韵文。在前文中所介绍的骈文较多，下面引两则韵文为例：

> 有一健讼人，每假儒冠，妄生事节，到官虚妄。蒙宰公收罪引试"险而健讼"，其人略不能措词。蒙知县判云："卖卦秀才，文理全乖。冒称进士，且请吃柴。再三省问，道理胡来。既是告求，且与封案，如敢再来，定行科断。"
>
> 其人不甘，诉于太守，送于尉廷。复与引试"君子无所事"赋，终日不成一字。又蒙县尉判云："人称进士，举业必攻，既与引试，一字不通。必是健讼，难与赎铜，臀杖五十，且请归农。"（《断人冒称进士》）

文中的这些判词非常通俗，只能算是押韵的俗文而已。

第四节　元人小说《春梦录》

虽然《云斋广录》中的《盈盈传》和《寄盈盈歌》中嵌入了诗词 17 首，已开诗文小说之先声，但《盈盈传》和《寄盈盈歌》的篇幅仅为三千字左右，距离明代诗文小说万字左右的规模还相去甚远。它们之间的过渡之作，应该是多达 5500 多字的元人小说《春梦录》①。

《春梦录》在中国小说史上是一篇奇特的著作，它奇特的文体特征在小说史上非常罕见，而文中才子佳人所写的诗词骈文之多在小说史上也是空前的。

一　奇特的文体

学者们往往认为书信体、日记体小说在中国文学史上的出现，是在"五四"之后的新文学运动中，实际上元代的《春梦录》就具有书信体、日记体小说的特征了。程毅中注意到了《春梦录》的文体特征，称它是"诗话体""自传体""书信体"的小说。②

《春梦录》从结构上可分为三部分。第一部分约 550 字，介绍了故事发生、发展、转折、冲突、结尾的全过程。吴氏女看了郑禧的《木兰花慢》之后，跟郑禧书信往来，愿意嫁给郑禧，哪怕是给他当妾。但吴氏的母亲不同意，要把她嫁给周氏子。吴氏女坚决不从，在被母亲殴打之后，生病而死。

第二部分大约 3500 字，是按时间顺序抄录的郑禧和吴氏的往来书信，以及在吴女去世后郑禧所写的祭文和哀文，又加上了友人们所写的悼诗。当然这些书信、祭文、哀文都是诗词骈文。需要特别指出的是，这些在不同阶段所写的诗词骈文，除了反映出他们在不同阶段的处境和心理，还把事件的整个过程又叙述了一遍。

第三部分大约 1450 字，是真子述所写的序。这篇序的前半部分是散文，对郑禧的行为进行细致的分析和深刻的批判，认为郑禧对吴氏"非徒爱其才也，实贪其财也；非徒感其心也，实慕其色也"，怒斥他"有逾东家墙而搂其处子之心"；后半部分是一篇 600 多字的骈文，骈文也是用来批评郑禧的。

如果把真子述的后序也作为小说的一部分，那么《春梦录》的作者就

---

① 尽管多数学者认为《娇红记》是元人作品，但林辰先生力辨它为明人之作。其理由较为可信，因为此处专论《春梦录》，《娇红记》则留在明清部分论述。

② 程毅中：《宋元小说研究》，江苏古籍出版社 1999 年版，第 214 页。

不能仅是郑禧，而应该是郑禧和真子述的合著。这篇后序虽然对正文作者大加鞭挞，其文体却以骈文为主，倒是与正文的体例相似。不过真子述不愿意以真名示人，小说原注曰："真子述者，不欲知其姓字，故作此名。"那么这个真子述为什么不愿意别人知道他的名字呢？其中必有原因。

但不管怎样，小说的这三部分，明显是以第二部分作为小说主体的。真子述的后序中说"天趣乃以其往来诗词文翰，编为《春梦录》，以示于人，且自为之序"，看来真子述只把第二部分郑禧和吴氏的"往来诗词文翰"当作《春梦录》，至于小说的第一部分，真子述则称为"序"。因而小说的这三部分，分为前序、正文、后序三部分更为恰当。

程毅中称《春梦录》为自传体、诗话体、书信体，这是因为小说的第一部分和第二部分都是郑禧以第一人称的口吻写成的，因而可称为自传体；小说以第二部分为主体，此部分的主要体裁是诗歌，因而可以称为诗话体；又因为第二部分所录主要是郑禧和吴氏的往来书信，因而可称为书信体。

以笔者看来，小说这三部分，第一部分是叙述事之本末，应该是史书中的纪事本末体；第二部分以时间为序，汇集了各种资料，它应该是史书中的会要体；第三部分是用来评论的，可以称为议论体。小说的第一部分主要用来叙事，从中可见"史才"；第二部分主要是诗词骈文，堪称"诗笔"；第三部分用来评论，当然就是"议论"了。因而宋人赵彦卫说小说文备众体，可以见"史才、诗笔、议论"，而《春梦录》的这三部分，倒恰好是史才、诗笔、议论的三部曲了。

再换一个角度来看，小说第一部分用散文叙事，第二部分的诗词骈文主要用来抒情，第三部分的散文和骈文用来议论。于是《春梦录》的这三部分，依次就是叙事、抒情、议论了。

当然小说也可以这样来看：小说的第一部分是用散文对整个事件进行初叙，第二部分是用诗词骈文对整个事件进行了复叙，第三部分则对整个事件过程进行了评述。于是《春梦录》的三部分，依次就是初叙、复叙、评述了。

小说的最后一部分并非郑禧所做，因而也可以认为这篇小说其实只包括小说的第一部分和第二部分。倘若如此，那么这篇小说的文体，就像是《长恨歌传》和《长恨歌》的合体：小说的第一部分相当于《长恨歌传》，用散文介绍故事；第二部分相当于《长恨歌》，用韵文来介绍同一个故事。这种用散文和诗歌来介绍同一个故事的写作方式在唐代曾经流行，只不过在唐代，这两部分的作者是两个人，而且第二部分的诗歌只是一首诗，而《春梦录》的作者是一个人，而且第二部分不仅是一首诗歌，而是有几十首诗歌，甚至还有骈文韵文。

陈文新认为它"略近于《云斋广录》卷六所选《王魁歌》并引"①，这当然是不错的，不过这一体例与宋代《醉翁谈录·烟粉欢合》中梁意娘和李生的故事更为相似。《烟粉欢合》也是先介绍故事的大致情节，然后再增补整个故事中主人公所作的多篇诗文作品。但《烟粉欢合》中的诗词不仅较少，且都是梁意娘一人所作，而《春梦录》中诗词骈文的主体部分则是郑禧和吴女所作。

因而《春梦录》这篇小说，它的文体特点太奇特了，而它的奇特之处，都跟小说与诗歌的关系有关。

二 众多的诗歌骈文与鲜明的才子佳人形象

《春梦录》中出现的诗词骈韵文很多，有七绝 21 首，七律 5 首，五律 1 首，《木兰花慢》5 首，另有 6 篇骈文、韵文，以及箕仙的 2 首判词。小说中的诗词骈文韵文的总字数多达 3366 字，占了小说总字数的 61%。明初的《剪灯新话》《剪灯余话》以其所含的诗歌骈文韵文多而著名，被认为是明代中期诗文小说的先声，但《春梦录》中 3366 字的诗歌骈文韵文，超过了《剪灯》二话中的任何一篇。

初唐小说《游仙窟》的篇幅以及所含的诗歌骈文数量都多于《春梦录》，而且《游仙窟》也可以归入才子佳人小说，但《游仙窟》的俗文学特点比较明显，而且它在中土早已失传。其他唐宋小说，无论篇幅还是所含的诗词骈文韵文数量，都不及《春梦录》。明初的《剪灯》二话、明代

---

① 陈文新：《文言小说审美发展史》，武汉大学出版社 2002 年版，第 452 页。

中期的诗文小说，以及明末清初的才子佳人小说，其题材多是才子佳人的恋情，其创作手法都羼杂了很多诗词骈文，这两个特征正是《春梦录》的主要特点。

《春梦录》的作者在小说中特别突出小说中的众多诗词骈文韵文。真子述的一句"天趣乃以其往来诗词文翰，编为《春梦录》"说得很清楚：郑禧把他跟吴氏的往来诗词文翰编在一起，《春梦录》就成文了。就文本而言，郑禧是有意把各种诗词骈文韵文编排在一起的。小说的第一部分是叙事部分，郑禧在这一部分把事件的整个过程都介绍清楚，这样在写第二部分的韵文骈文时，就不需要详细介绍它们的来龙去脉，只要简单的一两句话，就能让读者把这些诗词置于一个合适的坐标中，这样可以节省很多介绍性的笔墨，从而保证诗词骈文韵文在第二部分中的主体地位。

而作者突出强调这些诗词，其目的是用这些诗词来凸显小说中的才子佳人形象。在小说中，男女主人公自始至终都没见过面，他们从相知到相恋，再到吴氏生病，一直到吴氏因情而亡，唯一的媒介就是他们写的诗词书信。从叙事的角度来看，小说情节的发生、发展、冲突、结局，都在他们写的诗词书信中有着具体表现。

小说中出现的第一首诗词作品是郑禧"戏赋"的《木兰花慢》，这首以"倚平生豪气，冲星斗，渺云烟。记楚水湘山，吴云越月，频入诗篇"等句来自吹自擂的词，使他获得了吴氏的青睐。第二天，吴氏就托人送来了和词。吴氏的词开篇是"爱风流俊雅，看笔下，扫云烟"，这里她所爱的"风流俊雅"，显然不是未曾见面的郑禧本人，而仅仅是郑禧的笔下云烟。正是这笔下云烟，使得她"虽居二室亦不辞也"。但究竟郑禧已婚，吴氏也表达了"料今生无分共坡仙。赢得鲛绡帕上，啼痕万万千千"的悲观态度。面对吴氏的回复，郑禧再次写词挑逗，词中的"想鸾珮敲琼，鸾妆沁粉，越样风流"表示了自己对吴氏的思念，而"犀心一点暗相投，好事莫悠悠"则有催促之意。吴氏也原韵再和，词曰：

> 看红笺写恨，人醉倚，夕阳楼。故里梅花，才传春信，先认儒流。此生料应缘浅，倚窗下，雨怨共云愁。如今杏花娇艳，珠帘懒

上银钩。丝罗乔树欲依投，此景两悠悠。恐莺老花残，翠消红减，辜负春游。蜂媒问人情思，无缘应只低头。梦断东风路远，柔情犹为迟留。

吴氏以"人醉倚，夕阳楼"写出了她的慵懒和无奈，"此生料应缘浅，倚窗下，雨怨共云愁"写出了她的愁怨，"恐莺老花残，翠消红减，辜负春游"写出了她的伤感。她虽明知"无缘应只低头"，但还是表达了"柔情犹为迟留"之意。

郑禧非常欣赏吴氏的这两首和词，认为"其才情标致，岂可得哉?"于是他又写了三首诗，诗中明确说"两才相遇古来难，重写芳情仔细看。莫待后时空白悔，不如闻取舞双鸾"，已是迫不及待地呼唤了。在吴氏母亲的强烈反对之下，郑禧的诗让吴氏痛苦不已，她的三首和诗也只能是"今生缘分料应难，接得新诗不忍看。谩说胸襟有才思，却无韩寿与红鸾"这样的句子，而她在诗后所附的这段文字更是情深意切：

屡蒙佳什，珍藏箧笥。福浅缘悭，不成好事。母命伯言，不期违背。一片真情，番成虚意。勤读诗书，好图名利。故里梅花，依然夫婿。数语赠君，盈盈垂泪。

此处首言"屡蒙佳什，珍藏箧笥"，点出了诗词为一篇之线索；结尾处的"数语赠君，盈盈垂泪"，把吴氏定格为"盈盈垂泪"的形象，令读者伤感不已。

后面的来往信件就是四六文与诗歌并列出现了。两人的骈文和诗歌都写得情采并茂，熔叙事、抒情于一炉。例如，郑禧的那篇近 300 字的信中说"复令乳母来观，预遣女媒通好。谓先君是定，犹遗在耳之言；矧才子如斯，不忝齐眉之愿。倘得百年而谐老，虽居二室而不辞"，就具有很强的叙事性。当然郑禧这里的叙事意在提醒吴氏曾经的许诺，他虽然说"念欲挟文君而夜遁，终不忍为"，但这样的话已有暗示吴氏跟他私奔之意，后文中的"愿深思贤父之言，庶免抱终身之叹"，更是要求吴氏遵从其父的遗愿而嫁给他。吴氏在信中回应他说：

> 伏以钟天地之秀气，伟矣儒人；含闺阁之芳情，孤哉幼女。两才
> 相遇，方图结于红丝；一语败盟，又空成于画饼。诗词寄恨，蜂蝶传
> 情。先人之遗训昭昭，曾已告母；慈母之严命切切，乃不谅人。郑郎
> 将故里之梅花憔悴，周子恋芳园之杏蕊娇羞。齐眉之好已休，众口之
> 辞不息。龟占未吉，雁币辄修。经史不得闻，琵琶奚足听。鸳鸯枕上
> 夜夜相思，蝴蝶梦中时时欢会。深沉院宇，无路可求；寂寞帘帷，有
> 缘终遇。虽后死幼玉，也寻柳氏；奈今生文君，未识相如。勒此申
> 酬，伏祈丙照。

"两才相遇，方图结于红丝；一语败盟，又空成于画饼"，亦真亦虚，对仗
工整又很有概括力；"先人之遗训昭昭，曾已告母；慈母之严命切切，乃
不谅人。郑郎将故里之梅花憔悴，周子恋芳园之杏蕊娇羞。齐眉之好已
休，众口之辞不息。龟占未吉，雁币辄修"用来叙事，写出了自己身处的
困境；而"鸳鸯枕上夜夜相思，蝴蝶梦中时时欢会"虽然通俗，却很恰
切；"虽后死幼玉，也寻柳氏；奈今生文君，未识相如"，既表达了自己的
无奈，又暗示了自己的至死不渝。

　　之后郑禧又针对吴氏所寄的绣领写诗四首。这四首诗除了炫耀"多情
拆寄郑郎看"的绣领，还极力以"近日恹恹香玉瘦，可怜和泪倚重门"
"琵琶声里昭君怨，莫向它时不忍听""流莺欲往频回首，尽日愁肠恼落
花"来渲染吴氏的痛苦，以之显示对吴氏的同情。此时，已被母亲暴打两
次而气愤成疾、不离枕席的吴氏，已预感到自己将不久于人世，于是用散
文给郑禧回了一封信，并写了两首诗。诗中的"已自恹恹无气力，强抬纤
手写云笺"虽是实录，却很感人。吴氏的临终书信虽是散文，但不乏文采
情思，特别是所引用的"春蚕到死丝方尽，蜡炬成灰泪始干"固为熟语，
却是为情而死之人的真实写照；结尾处的"临终哽咽，不知下笔处"也具
有很好的抒情效果。

　　在吴氏去世之后，郑禧又开始了大规模的诗词骈文的创作。他先写了

一篇长达 305 的祭文，又写了一篇长达 369 字的哀悼文，还有两首悼亡诗、一首词，另外还有问卜时箕仙所作的两首词，这些文章字数相加多达千言。两篇长文中虽有"门掩夕晖兮，草沿阶而春色怜"等句较有诗意，但像"母氏之无明见，伯氏之无理言也"等句未免生硬，"余报卿以一死兮，其奈修短之有期"也做作太过。两首诗中的"特写青笺几往来""死生俱梦幻，来往只诗篇"等句，倒是与本文情事相符。不过以这样架屋叠床的诗词骈文作为这一凄惨故事的结尾，不论作者如何努力地在诗文中表达他的哀痛，也给人以卖弄才华的感觉。

即使如此，作者仍意犹未尽，又在后面增加了时人为吴氏所写的悼亡诗九首。其中徐子文诗中的"辞翰往来传意密"倒是堪为这篇小说的评语，也堪为所有"诗文小说"的评语。

小说到此，确实可以结束了，但文章这时以"真子述《后序》云"引出了一篇约 1500 字的序文。这篇序文引经据典，怒斥郑禧以诗文挑引吴氏，直言"此女动心拂性，乱其所为，违母之命，持不嫁凡子之说，以至殒其躯而弗悔，实天趣导之也，其罪容可隐乎？"又说郑禧对吴氏"非徒爱其才也，实贪其财也；非徒感其心也，实慕其色也"，说他有"逾东家墙而搂其处子之心"，因而"春梦一录，非所以为荣，实所以为辱"。序文的最后，真子述又"复为俪语以断其后"，把自己的观点又用一篇长达 634字的骈文渲染了一番。这样的评述，真让读者感觉这个真子述是否在借助《春梦录》来卖弄自己的文采。

郑禧和吴氏这些按照时间顺序排列的诗词骈文，都是两人用来交流感情的书信，它们大致反映出了这段感情从萌发到结束的发展过程，因而它们也就具有了叙事功能。就表现人物形象而言，这些诗词骈文不仅深刻表现出了男女主人公真切细腻的心理矛盾，而且直接显示出了他们的文学才华。总体来说，这种由故事主人公诗词作品汇编而成的小说体裁，虽然在叙事功能上较弱，但用它来表现人物的形象特征则是直接的、经济的，这正是此独特文体的优势所在。作者一旦选择了这种文体，那么他的写作目的就是借这样一个凄恻爱情故事的框架来表现男女主人公的文学才华，而在小说中，这对从未见过面的男女主人公对对方文学才华的欣赏也是他们能够互生爱意以至于生死相许的重要因素。因而小说中的诗词骈文，不仅用来叙事，而且用来写人；它们不仅是小说的主体，也是故事发展的线索。

　　当然《春梦录》在结构上还有些生硬，它的叙述文字和诗词骈文未能有机结合，从而使得叙述不够细腻。一旦小说作者把如此多的诗词骈文融入叙述文字之中，那么《娇红记》一类的诗文小说就问世了。

第五章 明清文言小说的诗化特征

明清时期的文言小说非常发达。此时的文言小说诗化特征呈现出多元化的特点,其中有在单篇小说中堆砌数十首甚至数百首诗词的诗文小说,有以散文来表达诗情诗意的《聊斋志异》,有专写夫妻之间琐碎之事的专以情胜的诗文小说,有篇幅很长通篇都是骈文的《燕山外史》,还有融合了古今中外各种抒情方法的《玉梨魂》等。

第一节 《娇红记》《剪灯》二话及诗文小说

明初的《娇红记》《剪灯新话》《剪灯余话》和明代中期的一批诗文小说,其共同特征是在小说中插入了大量诗词。尽管这些作品的艺术成就有差异,但它们在当时都流传甚广,对后世的才子佳人小说和《红楼梦》都有影响。

一 《娇红记》①

讲述申纯、王娇两人爱情悲剧的《娇红记》在明清时期是一部广为艳传的名著,不仅《燕居笔记》《花阵绮言》《绣谷春容》《国色天香》《情史》《香艳丛书》等小说集都收录此作,而且在明清小说中,申纯、王娇

---

① 《娇红记》的产生年代众说纷纭,郑振铎、伊藤漱平、陈益源都认为是元代的作品,而孙楷第、薛洪勣、林辰则认为是明初的作品,参见林辰《把砍断的小说史链条接上——论明初小说〈娇红记〉》、李向东《精心求证,梳理源流——澄清〈娇红记〉作于元代的谬说》。本文采用明初说。

的名字也常被小说主人公经常提及。《娇红记》在中国小说史上也具有重
要的地位，它不仅是明代诗文小说的先驱，而且是清初才子佳人小说以及
《金瓶梅》《红楼梦》的远祖。就中国小说史而言，《娇红记》的一个重要
价值在于它正式确定了中国古代小说的诗词叙事机制。

　　《娇红记》中的诗词很多，在《花阵绮言》所收的繁本中，长达一万
七千余言的小说文本中共出现了 61 首诗词（《情史》《香艳丛书》所收的简
本中仅有 30 多首）。这些诗词虽然被今人认为有卖弄才情之嫌，但不容否
认的是，如果没有这些诗词，《娇红记》很难成为数百年间的畅销之作，
它的艺术水平也会下降很多，它对后世小说的影响也会大减，从而影响它
在小说史上的意义。

　　在《娇红记》中，大量的诗词并不是无的放矢，它们对于故事情节的
发展构成，以及人物形象的刻画塑造都具有重要作用。在小说中，它们主
要是男女主人公的互答之作，而这种诗词互答正是小说情节的主要组成部
分；这些诗词是表现人物思想感情的重要手段，是作者用来刻画人物心理
活动的有效手法。《娇红记》中的诗词在叙事上的作用，就是它为后世的
诗文小说、才子佳人小说以及《金瓶梅》《红楼梦》等世情小说构造了一
个现成的可以模仿的诗词叙事机制。

　　陈国军在《明代志怪传奇小说研究》中指出，明代中篇传奇小说的叙
事节奏，都在小说中的诗词出现之后，发生了或快或慢的变化，而诗文的
成规模介入，开创了中篇传奇诗文化的叙事机制。① 这一观点非常精辟，
可惜作者仅仅是提出了这一观点，没有对它进行具体论述。诗词歌赋在小
说叙事中发挥着重要作用，是中国古代小说最为显著的民族特色，而要研
究这一特色，《娇红记》是一个很好的文本。

　　《娇红记》中出现的第一首诗词作品是《摸鱼儿》，这是申纯初至王娇
家时所作。此时申纯还没见到王娇，他的这首词也只不过是写山川之胜，
他在词末所说的"向此地嬉游，寻花问柳，须是有奇遇"，也只不过是随
口之词而已。这首词的作用类似于小说开篇的楔子，它的叙事意义是收束

---

① 陈国军：《明代志怪传奇小说研究》，天津古籍出版社 2006 年版，第 299 页。

了申纯的行程，使他进入了正式的故事情节之中，因为词后就是"生既至，因入谒舅"了，小说的叙述环境就转到了王娇的家里，申纯的舅、妗，以及飞红、王娇陆续出场，于是申纯对王娇一见钟情。

之后小说进入了申纯和王娇的互相试探阶段。小说中出现的第二首词是申纯写的《点绛唇》。当时他试探性地问王娇"将有思乎？将有约乎？"而王娇以春寒岔开话题，申纯无聊而归，于是写了这首词，并把它书于壁上。词中的"谁共游蜂话？"表达出了他此时心怀爱意却不能言说的苦闷，在叙事结构上这首词标志着此日事件的正式结束。这首词之后，就是"日后"如何如何了，而他们之间的关系也发展到"申生言稍涉邪，娇则凝眸正色，若将不可犯"了。

小说后面出现的三首诗和一首词是申纯在同一天所作。写这些诗词之前，王娇已经通过一次酒宴中的劝酒表达出了自己对申纯的特殊感情，使得申纯大胆了很多，这天他看见王娇独自凭栏之时，就以欲开未开的牡丹为题，写了两首绝句。绝句中的"芳心一点千重束，肯念凭栏人断肠""惆怅东君不相顾，空余一片惜花心"，都是表明心意之语。在王娇展颂这两首诗欲言不言之时，恰逢莺鸣，申生抓紧时机又写了一阕《喜迁莺》，以"好景良辰，休把空辜负"来鼓励王娇。可惜王娇"览之未毕，忽闻妗语声"，她只好拿着这些诗词匆匆而去了。申生只能惆怅久之，归室之后又写了一首绝句题于西窗上，表明了"谁识莺声与凤声"的无奈与困惑。在这一天的事件中，作者没有写出王娇和申纯的一句话，他们的感情交流，纯凭着申纯的三首诗词，因而这里的诗词是故事情节最重要的成分。

上面所有的诗词都是申纯一人所作，而申纯的心理活动也在这些诗词中表现得非常充分。王娇这时还没有诗作，她的感情倾向也没有明确化。言为心声，对于中国古人而言，诗词是内心深处的真实写照，它能够直接表现人物形象的感情特点和心理倾向。

申纯回室之后的题窗之作是作者留下的叙事线索。两天之后，当申纯外出时，王娇来到了申纯的卧室，看到了申纯的诗，就写了一首和诗，诗中以"春愁压梦苦难醒""魂断不堪初起处"等句表达了自己的愁苦。这是王娇的第一首诗，它是王娇对申纯诗歌的回应，标志着王娇终于打开了自己的心扉。

申纯的下一首是《减字木兰花》，这是他记录自己和王娇月夜交谈之作。在那个月夜之中，申纯以王娇"春愁压梦苦难醒"之句来挑逗王娇，王娇不仅没有躲开，反而促步下阶走近了申纯，令申纯恍然若失。恰在此时，又是妗的问语使得王娇遁去。前面王娇的和诗不仅成为今天申纯的话题，也令王娇的真情再也不能隐瞒，导致他们的感情又进了一步。次日申纯写词一首来收束此事，词中的"织女斜河，月白风清良夜何？"虽是他们言谈的实录，但他内心的不确定性也表露无遗。

因为感情尚未挑明，他们不能确定对方的感情，就难免要继续试探。次日王娇用申纯的衣服来擦指上的煤灰，可谓大胆之举；但是当申纯笑着说"敢不留以为贽？"时，她又变色而怒，使得申纯只好赶紧逃出了。狼狈而归的申纯写了一首《西江月》来记此事，其中既有"姜手分来的的，郎衣拭处轻轻"的甜蜜，又有"此约又还未定"的遗憾。

至此，申纯三次与王娇独处，三次都未能互诉衷肠。所谓一波三折，不过如此。而这三折节奏分明，因为每一折都以申纯的一首诗词来收束。

在这三折的过程中，他们交往的程度越来越深，他们对对方的了解也越来越真切。在这三折之后，拥炉倾谈、私订终身就是不可缺少的情节了。在明白王娇对自己的真情后，申纯写了一首《石州引》来记其事。当然这时他的愿望，已经是"甚日把山盟，向枕前说"了，因而这首诗在叙事上的作用，是既结束了他们的互相试探阶段，又使得故事情节发展到了寻机欢会阶段。

寻找欢会的机会更不容易，小说作者写来，竟有一波四折之妙。先是申生吟诗"为报邻鸡果惊觉，更容残梦到江南"引起了王娇的注意，然后两人商定晚间欢会。但当晚暴雨，欢会不成，申生怅恨不已，写了一首《玉楼春》。这首词叙事兼抒情，是小说诗词中的佼佼者：

　　　　晓窗寂寂惊相遇，欲把芳心深意诉。低眉敛翠不胜春，娇转樱唇红半吐。

　　　　匆匆已约欢娱处，可恨无情连夜雨。枕孤衾冷不成眠，挑尽残灯天未曙。

次日晚王娇来到申纯窗外，"低声唤生者数次"，怎奈申生沉醉睡熟，使得王娇"怅恨而回，大疑生之诞己也"。申纯剪发盟誓，终得到王娇的谅解。此为第二折。此折中没有诗词出现。

第三折是申生收到家书要离开，两人不得不离别。这时先写诗的是王娇，诗中的"相如千里悠悠去，不道文君泪湿衣"写出了自己离别之难。申纯则以"文君为我坚心守，且莫轻拚金缕衣"回应。但申纯又对王娇诗中的"绿叶阴浓"生疑，于是又填词《小梁州》，表达了"又恐重来绿成阴"的担心。王娇乃以《卜算子》中的"休道三年绿叶阴，五载花依旧"来表明心意。最后王娇又以绝句"云云去后早还乡"叮咛不已。这一情节中没有两人的一言半语，但恋爱中人的眷恋、离别时的伤感以及小儿女的多疑都通过这五首诗词跃然纸上。

第四折是申生又回到舅家，两人向申生卧室走时，遇上侍女而惊散。申生在悒怏之下又作《撷芳词》。四折之后，两人终得一夕之欢。欢后王娇和申纯各写了一首《菩萨蛮》以表达自己的感受。

在这寻机欢会的一波四折中出现了九首诗词，与两人互相试探阶段的诗词数相同。而这四折中的第二折没有诗词。没有诗词的原因，一是因为需要加快叙事节奏，此阶段已没有了试探阶段的小心翼翼，作者在叙事节奏上也就快了很多；二是因为第三折中的诗词将多达五首，那么在第二折中不出现诗词，能够使得小说在结构上错落有致。

这一阶段的九首诗词中，有四首是王娇所作，标志着王娇的人物形象在此阶段有了较大变化。在互相试探阶段的九首诗词中，王娇的诗只有一首，而且这一首诗还只是一首被动的和诗。但在寻机欢会阶段，她的诗不仅多达四首，而且有三首是她主动写出的。因而在定情之后，王娇要比申纯主动、大胆，她对自己的感情不再遮遮掩掩，她勇于表现自己的感受和思想。

限于篇幅，上文只是分析了小说前19首诗词在叙事中的作用。把它们的作用概括起来，大致有以下五条：

第一，结束此事件的作用。小说中出现的第一首词《摸鱼儿》，在小说结构中起着楔子的作用，它标志着小说的开篇；中间的九首诗词，除了申纯的两首咏牡丹、一阕《喜迁莺》以及王娇的和诗之外，其他五首都具有结束当天之事的结构作用；最后的九首诗词，申生所写的《玉楼春》《撷芳词》所起的作用与上面五首词的作用相同，而王娇在临别时所写的"临别殷勤私语长"以及他们欢会后所写的两首《菩萨蛮》虽然以抒情为主，但因为用在一段故事的结尾，也具有结束本段故事的作用。

第二，引起下一事件的作用。申纯题于西窗上的"日影侵阶睡正醒"一绝，就引出了王娇的和诗；而王娇的和诗不仅使得申纯"愿得之心，逾于平常"，而且也让申纯直接以她诗中的"春愁压梦苦难醒"来勾起她的感情。在离别之时，王娇的"绿叶阴浓花渐稀"一诗不仅引起了申纯的和诗，而且也引起了申纯的怀疑；而当申纯把他的怀疑用《小梁州》词表现出来时，王娇又以《卜算子》相应。

第三，复叙的作用。随着叙事文学的兴起，诗词在宋元时已具有浓厚的叙事性，其中尤以词的复叙作用最为突出。就《娇红记》而言，申纯的那些结束当天之事的词作都具有复叙当天之事的作用，甚至可以把它们当作抒情体的叙事日记看待。例如，《减字木兰花》就是这样的作品：

> 春宵陪宴，歌罢酒阑人正倦。危坐中堂，倏见仙娥出洞房。
>
> 博山香烬，素手重添银漏永。织女斜河，月白风清良夜何。

陪宴、酒散、独坐、娇来、匀香、记漏，甚至连对话中的"织女将斜""月白风清，如此良夜何"都一一写来。这样的词作，已是以叙事为主了。

第四，充当故事情节的作用。起着结构作用的诗词也充当着故事情节，但它们在小说中有时可以省略，并不影响小说主体框架的完整；但申纯所写的两首咏牡丹绝句和一阕《喜迁莺》词，以及他们在离别时所写的三首绝句两首词，是万万不能省略的，因为它们就是故事情节，故事情节就是它们。在这两簇诗词出现的时候，作者对他们两人没有进行任何语言描写，对他们的行动描写也很简单，而且这些行动描写是围绕着这些诗词而展开的。因而如果省略了这些充当故事情节的诗词，小说的这些情节就不复存在了。

第五，控制叙事节奏的作用。这是由以上四个方面的作用所决定的。既然诗词可以结束一个事件，又可以引起一个事件，那么作者就可以从容控制所叙述事件的密度；而诗词可以起到复叙的作用，那么作者就可以用诗词来延长事件的生命力；特别是诗词既然可以充当故事情节，作者就可以用它来增加情节的波澜，用它来控制情节的疾徐轻重。其具体做法，就是当作者要放缓叙述节奏、要加重情节分量时，就增加诗词的分量，否则就减少诗词的分量——诗词在这方面的作用，类似于小说中的细节描写：作者要使情节缓、重，就增加细节描写，否则就减少细节描写。特别是当作者把诗词和细节结合运用时，他对小说节奏的把握就非常自如了。例如，作者在写他们寻机欢会的第一折时，用了语言描写和一首词，这一折较为缓慢；但第二折就既没有细节描写又没有诗词，这就使得此折中的低声相唤、剪发盟誓等情节只能是概括性的叙述，被迅速地轻轻带过了；第三折没有细节描写，但因为有了五首互相生发的诗词，使得这段小说的节奏也缓慢而有分量。这是因为这五首诗词渲染性地写出了申纯、王娇的心理变化，他们的离别之痛、猜疑之情、申辩之意都依着诗词本身节奏的缓慢性而表现了出来。而作者对他们最后的欢合则是不吝笔墨，在人物的语言描写、相貌描写、动作描写的基础上，又让他们各写了一首《菩萨蛮》来回味和强调，使得此处的叙事缓慢而细腻，而这一情节也正是文章的重心。

从上面的分析可以看出，《娇红记》中的诗词在小说叙事中确实发挥着重要作用。这些诗词的大量出现可能不合乎现代小说的创作规范，它们虽然易被中国古代那些生活在田园牧歌中的读书人执卷独吟，细细品味，但很难被我们这些生活在微博盛行、人心浮躁、盛行文化快餐的时代的人所认可。但必须承认，《娇红记》为后世小说提供了一个可以模仿的诗词叙事机制，这一机制在后世的中篇诗文小说、才子佳人小说甚至《金瓶梅》《红楼梦》中都被广泛运用着。这一诗词叙事机制在中国之前的文言小说中虽然也存在，但那些小说因为篇幅较短，时间较远，使得它们对明清以来的诗文小说等作品的影响远不如《娇红记》的影响更为直接。

二　《剪灯新话》《剪灯余话》

小说中穿插诗歌，可以增加小说的文采，加强小说的抒情性，因而在中国古代小说中这一手法被广泛运用，从而形成我国小说的一大传统。但过犹不及，明代出现了一批动辄万言的文言小说，这些小说中的诗词很多，使得小说文本几乎成为诗词的载体；而这些诗词本身的艺术水平又不高，从而降低了这些小说的价值。孙楷第先生在《日本东京所见小说书目》中将这批小说称为"诗文小说"，并对它们进行了精辟论述：

> 余尝考此等格范，盖由瞿佑、李昌祺启之。唐人传奇，如《东阳夜怪录》等固全篇以诗敷衍，然侈陈灵异，意在诽谐，牛马橐驼所为诗，亦各自相切合；则用意仍以故事为主。及佑为《剪灯新话》，乃于正文之外赘附诗词，其多者至三十首，按之实际，可有可无，似为自炫。昌祺效之，作《余话》，着诗之多，不亚宗吉。而识者讥之，以为诗皆俚拙，远逊于集中所载。则亦徒为蛇足而已。自此而后，转相仿效，乃有以诗与文拼合之文言小说。乃至下士俗儒，稍知韵语，偶涉文字，便思把笔；蚓窍蝇声，堆积未已，又成为不文不白之"诗文小说"。（作者自注：因以诗文拼成，今姑名之为诗文小说）而其言固浅露易晓，既无唐贤之风标，又非瞿李之矜持，施之于文理粗通一知半解之人，乃适投其所好。流播即广，知之者众。乃至名公才子，亦谱其事为剧本矣。是以此等文字，以文艺言之，其价值固极微，若以文学史眼光观察，则其在某一期间某一社会有相当之地位，亦不必否认。如斯二者，宜分别论之，不可涸淆。要之，泝波溯原，亦唐人传奇之末流也。[1]

孙先生指明了这些小说的作者是"下士俗儒"，读者是那些"文理粗通一知半解之人"；而小说中的这些诗词既然是"蚓窍蝇声，堆积未已"之作，

---

[1]　孙楷第：《日本东京所见小说书目》，人民文学出版社 1958 年版，第 126—127 页。

当然也就只能是"浅露易晓"的低俗之作了。

恰如孙先生所言，明代这批诗文小说的前身，是明初的《剪灯新话》和《剪灯余话》。

瞿佑《剪灯新话》中虽然还不是篇篇有诗词骈文，但瞿佑对小说中诗词骈文的刻意追求是很明显的。陈大康在《明代小说史》中对《剪灯新话》中所含的诗歌类语言进行了统计，并对其中含有诗词骈文超过 30％的五篇小说进行了列表说明：

篇名	含诗词数（首）	含散文数①（篇）	全篇总字数	诗文类总字数	诗文类字数所占比例（％）	叙述故事字数	叙述故事字数所占比例（％）
水宫庆会录	9	1	1713	748	43.67	965	56.33
联芳楼记	16	0	1367	476	34.82	891	65.18
渭塘奇遇记	5	0	1417	524	36.98	893	63.02
龙堂灵会录	6	0	2368	935	39.48	1433	60.52
秋香亭记	8	1	1509	719	47.65	790	52.35

以现代小说的概念来看，小说应该是一种叙事文学，但如果小说中出现了过多的抒情性的诗歌类语言，就削弱了小说的叙事性。像《秋香亭记》这样全篇仅有 1500 余字的小说中，竟然穿插有 700 多字的诗歌，使得叙述故事的语言仅仅占到小说总字数的一半，可见瞿佑确实是刻意在小说中表现自己的诗才，于是"作品情节的单薄与人物形象的苍白便成了不可避免的事"②。

不过《剪灯新话》中的小说并非篇篇都有诗词，而且它也只有这五篇小说中诗词骈文的字数超过 30％，但在刻意模仿《剪灯新话》的《剪灯余话》中，不仅所收的小说每篇都有诗词出现，而且其诗词骈文的字数超过小说总字数 30％的小说，已经多达 10 篇——尽管《余话》的小说篇数跟《新话》的完全相同，都是 21 篇。陈大康《明代小说史》对《余话》中诗

---

① 此处散文当指骈文。下表同。

② 陈大康：《明代小说史》，人民文学出版社 2007 年版，第 103 页。

词的统计表①是：

篇名	含诗词数（首）	含散文数（篇）	全篇总字数	诗文类总字数	诗文类字数所占比例（%）	叙述故事字数	叙述故事字数所占比例（%）
听经猿记	16	1	2067	768	37.16	1299	62.54
月夜弹琴记	30	0	4087	2210	54.07	1877	45.93
连理树记	17	0	2212	890	40.24	1322	59.76
田洙遇薛涛联句记	12	0	3525	1251	35.49	2274	64.51
鸾鸾传	10	2	2694	1023	37.97	1671	62.03
武平灵怪录	9	0	2271	920	40.51	1351	59.49
洞天花烛记	9	2	1957	1124	57.43	833	42.57
泰山御史传	0	2	1797	620	34.50	1177	65.50
江庙泥神记	9	0	2547	890	34.94	1657	65.06
至正妓人行	1	0	1524	1232	80.84	292	1916

由上表可知，《余话》中所含诗词总数，已大大超过了《新话》；《新话》中诗文类文字所占比重最高的是《秋香亭记》，为 47.65%，尚不足 50%；而《剪灯余话》中超过 50% 的有三篇，分别是《月夜弹琴记》的 54.07%、《洞天花烛记》的 57.43%、《至正妓人行》中的 80.84%。在这样的文本中，小说的叙事特征被铺天盖地的诗歌湮没了，小说文本已完全成为诗歌的载体，它们已很难被称为小说了。其实《至正妓人行》的主体就是一首长诗，而这首长达 1232 字的类似于白居易《琵琶行》这样的叙事歌行的长诗，占了小说总字数的 80.84%。

但如果就此而把《剪灯新话》和《剪灯余话》混同于"蚓窍蝇声，堆积未已"的诗文小说，那也是不恰当的。孙楷第先生也说后世的诗文小说"既无唐贤之风标，又非瞿李之矜持"，把《剪灯》二话和诗文小说进行了区别。实际上，《剪灯》二话中的诗歌虽然有一些是"可有可无"的"自炫"之作，但大部分作品还是因文而设，并非用来刻意"自炫"的。更难得的是，《剪灯》二话中有不少反映元末明初之际因为战乱和政权更换而

① 陈大康：《明代小说史》，人民文学出版社 2007 年版，第 103—104 页。

带来的社会悲剧、人生悲剧的作品，这些作品中也出现了不少诗歌，这些诗歌跟小说正文完整地结合在一起，成为作者反映社会悲剧、人生悲剧的得力工具。

《剪灯》二话中，虽然《剪灯余话》有不少小说所含的诗词很多，但《芙蓉屏记》写夫妻离合，小说中间只出现了慧圆的一首词，而这首词推动了故事的发展，是小说情节的有机构成部分。《凤尾草记》和《琼奴传》写爱情悲剧，前者有四首诗，后者有五首诗一首词，这些诗词也基本上是小说情节的构成部分。《连理树记》和《鸾鸾传》写元末爱情悲剧，文中诗词较多，《连理树记》中甚至一股脑儿排列出了蓬莱跟丈夫的唱和诗词 9 首，确实难免"自炫"之讥。相对来说，《剪灯新话》中的诗词安排要好很多。

瞿佑经历过元末明初的战乱，对个人在战乱中的悲剧深有体会。凌云翰在《剪灯新话序》中说"《秋香亭记》之作，则犹元稹之《莺莺传》也"，那么《秋香亭记》这一爱情悲剧的蓝本当是瞿佑身上发生的事。

在《秋香亭记》中出现了 5 首七绝、2 首七律、1 阕《满庭芳》、1 篇骈文，这些诗文共 719 字，占小说总字数的 47.65%。虽然这些诗文看似字数很多，所占比例很高，但这些诗文在小说中是必不可少的。

在小说中，已经长大的采采和商生再不能像小时候那样"共戏于庭"了，他们只能在"每岁节伏腊，仅以兄妹礼见于中堂而已"。在"闺阁深邃，莫能致其情"之时，采采以秋香亭上正在盛开的两棵桂花树为题，写了两首绝句，让侍婢秀香送给商生，让商生相和。这两首诗是：

> 秋香亭上桂花芳，几度风吹到绣房。自恨人生不如树，朝朝肠断屋西墙！
>
> 秋香亭上桂花舒，用意殷勤种两株。愿得他年如此树，锦裁步障护明珠。

商生原来只知道采采长得漂亮，在看到这两首诗后，才知道采采的才华非凡，而且诗中的"自恨人生不如树，朝朝肠断屋西墙""愿得他年如此树，锦裁步障护明珠"明白地表达出了她对商生的思念以及对婚姻的盼望。惊喜之余的商生立即口占两首，让秀香拿给采采：

> 深盟密约两情劳，犹有余香在旧袍。记得去年携手处，秋香亭上月轮高。
>
> 高栽翠柳隔芳园，牢织金笼贮彩鸳。忽有书来传好语，秋香亭上鹊声喧。

商生诗中回忆了他们昔日的温馨，表达了他收到采采两首诗的喜悦。这四首诗在小说中是不能省略的，因为这是他们当时进行联系、表达心情的唯一联系方式。之后商生"但翘首企足，以待结褵之期，不计其他也"，而采采则因为多情而生病。病中的采采恐怕商生"不知其眷恋之情"，于是"以吴绫帕题绝句于上，令婢持以赠生"。这首诗是：

> 罗帕薰香病裹头，眼波娇溜满眶秋。风流不与愁相约，才到风流便有愁。

商生收到题帕诗后"感叹再三"。但他还没来得及酬和，战乱就开始了，两家各奔南北，一对有情人"音耗不通者十载"。十年后商生的父亲去世了，自己跟母亲回到钱塘故居，于是遣老苍头去找采采。这时采采已经嫁给了太原王氏。商生"恨其负约，不复致书"，只是让老苍头送给采采"剪彩花二盏，紫绵脂百饼"。采采听老苍头转述了商生对她的怨恨后，写了一封信，让老苍头拿给商生看。这封信是用骈体文写成的，信的最后还有一首七律：

> 伏承来使，具述前因。天不成全，事多间阻。盖自前朝失政，列郡受兵，大伤小亡，弱肉强食，荐遭祸乱，十载于此。偶获生存，一身非故。东西奔窜，左右逃逋。祖母辞堂，先君捐馆。避终风之狂暴，虑行露之沾濡。欲终守前盟，则鳞鸿永绝；欲径行小谅，则沟渎

莫知。不幸委身从人，延命度日。顾伶俜之弱质，值屯蹇之衰年，往往对景关情，逢时起恨。虽应酬之际，勉为笑欢；而岑寂之中，不胜伤感。追思旧事，如在昨朝。华翰铭心，佳音属耳。半衾未暖，幽梦难通；一枕才敧，惊魂又散。视容光之减旧，知憔悴之因郎。怅后会之无由，叹今生之虚度！岂意高明不弃，抚念过深，加沛泽以滂施，回余光以返照。采葑菲之下体，记萝茑之微踪。复致耀首之华，膏唇之饰，衰容顿改，厚惠何施！虽荷恩私，愈增惭愧！而况迩来形销体削，食减心烦，知来日之无多，念此身之如寄。兄若见之，亦当贱恶而弃去，尚何矜恤之有焉！倘恩情未尽，当结伉俪于来生，续婚姻于后世尔！临楮呜咽，悲不能禁。复制五十六字，上渎清览，苟或察其辞而恕其意，使箧扇怀恩，绨袍恋德，则虽死之日，犹生之年也。诗云：

> 好姻缘是恶姻缘，只怨干戈不怨天。两世玉箫犹再合，何时金镜得重圆？彩鸾舞后肠空断，青雀飞来信不传。安得神灵如倩女，芳魂容易到君边！

这封信写得真好，"欲终守前盟，则鳞鸿永绝；欲径行小谅，则沟渎莫知"的无奈，"虽应酬之际，勉为笑欢；而岑寂之中，不胜伤感"的伤感，"怅后会之无由，叹今生之虚度"的怅恨，"知来日之无多，念此身之如寄"的痛苦，"倘恩情未尽，当结伉俪于来生，续婚姻于后世尔"的情意，都跃然纸上。而这首诗也是写得柔肠百转，令人悲伤不已。诗中的"好姻缘是恶姻缘，只怨干戈不怨天"，虽平白如话，却非高手不能为也。

商生在读了采采的信后，虽知无法挽回，但还是写了一首和诗：

> 秋香亭上旧姻缘，长记中秋半夜天。鸳枕沁红妆泪湿，凤衫凝碧唾花圆。断弦无复鸾胶续，旧盒空劳蝶使传。惟有当时端正月，清光能照两人边。

这首诗追忆了往事，表达了自己的无奈。之后商生的友人瞿佑知道了这段感情之后，用一阕《满庭芳》来抒发了他对这段爱情的感慨：

> 月老难凭，星期易阻，御沟红叶堪烧。辛勤种玉，拟弄凤凰箫。可惜国香无主，零落尽露蕊烟条。寻春晚，绿阴青子，鶗鴂已无聊。
>
> 蓝桥虽不远，世无磨勒，谁盗红绡？怅欢踪永隔，离恨难消！回首秋香亭上，双桂老，落叶飘飖。相思债，还他未了，肠断可怜宵！

这首词最后的"回首秋香亭上，双桂老，落叶飘飖。相思债，还他未了，肠断可怜宵！"使得小说很有回味。

通过上面对《秋香亭记》中诗词骈文的分析，可以发现小说中的这些诗性文字都是必不可少的。如果小说中没有了这些诗性文字，这篇小说的情节就没法进展，很多情节就不复存在，而且小说的艺术美也减去了大半。《秋香亭记》之所以能够成为名篇，最主要的原因就是小说中有这些精美的诗词骈文。

《剪灯新话》中像《秋香亭记》这样充分发挥诗词优势从而增加了小说艺术美的作品还有一些，如《华亭逢故人记》《爱卿传》《翠翠传》都是这样的作品。特别是《华亭逢故人记》，小说中出现了四首诗，前两首和后两首形成了鲜明对比，而这对比反映出了全、贾二子生前为人、死后为鬼的不同，因而它们也是小说的重要组成部分。

读者在欣赏《剪灯》二话时，往往注意小说中的诗词骈文，但《剪灯》二话用散文所进行的环境描写也很值得关注。《剪灯新话》中的《华亭逢故人记》在石若虚意识到刚才两位跟他吟诗的故人已死去很久的时候，他见到"林梢烟暝，岭首日沉，乌啼鹊噪于丛薄之间"，这一描写就给人余味不尽之感；《天台访隐录》中的"山明水秀，树木阴翳""斜阳在岭，飞鸟投林"以及"豁然宽敞，有居民四五十家，衣冠古朴，气质淳厚，石田茅屋，竹户荆扉，犬吠鸡鸣，桑麻掩映，俨然一村落也"等描写，有模仿《桃花源记》的痕迹；《爱卿传》中的"天色渐明，歘然而逝，不复有睹。但空室悄然，寒灯半灭而已"有唐人小说《李章武传》之趣；另如《滕穆醉游聚景园记》中的"月色如昼，荷香满身，时闻大鱼跳掷于波间，宿鸟飞鸣于岸际""月上东垣，莲开南浦，露柳烟篁，动摇堤岸"
以及《永州野庙记》中的"背山临流，川泽深险，黄茅绿草，一望无际，
大木参天而蔽日者，不知其数，风雨往往生其上"等亦为可观，特别是
《渭塘奇遇记》中的这一段：

> 见一酒肆，青旗出于檐外；朱栏曲槛，缥缈如画；高柳古槐，黄
> 叶交坠；芙蓉十数株，颜色或深或浅，红葩绿水，上下相映；白鹅一
> 群，游泳其间。

若非着意经营，断不会有如此诗意的环境。而作者对王生梦中所遇的
环境，更是大书特书：

> 是夜遂梦至肆中，入门数重，直抵舍后，始至女室，乃一小
> 轩也。轩之前有葡萄架，架下凿池，方圆盈丈，甃以文石，养金
> 鲫其中；池左右植垂丝桧二株，绿荫婆娑，靠墙结一翠柏屏，屏
> 下设石假山三峰，岌然竞秀；草则金钱绣墩之属，霜露不变色。
> 窗间挂一雕花笼，笼内畜一绿鹦鹉，见人能言。轩下垂小木鹤二
> 只，衔线香焚之。案上立一古铜瓶，插孔雀尾数茎，其傍设笔砚
> 之类，皆极济楚。架上横一碧玉箫，女所吹也。壁下贴金花笺四
> 幅，题诗于上，诗体则效东坡四时词，字画则师赵松雪，不知何
> 人所作也。

这段长达 194 字的描写，把女子所居之轩前面的葡萄架、架下的水池、
池中的石头和金鲤、池左右的桧树、墙边的翠柏屏、屏下的假山，以及
草之品性、窗间之鸟笼、笼内之鹦鹉、轩下之木鹤、案上之铜瓶、瓶中
之雀尾、瓶旁之笔砚、架上之玉箫、壁下之花笺、笺上之诗以及诗画之
体等，都一一进行了描绘。用散文进行这样详细的环境描写，在以前的
文言小说中还不曾出现过。作者此处借鉴了图画的方法，每一处都美妙
如画。

《太虚司法传》中的环境描写也很有特点：

> 时兵燹之后，荡无人居，黄沙白骨，一望极目。未至而斜日
> 西沉，愁云四起，既无旅店，何以安泊。道旁有一古柏林，即投
> 身而入，倚树少憩。鸺鹠鸣其前，豺狐噪其后。顷之，有群鸦接
> 翅而下，或跂一足而啼，或鼓双翼而舞，叫噪怪恶，循环作阵。
> 复有八九死尸，僵卧左右，阴风飒飒，飞雨骤至，疾雷一声，群
> 尸环起，见大异在树下，踊跃趋附。

此段战乱之后的环境描写，有一种凄凉恐怖之美，也是作者的诗心与关注
现实之心惨淡经营的结果。

三　明代中期的诗文小说

《剪灯新话》在洪武十一年（1378）就编订成帙，以抄本流行；之
后瞿佑在永乐十五年（1417）对它重加修订。《剪灯余话》成书于永乐
十七年（1419）。23 年后的正统七年（1442），在国子监祭酒李时勉的
要求之下，明王朝把《剪灯新话》之类的著作列为禁书，之后此类小
说创作陷入了停滞状态。《剪灯新话》有成化丁亥（1467）刻本，说明
它在遭禁 25 年之后，文网已松。当时文言小说创作再度兴盛，诗文小
说如雨后春笋般纷纷涌现。这时出现的诗文小说，除了大量短篇之外，
还有数十篇万言以上的中篇诗文小说。据陈大康《明代小说史》记载，
此时出现的中篇诗文小说，有"成化末年的《钟情丽集》，弘治至万历
间的《怀春雅集》《龙会兰池录》《双卿笔记》《花神三妙传》《寻芳雅
集》《天缘奇遇》《刘生觅莲记》《金兰四友传》《李生六一天缘》《传奇
雅集》《双双传》《五金鱼传》"① 等。陈大康对这些小说中出现的诗词骈
文进行了统计，其相关统计表格如下②：

---

① 陈大康：《明代小说史》，人民文学出版社 2007 年版，第 288 页。按：原文中把《痴婆子
传》也列入其中，但它只有一首 28 字的诗歌，不能算作诗文小说，故引文略去。
② 同上书，第 291 页。

篇名	诗词数（首）	文数（篇）	全篇总字数	诗文类总字数	诗文所占比例（％）	每千字所含诗词数（首）
钟情丽集	71	10	24831	13489	54.32	2.86
怀春雅集	213	3	24599	10696	43.48	8.66
龙会兰池录	63	6	15116	7811	51.67	5.65
金兰四友传	53	4	10849	3355	30.92	4.89
花神三妙传	39	10	22427	6705	29.90	1.74
双卿笔记	17	3	11093	1625	14.65	1.53
寻芳雅集	84	3	20640	4464	21.63	4.07
天缘奇遇	64	6	21880	4433	20.26	2.93
刘生觅莲记	101		29641	6327	21.35	3.41
双双传	63	9	16032	3783	23.60	3.93
李生六一天缘	100	3	33885	6464	19.08	2.95
五金鱼传	105	6	15294	4766	31.16	6.87
传奇雅集	25	0	13837	850	6.14	1.81

从上表可见，这些小说长的多达三万余言，短的也有一万多字；其中所含的诗词数，少的有 17 首，多的则达 213 首；小说中所含的诗词字数，除了《传奇雅集》为 850 字，其他的一般为数千字，而《钟情丽集》和《怀春雅集》中的诗词骈文竟然多达一万多字。这样的小说被称为"诗文小说"，真可谓名实相符副。

当时还有一些少于万字的文言小说中也含有大量的诗歌，也应该属于诗文小说的范畴。例如，《古杭红梅记》中的诗歌就连篇累牍，但因为它不足万言，就没有在上表中出现。《春梦琐言》中有诗歌 14 首，《如意君传》中有诗歌 10 首，而陶辅的《花影集》中有些长仅两三千字的小说中也时常含有十多首诗歌。

这些诗文小说中的诗歌数量众多，但它们基本上是青年男女用来调情的工具，其水平多不高。例如，《刘生觅莲记》中的刘生在初见碧莲之后，就写诗曰：

　　西邻之女洵美哉，入眼平生未有也；微生今日有何幸，不期而遇知音者。

又填《如梦令》一首：

> 日暖风和时候，玉女花前邂逅。谩赋启朱唇，轻递脂香未透。欣
> 骤，欣骤，有日相如琴奏。

看到这样不文不白、俗陋不堪的诗歌，就知道孙楷第所说的"下士俗儒，稍知韵语，偶涉文字，便思把笔，蚓窍蝇声，堆积未已"，确实是精辟之论了。

但奇怪的是，即使这些诗文小说中充满了如此多的俗诗陋词，在当时它们不仅没有遭到世人的唾弃，反而成为当时的流行作品，甚至在当时出现了一大批专门收录此类小说的《国色天香》《万锦情林》《秀谷春容》《燕居笔记》《花阵绮言》《风流十传》等小说集，其中原因很值得探讨。陈大康在《明代小说史》中指出在作品中羼杂诗歌的创作模式，在当时的《花影集》等短篇文言小说、《西游记》《封神演义》等通俗小说、"三言"等拟话本小说中都普遍存在①，因而堪称是时代潮流。这一潮流兴起的原因，固然跟当时明代的社会风气、中国古代的才子佳人小说传统、《娇红记》《钟情丽集》等早期中篇传奇小说的示范作用有关，但也跟诗歌是中国古代文学的中心和重心有关，跟中国古人对诗歌发自内心的喜爱有关。

这批诗文小说在中国小说诗化史上也具有独特的地位。中国小说中羼杂的诗歌，在唐代以前较少，到唐代就增多了。但唐人小说的作者和读者基本上是著名诗人，他们以写诗的态度来写小说，使得唐人小说中的诗歌和散文浑然一体，同臻妙境。到宋元时期，小说的作者和读者都通俗化了，小说中的诗词在艺术水平上虽然远不及唐人，但因为当时的小说大多篇幅不长，小说中的诗词也不可能太多。明朝初年，著名诗人瞿佑的精心

---

① 陈大康：《明代小说史》，人民文学出版社 2007 年版，第 295—298 页。

之作《剪灯新话》风靡一时，使得小说中羼杂大量的诗歌这一创作模式得到了广泛认可。《娇红记》作为中篇诗文传奇小说的开山之作，充分发挥了诗词在小说叙事中的作用，以诗词来推动情节的发展、表现恋爱中人的心理活动，使得小说的叙事特别细腻，从而把一个情节并不复杂的爱情故事演绎成了一篇一万七千多字的爱情悲剧。《娇红记》的成功引来了众多仿作者，早期就有李昌祺的《贾云华还魂记》，但之后明政府把《剪灯》二话列为禁书，使得当时的小说创作和传播都深受影响。到了明朝中期，在文禁松弛之后，情欲被充分正视和重视，于是这批内容上为才子佳人、写作模式为诗文结合的中篇小说就应时而生了。当时这批小说蜂拥而出，其数量之多、篇幅之长以及小说中诗词之众，足以对当时的那一代读者形成视觉上和心理上的猛烈冲击。但物极必反，这些小说蜂拥而出，其中不乏粗制滥造、东拼西凑之作，日久之后，就难免令人厌烦。于是后来的小说中诗词就大为减少了，哪怕是清初的那一批才子佳人小说。因而这批诗文小说的意义，在于它们测试出了小说中所含诗词总量的极限，证明了在小说中无限地增加诗词的创作手法是行不通的。后世的小说创作者因为有了这批诗文小说作为参照系数，他们的小说创作大都能够合理地处置好诗词跟小说文本之间的关系。例如《红楼梦》《聊斋志异》《儒林外史》这些名著，它们中的诗词虽然有多有少，但小说中的诗词都不影响小说的叙事进程。

第二节　志怪小说《聊斋志异》

明清时期的志怪小说著作以《聊斋志异》《阅微草堂笔记》《子不语》《夜雨秋灯录》等为代表，特别是《聊斋志异》代表了明清文言小说的最高成就，其诗化特征在志怪小说中也最为明显。《聊斋志异》中出现的诗歌"少而且精，恰到好处"，小说的散文部分也充分体现出了作者的诗性思维，并且小说中还着意表现了作者的孤愤之情。

一　"少而且精，恰到好处"的诗歌

马振方在《聊斋艺术论》中以"少而且精，恰到好处"来概括《聊斋

志异》中的诗词曲①，这一评语非常恰当。

蒲松龄非常喜欢诗，不过他在小说中很有节制，不仅小说中的整篇诗词很少，而且小说中出现的断句、联句也不多。据连波统计，在评注本《聊斋志异》的 438 篇作品中，只有 33 篇含有诗词。其中除断句、联句共16 句外，完整的诗 18 首，词曲 5 首，② 这些诗词相加，在数量上竟然不及一篇一般的诗文小说。但这些诗词在小说中的出现都恰到好处，在小说叙事中都发挥了积极作用。

《聊斋志异》的第一篇《考城隍》中有一联诗句"有花有酒春常在，无烛无灯夜自明"，与之相关的整首诗歌却没有出现。这一诗语的设置是适当的，因为这首诗歌是宋焘死后在冥间所作，重新活过来很难把全篇都记忆清楚。不过虽然仅有两句诗，却也使得小说具有了诗的韵味。

这种仅仅在小说中出现一两个诗句的写法是聪明的：它不仅使得作者把笔墨集中在最优秀的诗句上，窥一斑而知全豹，从而在小说中体现小说主人公的诗才、诗心，还能够使得小说情节流畅自然，而不像诗文小说那样因为大段诗词的出现使得情节进展缓慢甚至拖沓、停滞。这一手法在《聊斋志异》中大量运用，如《连琐》《莲花公主》《白秋练》《王桂庵》等都是此类作品。

《聊斋志异》中也会出现整首诗词曲。这些诗歌数量不多，但都是情节发展所需要的：它们不仅本身就是情节的构成部分，而且还起到了推动情节发展的作用。例如，《宦娘》中良工所捡到的《惜余春词》，就是小说情节发展的大关键：温如春和良工两相情愿，但良工的父亲却不同意他们的恋情。在故事情节陷入山穷水尽之时，良工捡到了一纸写有《惜余春词》的旧笺，因为喜欢它而抄录一份；但它被良工的父亲葛公发现。葛公看了这首词后，认为这是女儿的思春之作，就打算赶紧把她嫁出去。这首词也被温如春捡到，他就在词笺上写上了褒嫚之评。葛公来到温斋，看到这首词之后，以为是女儿写给温如春的，只好同意把女儿嫁给温氏。后来证实，这首词是鬼女宦娘为了撮合二人的婚姻所作。所

---

① 马振方：《聊斋艺术论》，上海文艺出版社 1986 年版，第 196 页。
② 连波：《聊斋志异中的诗词》，《河南师范大学学报》1982 年第 1 期。

以这首词在小说情节发展中起着重要作用，于是作者就把整首词都写出来了。

《聊斋志异》中的诗歌也具有表现人物性格、才情的作用。例如，《连城》中乔生所写的两首诗之所以能打动连城，使得连城不仅逢人就称赞乔生，还给贫困的乔生赠金以助灯火，就是因为这两首诗显示出了乔生的才情。再如《香玉》中的黄生看见了两个丽人，于是暴起而追，令二女惊奔而去。但当他爱慕弥切，以"无限相思苦，含情对短窗。恐归沙咤利，何处觅无双？"题句树下时，香玉竟然主动入宅相见，而她来相见的原因就是从黄生的诗中了解到了黄生的痴情与才情，得知他是骚雅之士。在《凤阳士人》中出现了一首曲，这首曲虽然不是凤阳士人的妻子所作，但曲中"望穿秋水，不见还家，潸潸泪似麻"等语句，真切写出了士人妻的思夫心切，非常符合人物的身份特征。

《聊斋志异》中的诗歌也具有烘托小说气氛的作用。《香玉》中的黄生在与香玉初会时写了"无限相思苦"的诗，香玉则以"愿如梁上燕，栖处自成双"相和；之后香玉死后，黄生在思念香玉时又写了"山院黄昏雨"一诗，这首诗获得了绛雪"相思人不见，中夜泪双双"的和诗。如果说香玉的和作显示出当时两人的相见之欢，而绛雪的和作则表达出了她和黄生在香玉死后的孤苦凄冷，它们都具有烘托小说气氛的作用。

总的来看，《聊斋志异》中的诗歌基本上没有游离于故事情节之外，它们能够合理地推动情节的发展，能够表现人物的性格特征，也能够烘托出故事的环境气氛。跟宋人小说以及明代的诗文小说相比，《聊斋志异》中的诗歌确实是"少而且精，恰到好处"。

二 散文中的诗性思维

蒲松龄存世的作品，除了《聊斋志异》之外，还有大量的诗歌和骈文，可见蒲松龄是一位杰出的诗人和骈文家。作为诗人，蒲松龄不仅掌握了诗歌的写作方法，他也具有诗人的思维方式。当他穷思竭虑地进行《聊斋志异》创作时，他的诗性思维就会发生作用。而他的诗性思维即使在《聊斋志异》的散文语言中也有充分表现。

第一，意境经常在《聊斋志异》的散文语言中出现。例如，《连琐》开篇写杨于畏"移居泗水之滨，斋临旷野，墙外多古墓，夜闻白杨萧萧，声如涛涌"。这里的"白杨萧萧，声如涛涌"，可谓声色俱佳，具有诗的意境。之后当连琐出现时，作者又有如画般的诗意描写："有女子珊珊自草中出，手扶小树，低首哀吟。"

小说中的意境描写与诗歌中的意境描写不同。诗歌是以创造意境为重心的，而小说中的意境是为了故事情节和人物形象而设置的。小说中的意境有时可以美化小说情节，如《晚霞》中阿端与晚霞相见的这段描写：

> 莲花数十亩，皆生平地上，叶大如席，花大如盖，落瓣堆梗下盈尺。童引入其中，曰："姑坐此。"遂去。少时，一美人拨莲花而入，则晚霞也。相见惊喜，各道相思，略述生平。遂以石压荷盖令侧，雅可幛蔽；又匀铺莲瓣而藉之，忻与狎寝。

此处描写阿端与晚霞的私会，作者的主要笔墨却用来写环境之美：数十亩的莲花，"叶大如席，花大如盖，落瓣堆梗下盈尺"；而两人狎寝之时，则以荷盖为幛，以莲瓣为席。整个描写，给人美的享受，并没有猥亵的描写。

有些小说中的意境可以突出人物的性格特点，如《婴宁》中对婴宁居处的两段描写：

> 乱山合沓，空翠爽肌，寂无人行，止有鸟道。遥望谷底，丛花乱树中，隐隐有小里落。下山入村，见舍宇无多，皆茅屋，而意甚修雅。北向一家，门前皆丝柳，墙内桃杏尤繁，间以修竹，野鸟格磔其中。
>
> 从媪入，见门内白石砌路，夹道红花，片片坠阶上。曲折而西，又启一关，豆棚花架满庭中。肃客入舍，粉壁光如明镜，窗外海棠枝朵，探入室中，裀藉几榻，罔不洁泽。

婴宁所居之处，大的环境是"空翠爽肌，寂无人行"的世外之地，与婴宁不谙人事的世外之人相对应；镜头渐渐拉近，谷底的"丛花乱树中，隐隐有小里落"，此处"丛花"与上文婴宁的"拈梅花一枝"相应；村落中"意甚修雅"的茅屋也与婴宁的娴雅相符；婴宁的家，"门前皆丝柳"，此处的"丝柳"比"垂柳"二字形象且有诗意；而墙内的"桃杏尤繁"突出了婴宁爱花的特征，"间以修竹"暗示了婴宁品格的高洁，"野鸟格磔其中"暗示了婴宁的质朴自然。可见此处的环境描写虽是处处写景，但也处处写人。

第二，诗歌的结尾贵在言有尽而意无穷，而蒲松龄的小说也颇得其妙。如果说蒲松龄在《林四娘》中以诗歌结尾使得小说具有了这一特点，那么蒲松龄还有很多作品即使以散文结尾，也让小说具有了同样效果。例如，赵俪生就特别称赞了《公孙九娘》的结尾，说"作者使用了婆娑迷离的收尾法，使故事带了一条'缠绵未尽'的尾巴"[①]。再如《翩翩》中写罗子浮携儿子、儿媳从仙境回到人间之后，思念翩翩，于是携儿往探之，则"黄叶满径，洞口路迷"，只好零涕而归。将这一结尾与翩翩临别时对他们说的"暂去，可复来"联系起来，令人在虚虚实实的感觉中回味不尽。再如《宦娘》篇似乎整篇在叙述温如春和良工的曲折爱情，但在二人成婚后，却有鬼来偷学温如春的琴艺。当温如春用可鉴魑魅的古镜照出了这个鬼，才发现她就是他以前见过的宦娘。至此小说的谜底才彻底揭开：当初温如春避雨时弹琴，引起鬼女宦娘的学琴之心，之后她又努力帮助温如春娶得良工。蒲松龄在文中采取了限知叙事的手法。但小说的结尾并没有落入一夫双妻的大团圆结局：即使温如春夫妻殷勤挽留，宦娘还是凄凉地说"如有缘，再世可相聚耳"，并把自己的画像送给温如春，说"如不忘媒妁，当悬之卧室，快意时焚香一炷，对鼓一曲，则儿身受之矣"，然后"出门遂没"。小说至此戛然而止。但宦娘的身影虽然消失，她所说的"焚香一炷，对鼓一曲"，却似香烟袅袅、曲音悠扬般令人回味、感叹不已。再如《小翠》的结尾也很令人称道：决心离开的小翠为了让痴迷他的元丰

① 赵俪生：《读〈聊斋志异〉札记》，《蒲松龄研究集刊》（第二辑），齐鲁书社1981年版，第11页。

不至于太难过，竟然把自己的面貌逐渐变成元丰未来新娘的样子。当元丰结婚时，虽然小翠一去不回了，但使得元丰"对新人如觌旧好焉"：元丰的新生活开始了，但离去的小翠似乎仍然在他身边。《鸹鸟》的结尾更是精妙：当鸹鸟变化的少年在吟出"天上有玉帝，地下有皇帝，有一古人洪武朱皇帝。手执三尺剑，道是'贪官剥皮'"这一酒令嘲讽了贪官之后，"众大笑。杨恚骂曰：'何处狂生敢尔！'命隶执之"，这时"少年跃登几上，化为鸹，冲帘飞出"。如果小说就此结尾，并不损小说故事情节的完整性，但蒲松龄却继续写这只鸹鸟"集庭树间，四顾室中，作笑声"，于是故事更多了一层嘲笑贪官的意味。蒲松龄仍然没有住笔，继续写道："主人击之，且飞且笑而去。"文章就此结束，但那得意的笑声似乎一直荡漾不去。蒲松龄也对这一结尾非常满意，所以他在小说后面以"异史氏"的口吻说："此一笑，则何异于凤鸣哉！"

　　第三，重复是诗歌的特权，而《聊斋志异》中也往往借助诗歌的这一手法。诗歌中的重复往往表现为相似意象甚至同一意象的一再出现，从而达到强调某一情感或者某一特征的目的。例如，《诗经·芣苢》一共 12 句诗，其中"采采芣苢"这一句就出现了 6 次。这种重复在小说中并不多见，因为小说要求情节的新奇变化。但在《聊斋志异》中经常可以见到这一手法。例如，在《婴宁》中，"花"和"笑"就是两个被不断重复的意象。婴宁初次出现时，就"拈梅花一枝"，这梅花与婴宁的"绝代容华"交相呼应，因而作者即使没有对婴宁面貌进行细致描写，但婴宁之美仍然跃然纸上。婴宁离去时，"遗花地上"，这花便成为故事发展的线索：先是王子服"拾花怅然"，回到家后"藏花枕底"，并就此生病。在受骗而病愈之后，"探视枕底，花虽枯，未便雕落。凝思把玩，如见其人"，作者正是借助了花这一意象，才把王子服的痴情表达得如此细致。之后王子服"怀梅袖中"而去寻找婴宁，而婴宁所居的村庄也是在"丛花乱树"中，婴宁的家更是"门前皆丝柳，墙内桃杏尤繁"，婴宁出现时则是"执杏花一朵，俯首自簪"，当她看见王子服后，"含笑拈花而入"。当王子服进入婴宁的庭院之后，发现"夹道红花，片片坠阶上"，"豆棚花架满庭中"，而且"窗外海棠枝朵，探入室中"，真可谓如诗如画矣。当王子服"目注婴宁，不遑他瞬"之时，婴宁又以"视碧桃开未"为由，脱身而出。次日王子服在舍后的花园里，见到"细草铺毡，杨花糁径。有草舍三楹，花木四合其所"，而当他"穿花小步"之时，又发现婴宁在树上。当婴宁下树之后，王子服取出他袖中的枯花给婴宁看。当婴宁表示诧异且豪爽地说"待郎行时，园中花，当唤老奴来，折一巨捆负送之"时，王子服说"我非爱花，爱拈花之人耳"。婴宁到了王子服家后，吴生寻至婴宁故处时，则见"庐舍全无，山花零落而已"。婴宁婚后，作者才正面写婴宁"爱花成痴"，以至于"物色遍戚党；窃典金钗，购佳种，数月，阶砌藩溷，无非花者"。之后婴宁又因为攀登木香摘花而引出了一场官司。在整篇小说中，"花"字以及"梅""碧桃"等词出现了近30次，而整篇小说的情节也基本上是在"花"中开始、发展、高潮、结束的。

　　相比于"花"，"笑"在《婴宁》中出现的次数更多，这些"笑"的主体基本上是婴宁。当婴宁手拈梅花初次出现时，配着梅花的，就是"可掬"的"笑容"；当王子服注目不移时，婴宁"顾婢子笑曰：'个儿郎灼灼似贼'"，之后"笑语自去"。初次见面就"笑"了三次，第二次见面时"笑"就更频繁了："执杏花一朵俯首自簪"的婴宁看见王子服后，"含笑拈花而入"；当媪叫婴宁来见王子服时，王子服先是"闻户外隐有笑声"，之后又是"户外嗤嗤笑不已"，进门之后，"犹掩其口，笑不可遏"；当媪瞋目训她时，才"忍笑而立"；当王子服一再问"妹子年几何矣"时，她又"复笑，不可仰视"；当王子服又盯着婴宁时，她对婢子说了"目灼灼，贼腔未改"后，"又大笑，顾婢曰：'视碧桃开未？'遽起，以袖掩口，细碎连步而出。至门外，笑声始纵"。次日在后园里，树上的婴宁看见了王子服，"狂笑欲堕"，然后在下树时"且下且笑，不能自止"，至于"方将及地，失手而堕"，这才"笑乃止"。当王子服在借扶她之机"阴捘其腕"时，"女笑又作，倚树不能行，良久乃罢"。当然婴宁的笑有时也有节制，当她对母亲说"大哥欲我共寝"时，王子服"急目瞪之"，她也就"微笑而止"了。她到了王子服家中，吴生要见她时，先是"室中嗤嗤皆婴宁笑声"；当王母入室叫她出来时，她"犹浓笑不顾"；当王母"促令出"时，她"始极力忍笑，又面壁移时，方出"；出来后，"才一展拜，翻然遽入，放声大笑"，使得"满室妇女，为之粲然"。在行新妇礼时，她又"笑极不能俯仰"。但当她因笑而致人死亡，王母对她大加训斥之后，她竟然"矢不复笑"，而且"由是竟不复笑，虽故逗之，亦终不笑"。之后婴宁为亡母而零涕、哽咽、抚哭哀痛，这些虽是"笑"的反面，但在它们的衬托之下，前面那些已经远逝的笑声就显得更为珍贵了。文章到此，尽可戛然而止，但聊斋先生却安排婴宁"生一子"，此子"见人辄笑，亦大有母风云"，于是婴宁的笑声就又在读者的耳中回响了。

从上面的分析可知，蒲松龄在小说中是有意以"花"和"笑"这两个意象的重复来反复强调人物的个性特征，从而使得人物的性格特点特别明显。在《婴宁》中，仅"花"字就出现了 20 次，而这些"花"都与婴宁有关——王子服说"我非爱花，爱拈花之人耳"，对蒲松龄而言，也可以说"聊斋先生非写花，而是借花写婴宁耳"。笑在小说文本中出现了 37 次，但在小说结束后，蒲松龄意犹未尽，又在"异史氏曰"中用了 4 个"笑"字。这种重复，若是在小说中，虽然使得人物性格鲜明，但也往往使得人物性格单一，不符合现代小说圆形人物的标准。但在诗歌中是不必强调圆形人物的，诗歌大多是以重复的或者相似的意象来集中突出某一主题。从这一意义上说，《婴宁》具有诗的特征。

诗歌的重复还表现为相同节奏的重复。例如，《诗经·樛木》篇：

> 南有樛木，葛藟累之。乐只君子，福履绥之。
> 南有樛木，葛藟荒之。乐只君子，福履将之。
> 南有樛木，葛藟萦之。乐只君子，福履成之。

这首诗句法相同，都是四字句，因而全诗就是每四字一个节奏，全诗 12 句，这四字的节奏就重复了 12 次；"南有樛木，葛藟累之"这八字意义相连，"乐只君子，福履绥之"这八字也意义相连，因而它们也是相同的节奏，这一八字节奏皆重复六次；这首诗的前四句"南有樛木，葛藟累之。乐只君子，福履绥之"跟其后的四句"南有樛木，葛藟荒之。乐只君子，福履将之"句法相同、意义相似，它们也是同一节奏，这 16 字的节奏在全诗中重复了三次。这种节奏的重复在诗歌中是普遍现象，在小说中也时有出现，它在小说中的具体表现是相似情节的重复出现。《聊斋志异》中也常有这样的作品，如《席方平》中的席方平一次又一次地去告状，《阿宝》中孙子楚的灵魂一而再地来到阿宝闺房中，《王桂庵》中的王桂庵三次寻找芸娘，而最奇异的是《石清虚》中的石头五次丢失又五次被找到。

在《石清虚》中，石头的第一次丢失，是一个上门来欣赏石头的势豪见到石头后，直接蛮横地把石头交给自己的健仆，然后上马就走了。无可奈何的邢云天只能是"顿足悲愤而已"。之后这块石头掉到了水里，别人怎么找都找不到，石清虚一找就找到了。石头的第二次丢失，是一个老叟来到石清虚家里，说这块石头是他的，并明确说出了石头上一共有多少窍、孔中有哪五个小字。为了不让老叟拿走，石清虚先是"牵其袂而哀之"，后是"长跽请之"，这才留住了石头。第三次丢失，是石头被贼偷去了，这使得邢云天"悼丧欲死"。这次是过了好几年才找回来。第四次丢失，是邢云天因为拒绝了尚书买石头的要求，被尚书陷害入狱。尽管邢云天"愿以死殉石"，但他的妻子和儿子为了救他，只好献出石头。出狱后的邢云天"骂妻殴子，屡欲自经"，只是因为"家人觉救"，才"得不死"。一年后尚书被削职而死，石清虚才又把石头买回来。第五次丢失是在邢云天死后，按照邢云天的遗言而被殉葬到墓里的石头被盗墓贼偷去了，这次是邢云天的鬼魂直接找到了盗墓贼。《石清虚》这篇小说就是由这五次丢失石头又寻找石头的情节构成的。这五个情节虽然大致相同，但每次又不一样，具体说来，就是邢云天对丢失石头的哀痛一次比一次厉害：第一次他仅仅是"顿足悲愤而已"，第二次又是哀求又是长跪不惜牺牲自己的尊严，第三次是"悼丧欲死"，第四次是差点就死了，第五次是死了以后他的鬼魂来保护这块石头。邢云天对石头的感情始终未变，是一种扁形人物形象，作者通过这五次重复描写强调了人物的这一性格特征，而且每次都深化了这一性格特征，从而使得这一特征特别鲜明，使得人物形象特别感人，表明诗化手法在小说人物形象的塑造上是成功的。

三　作者的"孤愤"之情

诗歌是抒情性的文学体裁，小说是叙事性的文学体裁。抒情文学重在表达主观感情，叙事文学重在进行客观叙述。《聊斋志异》虽是小说，蒲松龄却执意要在小说中表达自己的孤愤之情，这就使得《聊斋志异》具有了强烈的主观抒情的特点。在《聊斋志异》中，蒲松龄的所爱、所喜、所恨、所憎无不跃然纸上，读者从中可以真切而又深刻地体会到蒲松龄的内心世界。

在《聊斋志异·自序》一开始蒲松龄就说："披萝带荔，三闾氏感而为骚；牛鬼蛇神，长爪郎吟而成癖"，可见他的榜样是诗人屈原和贾岛，而不是哪个小说家。他虽然说"集腋为裘，妄续幽冥之录"，但马上就说"浮白载笔，仅成孤愤之书"，也就是说《聊斋志异》虽然与《幽冥录》同为志怪之作，但在蒲松龄看来，它又与《幽冥录》之类的志怪小说不同，因为它是一部孤愤之书。然后蒲松龄又哀痛地说："寄托如此，亦足悲矣！"如果不是在小说中淋漓尽致地表达了自己的喜怒哀乐，蒲松龄怎么能够说出这样的沉痛之语！

蒲松龄在《聊斋志异》中表达自己感情的方式，有间接的，也有直接的。间接的表达方式是通过小说中的人物形象、故事情节来表现，直接的表达方式则是通过附在小说后面的"异史氏曰"，由作者直接出面表达感情。这两种方式都是作者把志怪小说进行抒情化处理的手段。

小说文本是蒲松龄表达个人情感的主要舞台。虽然小说就是讲故事，但蒲松龄不是为了讲故事而写小说，他是把小说改造成一个表达自己内心感情的载体，改造成一个寄托自己情怀的载体——"遣飞逸兴，狂固难辞；永托旷怀，痴且不讳"，他正是借助于小说中狂和痴的人物形象和故事情节，来"永托旷怀"，来"遣飞逸兴"。西方的自然主义文学家认为小说作者应该完全消失在叙述后面，认为小说应该客观冷静地记录生活，显然蒲松龄不是这样的作家。

蒲松龄笔下的狂生多是正面形象，而且多有美满的结局。例如，《陆判》中的朱尔旦，性格豪放，说自己是"狂率不文"；但他正因为狂，才得以结交陆判，于是移换慧心，科考得中；妻子貌丑，得换美人头；死后在阴间当官，子孙皆得富贵。再如《青凤》篇中的耿去病，也是一个"狂放不羁"的书生。他不惧怪异，独入荒园，找到正在饮酒的狐狸精们之后，笑呼曰"有不速之客一人来"，把这些怪异之物吓跑了。后来他以"我狂生耿去病"自我介绍，与狐精们共饮、座谈；看见青凤弱态生娇，秋波流慧，竟然"隐蹑莲钩"，甚至拍案曰："得妇如此，南面王不易也！"之后他研墨自涂，使得黑面鬼惭愧而去；他高声与老叟争辩，使得狐精寂然。这样的张狂之人，蒲松龄却让他因为偶然机会得到了青凤，又因为偶然机会救了跟他有隙的老叟，于是两家融融，怡然相处。另如《鲁公女》中的张于旦，《连琐》中的杨于畏，《狐梦》中的毕怡庵，《章阿端》中的戚生，《小谢》中的陶望三，蒲松龄笔下的这些狂生大都扬眉吐气，志得意满，在他们身上，穷酸的聊斋先生寄托了自己的理想。

蒲松龄笔下的狂生并非都是正面形象，并非都有好的下场，如《狂生》篇中的那个狂生就是如此；但蒲松龄笔下的痴人则无一例外都是正面形象，而且多是因痴得福。例如，《阿宝》中的孙子楚，可谓"情痴"。阿宝让他自断枝指，他就以斧自断其指，至于"大痛彻心，血益倾注，滨死"；他在看见阿宝的娟丽无双后，竟然魂随阿宝而去；魂归之后，仍然"坐立凝思，忽忽若忘"；终于病而绝食，于是魂附鹦鹉，飞到阿宝住处，并彻底感动了阿宝。再如《白秋练》中的白秋练和慕生，可谓"诗痴"。秋练在听了慕生的吟诵之后，得病不起，至绝"眠餐"。这时慕生为她吟王建之"罗衣叶叶"两遍，她竟然揽衣起曰："妾愈矣！"之后他们以诗卷为卜，以吟声为相会之约。当慕生病重时，得秋练诵吟"杨柳千条尽向西""菡萏香莲十顷陂"，即跃起曰："小生何曾病哉！"当秋练死后，慕生为她一日三时吟杜甫《梦李白》诗，秋练尸体竟然不朽，并最终复活。《石清虚》中的邢云飞可谓"石痴"。他的石头丢失多次，而他对石头的痴情就在一次次的丢失之时逐渐显现出来了。在他去世之前，他还叮嘱儿子"必以石殉"。最后石头被盗墓贼偷去，但很快就坠地碎为数十余片，而这些碎片仍然回到墓中陪伴邢云飞。通篇故事，都是叙述邢云飞对石头的一片痴情，而他的痴情也使得石头粉身以报。以至于蒲松龄最后借异史氏之口说："至欲以身殉石，亦痴甚矣！"又说"谁谓石无情哉？古语云：'士为知己者死。'非过也！石犹如此，何况于人！"另外《书痴》中的郎玉柱乃是"书痴"，他也是因痴而得福的典型。

可以想象得出，在虚幻的狂和痴中，蒲松龄内心的感情得到了释放；但他更看重的是真情。蒲松龄笔下的狂和痴，虽然是虚幻的，却是以真情为基础的。孙子楚和阿宝，白秋练和慕生，邢云飞和石头，他们之间的感情都是真诚不虚的。而蒲松龄的小说之所以令人爱不释手，很大的原因是他笔下的人、狐、鬼、怪、仙之间具有令人感动的真情在。例如，《黄英》中的马子才得知黄英姐弟是菊精之后，感情上不仅不疏，而且"益敬爱之"；《香玉》中的黄生在牡丹精香玉去世之后，经常与绛雪"临穴洒涕"，竟然感动了花神，使得香玉复生；最后黄生去世之后，也埋于牡丹、耐冬之下，于是有肥芽突出；最后他们又一起死去。蒲松龄在小说后面对他们的真情进行了感人的评价，他说："情之至者，鬼神可通。花以鬼从，而人以魂寄，非其结于情者深耶？一去而两殉之，即非坚贞，亦为情死矣！"

诚然，《聊斋志异》中这些关于狐鬼精怪的人物和故事是虚幻的，但蒲松龄把这些虚幻的人物和情节用自己满腔的真挚之情进行了改造，因而使得那些"花妖狐魅，多具人情"[①]，也使得《聊斋志异》的题材具有了抒情化的倾向，具有了感人的力量。

小说应该是一种客观叙事的文体，但蒲松龄往往借助于小说后面的"异史氏曰"直接跳出来表达自己的看法。这虽然有悖于现代小说的规范，但它确实是作者用来表达感情的有效手段，是作者挖掘小说抒情特征的重要手法。

蒲松龄的感情在"异史氏曰"中有完整且深刻的表现。例如，"异史氏曰"在《蛇人》《小梅》《素秋》《鸲鹆》中赞美了动物、狐鬼的品性之美，在《婴宁》《庚娘》《农妇》《乔女》《田七郎》《大力将军》赞美了人性之美，在《梦狼》《红玉》《李伯言》《黑兽》中表达了对官场黑暗的憎

---

① 《鲁迅全集》（第九卷），人民文学出版社 1981 年版，第 209 页。

恨、愤怒之情，在《叶生》《王子安》中表达了对参加科举考试的痛苦之情，等等。这些附在小说文本后面的一篇篇充满感情的"异史氏曰"，都增强了小说题材的抒情性特征。

第三节　《浮生六记》等忆语体小说

俞平伯在《重刊浮生六记序》中对《浮生六记》有一段精美的评语：

> 即如这书，说它是信笔写出的，固然不像；说它是精心结撰的，又何以见得？这总是一半儿做着，一半儿写着的；虽有雕琢一样的完美，却不见一点斧凿痕。犹之佳山佳水，明明是天开的图画，然仿佛处处吻合人工的匠意。当此种境界，我们的分析推寻的技巧，原不免有穷时。此《记》所录所载，妙肖不足奇，奇在全不着力而得妙肖；韶秀不足异，异在韶秀以外竟似无物。俨如一块纯美的水晶，只见明莹，不见衬露明莹的颜色；只见精微，不见制作精微的痕迹。①

这诗一样的语言不像是在评论一部散文作品，更像在评论一篇绝美的诗作。而这评语，正是对忆语体小说的绝佳概括。

张蕊青对《浮生六记》的体裁特点有以下论述：

> 《六记》的体裁别致，可说前无古人，后启来者。在它之前，笔记小说可谓充栋汗牛，然大多为搜奇志怪。如《搜神记》、《述异记》等，既短又简略，远离现实人生。《世说新语》虽重人品，但往往片语只言，不成系统。《徐霞客游记》长于记行踪，柳宗元《永州八记》贵在有寄托。《浮生六记》则采各家之长，创造了既是日记，但又不同于日记的体裁。有若干天的重大事件的集中记叙，有主要人物的多侧面的描绘，有主次人物的交织辉映，有小说诸因素：提炼主题，安

---

① 俞平伯：《重刊浮生六记序》，见沈复《浮生六记》，长江文艺出版社 2006 年版，第 221 页。

排情节，描写人物等的汇聚，形成了这一独特的体裁——日记体小说。几个小标题也不同一般，《闺房记乐》、《闲情记趣》、《坎坷记愁》、《浪游记快》等均以一个字："乐""趣""愁""快"概括各篇主题和特点，别致生动。全文更是感情浓挚，真切可信，又毫无流水账似的乏味，这种具有散文、回忆录优点的类似今日自传体的小说手记，读来倍感自然亲切，更能唤起读者同休共戚。①

"自传体的小说手记"，此语用来指此类忆语体文章的体裁特点可谓恰当。

忆语体小说在中国文学史上的意义，在于它是一种新的文体。这种文体的主要特点是它们虽为记事，但作者之意几乎全在抒情。虽然具有抒情特征的小说很多，但"笔墨间缠绵哀感一往情深"（王韬《浮生六记跋》）的忆语体小说是其中抒情性最强的——它们的语言几乎句句饱含深情，几乎句句令人感动，因而它们可以称为中国文言抒情小说的巅峰之作。这类文体之所以能够达到这一抒情至境，是因为它们具有一些与其他文体不同的叙事特征，而这些特征都能够增加它们的抒情性。

一 第一人称叙事的特征

中国小说多采用第三人称全知叙事的方式，第一人称叙事非常少见，元代的《春梦录》、明代的《痴婆子传》这些以第一人称叙事的小说只能算是中国古代小说的例外。但忆语体小说全都是第一人称叙事。与客观性很强的第三人称叙事相比，娓娓道来的第一人称叙事更能给人身临其境的感觉，更能拉近读者跟作品的距离——也就是说，全知全觉的第三人称叙事容易给读者"隔"的感觉，它使得读者多以欣赏的眼光来旁观小说情节；而第一人称叙事把这层"隔"去掉了，使得读者直接化身为小说中的"我"，从而直接浸润到情节之中，为小说中的人物之喜而喜，为小说中的人物之悲而悲，于是小说的抒情性特征也就大大加强了。

作者以第一人称的身份出现，也最便于抒情。例如，冒襄在《影梅庵

---

① 张蕊青：《〈浮生六记〉艺术魅力浅谈》，《明清小说研究》1988 年第 4 期。

忆语》中，在叙述完他与董小宛品香的情节之后，忽发感慨曰："今人与香气俱散矣！安得返魂一粒，起于幽房扃室中也！"这种在叙往事之时，作者突发一句或数句情语，以表达今日之痛心凄凉，特别令人鼻酸。而这一打破时空的叙往日之事与抒今日之情相结合的叙事模式，在忆语体小说中比比皆是。这种感慨，只能以第一人称的口吻说出才能感人至深。

二 回忆亡妻的特征

忆语体小说都是回忆性的文字，而回忆最易于抒情，回忆也最具有诗性。当回忆的对象是自己昔日朝夕相处、相依相爱的亡妻时，作者的感情就不得不真，不得不深，也不得不痛。而且这里的真必然是纯真，这里的深必然是至深，这里的痛必然是至痛。故冒辟疆在董小宛去世后说"余不知姬死而余死也"，沈复在陈芸去世时"寸心欲碎"，此皆出之于自然。情若至此，则作者直是以此纯真深痛之情为文，而非以文来记纯真至痛之情也。

回忆之文也最有诗性。顾随《驼庵诗话》中引用了一句英国诗人华兹华斯（Wordsworth）的话："诗起于沉静中回味得来的情绪。"[①] 人在回忆之时，浮现于眼前脑海中历时的往事必然都是印象最深刻的，也是最令人动心的；而这些往事虽然印象深刻，但此时究竟只是印象，它们是模糊的，但是重点突出的。所以忆者所记之事，虽为真事，却必然是变形了的。这样的变形之事，是略去其粗而取其精的，是模糊其表象而突出其感情内核的。这种对事件的处理方式，是突出事件感情特征的处理方式，也是诗人对事件的处理方式。

忆语体小说都是以亡妻作为小说的主人公，而这些主人公都是秀外慧中，都是才女又兼贤妇，都是在困境中对作者衷心不渝，因而作者在小说中明显地对亡妻进行了理想化加工。而这样对已亡人物的美化也加剧了小说的悲剧性，从而也加强了小说的抒情性。

三 故事情节的琐屑性特征

志怪和传奇是中国古代小说的两大宗，但志怪小说的情节怪异，传奇

---

① 顾随：《驼庵诗话》，天津人民出版社 2007 年版，第 36 页。

小说的情节离奇。忆语体小说则不然，它所记的多是日常起居，多是平常的喜愁哀乐——用陈寅恪评价《浮生六记》的话来说，只是"家庭米盐之琐屑"而已，而这些琐屑之事，恰是表达夫妻"闺房燕昵之情意"的最佳素材。①也正是因为记载了这些琐屑之事，才使得忆语体小说完成了对中国古代小说题材的突破。夫妻生活的主要场所是家庭，而夫妻间的事也不外乎吃饭、穿衣、休息、玩乐以及互相照顾等琐屑之事。这些琐事是每天都要发生的，因而它们是自然且平常的，是繁多且琐碎的，在当时令当事者不以为意的。但当这些琐事的主人一旦弃世而去，这些琐事也就不再发生，这对于那些已经习惯于这些琐事的未亡者来说就是一个巨大的生活落差，而且这落差不仅是对于事，更是对于情。这时回忆这些琐屑之事，必然一一关情；回忆亡妻的话语，必然句句动心。此时把笔，则貌记琐屑之事，而实寄满腔之情也——黄宗羲谓归有光所作妇女志传"一往情深，每以一二细事见之，使人欲涕。盖古今来事无巨细，唯此可歌可泣之精神，长留天垠"②。移此语以评忆语体小说，也是非常恰当的。

中国古代小说有两个发展方向。从题材上看，它所记之事越来越小，越来越细，越来越寻常；从感情上看，它所寄感情越来越深，越来越真。以长篇白话小说而言，早期的《三国演义》《水浒传》《西游记》，其内容或是国家大事，或是降妖伏魔，其描写也多是粗线条的，其中所表达的感情也多是概念化的，不够细致真实；而后起的《金瓶梅》《红楼梦》则把内容缩小到了家庭，描写也细致得多，感情也越来越真切。再如文言小说，从最早《穆天子传》中的国家大事，到唐宋小说中的爱情传奇，基本上还是粗线条的；到了中篇小说《娇红记》《钟情丽集》，其情节就要细致多了；而到了忆语体小说，就已经细如毫发了。如沈复写新婚之夜，"头巾既揭，相识嫣然。合卺后，并肩夜膳，余暗于案下握其腕，暖尖滑腻，胸中不觉怦怦作跳"，其描写就非常细腻。就感情而言，忆语体小说跟"一把辛酸泪"的《红楼梦》相似，都堪为以小说抒发作者感情的巅峰之作。

---

① 陈寅恪：《元白诗笺证稿》，生活·读书·新知三联书店 2001 年版，第 103 页。
② 转引自汪曾祺《谈风格》，见孔繁今、秦艳华《中国现代新人文文学书系》（文论卷），山东文艺出版社 2005 年版，第 501 页。

题材之细小寻常与感情之真切细腻在《红楼梦》和忆语体小说中的成功结合不是偶然的。从写作手法上看，细小寻常之事更具有个性特征，也就更能表现人物的个性，当然也就更能表现人物细腻真切的感情。《三国演义》《西游记》中那些韵文体的相貌描写、场面描写，它们多具有程式化、概括性的特点；对它们稍加修改，就可以用于其他个体的相貌描写、其他情景的场面描写。但《红楼梦》中这样的描写已经基本上消失了。忆语体小说也与《红楼梦》相似。正因为它们所写的是个性特征明显的琐屑之事，这些情节才是不可复制的，这些情节才能细致入微地表现特定人物的特定个性特点，才能表现出作者独特的感情特点。

这样的小说发展方向是一个从外到内的发展方向：从外在的事功到内在的感情。因而忆语体小说和《红楼梦》相似，它们只能产生在提倡"真"文学、"情"文学的李贽的"童心说"之后，只能产生在注重表现个性和抒发真实情感的公安派之后。

四　叙述语言的诗意化特征

忆语体的作者多精诗通画，因而即使是寻常琐屑之事，在他们笔下也往往诗意十足。例如，《影梅庵忆语》写董小宛得到"花繁而厚，叶碧如染，浓条婀娜，枝枝具云罨风斜之态"的菊花之后，"遂留榻右，每晚高烧翠蜡，以白团回六曲，围三面，设小座于花间，位置菊影，极其参横妙丽，始以身入，人在菊中，菊与人俱在影中。回视屏上，顾余曰：'菊之意态尽矣，其如人瘦何？'至今思之，淡秀如画"。如此小事，在作者笔下，美人美景，相得益彰，真可称得上是"淡秀如画"了。再如《浮生六记》写病中的芸娘被迫与儿女离别之时的描写：

　　旁有旧妪，即前卷中曾赁其家消暑者，愿送至乡，故是时陪傍在侧，拭泪不已。将交五鼓，暖粥共啜之。芸强颜笑曰："昔一粥而聚，今一粥而散，若作传奇，可名《吃粥记》矣。"逢森闻声亦起，呻曰："母何为？"芸曰："将出门就医耳。"森曰："起何早？"曰："路远耳。汝与姊相安在家，毋讨祖母嫌。我与汝父同往，数日即归。"鸡声三唱，芸含泪扶妪，启后门将出，逢森忽大哭曰："噫，我母不归矣！"
青君恐惊人，急掩其口而慰之。当是时，余两人寸肠已断，不能复作
一语，但止以"匆哭"而已。青君闭门后，芸出巷十数步，已疲不能
行，使妪提灯，余背负之而行。将至舟次，几为逻者所执，幸老妪认
芸为病女，余为婿，且得舟子皆华氏工人，闻声接应，相扶下船。解
维后，芸始放声痛哭。是行也，其母子已成永诀矣！

啜粥时的强颜欢笑，离别时的娇儿大哭，令患难夫妻的寸肠已断不能复作
一语，只能在解维离开后才能放声一哭，读来令人泪下——此等文字，何
异于老杜的《三别》！
再如沈复写芸娘去世的文字：

芸乃执余手而更欲有言，仅断续叠言"来世"二字。忽发喘口噤，
两目瞪视，千呼万唤已不能言。痛泪两行，涔涔流溢。既而喘渐微，泪
渐干，一灵缥缈，竟尔长逝！时嘉庆癸亥三月三十日也。当是时，孤灯
一盏，举目无亲，两手空拳，寸心欲碎。绵绵此恨，曷其有极！

这段文字，朴素之至，纯净之至，读来却令人惊撼，实天地间之至文。此
时回想俞平伯先生称赞《浮生六记》的文字："此《记》所录所载，妙肖
不足奇，奇在全不着力而得妙肖；韶秀不足异，异在韶秀以外竟似无物。
俨如一块纯美的水晶，只见明莹，不见衬露明莹的颜色；只见精微，不见
制作精微的痕迹"，实非过誉之言。
忆语体小说的上述特点都能够增强它们的抒情性，当然这些特点也是
各有源头的。例如，第一人称叙事来自《春梦录》，回忆亡妻的特征来自
悼亡诗，以琐屑的情节来表达人物的性格以及感情的特点来自《世说新
语》，而叙述语言的诗意化特征在以前的小说中也比比皆是。虽然李清照
的《金石录后序》和归有光的《项脊轩志》《寒花葬志》堪为忆语体小说
的先驱，但它们都篇幅较短，并未形成一种独立的文体。因而忆语体小说
在中国抒情文学中应该占有一席之地。

第四节 《燕山外史》《玉梨魂》等骈体小说

明清时期文言小说中的骈文风格多样，如诗文小说以及《聊斋志异》中的骈文就各有特点。不过此时期最值得关注的是堪称骈文小说的《燕山外史》和《玉梨魂》。陈球长达三万余言的《燕山外史》全用骈文写成，虽然笔法呆滞，有"随处拘牵"之弊，但用骈文进行这样大规模的创作是史无前例的。徐枕亚的《玉梨魂》汲取了西方小说的一些创作特点，小说中的骈文虽多，但多夹杂在散文之中，轻灵生动，情文并茂，与《燕山外史》恰成对比。

一 骈体小说《燕山外史》

清人陈球的《燕山外史》虽然不被评论家们所重视，但不能否认这是一部具有独特小说史价值的小说。而其小说史价值，正是由其诗化特征所决定的。

（一）独一无二的文体

陈球《凡例》自言"史本从无以四六成文，自我做古""是作共计三万一千余言，本是长篇骈骊文字"，确实，用骈文构制出一篇长达三万一千多字的小说，是堪称奇迹的。吴展成序云"稗史家无此才力，骈骊家无此结构"[1]，也是指出了《燕山外史》独特的文体价值。

鲁迅《中国小说史略》评论《燕山外史》曰：

> （陈球）自谓"史体从无以四六为文，自我作古，极知僭妄……第行于稗乘，当希末减"，盖未见张鷟《游仙窟》（见第八篇），遂自以为独创矣。[2]

鲁迅认为《燕山外史》与《游仙窟》体例相同，实则二者差别甚大。首

---

[1] 《韩国藏中国稀见珍本小说》（第二卷），中国大百科全书出版社 1997 年版，第 368 页。

[2] 《鲁迅全集》（第九卷），人民文学出版社 1981 年版，第 247 页。

先，从字数来看，《游仙窟》只有九千字，而《燕山外史》三万一千多字。其次，《燕山外史》中只出现了一首骚体诗，其他文字皆为骈文，因而称之为骈体小说是恰当的；但《游仙窟》中夹杂着79首诗歌，小说中诗歌的数量多于骈文，因而与其称《游仙窟》为骈体小说，不如称之为诗体小说更为贴切。另外《游仙窟》以人物的对话为主，小说中79首诗歌中的77首是人物的对话，因而把《游仙窟》的文体概括为"诗歌对话体小说"最为合适。而《燕山外史》则纯骈体文叙事，它跟《游仙窟》是很不相同的。

因而《燕山外史》在小说史上的地位，就在于它是小说史上唯一的一篇长达三万余字的骈文小说。这一成就，在文学史上不仅是空前的，而且也许是绝后的。

（二）骈文叙事的限制

用格式固定的骈四俪六之文叙事，当然不如散文叙事的灵活。下面是《燕山外史》卷一中的一段：

> 当夫深院日迟，小窗人静。春无端而欲去，客有约而不来。细数落花，聊为破寂；静听啼鸟，却是催游。乃即信步遣怀，随心揽胜。访诗人于北郭，奚烦驴背驮来；寻酒伴于南湖，将唤鸭头泛去。俄见云浓似墨，雨润如酥。密若散丝，郭巾易折；骤能破块，谢屐难投。而乃随出谷之流莺，偶穿芳迳；与寻巢之旅燕，聊托茅檐。止水何心，闲云无意，不过芳踪暂憩，非同逐浪之青萍；岂知春色难关，忽见出墙之红杏。尔时爱姑运阶前之甓，方储甘霖；剪宅畔之蔬，将供晚饭。久托蜗居于深巷，素知无客造庐；忽闻犬吠于隔垣，始觉有人窥户。盈盈不语，脉脉含羞，墙及肩高，趋无可避；室如斗大，退不能藏。生也才窥半面，即惊花月妆成；及睹全身，更骇天仙化就。姿容绰约，宛遇唐环；体韵轻盈，恍逢赵燕。娉婷轶众，不须春黛双描；袅娜动人，何待秋波一转。出其不意，顿乱人怀；何以为情，浑难自主。姑之母挟筘以出，偶观白水于帘阴；负廊而居，适见青衿于城阙。长日绝无忙事，高年最乐闲谈。豹睹一斑，已多蔚色；凤瞻片

羽，总是吉光。不图君子之踪，辱临散土；敬请嘉宾之驾，枉过荒斋。妙语投怀，怀开霁月；雅人入座，座满春风。汲来芳渚甘泉，呼儿瀹茗；乞得邻家薪火，代客燎衣。偶尔周旋，极其欢洽。唯是留人守雨，聊修地主之仪；何期见事生风，顿起天缘之想。生也痴心专注，美满七情，馋目频迎，香浓九窍。幸婵娟之得接，喜邂逅之相逢。几忘过客光阴，依依难舍；将近夕阳时候，怅怅方归。

这段文字写窦生与爱姑的初次相见，所有的语言都是骈文：窦生在春末之时"信步遣怀，随心揽胜"去踏春寻友；不料"云浓似墨，雨润如酥"而遇雨；碰巧"偶穿芳迳""聊托茅檐"来到爱姑家墙外；看见爱姑之美即"惊花月妆成""骇天仙化就"；爱姑的母亲邀请窦生家中避雨，于是"妙语投怀，怀开霁月；雅人入座，座满春风。汲来芳渚甘泉，呼儿瀹茗；乞得邻家薪火，代客燎衣"；窦生对爱姑心生爱意，"痴心专注，美满七情；馋目频迎，香浓九窍"；最后虽然"依依难舍"，但也只能"怅怅方归"了。

这段骈文中虽然夹杂了对爱姑的相貌描写，却以叙述为主。作者尽管用了五百多字的篇幅来叙述，但他所叙述的故事情节很简单，不过是踏春、遇雨、惊艳、避雨、离开而已。用如此长的文字来叙述如此简单的故事，其语言只能是极尽骈文的铺陈之能事，并且努力把简单的情节复杂化，这就使得小说语言冗沓，情节不够精练。所以鲁迅说它虽然"转折尚多"，但却是"足以示行文手腕而已"，可谓中的之语。

鲁迅在《中国小说史略》中也曾指出《燕山外史》和《游仙窟》的区别，他说：

> 然语必四六，随处拘牵，状物叙情，俱失生气，姑勿论六朝俪语，即较之张鷟之作，虽无其俳谐，而亦逊其生动也。

"随处拘牵""俱失生气"的定语，当然有些绝对，但《燕山外史》比起张鷟之作来，确实是少了很多"生气"。这"生气"的缺失固然有多方面的因素，但作者执意用四六文叙事，无疑是重要的原因。《游仙窟》虽然也多达九千字，但作者用笔空灵：小说中要叙述的事件，或者用三五字的散文轻轻点出，或者通过人物之口交代出下面的情节；即使是用骈文来叙述，也是直奔主题，当长则长，当短则短，因而不管文字多少，都不拖泥带水。其实骈文的长处在于描写和抒情，若用它四六言的固定句式来叙述千变万化的事件，那么即使不至于"随处拘牵""俱失生气"，也会"颇多拘牵""多无生气"的。

（三）骈文叙事的成就

骈文叙事虽然难免拘谨，但作为文学史上篇幅最长的骈文小说，《燕山外史》依然有不少值得赞许之处。

第一，骈文文体的变化。

陈球在《燕山外史》卷一自言"乃效六朝体，成一家言"，但他的骈文也有所变化。明治本《燕山外史》卷前载有陈球自撰的八条凡例，其第四条中说：

> 是作五言单对及七言单对，俱集唐宋元明人诗句，似非骈体正格。顾野稗之书，不嫌杂凑，谓之骈句也可，可谓之集句也无不可。

陈球知道他所集的"五言单对及七言单对"并不是"骈体正格"，但他依然在小说中保留了这些句子，可见陈球在有意突破骈体文的文体限制。以这样的创作思想来写小说，《燕山外史》的语言有时就突破了骈四俪六的限制，从而出现了一些新变化。例如，下面是卷四中的一段文字：

> 才进拂尘之盏，又开饯道之筵。露白葭苍，酒红灯紫；话长夜短，漏尽天明。山上复有山，客中更送客。莺喧蝶闹，院姬欢挽文轩；浪静风恬，舟子促登画舫。难将过客频留恋，才得逢君又别离。皓首理装，姑同剑侠而辞乐籍；黄头操楫，生共榜人而就征程。别泪盈盈，不减一江秋水涨；离愁送送，何殊两岸乱山多。

这段中的"山上复有山，客中更送客"是五字对，"才进拂尘之盏，又开饯道之筵"是六字对，"难将过客频留恋，才得逢君又别离"是七字对。"莺喧蝶闹，院姬欢挽文轩；浪静风恬，舟子促登画舫"虽是传统的四六字对，而"皓首理装，姑同剑侠而辞乐籍；黄头操楫，生共榜人而就征程"是四八字对，"别泪盈盈，不减一江秋水涨；离愁迭迭，何殊两岸乱山多"则是四七字对，它们在骈文中都是不常见的。"露白葭苍，酒红灯紫"是四字对，而其前后句又都是句中自对，而且这八个字里有四个字是表示颜色的词。因而倘若不带有偏见，应该承认陈球的句法确实是灵活多变的。

用骈文写文章，本来就是戴着镣铐跳舞，陈球能做到的，就是在镣铐的限制下能够编导出花样更多的舞蹈。而他有时候确实做到了，并且做得不错。

第二，骈文小说的新内容。

在《燕山外史》之前，《游仙窟》的内容是才子冶游神仙窟，《封陟》的内容是呆书生拒婚仙女。《燕山外史》中虽然也有言情，也有成仙，但还有更多的内容。例如，作者在小说中直面农民起义，这在以前的骈文小说中就不曾出现过。在《燕山外史》卷五中，陈球对起义女头领唐赛儿极尽贬低之能事：

> 小丑作军中之雾，阴旺阳虚；大王披帐下之风，雌多雄少。而乃萑蒲啸聚，桑濮肆行。广招荡子从军，呼男作妾；密遣健儿侍宴，唤女为郎。嫪毐大阴，频试关车之技；昌宗美貌，极称禁脔之珍。

这种贬低，对于陈球这个正统文人来说是正常的。但一生不得意的陈球也深知贫苦百姓的疾苦，小说中他也用骈文揭示出农民造反的直接原因是官府所逼：

> 加之三年二歉，十室九空，石壕之吏频呼，监门之图孰绘。因匿灾而就毙，漠不上闻；即奉诏以赈荒，徒为中饱。甚有桁杨不辍，只

解苛征；升斗未输，便遭酷比。脂膏竭而疮难补肉，榜掠严而臀尽无肤。毒逾永野之蛇，猛过泰山之虎。嗟呼！官威太峻，民命何堪？荐饥莫恤天灾，反有助天为虐；掊克必干众怒，能无结众成仇。向存畏死之心，尚知法纪；今绝求生之路，岂顾身家。堤失防而骤至漂城，薪不徙而倏成焦土。有司不肖，平时之激变良多；无赖何知，此日之叛常特甚。骤见妇人立乘，甘随鞭镫以宣劳；忽闻女子谈兵，愿执斧戕而效命。争鸣瓦釜，喧作鼓鼙；尽卸裙襦，灿成旗帜。

在贫民们"三年二歉，十室九空"之时，依然有"石壕之吏频呼"，贫民们已经"脂膏竭而疮难补肉，榜掠严而臀尽无肤"了，官府依然"毒逾永野之蛇，猛过泰山之虎"，陈球对官府的抨击何等强烈。而他所说的"官威太峻，民命何堪？""有司不肖，平时之激变良多"，可以直接看作是对起义军揭竿而起的辩护。在"今绝求生之路，岂顾身家"的时候，"骤见妇人立乘，甘随鞭镫以宣劳；忽闻女子谈兵，愿执斧戕而效命"就没有什么奇怪的了，"争鸣瓦釜，喧作鼓鼙；尽卸裙襦，灿成旗帜"，义军的燎原之势也就可想而知了。陈球能够写出这样的文字，可见他是忠实于自己的双眼和良心的。

《燕山外史》是陈球根据明朝人冯梦祯的文言小说《窦生本传》扩写而成的。三万多字的《燕山外史》跟仅一千多字《窦生本传》相比，故事情节几乎完全相同，但字数几乎是《窦生外传》的30倍，这就使得《燕山外史》多出了很多细节描写，而这些细节描写多为以前的骈文小说所无。例如，《窦生本传》中说窦生在初见爱姑之后，厚馈求通而不得，于是"积思成梦，积梦成疾"。《燕山外史》把这8个字用了将近800字进行演绎，其中仅仅是"成梦"两字就被扩展成了三百多字：

拊枕含悲，拥衾纳闷，万斛深愁推不去，一场好事送将来。蓬壶中才听丁东，药栏外忽闻剥啄。兽环微动，何来月下之敲；鹧舌轻扬，似赴花间之约。启双扉而延入，看一朵之能行。谁邀静女于城隅，忽至美人于林下。岂坐怀而不乱，遂加膝以为欢。金匣浓薰，丽情促合；银釭朗照，羞态横陈。竟体吹兰，聚香魂而结片；曼肤琢雪，疑玉魄以成团。似木逢春，如鱼得水。轻圆莺语，娇于乍啭之时；细腻花姿，好在半开之候。双鸳枕上，钗溜绿云；百蝶帐中，被翻红浪。乃绸缪未罄，而变幻已乘。排闼疾呼，突入猸胥悍卒；阃门严缉，将拘奔女狂童。铁索钩铮，惊止不经之呓语；火符闪烁，逐回丕变之游魂。究之夜渊沈沈，索奸安在；空帏寂寂，荐寝何人。四顾惊惶，顿使星眸骤起；百般疑想，遽令香汗齐流。是耶非耶，是非莫定；来矣去矣，来去无凭。直交旅馆五更，才晓阳台一梦。尔时噩梦方醒，残更未尽。听渐零之蕉叶，雨响如珠；对黯淡之兰膏，灯光似豆。邻鸡未唱，睡鸭初销。辗转孤衾，才子独悲缘浅；寂寥客舍，愁人只苦夜长。

这段文字从入梦到梦中再到梦醒，写来有条不紊。梦中的恋人由幽会的快乐迅速转入被捉的惊恐之中，"香汗齐流"中的惊醒之人"听渐零之蕉叶，雨响如珠；对黯淡之兰膏，灯光似豆"，就难免"辗转孤衾，才子独悲缘浅；寂寥客舍，愁人只苦夜长"了，之后大病一场也就可以理解了。如此细致而跌宕起伏的梦中幽会描写，在之前的骈文小说中就没有出现过。

如果不用挑剔的眼光来看待《燕山外史》，那么会发现小说中确实用骈文写了很多在之前的骈文小说中很少写的内容。例如，小说中用"家风绝少书香，世泽唯余铜臭，齿将过甲，目不识丁。罔知欢，罔知忧，浑是无肠公子；亦善饭，亦善饮，竟为负腹将军"来写那个"金陵巨侩，蹉市豪商"的形象特征，用"玉投崖以迸裂，珠堕地而转旋。顷见鹤顶流丹，猩唇漂赤。莲生舌底，涌出红云；梅绽额间，点成绛雪"来写爱姑的撞阶自杀，以"何地是寻欢之地，随时皆败兴之时。抚景长歌，孰晓探喉当哭；对人强笑，谁知转背衔哀。漫将酒力排愁，愁时化泪无非酒；刚道思归萦梦，梦里还家不当归"来写窦生入赘之后的哀愁心理，以"或居宿莽之中，昼同兽友；或伏积骸之下，夜与鬼邻。呜呼！掣电轰雷，惊散同林之鸟；罡风孽雨，摧残并蒂之花。惨莫惨兮乱离，悲莫悲兮生别"写窦生和爱姑逃离之后又在战乱之中失散的悲惨境遇，以"云松宝髻，乱逐蓬飞；露湿弓鞋，暗随磷走。自行自止，可愕可惊。猿猱似鬼啼嗥，鹳鹤同人欬笑。月映层峦之黄石，伏作虎形；风吹峭壁之苍藤，幻同蛇象。心摇胆颤，未知命在何时；足胝手胼，不识身归谁处？"来写女子孤身一人逃离时的艰难恐惧，这些内容都是其他骈文小说中所罕见的，但作者写来都文辞华美且合情合理。

陈球在《燕山外史》卷一中自述说"无端技痒，妄求见技之方"，他的《燕山外史》也确实是"技痒"逞能之作，而他所逞的正是"以骈文写中篇小说"之能。虽然故事情节的平庸降低了《燕山外史》的价值，但其独特的文体价值仍使其独步天下。

二 哀情巨著《玉梨魂》

民国著名报人张静庐在《出版界二十年》中说："我们如果替民国以来的小说书销数做统计，谁都不会否认这部《玉梨魂》是近二十年来销得最多的一部。"① 此文发表于 1938 年，由此可见即使是深受文学史家们偏爱的五四作家们创作的小说，在民国初年之后的近 20 年时间里，其受欢迎程度也不能与《玉梨魂》相比。《玉梨魂》何以在漫长的时间里独负盛名？不仅那些贬低《玉梨魂》的研究著作不能解释清楚其中的原因，即使那些肯定《玉梨魂》的研究成果也未能充分挖掘出《玉梨魂》的独特魅力。

《玉梨魂》的独特魅力，就在于它是"用抒情法以叙事"，而且这一特征对《玉梨魂》而言，不仅是方法论的，更是本体论的。也就是说，作者创作《玉梨魂》，其意不在创作小说，而在于抒情。只有从这一角度来考察《玉梨魂》，才能明白它畅销不衰的原因，才能确定它的艺术特色，才能重新审察它的社会影响，才能真正确定它的小说史地位。

小说史对一部小说作品的定位，主要是考察它在艺术特色、思想内容方面对以前作品的继承，以及对后来作品的影响。在这两方面，《玉梨魂》都有值得称道者，而这些值得称道之处都不仅跟"情"相关，而且

---

① 陈平原：《二十世纪中国小说史》（第一卷），北京大学出版社 1989 年版，第 211 页注。

是由"情"所决定。下面从"文体的抒情化选择与改造""小说诸要素的抒情化变异""承前启后的抒情小说"三方面来论述《玉梨魂》的小说史地位。

（一）文体的抒情化选择与改造

《玉梨魂》中出现的诗词、书信、日记、骈文等文体都易于抒情，而散文在作者笔下也被改造成了抒情工具。

《玉梨魂》中出现了127首诗歌、5首词。在《玉梨魂》中，诗词既是人物用来表情达意的重要手段，也是作者在小说中用来抒情的主要手法。第十八章《对泣》中梦霞"心中苦痛难以言宣，聊以诗泄"，就写了四首律诗。他写时固然"浪浪清泪，上纸不知"，而梨影读时，"啼珠又狼藉于纸上"。梦霞诗中有"是我孤魂归枕畔，正卿双泪落灯前。云山渺渺书难到，风雨潇潇人不眠"等句，这些句意如果用散文说出来，未免显得做作和直露；但若用诗歌来表达，就使得主人公的感情自然深挚，余味不尽。第二十章《噩梦》写梦霞把"复杂之情思，缠绵之哀怨，一一写之于诗"，联系到前面的"心中苦痛难以言宣，聊以诗泄"等语，可知作者是有意识地用诗歌来表达人物感情的。

除了诗词，作者还运用了书信、日记等文体来抒情。书信、日记因为是以小说主人公口吻写成的，它们可以直接表达小说主人公的内心感情，因而它们具有了直接抒情的作用。书信入小说在《燕丹子》中就已出现，而宋人小说《醉翁谈录·烟粉欢合》、元人小说《春梦录》就已经是书信体小说了。《玉梨魂》发挥了中国古代小说的这一特点。例如，读者们在阅读梦霞和梨影绝交的往来书信时，可以直接感受到爱恋中人撕心裂肺的痛苦之情；而筠倩去世之前的日记也具有同样的抒情效果。在第二十四章《剪情》中，梨影剪发绝情，她那"墨淡不浓，行疏不整"的绝情书，让梦霞"且读且哭"，未终幅而"已惨无人色矣"。恋爱中人，因其爱之深、爱之真、爱之纯，偶有龃龉之词即令对方痛苦不已，而梨影信中说自己"已为堕溷之花，难受东风抬举"，已令梦霞无地自容；后面的"半载相思，一场幻梦，嗟乎霞郎，从此绝矣"，又令梦霞痛心之至；至于"斩我情丝，绝我痴念"等语，怎不令梦霞"急痛攻心，为之晕倒"？《玉梨魂》中出现了14篇书信，它们都是真情深情的载体，完整地记录了梦霞和梨影恋爱初期的欢欣、中期的伤痛、晚期的无奈，大大增强了小说的抒情特征。

　　小说第二十九章《日记》中出现了筠倩的 10 篇日记。日记入小说在中国古代小说中很少见到，是《玉梨魂》使之发扬光大的。筠倩日记中的"春蚕到死丝方尽，蜡炬成灰泪尚流。此方方之砚，尖尖之笔，殆终成为余之附骨疽矣"，这是筠倩的悲情之语这 10 篇日记是筠倩死前所写，它们完整地记录了筠倩死前的感情，而这些感情无不令人心酸："好好一朵自由花，遽堕飞絮轻尘之劫，强被东风羁管，快乐安在？"是对自己命运的质问，"哀哀身世，寂寂年华。一心愿谢夫世缘，孤处早沦于鬼趣"是写自己心死，"此日容颜，更不知若何憔悴！恐更不能与帘外黄花商量肥瘦矣"是对自己的叹息，"天乎，天乎！嫂之死也至惨，余敢怨之哉？"是对梨影的复杂感情，"伤哉余父，垂老又抱失珠之痛"是对父亲的哀伤，"余至死乃不能见余夫一面，余死何能瞑目！"中有她对梦霞的深情。另外日记中的"手抚胸头，仅有一丝微热，已成伏茧之僵蚕矣""余泪自枕畔曲曲流出，湿老父之衣襟"等语，皆令人凄然心伤。

　　骈文和散文在抒情时各有所长，徐枕亚对这两种文体的转换和运用可谓从心所欲，炉火纯青。历来论者多把《玉梨魂》当作骈体小说，把它跟《游仙窟》《燕山外史》相提并论。其实这三部小说中，只有《燕山外史》堪称骈体小说——《游仙窟》中的诗歌远多于骈文，应称为诗体小说，而《玉梨魂》中虽出现了不少骈体语句，但小说中的散文远多于骈文。《玉梨魂》中的骈语句式灵活多变，除了传统的四六格式，还有很多其他句法，而且这些句法多为散文句法。例如，第一章《葬花》中的"彼则黯然而泣，此则嫣然而笑"，全是散文句法；而"唤之者谁耶？扶之者谁耶？怜惜之者又谁耶？"这三句句式相似，但前两句跟后一句字数不同，可见徐枕亚没有刻意追求语句的对偶；再如"对于已残之梨花，何若是之多情耶？对于方开之辛夷，又何若是之无情耶？"这两句中的重复字太多，也不是标准的骈文；第四章《诗媒》中的"梦霞之耳竟成一蓄音器，每一倾耳而听，恍闻梨娘哭声，呜呜咽咽，嘤嘤咿咿，洋洋乎盈耳也。梦霞之目竟成一摄影箱，每一闭目而思，恍见梨娘人影，袅袅婷婷，齐齐整整，闪闪然在目也",这一如此之长的对句,虽然对仗工整,声色俱全,但内容上是时髦的,句法是散文的;像"始则执书而痴想,继则掷书而长叹,终则对书而下泪"这样的排比对,在小说中也经常可以见到。这些自然的、灵活的、有鲜活生命力的骈语,在《玉梨魂》中随处可见,绝非《燕山外史》中的骈文所能比拟。钱钟书曾说林纾的翻译违背了古文的规律,是一种"较通俗、较随便、富于弹性"的文言①,这一议论完全可以移来评价《玉梨魂》中的骈文:徐枕亚的骈文也与传统骈文大不相同,它是一种"较通俗、较随便、富于弹性"的骈文。陈平原对此曾有如下描述:

> 至于讥笑骈文小说家"不能真骈",却正好说到他们的长处。民初的骈文小说不像《燕山外史》老是骈四俪六,而是把古文的对话、叙述段落和骈文的描写、抒情段落搭配起来,交叉使用,显得错落有致,文体因而较有张力。即使主要使用排偶的描写段落,作家也故意调入若干古文的句式,增加一点文体的变化,力图避免单调之弊。②

其实《玉梨魂》从作品内容到语言形式本来就深受《巴黎茶花女遗事》的影响,而它的语言比林纾的译文更为流畅。而且不仅骈文具有这一特点,散文也是如此。例如,第一章中的散句"晓日浓烘,迎面欲笑,霞光丽彩,掩映于衣袂间",就形象生动,是《玉梨魂》中难得的欢快之文;第二十章中以"每当半窗残月,一粟寒灯,听征雁一声,则梦魂飞越万水千山,形离神接"来写梦霞对石痴的思念,其中有意象、有意境、有深情,可谓诗化散文;第一章中的"一阵狂吹乱打,树上落不尽之余花,扑簌簌下如急雨,乱片飞扬,襟袖几为之满。梦霞上抚空枝,下临残雪,不觉肠回九折,喉咽三声,急泪连绵,与碎琼而俱下",在流畅优美的散文中夹杂着几个骈句,把梦霞的伤感之情表露无遗。如此灵活的散文和骈文,确实能够淋漓尽致地表现出人物细致入微的感情。

---

① 钱钟书:《林纾的翻译》,《中国近代文学论文集》(1949—1979)(小说卷),中国社会科学出版社 1983 年版,第 655、657 页。

② 陈平原:《二十世纪中国小说史》(第一卷),北京大学出版社 1989 年版,第 219—220 页。

《玉梨魂》中既有纯粹用来抒情的诗词，又有直接表达人物感情的书信、日记，还有经过作者改造的极富弹性的易于抒情的骈文和散文。作者以他卓越的抒情才能，超人的细腻之情，把这些抒情性文体有机地整合成一部有词皆艳、无字不香的悲情《玉梨魂》，怎能不令天下有情人为之着迷、心伤，甚至凄然泪下！

（二）小说诸要素的抒情化变异

《玉梨魂》意在抒情的特点，更明显地表现在作者对小说各要素的变异改造之中。具体来说，《玉梨魂》的故事情节被弱化了，人物形象被感情化了，而故事环境则被抒情化了。这些变异，都是作者为了抒情而不得不为之的。

故事情节的弱化。长达三十章的《玉梨魂》，它的故事情节非常简单，简单到只是一条单线索串联起了几个人物，而围绕这几个人物所发生的故事也并不复杂，只不过是教师何梦霞跟寡妇白梨影日久生情，情渐深至不能自拔；但两人不能结合，于是梨影强促其小姑筠倩跟梦霞订婚，之后自己为了两人的幸福，自杀而死；筠倩知道真相后，也郁郁而亡；最后梦霞死于武昌起义的战斗之中。这样简单的情节，一般的小说家用几千字就可以把主要情节真切地写出来，但作者表现如此简单的情节却用了九万言，那么小说中情节的弱化就可想而知了。小说情节的弱化证明作者之意不在情节。实则作者是以这一简单的故事情节作为载体，来抒发他的一腔感情。

人物形象的感情化。小说主要人物形象是何梦霞、白梨影、崔筠倩，这三人全都是愁和怨的化身，都是感情的载体。例如，梦霞在小说中初次出现，就是一个"丰致潇洒，而神情惨淡，含愁思，露倦容"（第一章《葬花》）的葬花人，虽然是个大男人，却俨然是林妹妹的化身；梨影第一次出现，就是一个"黛蛾双蹙，抚树而哭，泪丝界面，餍低而纤腰欲折。其声之宛转缠绵，凄清流动"（第二章《夜哭》）的月下哭花人；筠倩虽然"一种兀傲之气，时露于眉宇间"（第十二章《情敌》），而且自入新学以来，"即发宏愿，欲提倡婚姻自由，革除家庭专制，以救此黑狱中无数可怜之女同胞"（第二十二章《琴心》），可一旦迫于父嫂之命而答应了跟梦霞的婚事，立即就"日惟闷坐书窗，致力于吟咏，以凌惋之词，写悲凉之意"（第二十三章《剪情》）。最后两位女子都因情而死，而梦霞虽然死于革命战斗之中，实则也是徇情而死。《玉梨魂》之所以流行一时，正是因为小说中人物形象的多愁善感；而徐枕亚之所以被誉为一代哀情巨子，也是因为他塑造出了这些哀怨动人的人物形象。

故事环境的抒情化。《玉梨魂》的环境描写很令人称道，其原因就在于作者在有意识地用环境描写来抒情。小说开头一段就是长长的环境描写，这在传统小说中很难见到，而在现代小说中则较为常见；小说的第十九章《秋心》几乎没有情节，基本上是环境描写，这在古代小说中是不可想象的。而且作者的环境描写因人物的感情、因故事情节的进展而有异。例如，小说中写梦霞四次乘船去蓉湖，第一次为"春帆一角，影落蓉湖"（第二章《夜哭》），简单之至，此虽因文笔倒叙所致，也跟梦霞此刻无孽情萦绕于心有关；第二次则是在梦霞大病之后前往蓉湖，而在蓉湖等待他的又是不测风云，于是一路上始则"朝旭初升，照水面楼台，映波成五色奇彩"，继则"阳乌渐隐，风雨骤至，一望长天，忽作惨色，昏黑模糊，浑不辨山光树影"，又则"烟波渺渺，云水茫茫，极目杳冥，如堕重雾"，终至于"狂风乱雨，挟舟而行，船身摇摇，颠簸万状，风势逆且急，横拖倒曳而行，不知其自东自西、自南自北"，最后则是"一轮明月，照彻江干，雨后新霁，色倍澄鲜，隔溪渔笛，参差断续"（第十六章《灯市》）；第三次则是梦霞为小人所捉弄，恼羞不已，返回蓉湖，虽然一路上"秋水长天，碧云红树，一路烟波"，但"梦霞对之，觉尽是恼人之景"（第十八章《对泣》），这是以景来反写人物心情；第四次是梦霞得知梨影去世的消息之后，"片帆无恙，前路已非。一叶扁舟，又载征人远去；两行别泪，竟随江水长流"，"今番意兴，大异从前，恨与时积，情随境迁。昔日之行，无殊身到桃源，步步趋入佳境；今日之行，恰是身临蒿里，行行渐近愁关。故昔日之行，惟恐其迟；今日之行，则惟恐其速"（第二十八章《断肠》），直接是以写景为次，写情为主了。

（三）承前启后的抒情小说

《玉梨魂》既然是一部抒情小说，那么要确定它在中国小说史上的地位，须从抒情小说的角度来进行。

现在的小说研究者们大多认为五四时期出现了一批抒情小说，这当然是不错的；但抒情小说不是五四时期才产生的，它是一种早已有之的小说文体——即使把诗体小说和赋体小说排除在外，那么至少唐代沈亚之的一些作品是可以称为抒情小说的，他的《湘中怨解》就被李剑国认为是在"着意追求一种情致：对美的向往憧憬和美的飘忽感、空幻感以及美得而复失的失落感、迷茫感"，李剑国甚至直接说它"算得上是情绪小说、诗化小说、抒情小说或曰意境小说"。清代出现的忆语体小说则是中国抒情小说的高峰。抒情小说在五四时期的作家中形成了一个潮流，如王瑶就认为不仅鲁迅的小说具有抒情小说的特征，而且郁达夫、废名、艾芜、沈从文、萧红、孙犁等人，也是抒情诗体小说的作者。[①] 陈平原在引用了王瑶的这段话之后，补充说：

> 引"诗骚"入小说在中国文学中由来已久。这种倾向"五四"以前主要表现在说书人的穿插诗词、骚人墨客的题壁或才子佳人的赠答；而"五四"作家则把诗词化在故事的自然叙述中，通过小说的整体氛围而不是孤立地引证诗词来体现其抒情特色。[②]

其实在《玉梨魂》中，才子佳人的诗词赠答和通过小说的整体氛围来抒情是兼而有之的。《玉梨魂》在小说的开篇就是一大段景物描写，那对飘落的梨花的"香雪缤纷，泪痕狼藉"的描写，不正是给全文定下了一个哀伤的基调吗？而这八个字，不正是对全篇小说语言风格和故事情节的绝妙概括吗？在《玉梨魂》中，作者用于叙事的笔墨少，而用于氛围描写的笔墨多。特别是第十九章《秋心》，开篇就是一大段秋天的景物描写："黄叶声多，苍苔色死。海棠开后，鸿雁来时。雨雨风风，催遍几番秋信；凄凄切切，送来一片秋声……"之后是两段梦霞的心理描写，而在这两段很长的心理描写之间夹杂着的那段不长的叙事，就只能算是心理描写的背景了。

---

① 王瑶：《中国现代文学与古典文学的历史联系》，《北京大学学报》1986 年第 5 期。
② 陈平原：《中国小说叙事模式的转变》，北京大学出版社 2003 年版，第 229 页。

之后作者又跳了出来，从他的"吾人于其间表示其悲欢哀乐之情，以时序上之反映，为心理上之反映"来看，作者是在解释情景描写的重要性。之后又是长篇的秋景描写，"一片零落萧条之景象，触于目而不堪，感于心而欲绝"，这是作者在实践自己前面的声明，在以景物的凄凉氛围来写人物的内心之痛。这段亦景亦情的描写以梦霞的寄怀之诗以及他在花冢前的一哭而结束。之后此章又写大难之后的梨娘，而其写作内容也是叙事之言少，渲染气氛之言多；最后此章以梨影的一首诗来收束，而"寂寞黄花晚，秋深一蝶来"的诗句，跟这一章的整体氛围也是相称的。小说最后一章的发生地点与小说开篇所写的地点相同，只不过这时梨花、辛夷都已枯掉且被砍，而院中的主人或死或离，可谓悲伤无尽。整部小说以败簏中捡到的两阕梦霞的哀怨词结尾，而这两首哀怨的词也跟整部小说的格调是一致的。

陈平原说"五四"作家很少考虑以曲折的情节吸引读者①，这跟上文所论述的《玉梨魂》故事情节的弱化相一致。陈平原在其著作的第四章中，又说：

> 重视主观抒情、重视小说语言的表现功能，再加上重视背景描写与氛围渲染，使郁达夫的小说以至"五四"作家的小说，的确带有一种特殊的诗的韵味。②

这三条标准，《玉梨魂》都具备：重视背景描写和氛围渲染，上文中已有论述；重视主观抒情，自然是《玉梨魂》的重要特色，徐枕亚"哀情巨子"的声誉正是由此而来；而重视小说语言的表现功能，正是本节"文体的抒情化选择与改造"部分。其实陈平原对《玉梨魂》的这一特点也进行过专门的论述：

> 《玉梨魂》中充满此类写景抒情段落，大都辞采华丽绚烂，可观赏也可诵读，有些比喻也颇新鲜可爱。作者、读者显然都不再主要关

---

① 陈平原：《中国小说叙事模式的转变》，北京大学出版社2003年版，第229页。
② 同上书，第130—131页。

注于故事的进展，而是玩赏流连于其笔墨情趣。在小说中，让情节退到次要的地位，突出表现技巧和文学语言，这无疑是一种十分大胆的尝试。①

只要抛弃小说中有骈文就是旧小说、有大量的诗歌就是落后小说的成见②，那么可以说《玉梨魂》已经具备了"五四"时期抒情小说在创作手法上的主要特征。或者换一种说法："五四"抒情小说家们所擅长的小说创作技巧，在《玉梨魂》中都已具备了。

其实这三条标准并非新技巧，只要是抒情小说都具备这三个标准——唐代沈亚之的《湘中怨解》也符合这三个标准。只不过《湘中怨解》隔着五四作家们太远，而且篇幅较短，它隐藏在众多古代小说之中，很难说它对五四作家们产生过多少影响。但《玉梨魂》不同，它距离五四运动只有七年的时间，它长达九万字，它当时风靡天下，五四作家们正是读着《玉梨魂》开始了他们的小说创作。因而它对五四作家们的影响是直接的。夏志清从另外的角度叙述了《玉梨魂》跟五四小说的关系，他说《玉梨魂》的结尾，"如日记之引用、叙述者之爱莫能助、苍凉景象之描述等等，都预告着鲁迅小说的来临"③。

所以从小说写作技巧上看，《玉梨魂》在小说史上的地位，就是它乃"五四"小说的滥觞。

但中国的文学史从来就不仅是叙述文学写作技巧的发展变化的历史；我们评价一部作品的文学史意义，往往从它的思想内容、社会价值方面进行考虑。而在这两方面，《玉梨魂》这种典型的才子佳人题材的小说，似乎没有多少值得称道之处，也没有必要有值得称道之处——如果对它的思

---

① 陈平原：《二十世纪中国小说史》（第一卷），北京大学出版社 1989 年版，第 220 页。

② 夏志清就认为"五四"用白话来写文章并不比古文和骈文高明。他说："五四时期新作家普遍采用白话口语，比起紧接前一代的文学语言来，他们的文字就显得贫乏寒伦得多。"夏志清：《〈玉梨魂〉新论》，《台湾·香港·海外学者论中国近代小说》，百花洲文艺出版社 1991 年版，第 344 页。

③ 夏志清：《〈玉梨魂〉新论》，《台湾·香港·海外学者论中国近代小说》，百花洲文艺出版社 1991 年版，第 381 页。

想内容和社会价值评价过高，那么又置后来的五四新文学于何处？因而在形式上，《玉梨魂》因为它夹杂着骈体文和大量的诗词而被置入了旧小说的范畴之中；而在思想上，徐枕亚也没有提出真正的解决寡妇问题、婚姻问题的办法，于是《玉梨魂》就被打上了落后的标签；而《玉梨魂》对社会影响，也只不过它是鸳鸯蝴蝶派的开山之作，它引领了民国初年的骈体小说创作高潮而已。

这样的解释是失之偏颇的。

就写作技巧而言，一部文学作品的成功与否，与它所采用的是骈文还是散文并没有必然关系——只要作者能够娴熟地创造性地运用语言来写情写人写景，那它就是一部好作品，而《玉梨魂》在这方面的成就是不能否认的，否则也不会成为民国初年最畅销的小说；而小说中穿插的诗词多少，也不是小说是否优秀的标志——如果小说中穿插的诗词多就不是优秀作品，那么四大名著以及《金瓶梅》都不是优秀作品。

就小说的思想内容而言，那些批评《玉梨魂》没有提出解决寡妇问题、婚姻问题的办法的论者，他们不是在进行文学批评，而是在以思想家、政治家的标准来要求文学。文学的任务是提出问题，它只需把人物心中的苦痛、社会和人的矛盾形象地展示在世人面前，引起世人的同情和关注，它就完成了自己的任务；至于如何具体地解决问题，那是思想家和政治家的工作。试想鲁迅的小说《伤逝》和《祝福》，其中又提出了哪些解决问题的办法？《狂人日记》中"救救孩子"的呼吁，也只是提出问题，而没有解决问题。

就社会影响而言，《玉梨魂》的影响绝不只是导致了一批骈文小说和鸳鸯蝴蝶派小说的产生，它对当时以及以后的社会都具有深远的影响。《玉梨魂》提出了寡妇追求爱情的问题，也提出了不自由的婚姻对人的戕害问题，这些问题虽然没有答案，但是随着小说主人公一个个徇情而死，这些问题引起了全社会的思索。而作者对自由美满婚姻的倾向性是很明确的，于是《玉梨魂》就成了一部具有思想启蒙意义的小说：它迫使人们思考婚姻问题，考虑妇女解放问题，思考自由的爱情和固有的传统道德的矛盾冲突问题。夏志清认为《玉梨魂》是一部"深入探索当代社会与家庭制度的哀情小说"①，"可痛切地反映出即将倒跨的封建制度之残忍与不人道"②，"梨娘自我牺牲的个人悲剧，却反映出一个陷于瘫痪的社会"③，可见它在当时的出现，是具有思想启蒙意义的。

　　而《玉梨魂》之所以能够产生如此大的社会影响，也是由它的抒情特征所决定的。

　　感情对于一个人的影响，虽然很难量化，但无疑是潜移默化的，是深刻的。这深刻的潜藏于心灵深处的感情，具有改变人的思想的巨大力量。哀情小说《玉梨魂》的风靡天下，使得全社会的人都经受着感情的强烈冲击。自《玉梨魂》出，孀妇可以恋爱，就获得了人们感情上的普遍认同。当全社会的读者都为了梦霞和梨影的爱情而歆歔不已并深感不平时，一场巨大的社会变革的土壤就在一代读者心中形成了。辛亥革命导致了政权的更迭，但它很难改变那些根深蒂固的社会陋习，特别难以改变人心深处的积弊。但《玉梨魂》可以。《玉梨魂》被讥讽为"眼泪鼻涕小说"④，但眼泪鼻涕自有它的威力，它可以洗涤去一些尘埃，可以洗亮人的眼睛，可以点亮人的心灵。夏志清说虽然徐枕亚"对中国的旧文学和旧道德忠心耿耿"，但《玉梨魂》"却引发了读者对中国腐败面的极大恐惧感，其撼人程度，超越了日后其他作家抱定反封建宗旨而写的许多作品"⑤。此言可以扫除以前小说史中对《玉梨魂》社会作用的负面评价，能有助于重新确定《玉梨魂》的小说史地位。

---

　　① 夏志清：《〈玉梨魂〉新论》，《台湾·香港·海外学者论中国近代小说》，百花洲文艺出版社 1991 年版，第 341 页。
　　② 同上书，第 343 页。
　　③ 同上书，第 363 页。
　　④ 平襟亚："鸳鸯蝴蝶派"命名的故事》，见魏绍昌《鸳鸯蝴蝶派研究资料》（史料部分），上海文艺出版社 1962 年版，第 128 页。
　　⑤ 夏志清：《〈玉梨魂〉新论》，《台湾·香港·海外学者论中国近代小说》，百花洲文艺出版社 1991 年版，第 382 页。

致　　谢（代后记）

感谢学位论文的设计者，在一篇长长的学术论文的最后设置了"致谢"：论文要有客观性，但人是有感情的，在辛苦跋涉了数年之后，能有"致谢"来表达自己此时的心情，真是太惬意了。

感谢导师王恒展先生。当初我忐忑不安地给仅有一面之缘的先生打电话，说因为忙于本科评估，没有好好复习，不想参加博士考试了。但最终在先生的鼓励下参加了考试，并被录取为先生的第一位博士。入学之后，从平时的读书，到论文题目的选定、纲目的制定，再到各种材料的搜集、各章节的具体写作，先生都给予了耐心细致的指导。特别在论文进展缓慢一筹莫展之时，是先生的指点让我茅塞顿开。这篇论文如果没有先生的指导，恐怕永远没有问世之日。但先生让我受益最深的是他高洁的人品、宽厚的胸怀、坦荡的心胸、乐观的性格，这些品德与他的淡泊于名利、悠然于南山、沉浸于茶香、醉心于诗书画相结合，直令人感觉先生绝非尘世中人，实乃古君子再世也。在先生门下四年，可谓沐于春风春晖之中四年；而这沛然之春风、和煦之春晖必将伴小子终生而不泯。在此也感谢师母，师母的善心和慈爱总让人感到亲情般的温暖。

感谢王志民先生、杜贵晨先生、王琳先生、陈元锋先生、石玲先生。严肃的王志民先生在课堂上以"柳下惠若是齐人"之例来讲齐鲁文化之别，不仅让我们体会到先生对齐鲁文化思虑之精微，而且也令我们莞尔而乐。杜贵晨先生在课堂上忽然提出的"为什么能说六经皆史，不能说六经皆小说？"的问题，真令人感到先生魄力之大；在听先生的小说研究课时，往往被先生的精妙见解所吸引；有一次被先生提问，谈了自己对《儒林外

史》的看法，先生勉励说这些问题还没有人研究过，这样的勉励小子一直
铭记在心。王琳先生对六朝文学的讲解令学生所得甚多，但更令人感动的
是一次路上偶遇，先生开口就告诉我某一本刚刚出版的著作对我的论文能
够有所帮助——此细节一直令我念念不忘，因为如果先生心中没有学生，
如果先生不是对我的论文挂念在心，是不可能有这一细节的。陈元锋先生
所讲的古代文学方法论拓展了我们的研究路径，最难忘记的是先生那来自
于天性的细致、严谨和宽容、亲切，前者于学术颇有裨益，后者则让学生
在先生面前总是毫无拘束而言笑晏晏。石玲先生在诸位先生中最富春秋，
她的诗学研究对我的论文帮助很大，而她那甜美的笑容也一直令人感到温
暖。先生们在课堂上倾囊以授，令学生受益匪浅；课下答问解疑，有求必
应；特别是先生们课上课下言谈举止中所透露出来的对学生们的督责之
情、期待之意以及唯恐学生们不能成材之心，每当懈怠之时忆及，总令人
奋然而前行。

　　感谢韩品玉先生。十五年前，当我们本科毕业离开山师时，先生是我
的辅导员；十五年后，当我再次回到山师，先生已是文学院的领导了。从
开学报到的那一刻起，先生就以他非同寻常的细心、爱心呵护着我。而且
因为先生的亲和和宽容，我在先生面前总是无所顾忌，随心之言往往脱口
而出。跟先生言谈交往时获得的心灵愉悦，总是让我这个性格内向的人有
一种幸福的感觉。

　　感谢薛祥生先生和王静芬先生。薛先生是我学士学位论文的指导老
师，而当我再次来到母校要报考博士时，已经退休十多年的先生不顾年迈
和我的劝阻，执意领我去拜访当时我还未曾谋面的王恒展先生；当我考上
博士之后，先生又把他书架上有关小说的书籍全都送给了我。四年来，每
次到先生家，先生都和王静芬先生详细打听我的学业进展情况，详细打听
内子和小女的情况，而且每次离开，总是把预先准备好的给小女的糖果硬
塞给我，一直送我到电梯上，眼看着电梯门缓缓闭上……行文至此，泪潸
潸下。

　　感谢徐文军先生、王勇先生、刘太杰先生。诸位先生十五年前都是我
的授业恩师，这四年来在相聚之乐中也给我很多的鼓励和帮助；感谢文学

院办公室的刘召波老师，四年来为我做了很多细致而重要的工作；感谢韩霜梅老师、刘洪强老师，论文从开题到预答辩、答辩，两位老师都付出了辛勤的劳动；感谢周均平、魏建、周波、王化学、杨守森诸位先生，十多年后再次相见，诸位先生都已届中年，且已成为学院领导或是学科带头人了，但若没有十多年前当时皆为翩翩才子的诸位先生的授课，学生也不会有现在的成绩。

感谢我的硕士论文指导老师北京师范大学古籍所的韩格平先生，先生当初对我的肯定给了我做学术的信心，而先生主动要求看我的博士论文提纲并给以指导，更令我感到温暖；感谢《文艺研究》的编审赵伯陶先生，除了感谢先生四年来对论文的催促，还要感谢当初先生的指点治学门径以及鼓励、提醒，因为若没有先生的指点、鼓励和提醒，我不仅可能与博士无缘，而且也很难进入学术的大门；感谢山东大学的孙之梅先生，论文提纲确定时孙先生曾给予指导，并且提供了相关资料；感谢北京师范大学给我上过课的张文澍先生、罗超先生、李军先生、邓瑞全先生、郭英德先生，若没有诸位先生的教诲，就不会有今天的我。

感谢我的同学们。同班同学邢培顺、常昭、张扬、王传明，彼此之间一语通心，一笑传神，心无纤芥，亲如兄弟。老邢之幽默风趣，常昭之善解人意，张扬之实在诚恳，传明之朴素细致，皆相得而益彰，可遇而难求。我们常相聚而相乐，时同行又同止。朝晖夕照，大佛头前时传笑语；春花秋月，千佛山上总有欢歌。四年已逝，半生犹存；身虽离别，情谊永在。师姐师兄马银华、刘宝春、党月异、李兆禄等对我帮助甚多，李汉举、宋金民、安志伟等同学也总是不吝援助之手，在此一并致谢。还有可爱的师弟师妹们，单衍超、李少军、贾宁、秦冉冉、杨召龙、侯晓震、胡丽、梁锦丽、耿超、徐敏、刘晓洁、孙勤立、余宗艳、孟真、吕翔……感谢你们陪我度过了四年的欢乐时光。

感谢我的学生们。当我以年将不惑之身踏入山师的校门之时，跟我在同一座校园里的还有杜元杰、王磊、王东、巩天娇、李明敏、于欢欢、刘虎波、金秀华等十多个正在读研的学生。在这四年里，他们不仅热心地帮我做了很多事，还给我了很多快乐。另外在北京的方秀彦也曾在国家图书

馆给我复印了三本博士论文。对于这些可爱的学生们，我表示自己诚挚的
谢意。

感谢我的亲人。在这四年中，因为忙于论文，虽然承欢膝下甚少，但
年迈的父母不仅没有责怪，反而多有劝慰；内子杜晓梅以娇弱之躯既承担
了教学、育女的任务，又负担了大量的家务，没有她的辛勤劳作，这篇论
文的问世还要遥遥无期；而在论文的写作中，内子也时时予以指点；女儿
侯望舒四年前还是小学生，今年就要成为高中生了，我对她的学习和生活
一直关心不够。对亲人的亏欠，当然不是"感谢"二字所能补偿的，只能
在今后的人生中努力而为了。

1992 年，当我结束了四年的本科学习，离开山东师范大学时，我未曾
想到十五年后我会再次以学生的身份回到这座美丽的校园。如今，2011
年，我又将离开了。但我会永远记得这四年的学术之旅、感情之旅，永远
记得东方红广场挥着大手的毛主席像，记得他背后典雅壮丽的文化楼和苍
翠欲滴的大松树。

又：本书初稿是我 2011 年完成的博士论文，上面的这篇致谢是那时写
的。现在读来，依然心潮难平。虽然也怕因为拙著的低劣有损致谢中提及
的诸位先生的令名，但若不在此表达我的感激之情，恐怕以后很难再有机
会了，因而还是决定把这篇致谢置于此，以此让我心安。现在的书稿跟初
稿相比，已经有了很大的修改。它虽然依然不能令我满意，但已基本上表
达出了我对文言小说诗化特征的看法。文言小说的诗化特征虽然非常突
出，但学术界还很少有人对它进行整体研究，希望这本小书能够起到抛砖
引玉的作用吧。本书在出版过程中，陈肖静、门小薇、李炳青三位老师帮
助甚多，在此表示特别的感谢。